AF125400

SUSANNE ZIEGERT

Verrat auf Helgoland

MORD IN DER KAPITÄNSSUITE Mit Top oder Flop betitelt der skandalumwitterte Journalist Casimir Dorst seine Reisevideos, die ein Millionenpublikum erreichen. Pompös wird er auf Helgoland empfangen, ein positiver Bericht soll den Tourismus ankurbeln – hoffen die Insulaner. Aber sein Aufenthalt verläuft nicht so wie geplant, Helgoland könnte als »Flop« im Video mit ätzendem Spott bedacht werden. Doch alle Aufnahmen von der Insel und ein Video über den Widerstand im Zweiten Weltkrieg sind verschwunden, als Dorst leblos in seinem Hotelzimmer gefunden wird. Offensichtlich Mord. Die Ermittlungen übernehmen Polizeihauptkommissarin Friederike von Menkendorf, die auf der Insel ihren Urlaub verbringt, und ihr Freund Harry Kruss von der Helgoländer Wasserschutzpolizei. Allerdings können sie der Noch-Ehefrau des Toten ebenso wenig nachweisen wie dem geprellten Geschäftspartner. Ging es um einen Skandal, den der Journalist in der Vergangenheit beim Fernsehen ausgelöst hatte? Oder liegt der Schlüssel in den verschwundenen Aufzeichnungen?

© privat

Susanne Ziegert wurde im Erzgebirge geboren. Zwei Tage vor dem Mauerfall floh sie in den Westen, um endlich Paris zu sehen. Nach ihrem Studium in Aix-en-Provence in Südfrankreich, arbeitete sie mehrere Jahre in Brüssel und zog im Anschluss nach Berlin, wo sie eine Stelle als Reporterin bei der Berliner Morgenpost antrat. Seit 2019 lebt die Autorin mit ihrem Ehemann sowie den gemeinsamen Pferden und Eseln in einem alten Bauernhof im Landkreis Cuxhaven. Neben ihrer schriftstellerischen Arbeit ist sie als Journalistin und Dolmetscherin für Französisch tätig. Sie liebt Land und Menschen im Norden und setzt mehrmals im Jahr auf die Hochseeinsel Helgoland über.

SUSANNE ZIEGERT

Verrat auf Helgoland

KRIMINALROMAN

GMEINER

Immer informiert

Spannung pur – mit unserem Newsletter informieren wir Sie regelmäßig über Wissenswertes aus unserer Bücherwelt.

Gefällt mir!

Facebook: @Gmeiner.Verlag
Instagram: @gmeinerverlag

Besuchen Sie uns im Internet:
www.gmeiner-verlag.de

© 2024 – Gmeiner-Verlag GmbH
Im Ehnried 5, 88605 Meßkirch
Telefon 0 75 75 / 20 95 - 0
info@gmeiner-verlag.de
Alle Rechte vorbehalten
1. Auflage 2024

Lektorat: Claudia Senghaas, Kirchardt
Herstellung: Mirjam Hecht
Umschlaggestaltung: U.O.R.G. Lutz Eberle, Stuttgart
unter Verwendung eines Fotos von: © xiduu / stock.adobe.com
Druck: CPI books GmbH, Leck
Printed in Germany
ISBN 978-3-8392-0738-3

KAPITEL 1

Das Schiff hatte angelegt, Menschen strömten von Bord. Jana Falke hielt Ausschau nach ihrem berühmten Gast. Ihr Blick blieb an den eisblauen Augen hängen, die sie an einen Husky erinnerten. Im Fernsehen hatte er größer ausgesehen. Er war klein und schmal wie ein Junge. Aus der Nähe sah seine Gesichtshaut aus wie zerknittertes Papier. Bestimmt trug er in seinen Sendungen eine dicke Schicht Make-up, die ihn um zehn Jahre verjüngte. Sie hatte gestutzt und den Moderator erkannt, als er vom Steg der MS Nordsee an Land stieg. Suchend sah er sich am Anleger um. Jana löste sich aus dem Begrüßungskomitee und trat einen Schritt auf ihn zu.

»Herr Dorst, herzlich willkommen iip Lunn. Das heißt ›in unserem Land‹ auf Helgoländisch«, begrüßte sie ihn lächelnd. Dann drehte sie sich zu den Musikern um. Das wäre ihr Einsatz, so hatten sie es geplant, und bei der Probe war es gut gelaufen. Warum, verdammt, spielten die nicht? Nervös nestelte sie an der herzförmigen Brosche, kontrollierte den Sitz der Haube und suchte Blickkontakt zur Gruppe.

»Einsatz«, versuchte sie, ihnen zuzuflüstern. Sie und die anderen Damen vom Trachtenverein wollten bei seiner Ankunft das Lied »Helgoland, Helgoland« anstimmen. Sie fuchtelte mit dem Arm in ihre Richtung, um das Signal zu geben. Die Musiker bemerkten ihre Zeichen nicht, sie waren dabei, eine Gitarre näher zu inspizieren. Der prominente Gast sah mit zusammengekniffenen Augen auf seine klobige Uhr, irgendein Schweizer Statusding. Eine junge blonde Frau mit hohen Absätzen trat vom Steg zu ihm.

»Wird hier eine Historien-Schmonzette gedreht?«, fragte er statt einer Begrüßung und ließ seinen Blick verächtlich über ihre bunten Kleider schweifen.

Hektisch ruckelte Jana am Spitzenbesatz ihrer Haube. Warum fiel ihr keine schlagfertige Antwort ein? In dem Moment setzte der dünne Chorgesang ein, etwas schrill und neben der Melodie. Die Musiker schreckten auf, begannen zwei Takte nach den Sängern und versuchten, diese einzuholen. Sie wirkten wie ein unkoordiniertes Schülerensemble. Jana bekam Gänsehaut von den schrägen Tönen, am liebsten hätte sie sich die Ohren zugehalten. Stattdessen lächelte sie tapfer weiter.

Wortlos schüttelte Dorst den Kopf und drehte sich zu seiner Begleitung. »Na, ausgekotzt?«, sprach er die blonde junge Frau im bauchfreien Glitzerhemdchen über einem knappen Rock an. Sie war blass.

»Oh, Dirndl. Das trag ich immer zum Oktoberfest«, rief sie mit Begeisterung aus.

»Das Zeug kommt aus der Mottenkiste, genau wie die Trägerinnen«, ätzte der Mann weiter. Er wandte sich Jana zu: »Sind Sie nur der Kleiderständer für das da oder können Sie uns ins Hotel bringen?« Geringschätzig deutete er auf ihre Traditionskleidung mit dem geblümten Oberkleid aus Seidenstoff im gleichen Muster wie die spitze Haube und dem roten Paik aus Wolle darunter, dessen orangefarbener Rand herausschaute. Die Festtagskleidung hatte ihre Großmutter wie einen Schatz gehütet. Eine der wenigen Kostbarkeiten, die Bombardements und Evakuierung überdauert hatten. Der hatte keine Ahnung, wie bedeutsam diese Stücke für die Helgoländerinnen waren.

Am liebsten hätte sie ihm alles Mögliche an den Kopf geworfen. Sie atmete tief durch und sah durch ihn hindurch, obwohl sie innerlich kochte. In solchen Momenten hieß es, Profi sein. Ihr Job lag ihr am Herzen.

»Schön, dass Sie unser Empfangskomitee schätzen«, entgegnete sie kühl. »Wir gehen in Richtung Hummerbuden und am Südstrand entlang, direkt am Lung Wai sind Sie im besten Haus am Platz untergebracht.«

Jana wusste, wie lange sich die Frauen auf den Auftritt vorbereitet hatten. Doch sie musste das Programm abkürzen, der Gast war König. Selbst wenn er ein Kotzbrocken war.

»Keine Pannen«, hatte der Tourismus-Direktor ihr vor der Ankunft von Casimir Dorst eingeschärft. Er war einer der bekanntesten deutschen Fernsehjournalisten gewesen und dann abgesetzt worden. Über die Gründe gab es Spekulationen. Wenige Monate darauf feierte er ein Comeback als Ein-Mann-Show mit dem *Youtube*-Kanal unter dem Namen »Roadtrip. Top oder Flop«. Von seinen Einschaltquoten konnten Fernsehsender nur träumen, er galt als mächtigster Reisejournalist Deutschlands und war ebenso gefürchtet. Sie sollte alles dafür tun, den Standort glänzend darzustellen.

»Alles«, hatte ihr Chef, Karsten Tollmann, noch mal betont und dabei mit dem Zeigefinger in die Luft gestochen. Insbesondere sollte sie verhindern, dass er ätzenden Spott auskippte. Helgoland durfte nicht als »Flop« über Millionen Bildschirme flimmern. Gerade diese hämischen Berichte brachten dem Kanal Einschaltquoten. Für die betroffenen Orte oder Hotels waren die Verrisse vernichtend. Helgoland brauchte nach den Corona-Beschränkungen dringend wieder Rückenwind als Reiseziel.

Schon in den vorhergehenden Jahren waren die Zahlen nicht berauschend gewesen. »Keine Ahnung, wie ich dem Gemeinderat die Marketing-Stelle weiter erklären soll«, hatte Tollmann eine Drohung fallen lassen.

Mit dem Umzug auf die Insel ihrer Kindheit hatte Jana sich einen Traum erfüllt. Obwohl sie das turbulente Hauptstadtleben in Berlin genoss, war die Sehnsucht nach der Felseninsel immer präsent. Und nicht zuletzt vermisste sie ihren starrköpfigen Großvater, der sich standhaft weigerte, in eine altersgerechte Behausung auf dem Festland zu ziehen. »Nicht einmal mit den Beinen zuerst verlasse ich meine Heimat«, sagte er.

Der Job kam wie gerufen. Sie hatte ihre Wohnung in der Hauptstadt aufgelöst und keinen Plan B geschmiedet. Sie war auf die Insel gezogen, um zu bleiben. Ohne diese Stelle würde es schwierig, weiter hier zu leben. Also musste sie dem Fernsehheini nach dem Mund reden und allen Luxus auffahren, den eine Nordseeinsel zu bieten hatte.

Sie seufzte und versuchte krampfhaft, ihr professionelles Lächeln beizubehalten. Ihr Kollege hatte das Gepäck in einem Karren eingesammelt.

»Folgen Sie mir«, bat sie und lief flott in Richtung des Hotels voran. So musste sie sich nicht mit den beiden unterhalten. Das Fünfsternehotel befand sich in der ersten Reihe im Unterland und warb mit seinem Panoramablick über die Landungsbrücken und den Südstrand bis zur Düne. Vor dem Binnenhafen machte sie kurz halt und wartete auf die Gäste. »Sie sehen hier die berühmten Hummerbuden. Früher waren es die Lager für die Fischer, heute befinden sich darin Boutiquen, Galerien und Vereine.«

»Wie charmant«, begeisterte sich seine Assistentin.

»Na, du findest jeden Hafenschuppen charmant. Das sind angemalte Holzbuden – und die sind genauso echt wie deine Fingernägel«, kanzelte er sie ab. Dabei imitierte er sie mit unnatürlich hoher Stimme. Die junge Frau zuckte zusammen und schwieg. Er blickte auf sein Mobiltelefon, während sie an den bunten Häuschen vorbeiliefen.

»Hier sind wir«, verkündete Jana, als sie das *Hotel Prinzessin Alexandra* erreicht hatten, das letzte Gebäude in der Reihe, das an der Ecke zum Lung Wai einen imposanten Abschluss formte. Das Hotel war in den 50er Jahren auf dem Grundstück des zerstörten Vorgängerbaus mit dem gleichen Namen errichtet worden.

»In dem Kasten sollen wir wohnen?«, fragte er beim Anblick seiner Unterbringung. »Wollten Sie uns die Bausünden der Insel zeigen?«

»Eines der besten Häuser am Platz«, parierte Jana ohne eine Miene zu verziehen, obwohl es innerlich in ihr brodelte. Was für ein arroganter Schnösel!

»Die Insel ist bekannt für ihren Bauhausstil, das ist der Geschichte geschuldet. Alles war zerstört. Hier finden sie ein gelungenes Beispiel für den Aufbau.«

»Nichts ist so hässlich wie die 50er.« Verächtlich wanderten seine Blicke über die Fassade.

Zum Glück kam in dem Moment die Hotelchefin, Inge Berger, aus der Tür, auch sie trug die traditionelle Tracht der Helgoländerinnen.

»Herzlich willkommen, es ist uns eine große Ehre«, erklärte sie den Besuchern. Sie winkte einen jungen Mann zu sich, der mit einem Tablett auf die Gäste zutrat. Champagner und Gläser standen darauf, die Wirtin nahm die Flasche an sich und löste den Korken, der in die Blumenrabatte flog. Dann reichte sie den Gästen jeweils einen gefüllten Kelch und goss sich ebenfalls ein. Jana bot sie nichts an.

»Danke, ich trinke nicht im Dienst«, überspielte sie die Situation.

»Ein Prosit auf die Insel«, sagte die Hausherrin enthusiastisch und hob ihr Glas. Dorst nippte, hustete und kippte die Flüssigkeit auf den Rasen neben dem Eingang. Den leeren Kelch knallte er wortlos auf das Tablett.

»Könnten wir jetzt unsere Zimmer beziehen.«

»Schmeckt der Champagner nicht?«, fragte die Hotelchefin besorgt. »Ich bin ein großer Fan von Ihnen, schon seit damals, als sie im Fernsehen waren. Ich habe keine Sendung verpasst, genial!«

Er nickte gnädig zu ihren bewundernden Worten. »Ich zeige Ihnen die Kapitänssuite. Das ist eine Maisonette-Wohnung. Der Blick von oben ist einmalig schön.« Sie ging voran in das Hotel. Dorst und seine Assistentin folgten ihr in den Aufzug, die Tür schloss sich, bevor Jana ihren Fuß hineinsetzen konnte. Sie hörte die Hotelchefin werben.

»Sie müssen unbedingt zur Gedenkfeier kommen. Mein Großvater war ein bekannter Nazigegner hier auf der Insel. Allerdings bekam die Familie nach dem Tod keinerlei Anerkennung. Das ist ein Skandal, über den sie berichten könnten.«

Was redete die da? Diese Veranstaltung war in dem vollen Programm nicht vorgesehen.

Jana ging die Treppe hinauf, denn sie musste die Planung absprechen und verhindern, dass die Hotelchefin ihr dazwischenfunkte. Sie hatte eine andere Version der Familiengeschichte gehört. Sie wusste von hingerichteten Nazigegnern, die mit Stolpersteinen geehrt wurden. Mehrere der Steine lagen am Lung Wai, an Gedenktagen legten Unbekannte dort Rosen ab. Der Großvater von Inge Berger war ihres Wissens kein Teil dieser Bewegung gewesen. Betrieb die Frau eine Legendenbildung? Das würde sie ihren eigenen Opa fragen. Vor allem sprengte die Einladung der Unternehmerin an den Journalisten ihr vorbereitetes Programm für Drehs an besonderen Orten und Interviews mit Insulanern. Sie stand vor der geschlossenen Zimmertür und klopfte. Unschlüssig hielt sie die Mappe in der Hand, denn er hatte sie kommentarlos stehen lassen. Zum Glück öffnete ihr die Assistentin, und sie überreichte ihr den Ablaufplan.

»Könnten Sie mir baldmöglichst sagen, welche Punkte Herr Dorst für den Dreh wahrnehmen möchte?«

Die junge Frau nahm das Dokument freundlich lächelnd an sich. »Ich bespreche das mit ihm.« Jana drückte ihr die Visitenkarte in die Hand. Ihr graute vor den kommenden drei Tagen mit diesem aufgeblasenen Wicht.

Rotes Tagebuch
Helgoland, 16. Oktober 1944
Wie hat sich unser liebliches Eiland verändert. Ich sehe noch die Gäste vor mir, die mit Sonnenschirm über die Strandpromenade flanieren. Badehäuschen am Strand, Kapellen spielten in den Cafés auf, und am Abend lud das Kurhaus zu einem vornehmen Ball. Als Kinder liebten wir es, die feinen Herrschaften in ihrer Abendkleidung zu beobachten. Uns ging es gut, eine Zeit des Wohlstands und des Friedens. Nun erkenne ich unseren Felsen nicht wieder. Auf den Straßen trifft man selten Helgoländer. So viele Soldaten wurden auf die

Insel verlegt, der Hafen zum Marinestandort ausgebaut. An manchen Tagen ist der Baulärm kaum mehr zu ertragen, unter uns wächst das Bunkerlabyrinth. Sie schlagen Stollen, bis die gesamten Felsen innerlich ausgehöhlt sind. Die Häfen liegen voller Kriegsschiffe.

Unsere Nachbarn sind fast alles Hurraschreier oder Ängstliche, kaum ein Haus, an dem keine Hakenkreuzfahne weht.

Die Quittung haben wir bekommen. Schon von Weitem war gestern das gefährliche Dröhnen der Flugzeuge zu hören. Die britischen Bomber griffen den Felsen an, der Himmel verdunkelte sich, und es regnete Metall. Splitterbomben gingen auf die Häuser nieder, ließen die Dächer zerbersten und die Wände, bis nur mehr Trümmerhaufen daran erinnerten, dass eine Familie darin gewohnt hatte. Minna Rungolt und ihre Kinder wurden verschüttet, wahrscheinlich sind sie tot. Die Kaiserstraße gleicht einem Geröllhaufen. Bislang sind 20 Menschen gestorben oder vermisst, andere verletzt, die meisten obdachlos. Was soll nur aus uns werden? Es heißt, dass der Inselkommandant und seine rechte Hand Sprengstoff an Bunkereingängen angebracht haben. Wenn die Engländer kommen und die Insel einnehmen, fliegt der ganze Felsen in die Luft. Was wird dann mit uns? Wir zählen nicht für diese braunen Unmenschen.

Wer ist unser Feind? Waren wir Helgoländer nicht bis vor 50 Jahren treue Gefolgsleute der britischen Krone? Sicher, wir sind Friesen, aber viele von uns stehen den Engländern nahe. Wir sind uns einig, unser Freundeskreis von der Insel ist gegen den Krieg. Nach dem schrecklichen Angriff haben sie sich bei uns getroffen und beraten. Wir müssen die mörderische Maschine stoppen und unsere Insel retten. Wir haben aus guter Quelle gehört, dass der Inselkommandant von den Briten aufgefordert wurde, sich zu ergeben. Er hat es abgelehnt. Einer der Getreuen des Oberlippenbartes! Sie wollen kämpfen bis zum letzten Blutstropfen. Was für eine gefährliche Verblendung!

Die Männer sind dabei, eine Strategie auszuhecken. Die Sprengsätze haben sie unschädlich gemacht. Nun geht es darum, die Friedensfahne zu hissen. Die Offiziere sollen entwaffnet und in Haft genommen werden, dann melden wir unseren britischen Freunden die bedingungslose Kapitulation. Die Insel friedlich übergeben. Einer hat den Kontakt. Namen nenne ich lieber nicht, auch wenn das rote Büchlein in einem sicheren Versteck liegt. Was ich hier aufschreibe, ist Hochverrat. Möge meine Niederschrift niemals den Falschen in die Hände fallen. Und mögt ihr, liebe Kinder und Enkel, eines Tages von unserem Kampf erfahren. Wir versuchen, eine schreckliche Bedrohung für die Heimat abzuwenden. Wir werden Helgoland immer im Herzen bewahren. Möget ihr in Zukunft in Frieden hier leben!

KAPITEL 2

Ein letztes Mal zupfte sie den Blumenschmuck in der Halle zurecht, kontrollierte die Sauberkeit des Empfangstresens, die Uniform der Mitarbeiter. Sie hatten die Spuren der nächtlichen Attacke restlos beseitigt. Irgendein Spaßvogel hatte ihnen ein Plakat vor die Fassade gehängt. »Erst kommt das Fressen, dann die Moral«, stand darauf in großen roten Buchstaben. Daneben saßen gierig aussehende Figuren aus Pappmaschee mit grotesk aufgerissenen Mündern, aus denen Austern und Kaviar quollen. Sie wunderte sich nicht. »Neid muss man sich erarbeiten«, hatte ihr Lehrmeister einst gesagt. Sie hatte wie immer die Ärmel hochgekrempelt und angepackt, jetzt war alles wieder aufgeräumt und rein.

Sie beugte sich zu ihrem Kater und streichelte ihn, dann nahm sie ihn auf den Arm. Er sträubte sich, strampelte, sie setzte ihn schnell wieder nach unten. »Wladi, was bist du für ein launisches Aas.« Sie sah ihm hinterher, als er langsam durch die Halle stolzierte.

So lange hatte sie auf einen solchen Moment gewartet. Es ging darum, den Schmutz von ihrem Namen zu waschen, Gerechtigkeit für ihre Familie, ihren Großvater. Er war Nazi, hieß es, ein 180-Prozentiger. Angeblich ein Denunziant. Nicht wenige glaubten, deshalb auf sie hinabschauen zu dürfen. Sie waren ja die Nazifamilie. Die hatten keine Ahnung, was er geleistet hatte!

Sie läutete die Glocke an der Rezeption, um ihre Mitarbeiter zusammenzutrommeln. Diese Zimmermädchen, man musste ihnen auf die Finger schauen, zu faul zum Bücken. Clara kam als Erste, immer hatte das Mädchen diese unmöglichen Kopfhörer auf. Aus dieser Praktikantin würde nie eine gute Reinigungskraft. Anna folgte ihr auf dem Fuß. »Ist die Suite einwandfrei? Sauber bis unter die Möbel und in den Ritzen?«, vergewisserte sie sich.

Beflissen nickte Anna: »Jawoll, alles blitzeblank!« Diese Clara stand mit verschränkten Armen daneben, sah sie aufsässig an. Am liebsten hätte sie die Lütte sofort vor die Tür gesetzt, aber das gäbe nur Ärger mit dem Naturschutzverein, wo ihre Mutter tätig war, und den konnte niemand gebrauchen.

»Und was hast du gemacht?«, fragte sie das Mädchen. »Den Besen geschwungen, den Lappen gerungen.« Clara grinste frech und wippte auf den Fußspitzen. Sie trug ihre Antwort vor, als wäre es einer dieser neumodischen Rapsongs, wie sie öfter im Fernsehen gezeigt wurden. Für wen hielt sich das Gör?

»Sehr witzig, gleich vergeht dir das Lachen, wenn du endlich mal die Schränke oben abwischst und unter dem Bett saugst.«

Sie beließ es dabei, denn der Oberkellner eilte auf sie zu. »Ist der Champagner bereit?«

»Die Flasche steht kühl, alles vorbereitet.«

»So ist es recht, wieder an die Arbeit«, sagte sie und zog sich auf den Beobachtungsposten im Büro hinter der Rezeption zurück. Sie hatte den Eingang im Blick und betrachtete einen Moment lang ihre Ahnengalerie. Natürlich war ihr Großvater in der Partei, das waren sie alle damals, hatte ihre Oma berichtet. Innerlich war er zutiefst gegen die Nazis. Er wollte den Krieg beenden, die Insel friedlich aufgeben. Doch er war nur die rechte Hand des Inselkommandanten, hatte als Korvettenkapitän nicht die Macht, eine solche Entscheidung zu treffen. Ihm drohte gar die sofortige Hinrichtung.

Sie sah sich die Buchungsdaten an. Drei ganze Tage würde sie Zeit haben, diesen Journalisten von den Verdiensten ihres Großvaters zu überzeugen. Sogar einen Empfang und eine Pressekonferenz hatte sie vorbereitet. Ihm war es zu verdanken, dass Tausende Zivilisten gerettet wurden. Nach dem verheerenden Bombenangriff mussten sie die Insel verlassen. Alles war zerstört, Trümmer, tote, verletzte und panische Menschen. Sie kamen wohlbehalten auf dem Festland an, er hatte die Schiffe angefordert, die Flüchtlinge von der Insel sicher nach Cuxhaven gebracht.

Nach dem Krieg musste er ins Internierungslager, Entnazifizierung. Seine Leistungen waren vergessen. Immer ging es nur um die Verschwörer. Sie schnaubte verächtlich. Das war eine Chaotentruppe, was hatten die schon bewirkt? Und jetzt gab es Gedenksteine für diese Personen, jedes Jahr lagen darauf Blumen, Festakte wurden abgehalten. Ihr Großvater hätte ein Denkmal verdient, zumindest einen solchen Stein, wie diese Widerständler bekommen hatte. Dabei hatten die nicht mal einen Plan – und sie handelten gegen das Gesetz. Das durfte sie ja nicht laut sagen, schon galt man als Staatsfeind.

Casimir Dorst war genau der Richtige, der scheute sich nicht davor, unangenehme Wahrheiten auszusprechen. Die falsche Geschichtsschreibung anzuprangern. Sie würde alles tun, um ihn zu überzeugen. Und dann würden Millionen Zuschauer von den Heldentaten ihres Vorfahren erfahren. Sie sprang auf, denn sie sah die kleine Gruppe auf das Hotel zulaufen.

»Es ist so weit«, rief sie in Richtung Restaurant. »Schnell den Champagner und die Gläser.« Sie straffte sich und schritt entschlossen auf Casimir Dorst und seine Begleiter zu.

KAPITEL 3

Eine Prise Seewind war genau das Richtige, um über diese Bande nachzudenken, die auf der Insel ihren Schabernack trieb. Harry saß am Schreibtisch, der Tourismus-Chef hatte ihm am Telefon lautstark die Meinung gepaukt. »Eine Blamage für Helgoland.« Er hatte den Hörer ein Stück vom Ohr weggehalten, vermutlich war das Gebrüll noch einen Raum entfernt zu verstehen. »Wie kommt es, dass die Spaßvögel die Polizei seit Monaten in die Irre führen.« Das ging in einer Tour so weiter. Als es still wurde, sagte Harry nichts außer: »Hmmm. In der Tat.«

Das war ihm zu dämlich, die Proteste hatte die Inselregierung durch ihre Politik zu verantworten – und dieser Wutknilch hatte ihm ohnehin nichts zu sagen.

»Ebenfalls einen schönen Tag«, hatte er sich verabschiedet und aufgelegt, mit einem Grinsen dachte er daran, was sich vermutlich im Rathaus 500 Meter weiter abspielte. Der Typ schäumte bestimmt. In einem Punkt hatte dieser Tollmann recht. Er hatte keine Ahnung, wer hinter diesem Protest stand.

Über Nacht hatten die Täter den Eingang des *Hotels Prinzessin Alexandra* komplett mit rotem Flatterband verschlossen, Müll ausgekippt. Zu allem Überfluss hatten sie aus Müllteilen und Pappmaché menschengroße Skulpturen geschaffen. Es waren grotesk fette Personen mit runden Köpfen und Speckrollen wie Michelinmännchen. Die Frauen trugen übermäßig viel Schmuck auf feisten Gliedmaßen. Über all dem prangte ein Brecht-Zitat »Erst kommt das Fressen, dann die Moral«. Es war die dritte Aktion in Folge – zuvor hatten Figuren und Banderolen ein Gästehaus blockiert, das früher Wohnungen für Insulaner beherbergt hatte. Immerhin war es friedlich – und das fiel seines Ermessens nach ohnehin unter freie Meinungsäußerung.

Eine Runde segeln würde ihn auf andere Gedanken bringen. Salziges Wasser auf der Haut und die endlose Weite der Nordsee vor sich. Dann schrumpfte jedes Ärgernis zu einem Problemchen. Dabei störte ihn die Aktion dieser Gruppe weniger als der dreiste Tonfall des Tourismus-Chefs.

Sein Ärger verflog, als er den Steg im Hafen betrat. Er ging zu seinem Segelschiff, der *Mariannic'k*, lüftete die Plane und bereitete seine abendliche Tour vor. Nachdem er die Leinen gelöst hatte, steuerte er aus dem Hafen und setzte die Segel. Der Wind führte ihn in Richtung Festland. Die Sonne tauchte die glatte Wasseroberfläche in goldenes Licht, er atmete tief die saubere Luft ein, genoss das Dahingleiten.

Ihm kam die erste Aktion der Gruppe in den Sinn. Vor dem Krankenhaus hatten kleine Robbenskulpturen gelegen, mit dem Hinweis »Ein Paradies für Heuler, Helgoländer können aussterben«. Das war vermutlich ironisch gemeint. Sie hatten sich das angesehen und einen Zusammenhang zur Schließung der Geburtsstation auf der Insel vermutet. Das empfanden viele Insulaner als Einschnitt, es bedeutete, dass niemand mehr in ihrer Heimat geboren wurde. Auch Harry teilte die Bedenken. Doch wer diese

Aktionen aus dem Boden stampfte, ohne dass es in ihrem Dörfchen bemerkt wurde, war ihm ein Rätsel.

Der Staatsanwalt und die Kriminalpolizei hatten ihn beinahe ausgelacht, als er externe Ermittler anforderte. Eine solche Spaßaktion sollten die »Inselbullen« gefälligst selber klären. Auf dem Festland hatten sie Wichtigeres zu tun. Das verstand er zwischen den Zeilen. Ihre Arroganz überhörte er einfach, um nichts in der Welt hätte er seine Stelle gegen einen hoch dotierten Posten auswärts getauscht.

Die Segel bauschten sich unter dem Wind, seine alte Dame nahm Fahrt auf, er musste sich dagegenstemmen, um das Boot in der Balance zu halten. Dahinfliegen durch das grenzenlose Blau, die Kraft der Natur spüren. Solche Momente empfand er als höchstes Glück. Er raste auf den Wellen dahin, bis er Cuxhaven erkennen konnte. Langsam war es an der Zeit zurückzukehren. Eilig hatte er es nicht, seit sich dieser Fernsehfuzzi angekündigt hatte, war seine Freundin Jana kaum zu Hause. Bis spät in den Abend tagten sie im Rathaus, um den Felsen gut zu präsentieren. Die Chefs hatten ihr gedroht, dass sie ihren Job verlieren würde, wenn das schiefging. Sie liebte ihre Arbeit, wahrscheinlich war sie deshalb so panisch. Auf dem Rückweg schlug er noch einen Bogen vor der Düne, um die Kegelrobben zu beobachten. Ihn faszinierten diese imposanten Raubtiere. Wie Felsen bedeckten sie den Sandstrand, nun kam Bewegung in die Gruppe. Überraschend schnell bewegten sich die Tiere auf der Erde in Richtung Wasser. Eine Robbe nach der anderen tauchte ab, bis der Strand fast leer war. Neben dem Boot hörte er ein Schnaufen und entdeckte einen Kopf mit Schnurrbart in wenigen Metern Entfernung. Er sah der Gruppe einen Moment beim Baden zu, legte dann das Ruder um, sodass er wieder Kurs auf den Hafen nahm. Am Steg machte er fest, zog die Segel ein und räumte alles an seinen Platz. Behutsam verhüllte er das hölzerne Verdeck mit einer Plane. Pfeifend lief er über den Invasorenpfad ins Oberland zu Janas Haus. Ihre Schuhe standen nicht im Vorraum. Sie war spät im Einsatz. Sein Blick fiel auf einen Zettel am Telefon:

»Bitte Friederike von Menkendorf zurückrufen.« Er hatte keine Ahnung, von wann die Nachricht stammte. Lange hatte er nichts von der Freundin gehört. Vermutlich war er ihr zu nahegetreten, als er seine Gefühle in einem Schreiben gestand. Sie hatte nie darauf geantwortet, allein das war eine Antwort. Vor einigen Monaten hatte sie ihn kontaktiert und über ihren Fall berichtet.

Überrascht hörte er die Freude in ihrer Stimme, als er sie anrief.

»Mein Inselkommissar«, rief sie fröhlich aus, anders als bei ihrem letzten Gespräch vor Monaten.

»Rike, du hast angerufen?«

»Schön, doch von dir zu hören. Ich komme morgen auf die Insel und möchte dich treffen.«

Er fühlte sich etwas überrumpelt, da sie sich nicht vorher angekündigt hatte. »Schön, dass du kommst. Ist es beruflich?« Im Hintergrund hörte er Prinz bellen. »Soll ich später anrufen?«

»Nein, bleib dran. Ich möchte mich erholen. Es wird ein reiner Urlaub. Egal, was passiert und wenn es Fälle regnet, werde ich pausieren. Außerdem habe ich nicht auf deinen Brief geantwortet. Entschuldige bitte, es ging nicht. Wir sollten persönlich darüber sprechen.«

Harry musste husten. Dieses Schreiben! Damals kannte er Jana nicht. Rike war seine große Liebe, schon während der Ausbildung. Als sie ihren gemeinsamen Fall lösten, waren seine Gefühle für sie wieder aufgeflammt. Doch sie hatte diese nicht erwidert. Sie war nie auf seine Worte eingegangen. Das hatte ihn enttäuscht, warum hatte sie gar nicht geantwortet? Harry hatte mit dem Kapitel abgeschlossen, er war ja kein Masochist. »Ich weiß nicht …«, begann er. Er ärgerte sich, dass er das nicht rundweg abgelehnt hatte.

»Sorry, ich falle mit der Tür ins Haus. Am besten, wir reden, wenn ich da bin. Nimmst du mich mit auf eine kleine Segeltour?« Das klang so freudig, dass ihm das Nein nicht über die Lippen kam. Er überlegte, wie er ihr von der Beziehung mit Jana erzählen sollte. »Rike, da wäre etwas …«

»Keine Sorge, ich habe mir selbst eine Ferienwohnung gebucht. Morgen kommen wir mit der *MS Nordsee*. Holst du uns ab?«

Er fühlte sich zu überrascht, um Nein zu sagen. Da er Dienst hatte, würde er sie in seiner Pause abholen und ihr dann von seiner Freundin erzählen.

»Tschüs, mein Lieber, bis morgen«, rief sie, bevor es tutete. Was war in seine Studienfreundin gefahren? Dieses Verhalten schien ihm vollkommen untypisch für Rike.

KAPITEL 4

Es war wie ein Déjà-vu. Wieder schubsten sich Jugendliche einer Schulklasse beim Anstehen vor der MS Nordsee. Rike fühlte sich an ihren letzten Ausflug auf die Insel erinnert und die tragischen Ereignisse, die dem gefolgt waren. An diesem Junitag strahlte die Sonne, das Meer zeigte sich in tiefem Blau mit glitzernden Einsprengseln aus Licht. Die Menschen in der Schlange vor dem Schiff am Kai bewegten sich gemächlich auf den Einstieg zu. Prinz war wenig motiviert, er hatte die stürmische Anreise bei ihrem letzten Aufenthalt nicht vergessen.

»Na komm, Großer. Dieses Mal wird es richtiger Urlaub«, versuchte sie, ihren Hund zu motivieren. »Wir spielen am Strand und laufen über die Insel, Harry nimmt uns zum Segeln mit.« Hatte er geknurrt? Er ließ sich weiter in Richtung Schiff ziehen.

Helgoland war der richtige Ort, um die Seele baumeln zu lassen und über die Zukunft nachzudenken. Nachdem sie für einen Fall nach Cuxhaven abgeordnet wurde, könnte sie auf ihre alte Stelle in Hamburg zurückkehren. Sie hatte auch das Angebot, zur Cuxhavener Kriminalpolizei zu wechseln. Die Entscheidung fiel ihr schwer, eine Auszeit würde dabei helfen. Außerdem freute sie sich auf das Wiedersehen mit ihrem Freund Harry Kruss. Über ein Jahr war seit ihren gemeinsamen Ermittlungen vergangen. Vieles sah sie nach dem Tod ihres Schwagers Tom von Menkendorf klarer. Vor allem hatte sie mit den alten Zeiten abgeschlossen und war bereit, offen in die Zukunft zu sehen. Sie hatte nie auf Harrys Brief antworten können. Angesetzt hatte sie, doch jedes Wort hatte sich falsch angefühlt. Lange hatte sie gebraucht, den Verrat ihrer großen Liebe zu bewältigen. Noch schlimmer war es, nachdem sie hinter die Fassade geblickt hatte. Festzustellen, dass sie einem Traumbild nachgeweint hatte. Endlich war sie in der Lage loszulassen. Vielleicht war es zu spät, doch sie mochte Harry – und wollte ein Gespräch über all das auf sich zukommen lassen, sehen, was sich entwickelte.

Sie war bis zum Steg der *MS Nordsee* vorgerückt und begab sich an Bord. Sie fand einen Platz in ihrem Lieblingssalon an der Bar, von wo aus sie auf das hintere Deck nach draußen gelangte. Prinz streckte sich auf seiner Kuscheldecke unter dem Tisch aus.

»Herzlich willkommen auf der *MS Nordsee*. Es begrüßt Sie Ihre Kapitänin Ronja Berg. Wir wünschen eine wunderbare Überfahrt.« Rike war überrascht, sie hatte erwartet, Kapitän Michael Nickau auf der Brücke wiederzutreffen. Anders als bei ihrer letzten Anreise war die See spiegelglatt, der Himmel wolkenlos, die Sonne brannte auf der Haut. Sie stellte sich auf das Außendeck und beobachtete von dort das Ablegemanöver und die Fahrt entlang der Kugelbake in die Schifffahrtsrinne. Dann setzte sie sich und sah, wie die Alte Liebe und der Radarturm immer kleiner wurden, bis sie sich als winzige Schatten am Horizont abzeichneten. Der Anblick der See hatte eine beruhigende Wirkung auf sie. Schweinswale sprangen spielerisch aus dem Wasser, begleiteten das Schiff.

In der Ferne erspähte sie die Silhouette des Neuwerker Leuchtturms, sie passierten die Insel und das Vogelparadies Scharhörn mit der Hütte des Vogelwärters. Rike trank einen Cappuccino an der Bar, dann döste sie einen Moment auf ihrem Stuhl neben Prinz. Endlich entdeckte sie das Leuchtfeuer der Düne. Blau schimmerte die Badebucht vor dem Sandinselchen, dann fuhr das Schiff in den Hafen ein. Sie war nach draußen gegangen und atmete tief die saubere Inselluft ein. Ihr Blick ging zu den bunten Hummerbuden vor den roten Felsen. Alles sah aus wie früher, eine scheinbar kleine friedliche Inselwelt.

An der Anlegestelle entdeckte sie den Golf der Wasserschutzpolizei, und ihr Herz klopfte schneller. Wie schön, dass Harry sie abholen kam. Strahlend empfing er sie an der Schiffsrampe. »Rike, was für eine Überraschung. Gut, dass die Passagiere ausnahmsweise vollzählig sind.«

»Keine Vorkommnisse, Herr Kollege«, ging sie auf die Vorlage ein. »Ihr geht mit dem Fortschritt, habt jetzt eine Kapitänin an Bord.«

»Tja, Michael Nickau war nicht lange Schiffsführer. Das hast du sicher in der Presse verfolgt?« Er strich Prinz über den Kopf, dieser sprang bellend um ihn herum und dann an ihm hoch. Sie war so überrascht, dass sie die Erziehungsmaßnahmen vergaß. »Nein, was war denn mit ihm?«

»Ich hatte schon länger einen Verdacht, nur konnten wir ihm nichts nachweisen. Er war der eigentliche Drahtzieher des Kokainschmuggels an Bord des Schiffs. Aber er war geschickt – und hat die Schuld auf seinen Vorgesetzten geschoben.« Rike dachte nach. Sie hatten den Mann wegen der Mordfälle festgenommen, bevor sie den illegalen Drogentransport entdeckt hatten. Sie konnten ihm nichts nachweisen. »Wo wohnt Ihr denn?«, fragte er.

»Wieder in der gleichen Wohnung am Falm, wo ich letztes Mal war. Das gehört jetzt einer Kapitalgesellschaft und ist viel teurer. Aber ich liebe diesen herrlich weiten Blick über die Nordsee zur Düne«, schwärmte Rike.

Harry öffnete ihr die Tür und ließ sie einsteigen und lud ihren Koffer ein. Prinz kletterte auf den Rücksitz.

»Ich muss leider nach der Pause wieder zum Dienst«, erklärte er. Er fuhr über den Invasorenpfad am Krankenhaus vorbei zum Oberland und hielt vor dem Haus. Während Rike den Schlüssel mit einem Code aus dem Kästchen an der Tür entnahm, trug Harry das Gepäck an den Eingang. Sie schloss auf und er stellte den Koffer im Flur ab, blieb stehen. Rike ging in die Küche, um einen Kaffee zu machen. Harry trat von einem Fuß auf den anderen, sah auf den Boden und knetete seine Mütze. Das war ein untypisches Verhalten bei ihrem Studienfreund.

»Was hast du auf dem Herzen?«, fragte Rike. Er schien über etwas nachzudenken.

Er schüttelte schnell den Kopf. »Ach nichts. Ich muss los, wir sehen uns später«, verabschiedete er sich abrupt. Rike brühte sich einen Cappuccino und setzte sich ans Fenster. An der Mauer, die das Oberland begrenzte, standen Kübel mit Palmen. Dazwischen schimmerten die dunklen Dächer der verschachtelten Wohnhäuser auf dem Unterland, blau glitzerte das Meer zwischen den beiden Inselteilen. Sehnsuchtsvoll blickte sie auf das rot-weiße Seezeichen auf der Düne mit ihren Sandstränden. Das Türkis der Lagune leuchtete verlockend. Ein Strandtag wäre wunderbar. Genau dorthin würden sie heute übersetzen.

KAPITEL 5

Bis spät in den Abend war die Besprechung über das Programm gegangen. Verschlafen hängte Jana das Tee-Ei in die Kanne und stellte die Uhr auf fünf Minuten. Sie dachte an den Tag, der vor ihr lag. Am Vormittag sollte ein Empfang im Rathaus stattfinden, der Tourismusdirektor ließ sich den Besuch einiges kosten. Anders als normal sterbliche Besucher wurde das Filmteam durch den Ort chauffiert, ein Fahrzeug des Insellogistikers war extra angemietet worden. Jana schlang ein Handtuch über ihre nassen Haare und goss sich eine Tasse Ostfriesenmischung ein. Mit dem Tablett ging sie auf ihre Terrasse und setzte sich in den Strandkorb. Ihr handtuchschmales Gärtchen war für Helgoländer Verhältnisse ein Luxus. Sie hatte das Glück gehabt, eine der Wohnungen in den Neubauten am Leuchtturm zu ergattern – und Harry wohnte seit zwei Wochen praktisch bei ihr. Er war zum Dienst gegangen, und sie genoss den ruhigen Moment. Jana sah prüfend in den Himmel. Blau mit Schäfchenwolken, das versprach ein wunderschöner Frühsommertag zu werden – ideal für Filmaufnahmen. Das Telefon klingelte, sie sah, dass ihr Chef anrief.

»Was steht an? Wie hat er die Nacht verbracht?«, wollte er wissen. Als würde sie vor der Zimmertür nächtigen.

»Vermutlich in junger Begleitung«, konnte sie sich nicht verkneifen. Dem Mann eilte sein Ruf voraus – und sie hatte festgestellt, dass die Vorwürfe gegen Dorst nicht aus der Luft gegriffen waren. Bei jeder Gelegenheit ließ er anzügliche Bemerkungen fallen, und Jana war heilfroh, dass er in Begleitung gekommen war.

»Er frühstückt, ich melde mich«, wimmelte sie ihren Vorgesetzten ab. Es war kurz vor 8 Uhr, seine Assistentin, Finja Kowalski, hatte ihr zugesagt, dass sie um 9 Uhr das Programm besprechen konnten. Sie zog sich an und sah sich noch mal kritisch im Spiegel an. Bloß keine Kleidung, die diesem Macho irgendetwas signalisierte. Sie war zufrieden mit der hochgeschlossenen Bluse und den Marlenehosen und begab sich auf den Weg. Um etwas Zeit zu gewinnen, nahm sie den Fahrstuhl ins Unterland, ihre *Insel-U-Bahn*, wie sie scherzhaft sagte.

Jana klopfte bei ihrem Großpapa, der in einem winzigen Haus in der Friesenstraße wohnte, das lag auf dem Weg zum Hotel. Nach der Rückkehr auf die Insel war sie bei ihm untergeschlüpft, doch die Gebäude aus der ersten Etappe des Wiederaufbaus waren nicht nur klein, sondern extrem hellhörig und schlecht gedämmt. Sie war froh, als sie endlich ihre eigene Wohnung bekam. »Groofoor, bist du da?«, rief sie.

»Ich komme.« Sie hörte eilige Schritte auf der Treppe von unten. Er war schon aktiv in seiner Werkstatt, wo er seine Feuersteinsammlung aufbewahrte. Er öffnete, und sein Gesicht hellte sich auf, als er sie sah.

»Guten Morgen, Opa«, sie drückte ihm einen Kuss auf die bärtige Wange. »Moin, Lütte«, brummte er. »Machst dir wieder Sorgen?«

»Ich habe in der Nähe zu tun und wollte fragen, ob du etwas brauchst.«

»Danke, Kleene, habe alles. Außer …«, er machte eine

Pause und kratzte sich am Kopf. »Ein Schnäpschen zum Frühstück.«

»Opa, denk daran, was der Arzt gesagt hat«, sagte sie tadelnd, und er lachte schallend.

»Geh mal und singe das Loblied unserer schönen Insel.«

»Wird gemacht, Kapitän, ich komme morgen wieder«, verabschiedete sie sich. Mit Beklemmung ging sie zu ihrem schwierigen Kunden ins Hotel. Sie klopfte an der Zimmertür, Dorst öffnete und sah sie missmutig an. »Sie wünschen?«

»Ich würde gerne das Programm besprechen, das wir für Sie ausgearbeitet haben«, sagte sie so ruhig und selbstbewusst wie möglich. Wenn er glaubte, sie einschüchtern zu können, hatte er sich getäuscht. Dieser Mann wirkte so überheblich und unsympathisch, dass ihr das Lächeln schwerfiel, leider hing ihr Job davon ab, wie er die Insel in seinen Beiträgen darstellte. Also würde sie versuchen, professionell und konstruktiv zu bleiben.

»Kommen Sie«, er öffnete die Tür weit, um sie eintreten zu lassen. Es war ihr unangenehm, mit diesem Mann in einem Raum zu weilen, doch konnte sie die Einladung schlecht ablehnen. »Ist Frau Kowalski da?«

»Warum, haben Sie Angst vor mir?«, fragte er und sah sie aufmerksam an, als würde er ein seltenes Insekt beurteilen. »Nehmen Sie Platz«, bat er, zog einen Sessel für sie vor, deutete darauf und ging zur Anrichte, wo eine Flasche im Sektkühler stand. Er ließ den Korken knallen, entnahm die Flasche und füllte zwei Gläser. »Entspannen wir doch ein bisschen.«

Sie schüttelte den Kopf. »Nein danke, ich bin im Dienst.«

»Ach, wollen Sie gar nicht auf die Insel mit mir anstoßen? Das gehört sich so vor einer Reportage«, lockte er.

»Okay, ausnahmsweise ein Glas«, stimmte sie zu, denn er schien verärgert zu sein, und das musste sie um jeden Preis vermeiden. Er reichte ihr den Kelch. Widerstrebend stieß sie mit ihm an und nippte am Glas.

»Erzählen Sie doch mal, wie verschlägt es eine junge Frau wie Sie hierher?«

Jana rutschte auf ihrem Stuhl hin und her. Was für ein Spiel spielte er? Sie ignorierte seine Frage. »Was halten Sie denn von meinem Programm?«

Er ging wieder zur Anrichte und kam mit einer silbernen Dose auf sie zu. »Möchten Sie? Das macht Sie mal ein bisschen entspannter.«

Sie erkannte die Pillen, die sie schon häufig in Berliner Technoclubs gesehen hatte, und schüttelte wieder den Kopf. Er bediente sich und goss danach beiden Sekt nach.

»Auf Helgoland«, wiederholte er. »Sie müssen mit mir anstoßen! Sonst fühle ich mich hier nicht willkommen«, quäkte er wie ein beleidigtes Kind. Wieder spielte sie notgedrungen mit. Er blickte durch das Fenster zur Landungsbrücke, wo die Dünenfähre ablegte, und ließ die Augen über Strand und Hafen schweifen. »Der Blick ist schön, aber hier leben? Wollen Sie mir nicht erzählen, wie Sie hierhergekommen sind?«

»Ich habe Wurzeln auf der Insel, mein Großvater lebt hier. Vor einem Jahr bin ich wieder hierhergezogen.«

»Das würde ich ja nicht aushalten auf so einem Felsen, immer die gleichen Menschen!«

Vor allem solche wie dich brauchen wir hier nicht, dachte Jana.

»Und, was haben Sie jetzt gedacht? Eine lästige Pflicht hier zu erfüllen?«, dabei sah er sie lauernd an.

Wut stieg in ihr hoch. Was nahm der sich raus. Doch

sie musste freundlich bleiben, wandte den Blick ab. Sie hatte das Programm auf dem Schreibtisch entdeckt und ging es holen.

»Schauen Sie mal, Herr Dorst. Ich habe einiges für Sie vorbereitet. Und die Inselverwaltung möchte Sie nach Strich und Faden verwöhnen. Für Ihre Recherche stehen ein Börteboot oder ein Hubschrauber bereit, wenn sie das wünschen. Mit einem U-Boot sind spektakuläre Aufnahmen der Unterwasserwelt möglich. Einen Chauffeur haben wir auch.«

»Was kann man denn direkt hier machen?«

Er hatte seinen Stuhl neben ihren gerückt und war jetzt so weit an sie herangekommen, dass sie seinen alkoholgetränkten Atem roch. Jana fragte sich, wie sie unbeschadet aus dem Raum entkommen konnte. Eigentlich wollte sie ihm eine scheuern oder ihn zwischen die Beine treten, doch dann wäre sie vermutlich ihre Stelle los. Durchatmen.

»Wir können verschiedene Thementouren machen. Geschichte, dann sehen wir uns Spuren des zerstörerischen *Big Bang* an, entdecken die Bunkeranlagen – und es gäbe sogar eine Bombenentschärfung, bei der Sie im sicheren Abstand assistieren können. Einzigartig ist unsere Hummeraufzugsstation. Das finden Sie nur auf Helgoland.«

Er nickte. »Interessant. Du hast eine so schöne Stimme. Du siehst gut aus, bist intelligent. Jemand wie du sollte nicht hier versauern. Komm mit mir nach Berlin und steig beim Kanal ein. Du kannst direkt Moderatorin werden.«

Sie versuchte, so weit wie möglich von ihm wegzurücken, doch der Tisch stand im Weg. »Entschuldigung«, sagte er und rückte wieder zurück, griff zur Flasche und goss ihr erneut ein Glas Sekt ein. »Auf die Inselschönheit.«

»Bitte, bitte«, bedrängte er sie, das Glas zu erheben. Sie stieß wieder mit ihm an, stellte den Kelch dann weg.

»Sie können vom Boot aus spektakuläre Bilder aufnehmen, von den Felsenhängen und der Langen Anna, den Kegelrobben auf der Düne, unserer Vogelwelt, den Trottellummen und den Basstölpeln, diese sind absolut fotogen.«

»Hm, klingt nach einer Idee, vor allem das Letzte. Darf ich mal schauen?« Er blickte über ihre Schulter in das Programm und ließ seine Hand langsam in Richtung ihrer Brust hinabgleiten. Entsetzt sprang Jana auf, kam ins Torkeln. Ihr war auf einmal schwindlig.

»Wo ist die Toilette?« Er deutete auf eine Tür. Sie schwankte dorthin und ließ sich auf der Klobrille nieder, atmete durch. Sie hatte zu viel getrunken und fühlte sich nicht mehr sicher auf den Beinen. Einen Moment blieb Jana sitzen. Dann ging sie zum Wasserhahn und trank ein paar Schlucke, benetzte ihr Gesicht mit kaltem Wasser. »Alles in Ordnung?«, hörte sie ihn rufen.

Er hämmerte gegen die Tür, bis sie »Okay«, sagte. Fieberhaft überlegte sie. Er schien überhaupt kein Interesse an der Insel zu haben. Wie konnte sie nur das Gespräch in eine vernünftige Richtung lenken? Ihm begreiflich machen, dass sie nicht den Wunsch nach näheren Kontakten mit ihm hatte? Leider hatte sie ihre Handtasche nicht dabei, sonst hätte sie vom Bad aus Verstärkung angefordert.

Es half nichts, der Weg in die Freiheit führte durch die Höhle des Löwen. Sie würde sich kurz verabschieden und dann die Dinge mit der Assistentin klären.

Sie öffnete die Tür. »Die Sonne geht auf«, schleimte er. Sie schrak zusammen. Er stand mit dem Bademantel vor ihr und hatte ihn zu allem Überfluss weit geöffnet. »Können Sie dazu Nein sagen?«

Einen Moment lang war sie sprachlos und gleichzeitig voller Ekel. Hatte sie etwas Falsches gesagt? »Sie haben ja das Programm, ich bin dann mal weg.« Sie ging an der Sitzgruppe vorbei und wollte direkt zur Tür, doch er packte sie von hinten unter den Armen und schmiss sie auf das Sofa.

»Sei nicht so kühl, schöne Jana. So was gehört zu deinem Job. Ich soll mich wohlfühlen.« Er begann, an ihrer Hose zu zerren. Sie versuchte vergeblich, ihn wegzustoßen, er wog mindestens das Doppelte von ihr. »Lassen Sie mich los!«

Er grinste dreckig. »Ich mag es, wenn sie sich wehren. Eine kleine Raubkatze.«

Sie sah keine andere Chance, als ihm mit voller Kraft einen Daumen ins Auge zu stoßen. Überrascht schrie er auf wehrte sie mit einer Hand ab. Sie nutzte den Moment, um sich zu befreien, und lief zur Tür.

»Du Schlampe!« Wieder war er hinter ihr, packte sie an den Haaren. Sie drehte sich und trat ihm mit voller Kraft zwischen die Beine. »Nimm das, du Dreckschwein«, schrie sie und rannte zum Ausgang. Sie sah, wie er sich am Boden krümmte, als sie hinausstürmte, mit Mühe schaffte sie es bis zur Rezeption.

»Bitte rufen Sie die Polizei, Herr Kruss soll mit dem Wagen kommen«, bat sie die Rezeptionistin. Ihr war schwindlig, ihre Beine zitterten. Im letzten Moment ließ sie sich in einen Sessel fallen, sonst wäre sie zusammengebrochen. Sie war nicht in der Lage, zu Harry zu laufen. Sie hatte nur ihn und ihren Großvater auf der Insel – und den alten Mann wollte sie nicht mit dem Problem behelligen.

KAPITEL 6

In Gedanken vertieft schwang sich André auf sein *Fixie* Fahrrad und strampelte direkt auf dem Gehweg vor seiner Kreuzberger Wohnung los. Beinahe hätte er eine alte Dame über den Haufen gefahren, wich im letzten Moment aus und nickte nur, als die Frau lautstark schimpfte. Er wollte an dem Tag endlich wieder ein Comedy Video drehen und gab im Kopf seinen Gags Schliff. Seine Inhalte fanden seit der Neuausrichtung immer weniger Platz auf dem *Youtube*-Kanal, doch das wollte er ändern.

Schon früh war die Berliner Luft aufgeheizt, und ihm trat beim Fahren der Schweiß auf die Stirn. Ausnahmsweise freute er sich auf das klimatisierte Büro an ihrem Sitz direkt an der Spree. Mit dem Aufzug fuhr er nach oben zu ihrem Penthouse, an dessen Fassade der neue Name »Roadtrip. Top oder Flop« neongelb leuchtete.

»Guten Morgen«, begrüßte er die Sekretärin seines Partners, die am Empfang saß. Das Drehkreuz gab ein merkwürdiges Alarmsignal von sich, als er seine Zugangskarte an das Display hielt. Der Bildschirm färbte sich rot. Er drückte gegen den Sperrbügel, doch der Eingang war versperrt.

»Tut mir leid, André«, flötete die Vorzimmerdame Herlinde zuckersüß und sah auf ihre ultralangen getigerten Krallen. »Gib mir die Karte. Es ist vorbei.«

»Wie meinst du das?« Entgeistert gab er ihr seinen Hausausweis, so verdattert war er. »Bringst du das in Ordnung?«

Sie schnalzte kurz mit der Zunge, schüttelte dann den Kopf. »Es ist besser, du gehst jetzt!«

Noch immer verstand er nicht. »Kannst du das bitte gleich regeln? Ich habe heute viel zu tun«, bat er Herlinde.

»André, da geht gar nichts mehr. Du bist hier raus!«, teilte sie ihm mit.

»So ein Unfug. Was soll das denn? Das würde Casimir niemals zulassen«, schimpfte er, schlug gegen die Metallabsperrung vor den Büroräumen.

»Glaubst du das?« Die Sekretärin trommelte mit ihren Krallen auf den Tisch. Kurz darauf kamen zwei uniformierte Muskeljungs vom Sicherheitsdienst.

»Herr André Adomat?«

Er nickte, sicher würde sich alles aufklären. »Wir begleiten Sie jetzt zu Ihrem Wagen«, sagte der eine.

»Ich habe kein Auto.« Mit seiner Hand entfernte er die unangenehm auf seiner Schulter liegende Pranke.

»Wir gehen dennoch nach draußen.« Der andere Uniformierte schob ihn in den Fahrstuhl.

Krampfhaft versuchte er von dort aus, seinen Freund zu erreichen. Dieser hatte von einer Nordseereise erzählt, er hatte nur mit einem Ohr zugehört. Dorst ging nicht ans Telefon. Gleichzeitig ploppte eine E-Mail auf. »Betriebsbedingte Kündigung.« Ungläubig las er den Text. Das war ein Ding der Unmöglichkeit. Er selbst betrieb diesen Internetkanal seit acht Jahren, hatte ihn groß und berühmt gemacht. Und als Casimir Dorst in hohem Bogen von den öffentlich-rechtlichen Sendern gefeuert wurde, hatte er ihm einen neuen Platz angeboten. Sicher waren sie seither gewachsen, hatten eine GmbH gegründet und den Kanal umbenannt, und inhaltlich hatte sich vieles gewandelt. Sein Partner hatte viel investiert, um den Kanal professioneller aufzubauen und sich die Mehrheit der Anteile übertragen lassen. »Das ist nur eine Formalie zur Absicherung für die Bank. Wir sind doch Partner«, hatte er damals gesagt. Seitdem waren sie beide Geschäftsführer. Und nun wollte er ihn einfach so aus der Firma werfen? Das konnte André kaum glauben. Unter den wachsamen Augen des Sicherheitsdienstes fuhr er sein Fahrrad aus dem Hof. Er setzte sich in ein Café in der Nachbarschaft und versuchte weiter, Dorst zu erreichen. Ob er schon weg war? Er musste mit ihm sprechen, das musste ein Irrtum sein.

André bestellte sich ein kleines Bier. Kreuzberger Nacht, das entsprach seinem Gemütszustand. Er konnte nicht glauben, was er gelesen hatte. Eindeutig ein Irrtum! Vielleicht war es am besten, den Freund zu Hause aufzusuchen, falls es irgendwelche Missverständnisse gab, konnten sie die im persönlichen Gespräch ausräumen. Auch wenn der Weg nach Grunewald weit war, das half nichts. Er musste das sofort klären.

Nach 40 Minuten strammer Fahrt kam er an der Adresse an und klingelte an der Gründerzeitvilla von Dorst. Eine Kamera richtete sich auf ihn, er winkte kurz hinein, dann öffnete sich das schmiedeeiserne Tor wie von Zauberhand, die Haustür stand offen.

»André, ich bin hier oben bei der Arbeit«, hörte er die Stimme von Tati, Casimirs Frau. Er wischte sich den Schweiß mit seiner Jacke von der Stirn. Die Strecke war einfach zu weit an einem Tag, der so heiß begann.

»Guten Morgen, du Schöne«, begrüßte er die Frau seines Freundes. Mit ihr hatte er sich immer verstanden, vielleicht würde sie ihn unterstützen.

Sie umarmte ihn und deutete auf ein Ledersofa. »Ich muss etwas fertigmachen, eh die Farben eintrocknen.«

Sie arbeitete an einem abstrakten Bild, soweit er das einschätzen konnte. Es sah aus wie eine Farbexplosion, so als hätte jemand beliebig sämtliche Töne in Öl auf eine Leinwand geworfen. Aber er war sicher der Letzte, der für die Beurteilung eines solchen Werkes geeignet war. »So, das noch und ich bin fertig«, sagte Tati, drückte eine Tube Blau auf dem Rest der Farben aus und trat einen Schritt zurück, um das Ergebnis anzuschauen.

»Schön, dass du hier bist. Ist lange her«, sagte sie dann. Sie legte ihren beklecksten Kittel ab und bat ihn, ihr zu folgen.

»Ist Casi hier?«, fragte er unverblümt.

»Casimir? Keine Ahnung, wo der Herr steckt. Wir sind schon seit einem halben Jahr nicht mehr zusammen!«

Er lief betroffen hinter ihr her. »Das tut mir leid, ich hatte keine Ahnung.«

Sie lächelte ihn an. »Das muss dir nicht leidtun. In meiner Arbeit als Yogalehrerin gehe ich vollkommen auf und habe das Malen wieder angefangen. Wegen ihm habe ich meine Kunstkarriere damals aufgegeben. Das war die einzig richtige Entscheidung, mich von ihm zu trennen.«

Sie bat ihn in die offene Küche, einen hell möblierten Raum mit einer Glasfront in Richtung Garten. Er setzte sich auf einen Barhocker. »Was möchtest du trinken?«, fragte sie.

»Einen Kaffee, wenn du hast. Aber ich müsste dringend mit ihm reden. Er will mich aus der Firma werfen, ich glaube, das ist ein Missverständnis.«

Tati hantierte an der Kaffeemaschine, füllte seine Tasse und stellte diese vor ihm auf den Tisch. Dann setzte sie sich ihm gegenüber und schüttelte den Kopf. »Es tut mir leid, André, dir das sagen zu müssen. Aber da warst du zu gutgläubig. Man muss bei ihm immer das Kleingedruckte beachten. Auch wenn du ihm damals eine Chance gegeben hast, der kennt so etwas wie Dankbarkeit nicht. Der hat sich genommen, was er haben wollte – und nun braucht er dich nicht mehr. So ist er, das habe ich am eigenen Leib erfahren.«

Eine Träne rann aus ihrem Auge. Er war aufgestanden, um sie zu umarmen. Sie hielten sich Körper an Körper – und das fühlte sich gut an. Wie lange der Moment gedauert hatte, konnte er nicht sagen. Fünf Minuten oder zehn. Schließlich nahm er wieder Platz.

»Woher weißt du das denn?«, fragte er Tatjana.

Sie schüttelte den Kopf: »Ich weiß, wie er ist. 15 Jahre habe ich gebraucht dafür, wie unendlich blöd! Und nun sitze ich bald auf der Straße ohne einen Pfennig Geld.«

Er kam sich schäbig vor, denn gegen ihre Probleme wirkten seine eigenen fast wie Luxuswehwehchen. »Hat er dir etwas zur Firma gesagt und dass er mich loswerden will?«

Sie schüttelte den Kopf. »Geschäftliches hat er nie mit mir besprochen. Aber ich kann herausfinden, wo der Herr sich aufhält.«

Sie ging nach oben und kam mit einem Computer zurück. Sie tippte darauf und loggte sich auf einer Seite ein. Es war ein Terminkalender. »Hier steht etwas von der Insel Helgoland. Vom Feinsten, wie immer. Er logiert im *Hotel Prinzessin Alexandra*. Vermutlich nicht allein!«

Er sah ihr über die Schulter. Drei Tage sollte Casi sich

dort aufhalten. »Danke dir. Ich werde ihm einen Besuch abstatten.« Sie nickte. »Gar keine üble Idee.«

Er verabschiedete sich, er musste sich umziehen und dann auf dem schnellsten Weg auf diese Insel kommen. Dort konnte sein Geschäftspartner ihm nicht ausweichen.

KAPITEL 7

Harry ließ sein angebissenes Brötchen liegen, er hatte keinen Hunger. Der Kaffee schmeckte schal. Er ging in Janas Wohnzimmer auf und ab. Er musste nachdenken.

Zum ersten Mal waren sie in einen Streit geraten – und der hatte nicht in einer Versöhnung geendet. Harry fühlte sich nicht gut, er liebte Jana – und Harmonie war ihm wichtig. Doch in diesem Punkt kamen sie nicht auf einen Nenner.

Am Tag davor hatte er sie vollkommen aufgelöst im Hafen eingesammelt. Ihre Haare standen wild in alle Richtungen, ihre Schminke lief in Rinnsalen über ihre Wangen, die Bluse war offen. Sie wirkte aufgebracht und flüsterte auf seine Frage nur: »Später.« Jana war nicht zimperlich. Sie arbeitete hart und konnte mit Fehlschlägen umgehen, also musste sich etwas Gravierendes ereignet haben. Harry hatte seine Freundin in den Arm genommen und beruhigend auf sie eingeredet.

Schließlich hatte er sich spontan freigenommen und Jana nach Hause gebracht, einfach ihre Hand gehalten. Es dauerte Stunden, bis es aus ihr herausprudelte, dass dieser Lustmolch vom Fernsehen sie belästigt hatte. Sie hatte sich gewehrt und die richtigen Reflexe gehabt, sonst hätte dieser Typ sie vergewaltigt. Das war nicht nur ein aufdringliches Kompliment, der angeblich wichtige Gast hatte Gewalt angewendet. Es war eine Straftat. Harry musste sich beherrschen, um den Drecksack nicht sofort zur Rede zu stellen, er malte sich aus, wie seine Faust in dieses widerliche Gesicht donnerte. Auch wenn das nicht professionell war, er vertrat den Rechtsstaat und hatte sich bislang meist korrekt verhalten. Dass Jana keine Anzeige erstattete, belastete ihn. Wie mit Engelszungen hatte er auf sie eingeredet, ohne Erfolg. Wie sollten sie sonst gegen den ermitteln, das würde ihm niemand genehmigen. Da war der Rechtsstaat leider machtlos.

Er hieb wütend auf den Tisch. Mit der Bewegung musste er versehentlich die Kaffeetasse berührt haben, diese schlitterte einen Meter weiter, dummerweise auf den echten Perser, auf den Jana so stolz war. Er fluchte und versuchte, mit einem Lappen das Malheur zu beseitigen. Leider dehnte sich der Fleck weiter aus. Im Vorbeigehen streifte er mit dem Ellenbogen das Marmeladenbrot. Mit der klebrigen Oberseite landete es auf ebendiesem Teppich und fügte einen roten Fleck hinzu. »Das war ja klar«, fluchte Harry. Natürlich konnte das Geschoss nicht auf der harmlosen unteren Seite landen. Jana würde außer sich sein, wenn sie die Schäden entdeckte. Er ging zur Kammer mit den Reinigungsutensilien. Ein starkes Mittel würde es richten. Ratlos sah er die Flaschen an. Fleckenteufel schien vielversprechend, aber nur ein paar Tropfen waren übrig. Da stand ein rotes Gefäß. Rohrreiniger, das klang doch mächtig gewaltig. Wenn es Rohre bewältigte, würde das Zaubermittel spielend mit dem Teppich fertig.

»Schlimmer geht es nimmer«, brummelte Harry vor sich hin. Er schüttete eine ordentliche Portion auf die beiden verschmutzten Stellen des Persers. Zuerst einwirken lassen, dann rubbeln. Es würde sicher funktionieren. Zufrieden sah er, wie das Mittel schäumte. Noch ein Ärgernis wäre eindeutig eins zu viel. Er beobachtete, wie sich ein kleiner Schaumberg bildete.

Betrübt dachte er an den Streit. Er war ein friedliebender Mensch, doch das akzeptierte er nicht. Jana wollte normal weiterarbeiten, als wäre nichts geschehen. Wie konnte sie nur wieder in dieses Hotelzimmer gehen. Sie hatte Pfefferspray dabei, doch der Mann war ihr körperlich überlegen. Dieser Dorst war kein Hüne, aber drahtig und durchtrainiert. Janas Chef wusste Bescheid, Harry hatte ihn informiert. Dennoch hatte Tollmann angerufen und darauf bestanden, dass Jana diesen Dorst und Begleitung am nächsten Tag über die Insel führt. Harry hatte sich dagegen verwahrt. Dieser Medienfuzzi war gefährlich, egal wie prominent er sein mochte. Er ließ den Lappen fallen, in Gedanken malte er sich schlimmste Situationen aus, denen seine Freundin ausgesetzt sein könnte. Er musste sich bereithalten, um sie zu schützen. Jana nahm ihre Arbeit ernst, für seinen Geschmack übertrieb sie sogar.

»Wie soll ich das hier sonst bezahlen? Ich brauche diesen Job«, hatte sie ihm widersprochen, als er sie bat, den Auftrag abzulehnen. Er hatte versucht, sie an sich zu ziehen, doch sie hatte seinen Arm weggeschoben.

»Wir finden eine Lösung, ich kann ja offiziell hier einziehen, meine Wohnung ganz aufgeben und die Miete übernehmen«, bot er an, während sie ihre Handtasche packte und ihre Jacke anzog.

Sie sah ihn finster an, bevor sie die Tür zuknallte. »Na klar, und ich bleibe dann als Hausfrau den ganzen Tag hier und stelle dem Herrn Inselpolizisten jeden Abend sein warmes Essen auf den Tisch.«

»Das Kochen übernehme ich lieber selbst. Du kannst mir das Bett vorwärmen«, scherzte er. Das war ein typisch flapsiger Spruch, bei dem er sich nichts gedacht hatte. Allerdings war das Timing nicht das beste. Sie drehte sich noch mal zu ihm um und fixierte ihn mit ihrem Kampfblick, wie er es nannte. Janas Augen schienen ihn zu durchbohren.

»So siehst du das? Von Männern, die mich als Lustobjekt sehen, habe ich genug!« Sie schnaubte wütend und ging schnellen Schrittes in Richtung Aufzug, um ins Unterland zu fahren.

Dieser Scherz war ja gründlich danebengegangen. Er hatte überlegt, was er tun sollte, ohne Jana wieder zu verärgern. Hektisch stürzte er sich auf sein Telefon, als es klingelte. Rike rief an, sie klang entspannt.

»Guten Morgen, Lieblingskollege. Was macht die Inselpolizeiarbeit? Du schuldest mir ein paar Cappuccini vom letzten Mal.«

Natürlich stand er wegen des Falls vor gut einem Jahr tief in Rikes Schuld, doch er musste dringend diesen widerlichen Lustmolch überwachen – und Jana vor einer Katastrophe bewahren.

»Ungünstig, obwohl …« Harry hatte eine Idee, Rike schien ja nach Gesellschaft zu suchen – und es klang, als hätte sie Langeweile. Sie könnten sie zumindest schon zum Ort des Geschehens begeben, zwei Bullen waren besser als einer. Und vielleicht hatte sie die zündende Idee.

»Wie wäre es im Restaurant vom *Hotel Prinzessin Alexandra*? Ich habe dort zu tun. Jetzt muss ich dringend los.«

»Ich bin dabei«, versprach Rike.

Sie würden sich in der Halle treffen. Er rannte noch einmal zum Teppich, um sich das Ergebnis seiner Behandlung anzusehen. »Verflucht!« Die Flecken waren nicht mehr zu sehen, stattdessen sah er das Parkett an dieser Stelle. Ein riesiges Loch war entstanden. Er sah sich hektisch um, dann stellte er einen Blumenständer mit einer Orchidee darauf. Sein Vergehen würde er zu einem günstigeren Zeitpunkt gestehen.

Er fuhr mit dem Golf ins Unterland und parkte vor dem Hotel. Sollten sie sehen, dass die Polizei Präsenz zeigte. »Moin, Frau Berger«, begrüßte er die Direktorin, die an der Rezeption stand. Er scannte den Raum nach Aus- und Eingängen, dann entschied er sich für ein Kanapee, von dem er die Aufzüge im Blick hatte.

KAPITEL 8

Was wollte dieser Polizist in ihrem Hotel? Sie würde ihn im Auge behalten, nicht, dass er ihren wichtigsten Gast behelligte. Vom Empfangstresen aus beobachtete sie ihn unauffällig aus dem Augenwinkel. Gerade hatte Inge Berger ihr morgendliches Ritual abgeschlossen. In der Halle ging sie durch alle Ecken, strich mit den Fingern an der Unterseite der Möbel entlang. So kontrollierte sie, ob die Zimmerfrauen gründlich gereinigt hatten. Man bekam kein vernünftiges Personal mehr auf dieser Insel. Alle bildeten sich ein, etwas Besseres zu sein, wie diese Clara. Flausen im Kopf! Künstlerin wollte die werden. Na klar, so eine Phase, in der man Schauspieler oder Sänger werden will, haben ja viele Pubertierende. Die Kleine war aber zu alt für solche Spinnereien. Sie selbst hatte mit 16 schon gearbeitet, im Zimmerservice angefangen, wie sich das gehörte. So hatte sie das Geschäft von der Pike auf gelernt, damals im *Hilton*. Weltweit war sie herumgekommen, bevor sie den Betrieb ihrer Familie übernahm. Kein Mann hatte es länger an ihrer Seite ausgehalten, alles Weicheier. Das konnte sie sich nicht erlauben, eine Frau, die das erste Haus am Platz führte, musste härter sein als ihre männlichen Kollegen.

In dem Moment sprang ihr Kater auf den Tresen, genau in ihr Blickfeld. »Ksss. Ksss«, mit dem Zischlaut versuchte sie, ihn zu vertreiben, doch er richtete sich auf und drückte seinen Buckel in die Höhe, sodass sie gar nichts mehr sah. Sie ging auf Wladi zu, um ihn nach unten zu befördern, er fauchte und hieb blitzschnell mit seiner Tatze auf ihre Hand. Sie zuckte zurück, mit seinen Krallen hatte er tiefe Rillen in ihren Handrücken gezogen, Blut tropfte herab. Sie ging in den Aufenthaltsraum und sprühte fluchend Desinfektionsmittel darauf und klebte ein Pflaster darüber. Das sah furchtbar aus, dieser Kerl fühlte sich wie der Prinz des Hauses. Als sie wieder am Empfang stand, war er verschwunden.

Eine Dame mit Hund betrat die Lobby, gerade wollte sie grüßen, als diese sich zu dem Dorfpolizisten gesellte. Das mochte sie gar nicht, die Person hatte einen Köter an der Leine und brachte den ungefragt mit in ihr gepflegtes Haus. Verboten war das offiziell nicht, doch sie sah das nicht gern. Tierhaare ließen sich so schlecht von den Polstern entfernen, von anderen Hinterlassenschaften ganz abgesehen. Ihr Wladi war eine Ausnahme, Katzen sind reinliche Tiere. Wobei dieser Kerl tat, was er wollte.

»Können wir zwei Cappuccini haben?«, die Bestellung des Paares riss sie aus den Gedanken. Das »gerne« kam ihr routiniert von den Lippen. Sie ging zum Speisesaal, wo das Frühstück serviert wurde. Fast alle Tische waren besetzt. Mit einem kurzen Blick überflog sie das Büffet, nickte den Serviererinnen zu. Jedes Rädchen im Getriebe war an seinem Platz, stellte sie zufrieden fest. Eines der Mädchen winkte sie zu sich und bestellte die Getränke für den Polizisten. Sie streifte die beiden Gäste in der Halle mit einem kurzen Blick. Er schien die Dame mit seinen Augen fast zu verschlingen.

Die Frau mit Hund war so eine typisch norddeutsche kühle Blonde. An der würde er sich die Zähne ausbeißen.

Immerhin lag das Tier brav neben dem Sofa. Ein Kellner servierte den Kaffee.

Sie wandte sich ihrer Planung zu, die sie überall auf dem Computer abrufen konnte. Fast alle Programmpunkte für die Abendveranstaltung waren bestellt oder organisiert. Die Küche musste eine Extraschicht einlegen, um erlesene Häppchen zu kreieren. Es würde ein rauschender Empfang – und sie hatte einen Historiker gefunden, der die Rede halten würde. Das Honorar, das er gefordert hatte, war unverschämt. Doch sonst hatte keiner den Mut, sich gegen diese Meinungsdiktatur zur Wehr zu setzen. Der Mann hatte einen Namen, da kam es ihr auf 10.000 Euro nicht an, wenn er nur die richtigen Inhalte vermittelte. Sie seufzte. Seine Rede hatte er ihr schon gesendet, sie rief das Dokument auf und überflog es.

Endlich sollte dieses Bild von ihrem Großvater zurechtgerückt werden. Er war es, der Tausende Menschenleben gerettet hat. Es stand ja nichts mehr, nachdem die Engländer Helgoland bombardiert hatten. Ihre Eltern waren von diesem Tag traumatisiert, konnten sich nicht in geschlossenen Räumen aufhalten. 18 Meter unter der Erde hatten sie damals als Kinder ausgeharrt, als im Sekundentakt die Bomben niedergingen. Die Wände zitterten, Brandgeruch überall. Danach war ihre geliebte Insel nicht mehr. Doch sie hatten überlebt. Von den Häusern stand nichts mehr, sie hatte die Bilder gesehen. Der Angriff hatte ihr früheres Hotel in einen rauchenden Schutthaufen verwandelt. Es gab keine Möglichkeit, auf der Insel zu leben.

Und ihr Großvater war es, der die Rettungsaktion geleitet hatte. Er selbst hatte nie darüber gesprochen, ihr Vater hatte alles recherchiert und erzählt. 2.500 Zivilisten waren obdachlos, mussten auf dem Festland untergebracht werden. Sie waren oft nicht willkommen, denn auch aus den Ostgebieten und zerbombten Städten kamen hungrige Menschen, die ein Dach über dem Kopf suchten. Er hatte es geschafft, alle zu evakuieren und auswärts unterzubringen. Welch eine Leistung. Wo blieb die Dankbarkeit? Doch Anerkennung bekam er nicht, galt als Verräter. Denn er hatte Verbindung zur Gruppe der Widerständler, die mit den Engländern in Kontakt standen. Sie hatten auf Helgoland die weiße Fahne hissen wollen, um die Insel kampflos zu übergeben, hieß es. Die Offiziere wollten sie gefangen nehmen, vielleicht auch erschießen. Darüber gab es unterschiedliche Aussagen. Doch sollte ihr Großvater sich einfach erschießen lassen? Denn er war Korvettenkapitän bei der Marine, direkt dem Inselkommandanten unterstellt.

Das Fahrstuhlgeräusch riss sie aus ihren Gedanken. Ihr Ehrengast kam aus dem Fahrstuhl, gefolgt von einem Kameramann, seiner Assistentin und der jungen Frau vom Inselmarketing. Eine Zimtzicke war das! Sie hatte sie mit Mühe und Not davon abhalten können, einen Riesenskandal in ihrem Hotel anzuzetteln. Zum Glück war sie einsichtig und lief friedlich mit den beiden mit. Ihr Anruf beim Tourismus-Chef, Karsten Tollmann, hatte sicher dazu beigetragen, denn ohne ihre Zahlungen würde es eng für die Inselwerbung.

»Guten Morgen, Herr Dorst! Ist alles nach Ihren Wünschen oder kann ich helfen?«, fragte sie.

Er knurrte einen unverständlichen Gruß in ihre Richtung. Sein Gesicht war fast orangefarben geschminkt, die Haare gelegt und die Augenbrauen nachgezogen. Im Fernsehen wirkten die Farben vermutlich natürlich.

»Einen inspirierenden Tag auf unserer schönen Insel«, flötete sie und trat mit einem Umschlag aus der Seitentür des Empfangsbereichs. »Ihre Einladung für die Veranstaltung morgen. Danach muss die Geschichte der Insel neu geschrieben werden«, sprach sie triumphierend. Er bedeutete seiner Assistentin, dass sie das Kuvert an sich nehmen sollte. Sie hoffte, dass er kommen würde, ansonsten musste sie mit einem Bakschisch nachhelfen. Jeder hat seinen Preis. Sein Programm lag im Zimmer, sie würde nachsehen und den Verantwortlichen kontaktieren.

Der Tross verließ das Haus, auf einmal sprangen der Polizist und seine Begleitung auf. Verfolgten die das Filmteam? Kein Wunder, dass sie bei der Aufklärung des Vandalismus in ihrem Hotel nicht vorankamen. Dieser Kruss wedelte mit einem Zehneuroschein und legte ihn unter seine halb ausgetrunkene Tasse.

»Ich muss leider los.« Was waren das nur für Manieren. In dem Moment piepste die Anzeige, dass eine Mail eingegangen war. Das Bürgermeisteramt verschickte eine Absage. Der Inselchef würde nicht zu ihrem Empfang erscheinen – wegen dringender Termine. Das war eine Lüge. Der würde sich umschauen. Bald würden sich die Meinungen ändern, sich ihr Wunsch erfüllen. Ihr Großvater würde seinen Gedenkstein bekommen. Sechs Stolpersteine lagen auf der Insel, an Festtagen wurden sie mit Rosen geschmückt. Gut sichtbar vor dem Hotel wollte sie ihren verlegen lassen. Jeder, der vom Hafen in die Hauptstraße ging, würde den Namen ihres Vorfahren lesen. Das hatte er verdient.

KAPITEL 9

Dieser Widerling hatte es nicht mal für nötig gehalten, sich zu entschuldigen. Sie hatte geklopft und ihre pünktliche Anwesenheit kundgetan. Das Schwein öffnete die Tür im Bademantel, dieses Mal hatte er das Kleidungsstück geschlossen. Finster musterte er sie, vermutlich dachte er an ihren Tritt. Zufrieden sah sie sein blutunterlaufenes Auge. Er murmelte etwas Unverständliches als Gruß. Erleichtert sah Jana, dass sich seine Assistentin im Raum befand.

Wie konnte die nur für den Widerling arbeiten, bestimmt verhielt er sich allen jungen Frauen gegenüber widerwärtig.

»Ich warte hier. Der Hubschrauber ist bereit«, sagte Jana.

»Sie werden mir doch nicht unser Gespräch von gestern übel nehmen?«, fragte er scheinheilig.

So nannte er das? Sie erwiderte nichts, machte keine Anstalten, sich in den Raum zu begeben, stattdessen kehrte sie ihm den Rücken und setzte sich in einen Sessel in den Gang.

»Wollten wir nicht das Programm besprechen? Oder soll ich Ihren Chef anrufen?«

»Ihre Assistentin hat die Informationen«, entgegnete Jana kühl. Sie war zu dem Termin gegangen, aber mehr Zugeständnisse würde sie nicht machen. Sie hatte Harry versprochen, dass sie auf keinen Fall das Hotelzimmer betreten würde. Er knallte die Zimmertür zu. Es dauerte eine Viertelstunde, bis die Gruppe endlich bereit war. Ein junger Mann mit Kamera war ebenfalls dabei. »Hallo, ich bin Alex«, stellte dieser sich vor. Sie wartete am Fahrstuhl und entschloss sich, die Treppe zu nehmen.

Überrascht entdeckte sie Harry in der Halle mit einer unbekannten Frau mit Hund. Aufmerksam beobachtete er die Journalistengruppe, sie schenkte ihm ein Lächeln. Natürlich war er wegen ihr hier. Sie fuhren mit einem Elektrotaxi zum Hubschrauberlandeplatz, wo der Heli bereitstand. Die blonde Frau in Harrys Begleitung kam auf die Gruppe zu.

»Friederike von Menkendorf, ich wurde mit dem Schutz des prominenten Gastes beauftragt.« Sie zeigte einen Dienstausweis in die Runde. Dorst musterte diesen und nickte, vermutlich fühlte er sich wichtig. Innerlich amüsierte sich Jana, denn sie ahnte, dass Harry ihr einen Schutzengel gesendet hatte. Sie brachte die Gruppe zum Hubschrauber. Der Pilot saß im Cockpit.

»Die Kamera nach vorne«, schlug er vor, »da haben Sie die beste Sicht.« Dorst schnallte er in der zweiten Reihe an. »Sie kennen die Insel und machen die Führung?«, er bat Jana, sich in den weißen Ledersitz neben ihm zu setzen. Doch die junge blonde Frau drängte sich resolut vor sie. »Aus Sicherheitsgründen muss ich diesen Platz belegen.«

Erleichtert ließ sich Jana neben der Assistentin in der Reihe dahinter anschnallen. Sie atmete auf. Überraschenderweise zwinkerte ihr Finja Kowalski zu. Bislang hatte sie immer gedacht, diese sei dem Mann hörig oder auf ihre Karriere bedacht. Sie bekam ein Mikrofon, um das Gesehene zu kommentieren und auf Fragen zu antworten. Trotz der Kopfhörer war der Fluglärm beim Abheben gewaltig. Sie hatten ihre Flughöhe erreicht, der Pilot kündigte an, dass sie zuerst die Insel umrunden würden. Das Wetter spielte mit, der Himmel war nahezu wolkenlos, die Sonne strahlte. Sie folgten den roten Klippen, dann entfernte er sich, um die Felsenküste aus der Ferne wirken zu lassen. Jana berichtete über die Legenden zur Langen Anna, mehrheitlich vermutete man, dass die Bedienung in einem Ausflugslokal in der Nähe der Helgoländer Felsnadel ihr ihren Namen gegeben hatte. Silbern reflektierten die Sonnenstrahlen auf der fast glatten Wasseroberfläche um die Insel und ließen die Steilküste imposanter erscheinen. Sie sprach über die Basstölpel, die dort brüteten, und den Sprung der jungen Trottellummen in die Tiefe. Mit unbewegter Miene hörte Dorst ihr zu, sie war verunsichert. Was interessierte den? Nachdem sie die Runde um die Insel vollendet hatten, überflogen sie das Hafenareal und die Hummerbuden.

»Mein Gott, diese dunklen Dächer, da bekommt man ja Depressionen«, ließ Dorst fallen.

»Das war in den 50er-Jahren hochmodern, damals wurde alles wieder neu aufgebaut. Die Architektur war fortschrittlich. Es ist eine Bauhausinsel«, erklärte sie.

»Damals. Ich schaue lieber nach morgen. Das sollte man abreißen und was Vernünftiges bauen.« Sie befürchtete, dass er an einem seiner berüchtigten Flops bastelte, er würde die Insel durch den Kakao ziehen.

»Wie wäre es mit der Düne«, schlug sie vor, und der Pilot drehte von der Inselmitte ab, nahm Kurs auf den Strand. Die Bucht am rot-weißen Seezeichen leuchtete aquamarinblau vor dem hellen Sandstrand.

»Wie in der Südsee, können wir hier landen? Hier möchte ich hin«, ließ Dorst sich lautstark vernehmen.

Der Pilot sah sie fragend an, sie war die Vertreterin des Auftraggebers. Sie nickte. »Ja bitte, wenn das möglich ist. Wir können uns dort vom Börteboot abholen lassen.« Der Pilot nahm Kontakt mit dem Dünenflughafen auf, bekam die Bestätigung und setzte auf der Landebahn vor dem Tower auf.

Sie führte die Gruppe zu Fuß auf den kleinen Pfad zum Nordstrand. »Woher kommen diese ganzen Felsen am Strand?«, fragte die Assistentin.

»Das sind die Kegelrobben, das größte wild lebende Raubtier in unseren Breiten«, erläuterte Jana. Die Tiere lagen bewegungslos in der Sonne und wirkten wie große Steinblöcke.

Einer der Bullen war auf sie aufmerksam geworden, erhob den gewaltigen Schädel und gab ein grollendes Geräusch von sich. Sie machte ein Handzeichen, damit alle stehen blieben. »Nicht näher, sie können erstaunlich schnell sein.« In gebührlichem Respekt passierten sie die Tiere. Dorst stellte sich vor die Gruppe und sprach in die Kamera. Er hatte eine Sonnenbrille aufgesetzt, so dass man sein lädiertes Auge nicht sehen konnte. Als er seine Ansage beendet hatte, folgten sie dem Rundweg bis zur anderen Seite der Sandinsel, betrachteten die Steine auf der Aade, dem Geröllstrand der Düne. Sie fand mehrere Feuersteine und verteilte sie. »Diesen roten Flint gibt es nur hier auf Helgoland. Man schätzt, dass er vor 90 Millionen Jahren entstand. Einige nennen ihn den roten Diamanten.«

Ehrfürchtig nahm Finja Kowalski das Fundstück und betrachtete es. »Er muss geschliffen werden, dann kann man schöne Schmuckstücke daraus machen.« Auch die Polizistin, die ihr weiter wie ein Schatten folgte, bedankte sich für ihren Stein.

Dorst hatte daneben postiert und bekrittelte die Strandqualität. »Das ist doch ein Geröllhaufen und kein Strand, was soll das sein, eine Steindeponie? Können wir dann weiter?« Jana hatte ihr professionelles Lächeln aufgesetzt und ging schweigend weiter voran zum Südstrand, Dorst und die anderen folgten. Am Seezeichen ließ er sich in einen Strandkorb fallen und redete weiter in die Kamera. Offenbar hatte er ausnahmsweise nichts auszusetzen. Als die Aufnahmen fertig waren, benachrichtigte sie den Besitzer des Börtebootes. Als sie im Hafen ankamen, lag es dort schon bereit.

Der Kapitän arbeitete nebenbei als Fischer und berichtete über den Hummerfang. Sie fuhren bis zu seinem Fangrevier im Meer, er zeigte einen Korb voller Krustentiere. Dorst hörte ausnahmsweise zu und ließ sich vor dem Fang filmen. Danach nahm der Bootsführer Kurs zurück auf die Insel. Jana atmete auf, der Tag war überstanden. Beim Ausstieg aus dem Boot stellte ihr jemand ein Bein, sie fiel auf Dorst. Alles ging so schnell, dass sie nicht wusste, was geschehen war. Er drückte seinen Mund auf ihren. Er roch eklig nach altem Pavian, noch schlimmer war sein aufdringlicher Versuch, sie zu küssen. Ihr wurde schlecht. Jana wand sich, um wegzukommen, doch er hielt sie fest. Zum Glück hatte sie das Pfefferspray in der Tasche und sprühte auf ihn. In dem Moment machte Rike von Menkendorf einen Sprung über eine Sitzreihe zu ihr und riss seine Hand von ihr weg, sodass Jana aufstehen konnte. Sie taumelte halb benommen vom Steg. Der Kapitän sah der Szene fassungslos zu.

»Was soll das, du Schlampe«, schrie Dorst. Und es war nicht klar, welche der beiden Frauen er gemeint hatte. Er hielt sich die Hände vor die Augen, die von dem Spray tränten, dann torkelte er von Bord, niemand half ihm dabei.

Jana hatte etwas von dem Mittel abbekommen, ihre Augen brannten. Sie stand Schutz suchend neben der Kommissarin von Menkendorf und dankte ihr. In dem Moment sah sie ein Paar, das auf das Boot wartete. Die Frau hielt ihr Mobiltelefon auf Dorst gerichtet, so als würde sie filmen. Das erschien ihr nicht weiter erstaunlich, manche Leute sammelten ja Autogramme von Prominenten – neuerdings Schnappschüsse mit dem Handy.

»Na, das ist ja der Casi wie er leibt und lebt. Ganz der Kavalier alter Schule«, rief der Mann.

»Was machst du denn hier, André?« Dorst klang zum ersten Mal kleinlaut, als er die beiden am Anleger bemerkte. Nach wie vor rieb er in den Augen herum, das tat ihr kein bisschen leid.

»Was hast du dir gedacht, Casimir? Ich bin der Gründer unseres Kanals, du kannst mich nicht rausschmeißen.« Die Stimme des Mannes zitterte, er ging nah an Dorst heran.

»Dann lies doch mal das Kleingedruckte.« Schnell hatte dieser wieder die Oberhand und lachte dröhnend. Jetzt gesellte sich die Frau dazu. Dorst schien zu erblassen. »Tatjana? Was soll das?«

»Das wirst du sehen. Ich habe einen schönen kleinen Film gedreht, der macht sich gut in den sozialen Netzwerken.« Die Frau schwenkte ihr Handy und sah zufrieden aus.

»Das sollten wir im Hotel klären«, entgegnete Dorst versöhnlich und lief mit dem Paar in Richtung *Prinzessin Alexandra*. Die Assistentin flüsterte Jana zu: »Das sind seine Frau und sein Geschäftspartner André.« Sie wunderte sich, warum die beiden ihn ausgerechnet bei diesem

Dreh aufsuchen kamen. Friederike von Menkendorf verabschiedete sich von ihr.

»Tausend Dank für ihren Einsatz«, sagte Jana. »Wer ist Ihr Auftraggeber?«

Die durchtrainierte blonde Frau lächelte vielsagend.

»Ich bin nicht befugt, den Namen zu erwähnen. Höchste Geheimhaltungsstufe.«

Jana war sich sicher, dass Harry den Schutzengel bestellt hatte.

KAPITEL 10

Sie hatte sich Mühe gegeben mit ihrem Brief. Wie sprach man eine Fernsehberühmtheit an, womit konnte sie ihn aus der Reserve locken. Schließlich hatte sie ihre grauen Zellen ausgepresst, um die Botschaft zu entwerfen. Mit dem Füllfederhalter schrieb sie ihren kurzen Brief auf Büttenpapier, das stach aus der Masse heraus.

> *Verehrter Herr Dorst,*
> *Möchten Sie das wahre Helgoland finden, einen Ort, den nur wenige Menschen kennen? Geheimnisvolle Memoiren einer Insulanerin lesen? Morgen um 17 Uhr.*
> *Ort: 54.183127,7.885346*
> *Ihre Wiebke Michels*

Sie faltete das Papier so, dass es in den Umschlag passte und beschriftete diesen mit Schönschrift. Persönlich unterstrich sie schwungvoll. Ihre Zieh-Enkelin Clara konnte das bei ihm direkt ins Zimmer schmuggeln, sie war gespannt, ob er kommen würde. Sie legte den Brief auf die kleine Ablage im einzigen Raum ihrer Laube. Dann ging sie wieder zu ihren Lieblingen. Auch nach so vielen Jahren bewunderte sie jeden Tag die Schönheit ihrer Rosen, entfernte wilde Triebe, hielt inne und blickte in die Ferne. Direkt hinter dem Zaubergärtchen begann die Steilküste, die Nordsee glänzte blau-silbern bis zum Horizont, Schiffe schaukelten wie Spielzeuge vor der Insel. Sie erkannte die Robben auf der Düne, die wie dorthin getupft am Strand lagen, gelegentlich startete einer der kleinen Flieger. Wie schön sie es doch hatte, was für ein Glück nach den schrecklichen Jahren ihrer Kindheit.

Sie seufzte und nahm wieder das schwere rote Buch in die Hand, das ihre Großmutter geschrieben hatte. Sie hatte die Ereignisse haarklein festgehalten. Alles stand darin, von der Gruppe der Widerständler, von ihren Plänen und wie es kam, dass ihre Eltern damals verhaftet wurden. Sie hatte nicht verstanden, was an diesem Tag geschah. Früh kamen Uniformierte ins Haus, als sie schliefen, rissen alle aus den Betten. Dann gingen sie mit Mama und Papa davon. Jahrelang hatte sie diese Szene geträumt, war schreiend aufgewacht. Ihre Großmutter war bei ihnen geblieben, hatte sie getröstet und gesagt, dass all das ein Irrtum war. Dass sie bald wiederkämen. Noch heute wartete sie, sah immer zur Tür, und ihr Herz machte einen kleinen Sprung, wenn diese sich öffnete. Natürlich wusste sie, dass ihr Vater erschossen worden und ihre Mutter in der Haft gestorben war. Kurz nach der Festnahme wurden sie evakuiert, kamen auf einen Bauernhof, und dann lebten sie in Cuxhaven. Bis sie wieder auf die Insel konnten. Sie hatte niemals mehr das Abitur machen können, kein Studium. Dafür waren sie ohne Papas Einkommen zu arm. Ihr Leben lang hatte sie hart gearbeitet, als Putzfrau, als Gärtnerin oder im Verkauf. Doch sie würde immer das Andenken ihrer Eltern bewahren. Und sie würde nicht zulassen, dass die Berger die Geschichte umkrempelte. Sie hörte die Tür, es war Clara, die sie gerne hier besuchte.

»Moin, meine Liebe.« Sie umarmte das Mädchen, das

in den letzten Monaten in die Höhe geschossen war und schon bald eine junge Frau sein würde. »Einen Kakao?«, fragte sie.

»Lieber einen Tee, der hat weniger Kalorien.« Die Kleine ließ sich ächzend neben sie fallen. »Anstrengend, dieser Job im Hotel.«

»Du gewöhnst dich dran, ich habe das Jahrzehnte gemacht. Aber lern etwas Ordentliches«, mahnte Wiebke, während sie heißes Wasser gemächlich in die Kanne rinnen ließ. Einen echten Friesentee, den musste man mit Liebe bereiten. Was hatten sie bloß heute für Sorgen um die Figur, damals kämpften sie um das reine Überleben. Als sie so alt war wie Clara, ging sie Kartoffeln klauen und auf dem Schwarzmarkt handeln.

»Bitte schön.« Sie setzte das Tablett neben sich, natürlich befanden sich darauf Kluntjes, Kandiszuckerstücke, Sahne und Kekse. Doch die Kleine rührte nichts außer dem Tee an. Schweigend genossen sie ihre Getränke und den Blick über die Nordsee. Niemals konnte man sich an dieser Schönheit sattsehen. Sie würde nicht bedauern, wenn sie die Welt eines Tages hinter sich lassen würde. Aber eines hatte sie zu bewältigen. Sie musste verhindern, dass dieser Nazi geehrt wurde. Denn der war es, der ihre Eltern verraten hatte. Ohne ihn wäre ihr Leben anders verlaufen. Doch leider wurden die Gräueltaten der Braunen mittlerweile schamlos relativiert und beschönigt. Niemals hatten diese Bergers materielle Verluste erlitten, sie reichten ihren Reichtum an die nächste Generation weiter. Dagegen mussten die Nachkommen der Widerstandskämpfer um jeden Cent kämpfen.

Die Gruppe der Helgoländer Widerständler wollte ihre Insel damals kampflos übergeben. Sie hätten das schlimme

Schicksal verhindert, wären sie nicht verraten worden. Doch auf der Insel hatten auch nach dem Krieg alte Nazis und deren Nachkommen das Sagen.

»Woran denkst du, Oti Wiebke?«, fragte Clara. Sie hatte doch einen Keks genommen und genoss ihn, meist war sie diszipliniert und entsprechend schlank. Lange war Clara als »Moppelchen« gehänselt worden. Sie freute sich, dass die Kleine das helgoländische Wort für Oma noch kannte, was sie ihr beigebracht hatte, und schenkte ihr Tee nach. »Kennst du die Stolpersteine auf der Insel?«

Clara knabberte an ihrem Keks und überlegte. »Wir haben die schon für die Schule geputzt und Blumen darauf gelegt. Diese Menschen waren mutig. Sie wollten Frieden schließen und den Krieg beenden.«

Zufrieden nickte Wiebke Michels. »Das stimmt. Und einer der mutigen Männer war mein Papa.« Clara sah sie mit großen Augen an. »Arme Oti, dann ist dein Vater früh gestorben?« Sie seufzte.

»Meine beiden Eltern. Sie fehlen mir jeden Tag, aber vor allem, als ich in deinem Alter war, da hatten wir es schwer.« Clara rann eine Träne aus dem Auge, sie legte ihre Hand auf die ihrer Ziehoma. Was für ein liebes Mädchen.

»Das Andenken an sie und ihre Freunde zu bewahren, ist das Einzige, was ich für sie tun kann. Sie waren mutig und selbstlos. Ich brauche deine Hilfe.«

Sie hatte ein schlechtes Gewissen, die Kleine einzuspannen. Doch sie sah keine andere Möglichkeit, der Berger mit ihrem Geld und ihren Beziehungen etwas entgegenzusetzen.

»Du weißt, dass du auf mich zählen kannst. Was soll ich tun«, fragte Clara entschlossen und sah sie aufmerksam an.

Wiebke Michels stand auf und ging schwerfällig zur Ablage. Sie nahm den Brief und reichte ihn dem Mädchen.

»Der Opa von deiner Chefin war ein echter Nazi, der die Leute ans Messer geliefert hat. Sie möchte die Geschichte umschreiben und den Fernsehreporter beeinflussen. Ich habe eine Freundin im Hotel, die hat mir das alles erzählt. Hier hast du einen Brief für den Reporter Dorst. Ich möchte, dass er mich besucht und meine Version der Geschichte hört.«

Clara sah sich das Papier an und nickte dann. »Davon soll der Hausdrachen vermutlich nichts mitbekommen?«

»Genau, mein Kind, sei vorsichtig. Es geht zwar nicht um Leben und Tod so wie damals, aber du sollst nicht deinen Praktikumsplatz verlieren.« Das Mädchen steckte das Schreiben in ihren Rucksack, drückte ihr einen Kuss auf die Wange und verabschiedete sich.

KAPITEL 11

André folgte dem Fußweg an der Steilküste. Nebel war aufgezogen, es war windstill. Er setzte einen Fuß vor den anderen, denn er hatte einen Blick in die Tiefe erhaschen können. Die schroffe Felswand hatte die Höhe eines Hochhauses, wer einen Schritt zu weit tat, stürzte in den Tod. Wut flammte beim Gedanken an seinen Ex-Partner auf. Wenn er diesen aufgeblasenen Zwerg hier treffen würde! Doch der verbrachte seine Zeit vermutlich lieber im Whirlpool auf der Dachterrasse, umringt von blutjungen Blondinen.

Er setzte seinen Weg fort. Direkt daneben auf dem Felsen schnatterten weiß-gelbe Vögel aufgeregt. Einige hackten aufeinander ein. Revierkämpfe. So wie die Menschen auch, nur dass die Tiere keine unermesslichen Reichtümer anhäuften, sondern ein Nest und Nahrung suchten, um in Frieden ihre Küken aufzuziehen.

Er setzte sich auf eine Bank und sah den weiß-gelben Zwitscherlingen zu. Dann dachte er an das, was Tati gesagt hatte. Dorst war durch und durch verdorben. Er labte sich daran, andere auszutricksen und zu demütigen. Der Rest war nur die Fassade, er entwickelte Charme, wenn er jemanden umgarnte. Vor allem Frauen sah er als Objekte seiner Jagd an, die nach einiger Zeit uninteressant wurden. André schlug sich an die Stirn. Erst jetzt war ihm das klar geworden, wie gutgläubig er dem Fernsehmoderator auf den Leim gegangen war. Während der Fahrt auf die Insel hatte er gedacht, dass es sich bei seiner Freistellung in der Firma um einen Irrtum handelte. Dann hatten sie ihn auf diesem Boot gesehen, wie er versuchte, eine junge Frau zu belästigen. Es war empörend. Trotz des Skandals beim Fernsehen hatte er sein Verhalten nicht verändert. Damals hatte er behauptet, die Opfer hätten aus Karrieregründen alles erfunden. Am Vortag hatten sie mit eigenen Augen gesehen, wie er sich verhielt. Sogar vor Zuschauern. Dass dies in der Öffentlichkeit stattfand, war ihm egal. Er hielt sich für ein höheres Wesen, der über den üblichen Moralregeln stand. Im Nachgang mokierte er sich über »antiquierte bürgerliche Moralvorstellungen.«

Als sie zufällig Zeuge der Szene wurden, hatte Dorst das Ganze heruntergespielt. Die Frau sei nur gestolpert – und habe es darauf angelegt.

»Wollen wir uns zusammensetzen und eine Lösung finden?«, hatte André seinen Ex-Partner gebeten, denn ein Streitgespräch würde sie nicht weiterbringen. Andrés Anwalt hatte mittlerweile die Kündigung geprüft und ihm mitgeteilt, dass er rein rechtlich wenig Chancen hatte, dagegen vorzugehen. Denn sein Partner verfügte über die Mehrheit der Anteile. Casimir hatte ihn und Tati großspurig zum Essen eingeladen in das erste Haus am Platz, wie er sagte. Die Chefin buckelte, als sie eintrafen und nach einem Tisch verlangten. »Jawoll, Herr Dorst.« Nur der Hofknicks hatte gefehlt.

Die wirkte auf ihn wie eine Karikatur, sie rutschte beinah auf der eigenen Schleimspur aus. Er wusste, dass Casimir dafür empfänglich war. Tief in ihm drin steckte ein Minderwertigkeitskomplex. In die Kamera zu schauen und Texte abzulesen, die andere geschrieben hatten, war alles, was er konnte. Er hatte sein Gesicht und nichts als das. Dieses hatte Marktwert in den Medien, er war deutschlandweit bekannt und beliebt. Auf dem Bildschirm spielte er einen charmanten und witzigen Menschen, den es in der Wirklichkeit nicht gab. Dabei hielten nur die »Arbeiter im Maschinenraum« die Firma am Laufen. André war das Gehirn dieses Kanals, einer der Besten in seinem Fach. Mit seinen Programmen liefen die Sendungen, es gab Interaktionsmöglichkeiten, einen Shop.

Lautes Vogelgeschrei zog seine Aufmerksamkeit auf sich. Einige der Tiere kamen mit Algen im Schnabel zu den Nestern zurück und wurden lautstark empfangen. Diesen weiß-gelben Vögeln hätte er den ganzen Tag zusehen können. Die Paare waren zärtlich untereinander, pflegten gegenseitig ihr Federkleid. Trotz des Nebels kamen immer wieder Tiere mit Futter im Schnabel, versorgten die Liebsten und vertrieben Neider. Auf der Bank wurde es klamm, er erhob sich und ging weiter vorsichtig den Pfad oberhalb der Felsen entlang.

Er dachte an das Gespräch im Restaurant zurück. Sie hatten an einem runden Fenstertisch gesessen. Casimir saß schon, da, als sie eintraten. Er studierte die Karte, als wäre dies ein normales Essen unter Freunden. Er bestellte Hummer und sonstiges Meeresgetier, zu jedem Gang gab es eigenen Wein, den er mit herausgestülpter Lippe gurgelte und dann hinunterschluckte. Als würde der etwas von den edlen Tropfen verstehen. Alles war nur Show, so wie dessen ganzes Leben. Er hatte abgewinkt, als André ihn wieder auf den Kanal ansprach.

»Jetzt doch nicht, wir essen. Lasst uns danach reden«, sagte er in versöhnlichem Ton und schlug ihm freundschaftlich auf die Schulter. André konnte das Menü nicht genießen, er musste eine Klärung haben. Was war geschehen, warum sollte er aus dem gemeinsamen Unternehmen fliegen?

Als Casi endlich sein Algenparfait zum Dessert löffelte, drängte er. »Wir müssen über die Firma reden.«

Seelenruhig ließ Dorst einen Digestif folgen. André wurde laut. »Du kannst mich nicht rausschmeißen, Casimir.«

Dieser legte seine Hand auf seine Schulter. »Ruhig, Brauner, wir besprechen das privat.«

André schlug die Hand weg und sprang auf. »Ich will jetzt darüber reden, ich lasse mich nicht länger hinhalten.« Sein Geschäftspartner rülpste laut. »Ach der Andy, der hat mal wieder nicht das Kleingedruckte gelesen. Der arme, naive Wicht.« Ein dröhnendes Lachen folgte, worauf er leider ausgerastet war. Er hatte das bösartige Männlein nach oben gezerrt und ihm frontal ein paar runtergehauen. Tati hatte ihn gerettet, sonst wäre Schlimmeres passiert. Sie stürzte sich zwischen sie, beinah hätte er sie erwischt. »Lasst das sein. Wir klären das im Zimmer!«

»Wir gehen in die Suite. Jetzt sofort«, mischte sich auch Finja ins Geschehen.

Dorst rieb sich das Gesicht, rülpste noch mal und bestellte unbeeindruckt eine weitere Flasche Champagner auf seine Suite. »Geht alles aufs Haus.« Er grinste selbstgefällig und steckte sich eine Zigarre an. Dann verließen sie das Lokal und begaben sich in den oberen Stock in die gemieteten Räume. André sah sich um, es war ein geräumige Penthousesuite, der obere Raum im Dachgeschoss war rundum verglast. Der Ausblick ging über den Hafen und die Schiffe, die die Insel anliefen. Direkt unterhalb des Hauses sah er die Dünenfähre zum Greifen nah.

Ein herrliches Panorama. Casimir machte sich an der Bar zu schaffen, er trat zu ihm.

»Kannst du mir eine Erklärung geben? Warum soll ich aus der Firma raus?«, drängte er seinen Ex-Partner.

»Ach, Andréchen«, beschwichtigte Dorst.

André hasste es, so genannt zu werden, was Casi genau wusste. »Was denn, Casimir?«

Er hatte ihnen beiden einen Sessel in einer Sitzgruppe direkt vor der Terrasse angeboten und lief nervös hin und her.

»Na ja, du weißt doch, dass die Kosten zu hoch sind die ganze Zeit. Der Steuerberater hat das auseinandergenommen, vor allem zwei Geschäftsführer, das geht nicht.«

André war aufgesprungen: »Und da kann man nicht mal drüber reden? Das entscheidest du alleine? Es war *meine* Firma.«

Dorst kam auf ihn zu und legte ihm eine Hand auf die Schulter. »Das war sie einmal. Ich kann nicht gehen, mein Gesicht kennt jeder in Deutschland. Ohne mich säuft der Laden ab. Und du wirst wieder eingestellt, wenn es läuft.«

André schlug die Hand weg. »Ich gehe vor Gericht, das steht gar nicht in deiner Befugnis.« Nochmals lachte Dorst höhnisch. »Was glaubst du denn? Mein Anwalt hat das geschrieben, du hast die Statuten unserer Firma unterschrieben. Wer lesen kann, ist klar im Vorteil.« Das hämische Grinsen war zu viel für ihn. Er verpasste ihm einen Schwinger mitten in diese hässliche Fratze, der andere taumelte, hielt sich an einer Lehne fest und ging dann mit dem Sessel zu Boden.

»Tati, warum tust du nichts«, meldete er sich jammernd.

»Das hättest du gerne. Ich habe hier die Räumungsklage. Was denkst du dir dabei? Es war das Haus meiner Eltern!«

»Das jetzt aber mir zur Hälfte gehört – und du kannst mich ja nicht auszahlen, oder?« Er war aufgestanden und hatte den Stuhl wieder hingestellt. André machte erneut einen Schritt zu Dorst und erhob die Hand, doch Tati zog ihn weg. »Das ist dieser menschliche Abschaum nicht wert. Wir gehen.« Er hörte auf sie, denn sie hatte recht. Er war naiv gewesen, hatte sich von Dorst über den Tisch ziehen lassen. Aber der würde sich wundern. Tati hatte von ihrem Plan berichtet. Sie würden sich einige Tage auf der Insel amüsieren, auf Dorsts Kosten. Und sie hatte sich überlegt, wie sie ihn ein für alle Mal in die Schranken weisen würden und zu ihrem Recht kamen. Den ersten Film über ihn hatten sie schon kurz nach ihrer Ankunft gedreht, als sie zufällig mitbekamen, wie er eine junge Frau am Börteboot belästigt hatte. André dachte daran. Es würde ein Kanal namens *Hinter den Fassaden* werden. Von Asien aus betrieben. Er würde solche Menschen wie Dorst in der Realität zeigen. Wie sie versuchten, ihre Macht zu missbrauchen. André war so in Gedanken versunken, dass er unbemerkt am Helgoländer Wahrzeichen, dieser roten Felssäule, vorbeispaziert war. Unterhalb des Weges erblickte er einen Strand vor der tiefblau brodelnden Meeresoberfläche, nachdem der Nebel sich für einen Moment gelichtet hatte. Er sah den Kirchturm im Oberland vor sich und setzte den Weg in diese Richtung fort. Dort in der Nähe fuhr der Fahrstuhl ins Unterland Sie hatten ebenfalls Zimmer im *Hotel Prinzessin Alexandra* gemietet, die würde der liebe Casimir ihnen spendieren. Auch wenn er das bislang nicht wusste.

KAPITEL 12

Endlich traf die Filmcrew ein. Inge Berger hatte nervös die Halle abgeschritten, der Empfang sollte in fünf Minuten beginnen. Die Jazzband spielte, Bedienungen gingen mit Tabletts durch die Reihen und boten Sekt an. Viele der geladenen Gäste hatten abgesagt. Zum Glück hatte sie vorgesorgt und Zettel bei den Vereinen verteilen lassen, wo sie freies Essen und Getränke sowie einen Vortrag ankündigte. Ein gutes Dutzend Inselbewohner war gekommen, die Aussicht auf kostenloses Essen zog immer. Leere Ränge würden sich nicht gut machen im Film.

Kurz streckte sie ihren Rücken, den ganzen Tag lang hatte sie ihr Personal bei den Vorbereitungen angeleitet und selbst bei der gründlichen Reinigung des kompletten Geschirrs mit angepackt. Selten war sie zufrieden, die Tätigkeiten wurden in ihren Augen nicht sorgsam genug ausgeführt, die Arbeitskräfte unterhielten sich, statt das Besteck zu polieren oder Gemüse zu schneiden, und entsprechend langsam kamen sie mit der Erfüllung ihrer Aufgaben voran. Sie versuchte, ihre Augen überall zu haben und das Personal anzutreiben.

Endlich erblickte sie den Journalisten, auf den sie sehnlichst wartete.

»Herr Dorst, welche Freude!« Sie eilte zum Eingang und begrüßte ihren prominenten Gast persönlich.

In dem Moment spürte sie etwas Weiches unter ihrem

Fuß, der ekelerregende Gestank stieg ihr kurz darauf in die Nase. Wladi hatte mal wieder mit einer Hinterlassenschaft demonstriert, dass ihm dieser Trubel gegen den Strich ging. Er machte das absichtlich, vermutete sie, wenn alles sauber war, setzte er einen möglichst großen Haufen mitten ins Getümmel.

Sie bemerkte, dass Dorst die Nase rümpfte. »Entschuldigen Sie bitte, mein Kater kann ein Mistvieh sein. Der erste Tisch vor der Bühne, ich bin in fünf Minuten wieder da.«

Sie zeigte in Richtung des Saals und rannte hektisch in den Aufenthaltsraum des Personals. Schnell die Schuhe wechseln, doch wo sollte sie so ungeplant ein Ersatzpaar finden? Wladi spazierte hoch erhobenen Hauptes an ihr vorbei. Mit dem Fuß trat sie nach der Katze, die miauend davonrannte. »Du Scheißvieh!«

Sie ging zum Schrank einer Mitarbeiterin, die immer ihre Schuhe wechselte. Vergeblich rüttelte sie an der Tür. Leider war der Spind verschlossen. Auf dem Tisch sah sie einen Schraubenzieher liegen, mit dem sie die Tür aufhebelte. Zum Glück befanden sich darin dunkle Pumps, in die sie schlüpfte. Zu klein, um mindestens zwei Nummern, doch sie hatte keine Wahl. Zähne zusammenbeißen, Berger!

Sie humpelte mit schmerzenden Füßen in den Saal zurück. Dorst stand suchend im Raum, sie entschuldigte sich erneut und geleitete ihn zum Tisch. Andere Medienvertreter würden vermutlich nicht kommen. Ratsmitglieder traten ein, einige Geschäftsleute waren ihrer Einladung gefolgt.

Sie hatte einen Tisch mit der Fahne des *Helgoländer Gewerbevereins* für sie vorgesehen.

»Herzlich willkommen, das sind eure Ehrenplätze«, begrüßte sie die Kollegen. »Es würde mich freuen, wenn Sie eine kurze Ansprache an das Publikum richten könnten«, bat sie den stellvertretenden Bürgermeister, der gekommen war. Sie hatte ihn vorher zu den Leistungen ihres Großvaters gebrieft und war sich sicher, dass er die Informationen auf richtige Weise wiedergab. Das *Hotel Prinzessin Alexandra* war einer der zuverlässigsten Spender für die Wahlkampagnen, und in zwei Jahren wurde wieder eine Richtungsentscheidung für ihre Insel erwartet.

Nachdem alle Platz genommen hatten, ging sie zum Mikrofon. »Werte Gäste, liebe Insulaner und hochverehrte Medienvertreter. Ich freue mich, dass Sie hier sind. Dieser Nachmittag ist meinem Vorfahren gewidmet, Helge Berger. Er hatte enorme Verdienste bei der Rettung der Helgoländer im Zweiten Weltkrieg und ihrer Evakuierung auf das Festland. Mehr dazu wird uns gleich ein renommierter Historiker erklären. Jetzt bitte ich unseren stellvertretenden Bürgermeister, ein paar Worte zu sagen.«

Der Inselpolitiker erhob sich schwerfällig und trat ans Pult: »Vielen Dank, Inge, für die Einladung und die neuen Erkenntnisse über Ihren Vorfahren. Historische Themen sind wichtig, um sie an die Nachwelt weiterzugeben. Ich freue mich auf den Bericht des Geschichtswissenschaftlers zur Tätigkeit von Helge Berger.«

Das war in ihren Augen etwas mager, sie hätte sich positive Worte über ihren Vorfahren gewünscht. Dennoch dankte sie ihm und bat den Historiker, seine Erkenntnisse vorzustellen. Er erklärte die Lage auf der Insel, als dort Tausende Soldaten stationiert waren. Wie sich der Krieg entwickelte, bis sich eine Widerstandsgruppe bildete. Er hatte in den Archiven gegraben und Aussagen gefunden, dass ihr Großvater an den Treffen der Gruppe teilnahm. Festgenommen wurde er nicht, offenbar konnte er seine Aktivitäten erfolgreich verschleiern.

»Geplant war, weiße Fahnen auf der Insel zu hissen, und dies war mit den Engländern verabredet. Nach Aussagen von Beteiligten wurden am vereinbarten Tag englische Aufklärer gesichtet. Doch da waren die Kämpfer bereits inhaftiert, Fahnen konnten sie nicht mehr aufhängen. Es folgte der zerstörerische Bombenangriff.«

Inge Berger ließ den Blick über den Raum schweifen. Diesen Teil der Geschichte hatten sie alle schon tausendmal gehört. Sie war gespannt, wie die Anwesenden die übrigen Informationen aufnehmen würden. Sie hörte weiter der Rede zu.

»Die Air Force startete den Angriff, die Insel wurde praktisch dem Boden gleichgemacht. Kaum ein Wohnhaus war mehr begehbar, nur die Bunkeranlagen hielten diesem Feuersturm stand«, berichtete er. Sie wurde nervös, jetzt musste er endlich auf ihren Großvater zu sprechen kommen.

»Jetzt kam die Stunde des Korvettenkapitäns Helge Berger. Er war es, der sich für die Evakuierung von Tausenden Zivilisten einsetzte. Das war gar nicht so einfach, Schiffe zu organisieren, und noch weniger, die Menschen auf dem Festland unterzubringen.« Er nahm sich jetzt den Diaprojektor und zeigte mehrere der Originaldokumente. Namenslisten waren angefertigt worden, Telegramme gingen in der Führungsspitze der Marine hin und her. »Dabei hatte die Militärführung andere Sorgen, als die Helgoländer zu retten. Er hat das durchgesetzt«, berichtete er weiter. 2.500 Leben seien gerettet worden. »Ich finde durchaus, dass dem Mann eine Ehrung zustehen würde. Leider wurde die Familie nach dem Krieg als Nationalsozialisten verunglimpft, nichts erinnert an seine Leistung«, sagte er zum Abschluss. Um diese Sätze hatte sie mit ihm ringen müssen. Er war der Meinung, das sei unwissenschaftlich.

»Ich habe Ihnen eine Menge Geld bezahlt. Wie sieht das Ihr Arbeitgeber?«, hatte sie ihm um die Ohren geschlagen. Schließlich hatte er ihre Empfehlung widerwillig übernommen. Aber darauf kam es nicht mehr an. Jetzt klatschte sie frenetisch, und das Publikum stimmte ein. Er verneigte sich nochmals am Pult. Sie schritt nach vorne und lud an das Büffet. Auf ihr Zeichen spielte die Band. Die Kellner brachten das Krabbensüppchen als Vorspeise sowie passende Weine.

Inge Berger ging zu ihren VIP-Gästen und fragte Casimir Dorst, ob er alles gut filmen konnte. »Der Wissenschaftler und ich stehen jederzeit für Interviews zur Verfügung«, warb sie. Hoffentlich konnten sie ihre Sicht auch im Film darstellen.

»Vielen Dank. Das ist spannend, da es die Geschichte in einem anderen Licht betrachtet«, erklärte er. Sie jubilierte innerlich. Ihr Plan war aufgegangen, bald flimmerte die Ehrung ihres Großvaters in Deutschland über die Bildschirme. Dann war er nicht mehr der Nazi oder der Verräter, als den ihn nach dem Krieg Insulaner posthum beschimpften. Die Bergers waren die Retter der Insel. Endlich sollten sie ihren Platz in der Geschichte erhalten.

KAPITEL 13

Jana hatte sich im Hintergrund gehalten. Alle Helgoländer waren auf die Veranstaltung im *Hotel Prinzessin Alexandra* eingeladen, sie als Verantwortliche für das Marketing und die Pressearbeit konnte sich das nicht entgehen lassen. Auch ihr Großvater hatte durch die Seniorenvertretung von dem Programm erfahren und wollte dabei sein. Die Inselgeschichte gehörte zu seinen Leidenschaften.

Sie entdeckte ihren Opa neben anderen Rentnern an einem Tisch, der zum Glück weit von den Presseplätzen entfernt stand. Sofort hatte sie Dorsts Haarschopf erkannt und die Assistentin. Daneben saßen ihr eigener Chef und der stellvertretende Bürgermeister. Er hatte eine kurze Ansprache gehalten, von der sie nichts erfahren hatte. Das war verwunderlich, sonst musste Jana immer die Statements verfassen, da sie das angeblich als Einzige konnte. Wer hatte ihm dieses Mal geholfen?

»Grüß dich, Groofoor«, sagte sie und drückte ihrem Großvater ein Küsschen auf die bärtige Wange. »Setz dich zu uns, Deern«, sein Gesicht hellte sich auf, als er sie sah. Die Einladung nahm sie gerne an und lauschte den Gesprächen. Was die Rentner über die Hoteliersfamilie zu sagen hatten, klang nicht nett. Der Vorfahr war nach ihren Erzählungen ein strammer Nazi, mit dem nicht zu spaßen war.

»Wenn der in den Raum kam, verstummten die Gespräche. Den Blumenhändler hat er trotzdem ans Messer geliefert«, flüsterte eine ältere Dame. »Nicht nur den«, ergänzte ihr Sitznachbar.

Opa Ron zuckte mit den Schultern. »Mal sehen, was seine Nachfahren heute auftischen. Für Geld bekommt man ja seine eigene Geschichte geschrieben.«

Dann verstummte die Runde, weil die Redebeiträge begannen. Gespannt hörten sie zu. Erst dem stellvertretenden Bürgermeister und dann dem Historiker. »Na, habe ich es nicht gesagt?«, fragte ihr Großvater.

»Wer war es denn, der die Widerständler verraten hat?«, fragte er den Historiker am Ende seiner Rede. Der kam kurz ins Stottern. »Das war nicht Teil meines Forschungsauftrags. Dazu kann ich nichts sagen.« Bedeutungsvoll sah der alte Herr seine Freunde an. »Ich habe das Dokument gesehen, der Berger hat seine Aussage sogar unterschrieben – und das nicht mal unter Zwang.«

Jana ging ebenfalls zu dem Wissenschaftler, um sich die Studie mitzunehmen. Wenn all das den Tatsachen entsprach, sollte sie das wissen. Obwohl ihr Großvater den Mann weiterhin für einen Nazi hielt. »Darf ich bitte die Presseunterlagen bekommen?«, bat sie Inge Berger.

Die sah sie von oben herab an. »Das tut mir leid, es sind alle Exemplare vergriffen«, bedauerte sie. Doch Jana blieb hartnäckig. Sie gab ihr eine Karte. »Das ist meine Adresse für die Dokumente, ich kann sie aber auch gerne abholen.« Die Hotelchefin nahm das Papier mit zwei Fingern und steckte es in die Tasche.

»Ich muss mich um meine Gäste kümmern«, wimmelte sie Jana ab und ließ sie stehen. Dorst bemühte sich, sie zu ignorieren, und sah verkrampft in eine andere Richtung, vermutlich hatte ihm das Pfefferspray nicht behagt. Endlich hatte er kapiert, dass er besser seine Finger von ihr ließ. Die Assistentin dagegen winkte ihr mit einem breiten Lächeln. Sie verstand diese Frau nicht. Was ging in ihr vor? Wie konnte sie es mit dem Lustmolch aushalten – und warum war sie so freundlich zu ihr? Es war schwer vorstellbar, dass er sich ihr gegenüber korrekt verhielt.

»Tschüs, Opi«, sie verabschiedete sich von ihm und ging in ihr Büro. Dorst hatte keinen weiteren Bedarf nach einer Führung angemeldet. Ob Helgoland »Top« oder »Flop« in einer Berichterstattung wurde, konnte sie nicht mehr beeinflussen. Vielleicht konzentrierte er sich auf das Geschichtsthema.

KAPITEL 14

Sie kannte ihren Chef gut genug, doch es brodelte in ihr. »Finja, ein Wasser«, hatte er ihr flapsig zugerufen, als das Interview auf der Dachterrasse begann. Casimir Dorst und der Historiker standen mit dem Rücken zum Meer und der Sandinsel Düne, sodass die Zuschauer das Inselpanorama im Hintergrund sahen. Sie hörte den Beginn des Gesprächs. Er stellte genau die Fragen, die sie selbst ausgearbeitet hatte. Finja hatte die ganze Nacht historische Bücher und das Archiv im Internet durchwühlt.

Die Insel hatte eine bewegte Geschichte, schon vor dem Zweiten Weltkrieg. Sie las über den Ausbau zur Seefestung, die politischen Entwicklungen der Gemeinde, die Zeit des Nationalsozialismus und die Zerstörung. Die Aufzeichnungen aus dem Inselarchiv, Bücher und einzelne Ausdrucke füllten den ausladenden Schreibtisch des Hotelzimmers. Hinzu kam die neueste Studie, die Inge Berger bei einem Historiker in Auftrag gegeben hatte.

Er hatte ihr die Unterlagen auf den Tisch geknallt. »Ich brauche eine Zusammenfassung auf zwei Seiten und am besten auch zehn kritische Fragen an den Historiker.«

Sie hatte ihn mit großen Augen angesehen. »Das ist nicht zu schaffen bis morgen. Können wir das aufteilen?«

Er hatte sie mit seinem kalten Blick verächtlich gemustert. »Wenn du Journalistin werden willst, gehört das dazu«, hatte er sie abgekanzelt. »Was meinst du, welches Pensum Arbeit ich auf dem Zettel habe als Unternehmenschef?«

Sie seufzte, denn nach einem halben Jahr hatte sie den Glauben verloren, dass er sie jemals als Moderatorin einsetzen würde. Das war ein verdammter Narzisst, und er glaubte, die Welt läge ihm zu Füßen, alles sei ihm erlaubt.

Das historische Thema schien nicht in seine schwarzweiße Weltsicht von »Top« oder »Flop« zu passen, die er normalerweise präsentierte. Sie war verwundert, dass er sich damit beschäftigte. Ob jemand mittels Bakschisch nachgeholfen hatte? Sie wusste nichts Genaues über seine Praxis, aber sie hatte den Verdacht schon öfters gehabt, wenn er Elogen auf Hotels anstimmte. Eigentlich waren die »Flops« seine Spezialität. Er kostete es aus, die Verrisse zu verfassen. Niemand konnte einen Ort so süffisant vor der Kamera niedermachen wie er. Und das Publikum hing an seinen Lippen. Welche Konsequenzen seine vernichtenden Kritiken hatten, war ihm gleichgültig. Beschwerden prallten ab. Zuschauer und Klickzahlen waren das Einzige, was ihn interessierte. Damit gingen die Werbeeinnahmen in die Höhe. Warum nur fielen alle auf diesen Typen herein? Sie verfluchte den Tag, an dem er in ihren Salon am Ku'damm gekommen war.

Alles lief damals so, wie Finja Kowalski sich ihr Leben erträumt hatte. Maskenbildnerin wollte sie werden, doch ihre Eltern hatten sie gedrängt, erst einmal einen richtigen Beruf zu lernen. Frisörin beispielsweise. Und sie hatte das Glück, bei Udo Walz zu landen, dem Starfrisör. Er verschönerte Filmleute und Fernsehmenschen praktisch am Fließband, sie durfte schon bald an die Köpfe der Reichen und Berühmten. Ihr wurde warm ans Herz, wenn sie an Udo zurückdachte. Er war ein Genie, er sah sofort, wie er einen Menschen zum Strahlen bringen konnte.

»Du bist ein Talent«, lobt er Finja. Irgendwie hatte Dorst sie zu seiner Lieblings-Coiffeuse erklärt. Und dann hatte er sie mal hier und mal da zum Kaffee eingeladen, es schmeichelte ihr, bis das Angebot für die Stelle kam.

Einige Monate lang war sie Feuer und Flamme, doch im letzten Herbst kam das böse Erwachen. Sie versuchte, nicht daran zu denken. Sie war so naiv und dieser Mann so abgrundtief verdorben. Nach den Vorfällen mit Mara hatte sie sich krankschreiben lassen. Zufällig hatte sie noch eine ganze Reihe andere Ex-Praktikantinnen und frühere Mitarbeiterinnen kennengelernt, die Erfahrungen mit dem Monster gemacht hatten. Und sie hatte beschlossen zu kämpfen. Sie würde es dem Mistkerl heimzahlen. Noch war der Moment nicht gekommen. Aber er war nicht weit. Denn lange hielt sie es nicht mehr mit dem Fiesling aus. Dem würde sie das Maul stopfen. Es fiel ihr schwer, die Illusion aufzugeben, dass sie Journalistin werden konnte. Insgeheim wusste sie, dass er dieses Versprechen niemals halten würde. Sie würde ihm das heimzahlen. Sie hatte im Hotelrestaurant ein Wasser geholt und neben ihm auf das Pult geknallt.

Kurz blickte sie zu ihm und hörte, wie er wortwörtlich ihre Frage zur Parteimitgliedschaft von Helge Berger stellte. Ausnutzen konnte er sie in jeder Hinsicht. Von wegen, sie hatte keine Ahnung. Wort für Wort kam ihr Text aus seinem Mund.

»Warte, du Null«, murmelte sie vor sich hin und verließ den Raum.

Rotes Tagebuch

20. November 1944

Ein Monat ist vergangen seit den verheerenden Zerstörungen an der Kaiserstraße. 20 Tote wurden aus den Trümmern geborgen, niemand kann sagen, ob dort nicht weitere Leichen liegen. Von den meisten Häusern der Prachtstraße bleiben nur Schuttberge, sodass es unmöglich ist, diese wieder aufzubauen. Viele Insulaner waren von einem Tag auf den anderen obdachlos. Das war nur der Vorbote des schlimmen Schicksals, das uns alle erwartete. Wir hatten eine Familie untergebracht, die Bergers. Sie waren Hoteliers, besaßen das *Logierhaus Prinzessin Alexandra*, einst eine noble Adresse. Der Tourismus war seit einigen Jahren untersagt, die Wehrmacht hatte das Gebäude beschlagnahmt. Der Vater war ein hohes Tier beim Inselkommandanten und besuchte seine Frau und seinen Sohn häufig. Er diskutierte oft mit meinem Schwiegersohn, die beiden waren sich sympathisch. Bald gesellte er sich gelegentlich zur Männerrunde.

Vorher hatten die Freunde nur auf das Regime geschimpft, seit einem halben Jahr kamen sie regelmäßig in die gute Stube. Irgendwann bemerkte ich, dass sie an einem Plan arbeiteten. »Muttern, gib Acht, dass keine Braunen unterwegs sind. Am besten, du bekommst nichts mit«, bat mein Schwiegersohn. »Ist der Berger nicht ein glühender Adolf-Fan?«, fragte ich ihn.

»Ach was, der ist Marineoffizier, der muss in dem Verein sein. Er denkt wie wir, ist doch auch Helgoländer«, sagte der Junge. Was war er naiv.

Ich verfolgte jedes Wort, stand hinter der Küchentür und lauschte. Sie hockten sich wieder um den Kasten, den Volksempfänger. Glockengeläut des Big Ben aus London, dafür konnte man schon verhaftet werden. Sie hörten *BBC*, um die Wahrheit über den Frontverlauf herauszufinden. Jeder ahnte, dass die Nazis nur Durchhalteparolen ausgaben. Was für ein Wahnsinn war das! »Kämpfen oder untergehen«, lautete die menschenverachtende Parole.

Die Nazis mochte ich nie, und es schmerzte mich zutiefst, wenn ich all die Hakenkreuze sah oder meine so unabhängigen Landsleute, wie sie die Arme hochrissen bei den Aufmärschen. Begeistert schrien sie Hurra, auch als die Juden angegriffen und beschimpft wurden. Dabei hatte die Insel jahrelang gut von ihren jüdischen Gästen gelebt. Auf einmal waren die Angehörigen dieser Religion die Sündenböcke. Wie Hyänen stürzten sich die Mitläufer der Braunen auf deren Besitztümer. Man hörte von schrecklichen Lagern, wo sie inhaftiert wurden und von wo es keine Wiederkehr gab. Und dieser Krieg verlangte seine Opfer.

Der Erste Weltkrieg traf uns grausam genug, all die Toten. Die Technik war seitdem vorangeschritten, die Tötungsmaschinen noch größer und gewaltiger. Wir konnten sie täglich sehen auf unserem kleinen Inselchen.

Dieser Größenwahnsinn. »Es ist verloren, alles längst dem Untergang geweiht«, hatte mein Schwiegersohn mir gesagt. Helgoland war ein Bollwerk voller Soldaten, Kriegsschiffe und Waffen. »Das wird übel ausgehen. Wir müssen etwas tun«, sagte er nur. Mit all dem Militär würde die Insel ein Ziel sein, das war jedem klar. Der Irrsinn musste gestoppt werden, Helgoland sollte kampflos übergeben werden. Der Feuersturm vor einem Monat war der erste Denkzettel. Wenn die Insel weiterhin so hochgerüstet blieb, war es eine Bedrohung für die Engländer und würde von der Landkarte bombardiert. Im Unterland konnten wir sehen, was uns blühte. Nur rauchende Trümmer blieben von der einstigen Prachtstraße mit Luxusboutiquen.

»Sag mal, Muddi. Hast du Stoff für weiße Fahnen? Groß müssen sie sein, sodass ein Aufklärungsflugzeug sie von Weitem sieht.«

»Das ist doch Hochverrat. Wenn jemand uns dabei erwischt, sind wir tot«, gab ich ihm zu bedenken. Er lächelte und umarmte mich. »Muddi, das lass mal meine Sorge sein. Wir müssen die Insel retten, sonst gehen alle unter. Denk mal an die Kinder.« Er verriet mir noch, dass er nicht alleine war. Da gab es den Dachdecker Georg Braun mit einigen Männern auf dem Oberland, der die Aktion mit vorbereitete, auch ein Insulaner, der Gastwirt des *Friesenhauses*, Erich Friedrichs, war mit weiteren Freunden an dem Vorhaben beteiligt. Ich wusste, dass dieser schon einige Jahre in einem schrecklichen Lager in Haft verbringen musste, weil er die Traditionen hochhielt. Er war einer von den Helgoländern, die am liebsten wieder ins Vereinigte Königreich zurückgekehrt wären. Er musste eine Verpflichtung unterschreiben, dass er sich nicht mehr politisch engagieren würde, um aus dem Zuchthaus zu kommen. Noch einmal würden die Nazis keine Gnade walten lassen, sie machten kurzen Prozess mit ihren Gegnern.

»Wir lieben unsere Heimat und müssen sie retten«, beschwor mich mein Schwiegersohn. Ich nickte, doch mir liefen die Tränen übers Gesicht. »Du kannst dich auf mich verlassen – und wenn es schief geht, stelle ich mich dumm.«

Woher Stoff bekommen? Der Krieg zerstörte Fabriken und Läden, fraß alle Ressourcen, es mangelte an allem. Der Handel war ausgesetzt, Verbindungen zu den früheren Schutzmächten gekappt. Ich sah meine Aussteuertruhen durch. Die blütenweißen Tischdecken wirkten auseinandergefaltet recht imposant. Es waren alte Stücke aus der Familie, wertvolle Besitztümer. Sie mussten unserer Rettung dienen. Stumm zeigte ich ihm die Stoffe, und er umarmte mich. »Du bist die Beste.« Angenähte Ösen sollten die Aufhängung erleichtern, mehrere Nächte lang nähte ich daran.

Die letzten Männerrunden waren größer geworden. Es kamen Soldaten dazu von den verschiedenen Batterien. Karl, ein junger schlaksiger Gefreiter, war an vielen Nachmittagen zu Gast. Er war Funker bei der Batterie Falm. Er bastelte an irgendetwas. Es musste ein Funkgerät sein, denn die Männer hörten nicht nur die deutsche Sendung aus dem Weltempfänger. Aus dem zweiten Gerät waren Stimmen zu hören, die Englisch sprachen. Sie verhandelten mit der britischen Armee. Es war nicht so lange her, dass wir Untertanen der Queen

Victoria waren. Was für friedliche Zeiten waren das. Ich schnappte einige Gesprächsfetzen auf. Wenn die Fahnen gehisst wurden, sollten die Engländer unsere Insel ohne Gegenwehr einnehmen. Die Fanatiker in der Marine mussten sie ausschalten, vor allem im Unterland befanden sich die hitlertreuen Einheiten. Ich hatte die Hoffnung, dass wir ohne Verluste für unsere kleine Insel Frieden schaffen könnten. Sie planten, die Offiziere beim Mittagessen zu verhaften – und dann die Fahnen zu hissen. Bei der Ankunft der Royal Navy würde alles ohne Gegenwehr an diese übergeben.

KAPITEL 15

Sie hatte die Lautstärke hochgedreht, diese neuen Ohrmuscheln hüllten sie wie in eine Wolke aus einem gigantischen Sound. Clara hatte den Eindruck, jedes Instrument in einem riesigen Raum herauszuhören. Der Klang umschloss sie wie eine wohlige Wattehülle. Ihre Chefin, die sie nur noch den Drachen nannte, folgte ihr auf Schritt und Tritt, zog hier eine Fussel vom Polster, wischte dort mit den Fingern den Staub nach und hielt ihr das Ergebnis triumphierend vor die Nase. Am Tag zuvor, als der Empfang stattfand, war es schlimm gewesen. Die Alte kommandierte die gesamte Mannschaft wie ein General aus einem Kriegsfilm. Ihr war speiübel.

Wie gerne hätte sie mal mit diesen Fernsehtypen gesprochen, vielleicht konnte der ihr in Berlin mal Kontakte vermitteln. Nirgendwo anders als in der Hauptstadt würde sie ihr Kunststudium antreten, sie war schon dabei, eine Mappe anzulegen. Am liebsten wäre sie Meisterschülerin der Konzeptkünstlerin Lady Noir. Bestimmt kannte der Fernsehfuzzi die.

Sie würde oben im dritten Stock mit der Reinigung anfangen und sich dumm stellen. Da würde die Generalin freiwillig keine Praktikantin reinlassen, die machte ein Riesen-Bohei um Promis, um den Dorst besonders. Hoffentlich war er im Zimmer, dann konnte sie ihn ansprechen. Eine kleine Karikatur würde den erheitern, die hatte sie gestern nach der Arbeit gezeichnet. Sie sah sich in der Halle um, die Luft war rein, alle beim Frühstück. Fix bugsierte sie den Reinigungswagen in den Fahrstuhl und fuhr nach oben, entnahm den Staubsauger aus der Kammer. Sie klopfte an. Stille. Noch ein Versuch. Nichts. Also öffnete sie die Tür mit dem Generalschlüssel und spähte hinein. Es war keiner da. Sie ging in den Wohnraum der riesigen Suite, über der es einen weiteren Raum und eine Dachterrasse mit Whirlpool gab. Die hellen Ledermöbel, dunkles Holz und Gold, im unteren Wohnraum wirkten spießig. Altmännergeschmack nannte sie das. An der Wand schwere Goldrahmen mit akademisch gemalten Seemotiven, darunter ein Marmorkamin. Wie aus der Zeit gefallen.

Auf dem Tisch standen Gläser, irgendwelche Chips lagen zertreten davor. Da würde sie anfangen. »Immer erst von oben, sodass der Dreck runterfällt, und dann den Boden reinigen«, sie äffte den affektierten Tonfall der Hoteldirektorin nach. Salutierte ins Leere. »Jawoll, Generalin.«

Sie war neugierig, wie dieser Whirlpool aussah, und auf das Schlafzimmer. Mal schauen, was für Klamotten so ein Promi trug. Hinter dem Wohnzimmer folgte ein kleiner Flur, von dem eine Treppe nach oben ging. Das wollte sich Clara nicht entgehen lassen und ging hinauf. Dieser Ausguck hätte mit seinen verglasten Wänden ein geeignetes Künstleratelier abgegeben, er war lichtdurchflutet und bot einen Wahnsinnsausblick. Hier sitzen und in den Sonnenaufgang schauen, das wäre ihr Ding. Sie sah die Hummerbuden unter sich. Mama, ich kann dir fast auf den Kopf spucken, dachte sie, als sie die kleine Holzhütte des Naturschutzvereins *Helgonatur* entdeckte. Sie überblickte den Hafen bis hinauf zum Mittelland. Von dem hatte sie gehört, dass es bis zum Krieg in dieser Form nicht existiert hatte. Erst die Zerstörung des *Big Bang* hatte so viel Fels einstürzen lassen, dass dieser Teil der Insel entstand. Hier oben konnte man träumen, auf die wildesten Ideen kommen. Vielleicht eine Party ausrichten. Aber sie hatte ein Ziel, und das durfte sie nicht aus den Augen verlieren. Am besten, sie platzierte zuerst ihre Botschaft an Herrn Dorst und begann die Reinigung. Sie ging die Treppe hinab und räumte die Gläser in die Spülmaschine. Dann wischte sie den Tisch sauber ab und legte ihre Zettel darauf. Sie trat einen Schritt zurück. Würde er es sehen? Clara kramte in ihrer Tasche, fand einen Lippenstift und malte einen Pfeil auf den Tisch. Sie sah sich das Ergebnis aus der Ferne an. Passt. Die Alte würde ausrasten, wenn sie das entdeckte, doch das war ihr egal. Sie reinigte die übrigen Oberflächen und stellte den Staubsauger an, ging durch die Suite. Als sie die Badezimmertür öffnete, knirschte etwas am Boden. Im Raum sah es Ekel erregend aus. Was hatte hier für eine Party stattgefunden? Der Inhalt des Kulturbeutels lag wild verstreut im Raum, mittendrin ein Mobiltelefon mit zersplittertem Display – und zu allem Überfluss Kotze obendrauf. Der Gestank schlug ihr direkt auf den Magen. Sie überlegte. Das Zeug anfassen und einzeln reinigen? Das war zu eklig. Sie würde ihm das in die Waschtasche stopfen und dann das Bad sauber machen. An manchen Tagen wünschte sie sich eine Klammer, um die Gerüche nicht wahrzunehmen.

Sie kam zum letzten Raum, das war das Schlafzimmer. Die Tür sperrte, sie öffnete mit Kraft und fiel der Länge nach hin, dann schrie sie gellend auf, sprang auf und rannte aus dem Raum, als wäre ein Schwarm Hornissen hinter ihr her. »Hilfe, Hilfe!«, rief Clara verzweifelt.

KAPITEL 16

Rike konnte sich gar nicht mehr daran erinnern, wann sie zuletzt ausgeschlafen hatte. Es war schon hell, als sie etwas Feuchtes im Gesicht spürte. Prinz hatte sie vorsichtig mit der Schnauze angestupst. Er musste nach draußen und hatte Hunger.

Sie strich ihrem Vierbeiner liebevoll über den Kopf. Endlich hatten sie Zeit für Spaziergänge und Ballspiele. Sie duschte kurz, zog sich an und lief mit dem aufgeregt bellenden Prinz vom Falm aus in Richtung Norden. Sie genoss den Wind an den Klippen und den Blick ins Blaue bis zu den Schiffen, die aufgereiht wie auf einer Perlenkette am Horizont zu stehen schienen. Die Ozeanriesen wirkten wie kleine Spielzeuge. Am Vogelfelsen sah sie den Basstölpeln eine Weile zu. Einige brüteten, schnäbelten zankend mit den Nachbarn. Liebevoll putzte sich ein Paar der weiß-gelben Tiere mit den leuchtend blauen Augen. Flügelschlag lenkte ihren Blick nach oben, die Papas der Brutpaare trafen mit grüner Nahrung im Schnabel ein und landeten mit kühnem Schwung.

Sie schoss Bilder der fotogenen Vögel, die kaum Scheu zeigten. Flugmanöver, Angriffe zwischen Rivalen und liebevoll schnäbelnde Paare. Prinz hatte schon einige 100 Meter weiter vor ihr den Wanderweg entlang geschnüffelt, sie folgte ihm. Am Treppenabgang zum Nordstrand pfiff sie, er kam angelaufen, sie leinte ihn an und stieg hinab. Der Strand lag einsam vor ihnen. Rike sah die rund geschliffenen Ziegelsteine, die dort angespült worden waren. Sie stammten von alten Häusern Helgolands, die bei den Luftangriffen im Zweiten Weltkrieg dem Erdboden gleichgemacht wurden. Sie hatte die Kraterlandschaft auf Bildern gesehen, nichts war von dem alten, beschaulichen Fischerdorf, der prächtigen Bäderarchitektur der Hotels oder des Konversationshauses geblieben. Nur der Leuchtturm und das unterirdische Höhlensystem waren teilweise erhalten.

Prinz versuchte, Möwen zu fangen, und rannte laut bellend hinterher. Sie hatte sich niedergelassen und sah ihm belustigt zu. Als er genug von dem Spiel hatte, warf sie Stöckchen. Endlich war Prinz ein wenig erschöpft, setzte sich neben sie. Nach einem Moment der Erholung stand sie auf, sie schlenderten durch den Nordosthafen, weiter in Richtung Südstrand und liefen den Invasorenpfad hinauf, um wieder zur Ferienwohnung zu gelangen. Das Haus, in dem sie beim letzten Mal gewohnt hatte, gehörte jetzt einer Fondsgesellschaft aus Liechtenstein – und entsprechend hoch waren die Preise geklettert. Doch die weite Sicht aus dem Fenster über den Hafen und die Düne waren phänomenal. Zähneknirschend hatte sie dennoch gebucht.

Sie saß beim späten Frühstück, als es an der Tür klingelte.

»Harry, wie schön«, begrüßte sie ihren Freund erfreut. Noch immer legte sie sich Worte zurecht, um ihn auf den Brief anzusprechen. Es war merkwürdig, nach all der Zeit auf das Schreiben einzugehen. Wie konnte sie ihm erklären, warum sie erst jetzt antwortete? Im Kopf legte sie sich Worte zurecht, um ihre Gefühle auszudrücken. Harry, ich mag dich – das wirkte so kindlich und drückte nicht aus, was sie empfand. Liebe? Klang das nicht zu pathetisch –

und war sie nicht schon einmal grandios gescheitert, als sie sich jemandem geöffnet hatte?

Sie hatte die Blicke mitbekommen, die Harry dieser Jana zuwarf. Hatten die beiden eine Beziehung? Zumindest hatte er Interesse an der Marketing-Frau, das spürte sie. Vielleicht war es doch keine rein berufliche Besorgnis wegen des Moderators, gegen den diverse Verfahren liefen?

»Rike, ich möchte dir nochmals für den Einsatz danken. Du hast mir geholfen.«

»Ich habe den Rundflug genossen, bislang habe ich es im Heli nur bis nach Neuwerk geschafft. Wer überwacht den Mann denn heute?«, wollte sie wissen.

»Er hat ein Programm ohne Inselpersonal, da brauchen wir ihn nicht zu überwachen.« Sie spürte, dass er zögerte, als wolle er ihr etwas sagen.

»Wie wäre es mit einer kleinen Tour auf der *Mariannic'k*, gefolgt von einem Imbiss?«, fragte Harry.

Als hätte er verstanden, knurrte Prinz ihn an. An seiner Abneigung gegen Schiffe hatte sich nichts geändert. Und Segelboote mochte er schon gar nicht.

»Wenn du nicht mitkommst, musst du alleine bleiben ohne die Nachbarschaft zusammenzubellen«, sagte sie Prinz, der jämmerlich winselte.

»Mit dem größten Vergnügen, ich bin dabei.« Sie zog sich um, ging mit Prinz vor die Tür. Sie bestach ihn mit einem Kauknochen und schlüpfte schnell aus der Tür, ohne dass er protestierte. Danach fuhr sie mit Harry in den Hafen. Er parkte am Revier, direkt gegenüber lag die *Mariannic'k* vor Anker. Prüfend hielt ihr Kollege einen Finger in die Luft, den er vorher angeleckt hatte. Dann nickte er zufrieden. »Ein gutes Lüftchen zum Segeln.«

Liebevoll löste er das Verdeck von seinem Segelboot. Sie folgte seinen Anweisungen, um die Jacht vorzubereiten. Schließlich waren die Segel gesetzt. Sie bekam die Aufgabe, das Schiff loszubinden.

»Leinen los«, kommandierte er. Sie entfernte die Schlinge vom Poller und sprang gerade rechtzeitig auf das schwankende Deck. Er ließ den Bordmotor an, und sie tuckerten aus dem Hafen.

»Wie wäre es mit einer Tour nach Neuwerk?«

Sie war begeistert, sie hatte diese Insel immer nur beruflich besucht. Sie setzten die Segel. Der Wind drehte auf, sie kamen gut voran. Rike übernahm das Vorsegel, und Harry ging auf Kurs, reden konnten sie wegen der steifen Brise nicht. Sie genoss die salzige Luft, die Wellen, Wasser schwappte über Bord. Eigentlich war Rike nicht seetauglich, doch das Gefühl war ein anderes als auf der *MS Nordsee* bei Sturm. Vor allem diese Rollbewegungen des großen Schiffs hatten ihr zugesetzt. Sie dachte daran, wie sie nur wegen ihrer Seekrankheit einen Mord bemerkt hatte.

»Schau mal auf 3 Uhr vor uns«, sagte Harry. Ein Schweinswal sprang aus dem Wasser, tauchte unter und näherte sich der Jacht. Kurs darauf schaute er auf der anderen Seite fast spöttisch zu ihnen. Er schien sich das schwimmende Objekt rundum anzusehen. In der Ferne sah sie einen gelblichen Schatten im Wasser. »Wir erreichen die Vogelinsel Nigehörn, in fünf Minuten befinden wir uns bei Neuwerk. Für einen Kaffee hätten wir Zeit«, er zwinkerte ihr schelmisch zu. Das war typisch ihr Harry. *Always on the bright side of life*, das liebte sie an ihm.

Sie hatten die Insel halb umrundet. Beim Blick auf den burgähnlichen roten Leuchtturm kamen die Erinnerungen an die beiden Fälle hoch, die Rike gemeinsam mit Margo

Valeska aufgeklärt hatte. Ein Geräusch riss sie aus den Gedanken, das Schiffshorn wirkte täuschend echt, es war Harrys Klingelton. Er hielt den Apparat ans Ohr, seine Miene verdüsterte sich. Was er sagte, verstand sie nicht, doch sein Gesicht sprach Bände. Jeder Polizist kannte das. Leben ist das, was passiert, während du andere Pläne hast.

Er wandte sich Rike zu und zuckte bedauernd mit den Schultern. »Ich muss zurück, Einsatz.« Den Rest schluckte der Wind. Er kreuzte ein paar Mal, um wieder zurückzukommen. Sie befolgte die Kommandos und überlegte, was für ein Fall wohl so dringend sein konnte. Ein Urlauber, der ein wenig zu viel zollfreien Korn verkostet hatte, oder ein Ladendiebstahl? Wie sie von ihrem Kollegen wusste, hatte er meist mit dieser Art von Kleinkriminalität zu tun.

Sie entdeckte das rot-weiße Seezeichen der Düne, die Badebucht mit ihrem schneeweißen Sand vor tiefblauem Wasser, dahinter im Dunst den roten Felsen. Sie passierten das Nebeninselchen, er hatte den Motor angelassen und tuckerte in den Hafen.

»Machst du bitte die Leine fest«, bat er sie, als sie am Kai ankamen. Sie sprang an Land, wo sie die Schlinge um den Poller legte. Dann ging er ebenfalls von Bord, prüfte das Seil, als wieder das Schiffshorn aus der Hosentasche ertönte.

»Wie bitte?«, fragte er ungläubig. »Ich hole nur den Koffer für die Spurensicherung, in zehn Minuten bin ich da«, erklärte er. Rike horchte auf, das klang nicht nach einer Lappalie.

Er fing ihren fragenden Blick auf.

»Wir haben einen Toten im *Hotel Prinzessin Alexandra*. Würdest du mich zum Tatort begleiten? Wir sind vollkommen unterbesetzt.«

Sie war nicht begeistert und wollte den Vorschlag eigentlich ablehnen.

»Keine Angst, ich werde Verstärkung vom Festland anfordern, du brauchst Urlaub. Aber da du schon da bist, würde ich gerne deine Expertise nutzen. Allein ein erster Eindruck von einer erfahrenen Ermittlerin ist für uns wertvoll«, setzte er hinzu, da er ihren skeptischen Ausdruck bemerkt hatte. Süßholz raspeln konnte er.

»Weil du es bist«, sagte sie zu. Zeit hatte sie, und die Tage ohne Beschäftigung zogen sich doch in die Länge, hatte sie am Strand gedacht. Wie andere Menschen Stunden in einem Strandkorb verbringen konnten, war Rike ein Rätsel. Sie brauchte Bewegung – und noch immer spürte sie dieses Kribbeln bei jedem neuen Fall. Den Drang, die offenen Fragen zu lösen und Gerechtigkeit herzustellen. Bei einer Ermittlung würden sich Situationen ergeben, in denen sie in Ruhe über ihre Gefühle reden konnte. Anschauen konnte sie sich das ja mal, bevor seine Verstärkung kam.

Im Laufschritt eilten sie zur Polizeiwache, Harry holte den silberfarbenen Spurensicherungskoffer. Dann fuhren sie mit dem E-Golf zum Hotel. Einige Touristen sprangen panisch zur Seite, als das Martinshorn direkt neben ihnen aufheulte. Vor dem Eingang parkte er.

In der Halle entdeckte sie eine junge Frau, die riesige Kopfhörer trug und leichenblass war. Auf den zweiten Blick erkannte sie Clara, die sie bei ihrem letzten Fall kennengelernt hatten. »Moin, Clara«, begrüßte sie die junge Frau, die nur leise etwas murmelte. Inge Berger stand neben dem Mädchen und redete auf sie ein.

»Da kommt endlich die Polizei. Das hat ja gedauert«, bemerkte die Direktorin tadelnd. Sie führte sie in den Fahrstuhl und fuhr mit ihnen in den dritten Stock.

»Wer hat den Toten gefunden?«, wollte Harry wissen. »Die Praktikantin, sie hat die Suite gereinigt«, erklärte Berger. »Wir müssen sie gleich befragen. Wer war alles im Raum? Haben Sie einen Arzt gerufen?«

Sie schüttelte den Kopf. »Nach 30 Jahren im Beruf erkenne ich, wann es keinen Sinn mehr hat, Erste Hilfe zu leisten. Der Gast war kalt, als ich kam. Den hätte der beste Arzt nicht wieder zum Leben erweckt.«

»Kapitänssuite« stand an der Zimmertür, die sie aufschloss. Sie wollte vorangehen, doch Harry bremste die Hotelchefin. »Besser, Sie bleiben draußen. Die Spuren …«, sagte er.

Sie ließ die beiden vorbei und schüttelte den Kopf: »Wir sind doch nicht im Fernsehkrimi. Das war ein normaler Infarkt, haben Männer in dem Alter.«

»Danke für die Diagnose. Wir sehen uns das gleich mal an.« Rike folgte Harry in die angezeigte Richtung und wollte die Tür schließen, als die Hotelchefin rief:

»Bitte behandeln sie das diskret. Wenn das nach außen dringt, dass hier ein Gast gestorben ist, bringt das schlechte Werbung. Ich hoffe, das ist schneller abgeschlossen als der Vandalismus-Fall!«

Rike wechselte einen Blick mit Harry. Das war wieder mal typisch. Hauptsache, der Rubel rollte, die Betroffenheit über den Todesfall war eher zweitrangig bei der Dame.

»Was war das für ein Fall?«, wollte sie von ihm wissen.

Er verdrehte die Augen. »Wir haben so eine Art Protestgruppe, die künstlerisch Botschaften verbreitet. Aber mit Dorst und seiner Reportage hat das vermutlich nichts zu tun.«

Die Schlafzimmertür schrammte gegen etwas, vorsichtig steckte Harry seinen Kopf hinein. »Der liegt direkt hinter der Tür, ich weiß nicht, ob er bewegt wurde.« Er fotografierte den Toten durch den Spalt.

Dann öffnete er mit Kraftanstrengung den Raum, Rike folgte ihm. »Hast du schon die Gerichtsmedizin kontaktiert?«, wollte sie wissen.

Er schüttelte den Kopf: »Ich habe den Arzt aus dem Krankenhaus angefordert. Er kommt in Kürze und untersucht den Leichnam. Bei einem Infarkt brauchen wir ja nicht das ganze Programm. Die Staatsanwaltschaft möchte erst einmal mehr zur Todesursache wissen.«

Ihr Blick fiel auf den Toten. Er trug einen grauen Bademantel, der sich geöffnet hatte, und lag auf der Seite. Harry nahm die genaue Position auf, dann griff Rike nacheinander in die Taschen. Sie fand ein schmutziges Taschentuch und reichte es weiter. Harry besah es sich, roch, rümpfte die Nase und entnahm eine großzügige Probe. »Irgendwie riecht es säuerlich wie Erbrochenes, aber ich sehe hier keine Spuren davon«, stellte er fest. Er besprach eine App auf seinem Mobiltelefon mit den Erkenntnissen vom Tatort. »Drehen?«, fragte Rike, und zeitgleich wendeten sie den Körper auf die andere Seite. Ihr fiel wieder einmal auf, wie sie harmonierten.

»Gesichtsverletzung, Hämatom an der Nase. Sonst keine sichtbaren Zeichen von Gewalteinwirkung oder Abwehrspuren«, stellte er fest. Rike sah sich den Körper genau an.

»Ich suche nach Einstichstellen, die können winzig sein. Zumindest hat er keine Stich- oder Schussverletzungen.«

Es klopfte an der Tür, Rike öffnete. Ein junger Mann stellte sich als Jakob Walder vor: »Moin, ich bin der Arzt und wurde gebeten, einen Patienten anzusehen.«

Sie führte ihn durch die Suite zum Schlafzimmer »Der Mann ist tot, es geht um eine erste Einschätzung«, erklärte sie. Harry begrüßte den Doc und reichte ihm ein Paar Einweghandschuhe.

Dann überließen sie ihm den Toten für einen Moment. Er betrachtete das Gesicht und den Körper, bewegte vorsichtig den Arm und die Hand, die steif waren.

»Die Leichenstarre ist voll ausgeprägt, er ist seit sechs bis acht Stunden tot«, erklärte er.

»Was können Sie zur Todesursache sagen?«, wollte Harry wissen.

Der Mediziner hockte sich neben den Toten, sein Blick ging über den Körper, er hob den Arm, um die Seite genauer betrachten zu können, dann wandte er sich wieder dem Gesicht mit dem blauen Fleck zu, überlegte. Mehrmals sog er in kurzen Abständen Luft durch die Nase, als würde er schnüffeln.

»Ohne meinen Kollegen vorzugreifen, denke ich nicht, dass dieses Hämatom den Tod ausgelöst hat. Stumpfe Gewalt hat nicht das Ableben unseres Gastes verursacht.«

»Gibt es denn Zeichen für eine Fremdeinwirkung, oder war es ein natürlicher Tod?«, wollte Rike wissen, die bewusst keine Vermutung aussprach. Der Arzt sollte in seiner Meinung nicht beeinflusst werden. Er zögerte einen Moment und schnüffelte erneut, schüttelte den Kopf: »Ich sehe hier keine Anzeichen für einen Tod durch Gewalteinwirkung oder sonstiges Mitwirken Dritter. In dem Alter und bei dem Job kommen Infarkte vor. Ausschließen will ich nichts, auch keinen Suizid – da wäre er ebenfalls in der Risikogruppe. Das einzig Merkwürdige ist dieser säuerliche Geruch, der vom Leichnam ausgeht. Den kann ich mir nicht erklären«, sagte er. »Das könnte auch eine Vergiftung sein.«

»Vielen Dank. Wir müssten dann irgendwelche Tabletten, Gläser oder eine Spritze finden, wenn er selbst etwas eingenommen hätte«, bemerkte Rike.

Sie sah sich im Raum und im Wohn- und Schlafzimmer um, es waren keine derartigen Spuren zu sehen. Vermutlich blieben nur zwei Möglichkeiten: Dorst hatte entweder eine Art Anfall erlitten ohne das Zutun anderer Personen, oder es war Mord. Bei einem Suizid hätten die Medikamente irgendwo liegen müssen.

Harry hockte auf Knien neben der Leiche, den Blick nach unten gerichtet. »Schau mal, da hat doch jemand geputzt.« Er deutete auf die Fläche um den Toten, auf der sich Wischspuren abzeichneten.

»Das muss unbedingt der Rechtsmediziner unter die Lupe nehmen«, schlussfolgerte er. »Zumal der Herr ausgesprochen umstritten war, da hätte die eine oder der andere ein Motiv«, pflichtete ihm Rike bei.

Der Arzt nickte. »Eine Autopsie finde ich gut, denn die Statistik besagt, dass viele Mordfälle unentdeckt bleiben. Ich werde nicht mit Gefühlen argumentieren, aber …« Ein Gerät an seinem Gürtel gab Pieptöne von sich, er verabschiedete sich und eilte aus dem Raum.

Harry telefonierte mit dem Staatsanwalt, um einen Rechtsmediziner zu beauftragen. Danach hielt er den Daumen hoch.

»Ich durchsuche noch mal alles gründlich«, schlug Rike vor. Sie nahm sich zuerst das Wohnzimmer vor, sah die Kleidungsstücke durch und durchblätterte Papierstapel auf dem Schreibtisch. Da ging es um die geplante Sendung über Helgoland. Das hatte vermutlich nichts mit dem Fall zu tun. Ein roter Schimmer fiel ihr ins Auge – und da entdeckte sie es. Der Esstisch war mit Lippenstift bemalt, genauer gesagt, gab es einen Pfeil, der auf etwas Weißes wies. Sie sah es sich aus der Nähe an. Es handelte sich um eine Zeichnung, die sie aufhob, um sie zu betrachten. Mit einem schwarzen Stift war unverkennbar das Opfer dargestellt, seine Gesichtszüge grotesk übertrieben. Durchaus gekonnt, diese Karikatur. Hatte das etwas mit dem Tod zu tun?

»Oh nein«, entfuhr es ihr.

Bloß kein irrer Ritualmörder, der diese Kunstwerke schuf und die Abgebildeten ermordete. Sie rief Harry und zeigte ihm das Werk.

»Ach du liebe Bescherung«, fluchte dieser. »Eine Botschaft? Was will uns der Künstler damit sagen?« Rike konnte das ebenso wenig beantworten. »Das müssen wir herausfinden, vielleicht hat das Machwerk nichts mit dem Tod zu tun.«

»Sag mal, hast du einen Computer und Kamera gefunden?«, fragte er. Rike schüttelte den Kopf. »Nein, weder auf dem Schreibtisch, noch in den Schränken oder in den Reisetaschen waren solche Geräte. In jedem Fall besaß er ein bis zwei Handys, einen Laptop und eine Kamera. Gibt es einen Tresor?«

Die Hotelchefin stand vor dem Eingang Wache. Harry öffnete die Tür und bat sie, ihnen den Safe zu zeigen und zu öffnen. Zielstrebig lief sie zu einem gerahmten Druck mit Hafenlandschaft an der Wand. Sie nahm das Bild ab. Dahinter befand sich die silberne Metalltür, die einen Spalt offen stand. »Da kommen Sie zu spät«, bemerkte sie spitz.

»Danke, Frau Berger, das wäre mir gar nicht aufgefallen«, konterte er und sah hinein.

Rike hörte ihn Helgoländisch fluchen wie ein Kesselflicker. Er hielt ein paar bedruckte Seiten Papier in der Hand. »Leer, bis auf diesen Kram«, schimpfte er. Sie warf einen kurzen Blick auf die Notizen – es war ein Programm mit den Stationen auf der Insel. Das sah nicht verdächtig aus. Er legte das Papier zu den übrigen Gegenständen im Koffer.

»Wo ist die Assistentin, die ihm wie ein Schatten folgte?«, fragte er Frau Berger.

Sie zuckte mit den Schultern. »Wir sind hier ein diskretes Haus, wir schnüffeln den Gästen nicht hinterher. Wann kann ich wieder mit der Suite rechnen?«

Wie eiskalt war diese Person. Der Mensch, der in ihrem Hotel zu Tode gekommen war, schien für sie nur eine Randnotiz. Das Geldscheffeln war ihr Lebenszweck. Sie bemühte sich, einen höflichen Ton anzuschlagen. Bestimmt kannte dieser Drachen Gott und die Welt – und sie hatte keine Lust auf weitere Beschwerden, die bei ihrem Chef landeten.

»Das wird eine Weile dauern. Die Wasserschutzpolizei versiegelt den Raum – und teilt Ihnen mit, wenn die Ermittlungen abgeschlossen sind. Den Leichnam holen die Bestatter in Kürze ab«, entgegnete Rike schroff.

»Ich bedaure den Todesfall außerordentlich«, säuselte die Hotelchefin, die den entsetzten Blick aufgefangen hatte. »Aber das sieht nicht nach einem Verbrechen aus. Habe ich gleich gesagt.«

»Das ist unser Job. Sie werden benachrichtigt.« Harry schob die Direktorin aus der Tür. Sie wechselten einen kurzen Blick, offenbar dachten sie das Gleiche. Er öffnete die Tür erneut und sah nach. Da stand sie wie vermutet und lauschte. Er schüttelte streng den Kopf und deutete zum Aufzug, wartete, bis sie endlich eingestiegen war.

»Wir informieren Sie, Frau Berger!« Kopfschüttelnd kam er wieder in den Raum und seufzte.

»Was meint dein berühmter kriminalistischer Spür-
sinn?«, wollte er von Rike wissen.

»In dem Fall spekuliere ich lieber nicht, bald gibt es Fakten. Frau Mutlu aus Hamburg schaut sich den Moderator
morgen an, ich habe vorhin mit ihr telefoniert.«

Sie hatte den Mann lebendig erlebt. Da gab es einige
Menschen, die ihm nicht wohlgesonnen waren. Hatte einer
oder eine davon ernst gemacht?

KAPITEL 17

Clara kuschelte sich in den weichen Sessel in der Lobby, ihr war übel, alles drehte sich. Ihre Beine wackelten wie Dünengras im Wind, sie schaffte es nicht aufzustehen. Die Berger hatte einmal nicht geschimpft, sondern ihr gut zugeredet und Verständnis gezeigt.

Clara hatte sie direkt nach dem Fund angerufen, doch sie brachte keinen ganzen Satz heraus, hatte hysterisch geschrien. Die Direktorin war sofort zu ihr gekommen.

Was für ein Schock, wie der Dorst da lag, die Augen weit aufgerissen. Sie ekelte sich so, dass sie sich beinahe übergeben hatte. Und sie war sorglos durch die Suite spaziert, hatte nichts geahnt.

Die Chefin stand nach kurzer Zeit im Raum, folgte ihr zum Schlafzimmer. Was immer man an der Sklaventreiberin aussetzen konnte, sie hatte schnell die Lage im Griff. Ohne Zögern hatte sie sich über Dorst gebeugt, eine Hand an den Hals gelegt. Die Kotze um ihn herum störte sie kein Bisschen.

»Der ist leider mausetot – und nicht erst eine Viertelstunde. Er ist kalt. Wir können ihm nicht mehr helfen.« Dabei hatte sie keine Miene verzogen. Das klang, als hätte sie schon öfter mal einen Toten in einem der Zimmer gefunden. Sie hatte ihr den Arm um die Schulter gelegt und sie nach draußen begleitet. Zum Glück konnte Clara fix den Zettel einstecken, den sie an den Moderator geschrieben hatte, schaffte es aber nicht mehr, die Zeichnung zu schnappen und den Lippenstift vom Tisch zu wischen. Ihr war schlecht, und sie wollte nur weg. Hoffentlich kam nicht raus, dass sie die Urheberin der Zeichnung war. Dann würde die Berger ihr die Hölle heißmachen.

Gemeinsam fuhren sie nach unten, die Hotelchefin geleitete sie zur Sitzgruppe, die normalerweise für die Gäste reserviert war. Die Direktorin machte eine Bewegung, als wolle sie ihr über die Wange streichen, die sie aber im letzten Moment stoppte.

»Nimm dir für den Rest des Tages frei«, hatte sie vorgeschlagen. Das hatte sie auch vor. Um die Insel laufen, sich den Wind um die Ohren wehen lassen. Bis die Bullen kamen und sie baten, unbedingt auf die Befragung zu warten. Sie hätte ohnehin nicht aufstehen können. Die Chefin war noch mal mit einem Reinigungswagen nach oben gefahren, wie sie bemerkt hatte, und kurz darauf kamen die beiden Polizisten. Sie sah den Arzt, den sie kannte, weil er immer zum Impfen in die Schule kam. Der würde leider nichts mehr ausrichten können.

»Möchtest du etwas essen oder einen Tee?«, fragte die Berger freundlich, als sie wieder in der Lobby war. Das schwarze Katerchen war auf ihren Schoß gesprungen und hatte sich zur Kugel gerollt. Er schnurrte, als sie ihren Arm über ihn legte. Manchmal folgte ihr das Tier auf Schritt und Tritt, auch wenn die Chefin das ungern sah. Denn er sollte nicht die Hotelzimmer betreten. In Wirklichkeit durfte er alles in diesem Haus – und das nutzte er. Sie konnte ihn verstehen, mit dieser Besitzerin hatte er kein leichtes Leben.

Sie bat um einen Kräutertee.

»Hast du den Raum gereinigt?«

Clara nickte. »Ich war dabei, hatte angefangen, und dann lag er da.«

»Hast du irgendetwas bemerkt, was dir komisch vorkam?« Zum ersten Mal schien ihre Vorgesetzte sie ernst zu nehmen und auf ihre Meinung Wert zu legen.

Allerdings war da nichts, außer eben ihrer eigenen Botschaft. Das Zimmer wirkte nicht verwüstet, sie hatte keinerlei Vorahnung gehabt. »Nein, alles war normal. Ich hatte keine Ahnung, dass so etwas passiert sein könnte.«

Die Chefin nickte. »Das solltest du der Polizei sagen. Männer in dem Alter haben leider ein hohes Risiko für Infarkte oder Schlaganfälle. Kein Wunder bei dem Stress.«

Sie strich ihr liebevoll über den Kopf und holte einen Kräutertee aus der Küche. In dem Moment kamen die beiden Polizisten. Die Frau kannte sie, diese hatte mal im *Verein Helgonatur* ihrer Mutter mitgearbeitet und Trottellummen beringt. »Hallo, Clara. Erinnerst du dich an mich?«

Sie nickte stumm. Der Polizist bat ihre Chefin, sie alleinzulassen, und diese zog sich in den Raum hinter der Rezeption zurück. Beide nahmen rechts und links von ihr in der Sitzgruppe Platz.

»Das war ein schlimmes Erlebnis«, sagte Rike. Clara nickte stumm, eine Träne rollte ihre Wange hinab. Die Polizistin reichte ihr ein Taschentuch. »Kannst du uns erzählen, wie du den Toten gefunden hast?«, fragte sie, nachdem sie ihre Tränen abgewischt hatte.

Clara überlegte kurz. Ihren Ausflug durch die ganze Suite bis auf die Terrasse behielt sie lieber für sich, das warf kein gutes Licht auf sie als Praktikantin. »Ich kam in den ersten Raum, reinigte Flächen und Oberflächen, dann das Badezimmer, am Ende der Tour entdeckte ich ihn im Schlafzimmer und holte Hilfe«, kürzte sie das Geschehen ab.

»Kanntest du den Toten?«

»Ich habe ihn ein paar Mal gesehen, das war alles«, erklärte das Mädchen. »Hast du sonst etwas Eigenartiges bemerkt?«, mischte sich der Mann in die Diskussion. Sie schüttelte den Kopf. »Es war nichts zerstört oder so und keiner weiter im Raum. Das Badezimmer sah wüst aus, aber das kommt bei den Gästen häufiger vor«, antwortete sie.

»Was meinst du damit?«

Clara überlegte einen Moment: »Es war unordentlich. Die Leute schmeißen ihr Zeug rum und wir dürfen es auflesen.«

»Hast du irgendetwas in den Zimmern verändert?«, fragte Rike.

Sie sah sie verdutzt an. »Ich hoffe schon, da ich ja sauber gemacht habe. Mit dem Staubsauger.«

»Und etwas weggeräumt?«

»Ein bisschen Geschirr, sonst nichts. Ganz normal.«

Beide sahen sie jetzt aufmerksam an. »Was war das denn genau? Wohin hast du es geräumt?«

Na die stellten komische Fragen. Hätte sie das Zeug aus dem Fenster werfen sollen? »Na in die Spülmaschine, das ist so üblich!«

»Kannst du dich erinnern, was es war? Das könnte wichtig sein.« Clara überlegte. »Da waren Gläser auf dem Tisch, ich glaube zwei«, erinnerte sie sich.

»Und was war da drin?«, wollte Rike wissen.

»Die waren leer, vermutlich ausgetrunken«, sagte das Mädchen.

Rike strich ihr über die Wange. »Danke dir, Clara. Das hilft uns weiter. Melde dich, wenn dir etwas einfällt.«

»Mache ich«, versprach sie mit matter Stimme.

Zum Glück hatten die beiden sie nicht wegen der Zeichnung gefragt.

»Sollen wir dich nach Hause bringen?« Sie schüttelte schnell den Kopf. Noch immer fühlte sie sich wacklig auf den Beinen, sie hatte Angst, sich zu verplappern.

*

Sie kamen im Schutz der Dunkelheit, nacheinander. Der Weg durch den Hafen zwischen den Winterliegeplätzen der Segler war nicht erleuchtet. So gelangten sie ungesehen in den Hintereingang des modernen Glasgebäudes mit den spitz aufragenden Satteldächern. Den unteren Eingang an der Rückseite des Gebäudes nutzte nur der Hausmeister für die Müllentsorgung, er war einer der Ihren. Durch eine Garage mit Gartengeräten führte der Weg in einen hohen fensterlosen Raum.

An der Wand hing das Plakat, nach dem sie ihr nächstes Event planen wollten. Auf den Arbeitstischen befanden sich schon die vorbereiteten Pappmaschee-Figuren. Ihre ältester Mitstreiter pfiff vergnügt.

»Was für eine Akustik diese Zisternen haben. Das war früher einmal unsere einzige Wasserversorgung nach dem Krieg«, erklärte er den Kameraden. Die Jungen hingen an seinen Lippen, wenn er von früher erzählte.

»Wie hat das funktioniert?«, wollte einer von ihnen wissen. »Oben gab es eine Art Trichter, das sah aus wie ein Schornstein – damit wurde das Regenwasser aufgefangen und in jedem Haus in solchen Kammern gespeichert. Verteilt wurde es über Pumpen und in einigen Gebäuden einfach mit dem Eimer.«

*Dann deutete er auf das Material. »Wir müssen uns
beeilen, wenn wir rechtzeitig fertig werden wollen. Noch
immer ist nichts geschehen, die Politik hört einfach nicht.
Sie brauchen einen Denkzettel.«*

*»Und dann ist da noch die Nazi-Sau. Was machen wir
mit der?«, fragte einer der Männer. Der Alte nickte. »Du
hast recht. Das können wir nicht durchgehen lassen. Das
nehmen wir uns als Nächstes vor.« Schweigend machten
sie sich an die Arbeit, sie hatten die ganze Nacht vor sich.
Von dieser Aktion würde die Insel lange sprechen.*

KAPITEL 18

Polizeiliches Siegel hin oder her: Das war ihr Haus. Mit einem Fingernagel trennte sie den Aufkleber durch. Das würde schon in Ordnung gehen, sie betrat ja nicht den Tatort selbst. Zielstrebig steuerte Inge Berger zur Treppe, die ins obere Geschoss mit der Dachterrasse führte. Hier oben fühlte sie sich wie die Herrscherin der Insel, sie wachte über allem. Sie ließ sich auf eine Liege gleiten und entnahm ihrer Handtasche die Flasche und ein Glas. Wodka, das war das Getränk der Gastronomen. Man konnte eine ganze Menge in sich hineinschütten und entspannen. Dennoch bekam man keine Fahne. Nicht einmal Kopfschmerzen verursachte dieses edle Schlückchen oder Unwohlsein am Tag danach. Apropos Kater. Irgendwie war es Wladi gelungen, auch in die Suite zu schlüpfen. Interessiert sah er durch die Glasfront nach unten.

»Prost«, sie erhob das Glas über den Lichtern der Schiffe, die vor Helgoland ankerten. Den ganzen Mist vergessen. Alles war schiefgelaufen.

Sie dachte an die letzten Tage ihres Vaters. Wie dankbar war sie, dass er den Krieg überlebt hatte. Auch wenn alles verloren war, das alte Hotel und der Besitz der Familie. Er war einer der mutigen Helgoländer, die ihre Häuser in den 50er-Jahren wieder aufgebaut hatten. In dieser Ungewissheit als junger Mensch ein großes Hotel aufzumachen, erforderte Mut und eine Vision. »Ach Papa«, seufzte sie. Jetzt war er schon seit über einem Jahrzehnt tot.

Die Wohnung ihrer Eltern befand sich genau hier, wo sie die Kapitänssuite eingerichtet hatte. Nur die Dachterrasse war neu. Eine Etage darunter hatte er im Bett gelegen, mit Blick auf die Landungsbrücken und die Binnenreede. Tagsüber schüttelte sie seine Kissen auf, sodass er die Schiffe beobachten konnte und die Ankömmlinge auf dem Weg in den Lung Wai, die Hauptstraße der Insel. An einem Abend, wenige Tage bevor er starb, hatte er nach ihr gerufen, winkte sie zu sich ans Bett.

»Inge, ich habe mir immer einen Sohn gewünscht, aber dich bekommen. Heute weiß ich, dass du das beste Kind bist, das ich mir nur vorstellen kann. Intelligent, begabt und fleißig.« Die letzten Worte hauchte er nur noch, sie hatte ihren Kopf seinem angenähert, um ihn verstehen zu können.

»Ach Papa, ich habe doch alles dir zu verdanken.« Er hatte den Finger auf den Mund gelegt, sie sollte ihn nicht unterbrechen.

»Ich gehe in Frieden, da du dieses Werk weiterführst. Einen Wunsch habe ich noch, mein Kind.« Er atmete jetzt schwer und rang nach Luft.

Sie nahm das Handtuch und wischte ihm über die Stirn. Was würde er sich von ihr wünschen, vermutlich ein Enkelkind. Einen Moment sammelte er sich.

»Du weißt, dein Großvater war ein wunderbarer Mann. Doch er ist als überzeugter Nazi in die Geschichte eingegangen. Ich wünsche mir, dass seine Verdienste gewürdigt werden. Bitte sorge dafür, dass anerkannt wird, was er für die Insel getan hat«, bat er sie kaum hörbar.

Sie nickte und gab ihm einen Kuss auf die Stirn. »Versprochen, Papa. Ich werde mich mit ganzer Kraft dafür einsetzen.« Er hatte gelächelt und die Augen geschlossen. Sie hatte sich über den Moment der Klarheit gefreut und gehofft, dass sich ihr Vater erholte. Doch er schlief in der Nacht darauf ein und wachte nicht mehr auf.

Inge Berger sah nach oben. »Papa, ich habe mit aller Kraft gekämpft. Und das werde ich weiter tun.« Sie füllte ihr Glas und leerte es mit drei großen Schlucken. Lange hatte sie auf den Moment hingearbeitet. Er hatte ihr Dokumente über das Wirken seines Vaters im großen Aktenschrank hinterlegt. Sie hatte in allen zugänglichen Archiven geforscht, Mitglieder der Marine befragt – und zuletzt diesen Historiker beauftragt. Das waren zehn Jahre Arbeit. Verloren. Alles umsonst? Sie seufzte. Noch ein Glas, am heutigen Abend würde sie sich die Kante geben. Den ganzen Mist wegspülen. Wieder nahm sie große Schlucke, spürte, wie ihr der Alkohol brennend die Kehle hinunterrann, sich ein wohliges Gefühl einstellte. Mehr davon. Noch ein Glas, und sie konnte sanft hinwegdämmern. Sie trank weiter. Wie teuer das doch alles gewesen war. Und niemand mochte seine Ansicht infrage stellen, ein Nazi blieb ein Nazi. Die Geschichte war schwarz-weiß und fest gefügt. Nur nicht daran rütteln. Diese deutsche Vergangenheitsbewältigung war plakativ. Es gab die Bösewichte und die Guten – und ihrem Opa war die erste Rolle zugeschoben worden. Keiner der Journalisten nahm sich des Themas an. Casimir Dorst erschien ihr als der ideale Kandidat, einer, der gerne provozierte, der seine eigene Weltsicht hatte, die von der Mentalität der Herde abwich. Er hatte zudem deutlich mehr Zuschauer als alle Fernsehprogramme zusammen. Und wenn er ein Thema aufgriff, ging es durch die Medien. Er war ein Alphatier, jemand, der selber dachte. Doch den Film über ihren Großvater würde er niemals drehen. Ihr Plan war gescheitert. Dorst lag tot und bleich in einem Kühlhaus. Sie setzte die Flasche an und leerte sie in einem Zug.

Sie rülpste laut und lachte schallend. Wenn das ihre Angestellten sehen würden. Ihre Generalin feiert ihre Party ganz allein, ihr Lachen verwandelte sich in ein Schluchzen, denn sie war enttäuscht und ratlos. Nur selten wusste sie nicht weiter.

Sie schwankte zum Whirlpool, drehte das Wasser auf und ließ das runde Becken volllaufen. In voller Montur stieg sie hinein – und wählte das Programm, das eine angenehme Rückenmassage versprach. Eine Stunde lang genoss sie das Wellnessprogramm, bevor sie die Suite wieder verließ. Wladi stand am Rand des kleinen Pools und machte einen Buckel. Mensch, bist du schwer, schimpfte sie, als sie die Katze unter dem Arm aus der Wohnung schleppte. Denn er hatte keine Anstalten gemacht, ihr zu folgen, so als sei das Beste gerade genug für ihn. Er strampelte zwar und miaute jämmerlich, doch sie setzte ihn erst hinter der Tür wieder auf den Boden. Am Morgen musste sie die Wasserspuren beseitigen, die sie hinterlassen hatte.

KAPITEL 19

Harry haderte mit sich selbst, wieder hatte er Rike im Strudel der Ereignisse nichts von Jana erzählt. Er hatte Feierabend, der Tote lag in der Kühlkammer, und sie harrten der Ergebnisse der Autopsie. Er trat aus der Tür der Polizeiwache im Hafen, betrachtete sehnsuchtsvoll seine *Mariannic'k* im Hafenbecken gegenüber. Dunkle Wolkenformationen rasten über den Himmel, der Wetterdienst hatte eine Orkanwarnung herausgegeben.

»Das wird heute nichts mit uns, Schöne«, bedauerte er mit Blick auf sein Boot. Nach Stunden am Schreibtisch hatte er Lust auf Bewegung. Eine Böe ließ ihm die Haare zu Berge stehen. »Noch haben die Schafe Locken«, sagte sich Harry. Das hatte sein Vater etwa bis zu Windstärke 10 gesagt, wenn er als Junge nicht nach draußen wollte. »Sturm haben wir erst, wenn das Fell glatt ist.« Er musste bei der Erinnerung lächeln und beschloss, eine Inselrunde zu drehen.

Harry fuhr in Janas Wohnung, schlüpfte in die Sporthose und zog die Turnschuhe an. Dann trabte er aus dem Haus, rannte den Klippenrandweg an den Vogelfelsen vorbei. Er nahm die steile Treppe, den Jägersteig, zum Nordstrand, platschte unten ein Stück durch das Wasser, lief weiter durch den Kurpark, die Promenade entlang bis zum Ende. Erst an den Hummerbuden vorbei und dann bis zum Kringel. Er schlüpfte durch eine

Lücke neben dem Tor und setzte seinen Weg über den Betonwall bis unterhalb der Steilküste fort, obwohl dieser Abschnitt seit einigen Jahren wegen des Steinschlags gesperrt war. Doch er liebte den Anblick der steilen Felsküste von unten.

Das Brodeln der Nordsee kündigte das nahende Unwetter an.

Die Brandung schwappte meterhoch über die Kaimauern ans Ufer, bevor sich die Wellen tosend brachen. Er duckte sich an die Felsen, um nicht ins Meer geweht zu werden, und verlangsamte seinen Schritt. Einen Moment hielt er inne, um dem Naturspektakel zuzusehen. Er kraxelte weiter um die nördliche Spitze herum bis an den Nordstrand. Obwohl das Risiko für Steinschläge größer war bei dem Wind, konnte er nicht mehr umkehren. Es war mühsam, an manchen Stellen hatte er Probleme, von einem Stein zum anderen zu kommen. Er kam nur sehr langsam voran. Doch genau das war es, was er gerade brauchte. Er fühlte sich lebendig, wenn er das Toben der Elemente spürte. Harry hatte Glück und erreichte unbeschadet wieder den Ausgangspunkt am Strand, wo der aufkommende Sturm ihm Sand in die Augen wehte. Er schützte sich mit seinem T-Shirt und taumelte halb blind zurück zum Jägersteig, den er mit letzter Kraftanstrengung langsam nach oben schlich.

Er verschnaufte, als er wieder auf dem Felsen stand. Wo war seine Kondition geblieben? Im gemächlichen Schritt kehrte er zurück. Er war fast vier Stunden unterwegs gewesen, stellte er nach einem Blick auf die Uhr fest.

»Na endlich«, begrüßte ihn Jana, als er die Tür aufschloss. »Endlich habe ich wieder einmal trainiert. Eine Umrundung geschafft«, er zeigte auf seine Laufschuhe, die triefend nass waren. Sie deutete einen Kuss in die Luft an, sah jedoch angespannt aus.

»Wir müssen reden«, sagte sie, als er aus der Dusche kam und zog ihn mit sich in Richtung Wohnzimmer. Sie nahm auf dem Sofa Platz und bat ihn, sich zu ihr zu setzen. In dem Moment klingelte sein Telefon. Er blickte kurz auf das Display und seufzte. »Die Gerichtsmedizin«, sagte er entschuldigend zu Jana.

»Ich bin auf dem Fuselfelsen oder wie das hier heißt. Der Flug war so fürchterlich, dass ich es nicht mehr zu Fuß schaffe«, klagte Ayse Mutlu.

»Sie klingen recht munter. Ein kleiner Spaziergang wirkt doch belebend«, bemerkte Harry.

»Na ja bei dem Wetter setze ich hier keinen Fuß raus. Kommen Sie mich abholen?«, beschied die Gerichtsmedizinerin.

»Ich bin in fünf Minuten da, muss mich nur noch anziehen«, lenkte er ein.

»Jana, Liebste. Das ist leider dringend. Ich bin bald zurück. Dann reden wir.« Er wollte sie zum Abschied küssen, sie zog eine Schnute und drehte sich weg. Er zog sich schnell eine lange Hose und Jacke an, bevor er wieder das Haus verließ.

Der Sturm hätte Harry beinah die Autotür aus der Hand gerissen, er hatte an Intensität zugenommen. Er fuhr zum Hubschrauberterminal, das sich am Hafen in unmittelbarer Nähe der Wache befand. Wie üblich stakste die Rechtsmedizinerin mit hohen Absätzen auf ihn zu. Wie konnte man nur mit solchen Schuhen laufen, fragte er sich.

»Moin, Frau Mutlu. Fast alle Jahre wieder«, begrüßte er sie. Sie nickte. »Da ist einiges los bei Ihnen – auf einer so kleinen Insel. Was sagt mir das nur über die Polizei-arbeit? Wie wäre es mal mit Prävention?«, zog sie ihn auf.

Im Auto berichtete er vom Fund des Toten und ihren ersten Erkenntnissen. Wobei die Todesursache in diesem Fall im Dunkeln lag. Es konnte ein Infarkt oder ein geplatztes Aneurysma sein. Dorst hatte keinen kränklichen Eindruck gemacht. Sie kamen am Krankenhaus an und begaben sich in den Keller. Harry wartete im Obduktionssaal, während sie sich im Nebenraum umzog. »Es kann losgehen«, sagte sie, als sie in grüner Montur zurückkehrte.

Ein Helfer hatte den Toten aus dem Fach gezogen. Sie betrachtete ihn aufmerksam. »Na, der sieht aber anders aus als im Fernsehen. Da hatte er eine unliebsame Begegnung.« Mutlu zeigte auf das Hämatom an der Nase.

»Einwirkung stumpfer Gewalt«, sprach sie auf ihr Band.

»An der Nase, kann das die Todesursache sein?«, wunderte er sich.

»Gut aufgepasst, Herr Kruss. Gestorben ist er daran nicht. Es fällt auf und kann wichtig für den Tathergang sein, oder?« Er nickte widerwillig, diesen belehrenden Tonfall mochte er nicht.

»Darf ich jetzt die Tatortfotos sehen?«, fragte sie. Zum Glück konnte er die mittlerweile auf dem Handy aufrufen. Er reichte es ihr weiter.

»Gab es Geruch?«, fragte sie, während sie über den Bildschirm strich. Er erinnerte sich daran, dass es säuerlich gestunken hatte, zu sehen war nichts. Vielleicht hatte es die Praktikantin entfernt und traute sich nicht, das zuzugeben? Ihm waren Wischspuren aufgefallen.

Sie begann damit, die Kleidung zu entfernen. »Diarrhoe«, sprach sie in ihr Gerät, nachdem sie die Anzughose und Unterhose ausgezogen hatte. »Durchfall, oder?«

hakte er nach. »Richtig, Herr Kruss, der Kandidat erhält einen Punkt.«

Ihre oberlehrerhafte Art ging ihm auf die Nerven. Doch sie untersuchte gründlich. Sie sah sich den Körper an, der keine besonderen Merkmale aufwies, fand weder Einstichstellen oder sonstige Verletzungen, die von äußeren Einwirkungen stammten. »Wann ist Dorst denn gestorben?«, fragte Harry.

Sie sah sich die Totenflecken an, prüfte am Arm die Leichenstarre und verglich mit ihrer Uhr. »Der Todeszeitpunkt lag zwischen 21 und 23 Uhr gestern Abend. Zur Ursache kommen wir später.«

»So jetzt die innere Besichtigung.« Mit einer Kraft, die man der zierlichen Frau nicht zugetraut hätte, öffnete sie den Brustkorb. Nacheinander entnahm sie die Organe, wog diese und unterzog sie einer Betrachtung. Er nahm Abstand und versuchte, an einen Tag auf seiner Jacht zu denken, während sie mit geübten Griffen die Untersuchung weiterführte.

»Gehen Sie gerne vor die Tür«, sagte sie, er kam der Aufforderung erleichtert nach, ein wenig frische Nordseebrise half, um die Gerüche hinter sich zu lassen. Er ließ den Blick über den Hafen bis zur Düne schweifen. Dort unten lag seine *Mariannic'k*, er dachte an die kurze Tour mit Rike. Das hatte er so genossen. Seufzend ging er wieder in die Klinik, setzte sich in den Wartebereich und griff nach einer Zeitung.

Etwa zwei Stunden später kam sie auf ihn zu und nahm neben ihm Platz.

»Geschafft?«, fragte Harry.

»Körperlich schon, aber noch nicht am Ende der Untersuchung«, entgegnete sie. »Kommen Sie bitte, ich mache es auch kurz.«

Mit Unbehagen folgte er ihr zum Metalltisch mit der nun abgedeckten Leiche.

»Woran ist der Kerl denn gestorben?«, Harry trommelte ungeduldig mit den Fingern auf der Ablage neben dem Obduktionstisch.

»Es zeigen sich die Zeichen einer verminderten Pumpleistung des Herzens und eines akuten Herzstillstandes. Hierdurch ist der Tod eingetreten«, erklärte sie.

Erst jetzt zog sie die Handschuhe aus und tippte auf ihrem Tabletcomputer herum. »Das ist der vorläufige Bericht, den schicke ich Ihnen. Die Untersuchungen von Gewebe, Blut und Urin dauern eine Weile. Das könnte wichtig für sie sein«, erklärte sie. »Ach ja, er hatte Alkohol getrunken, aber nicht so viel, dass es zum Tod geführt hat.«

Harry seufzte, das war nicht die Antwort, die er brauchte.

»War es Fremdverschulden oder eine natürliche Todesursache?« Harry lief unruhig hin und her. Bei einem Tötungsdelikt musste er schnellstmöglich die Kriminalpolizei aus Itzehoe auf die Insel beordern, solange diese erreichbar war. Die Wetterprognose sagte schwere Stürme für die nächsten Tage voraus.

»Da möchte ich keine Vermutungen anstellen, es braucht Blutuntersuchungen und Gewebeentnahmen«, erklärte sie.

Sein Handy klingelte, und er sah, dass es der Hubschrauberpilot war. Dieser hatte die aktuellen Wetterdaten bekommen und würde die Insel am Abend nicht mehr verlassen können. »Tut mir leid, das war ihr fliegendes Taxi. Der Sturm ist so stark, dass der Pilot nicht zurück nach Hamburg kommt. Sie dürfen ein wenig auf unserer traumhaft schönen Insel verweilen.«

»Oh nein, ein Albtraum«, fluchte Ayse Mutlu. »Sie wissen gar nicht, was Sie mir da antun. Meine Cousine heiratet – das ist das Familienereignis des Jahrzehnts. Wir feiern das mehrere Tage lang«, beklagte sie sich.

»An mir liegt es nicht«, brummte Harry. Ihm graute davor, dass er einen Teil des Abends mit ihr verbringen musste. Jana war schon jetzt sauer auf ihn.

»Irgendeine Idee?«, versuchte Harry, Mutlu etwas zu entlocken. »Seien Sie nicht so eine Nervensäge. Sie brauchen wieder mal Nervenkitzel in dieser Ödnis?«

»Was verstehen Sie unter öde? In Ihrem Moloch würde ich verrückt werden. Wie so manche Menschen, die da leben«, konterte Harry und sah sie dabei provokant an.

»Ach, meinen Sie mich? Aus Ihrem Mund ist das ein Kompliment!« Sie begann mit der Entnahme von Blut, einer Speichelprobe, ebenso wie Augenflüssigkeit.

Er versuchte, an einen Sommertag am Strand zu denken, was ihm jedoch nicht gelang. Sein Magen krampfte sich zusammen.

»Da das einen Moment dauern wird, und Sie mir so auf die Nerven fallen, schlage ich vor, Sie fahren nach Hause. Der Kollege hat mir vorhin das Bereitschaftszimmer angeboten. Das nehme ich an und bin morgen früh schnellstmöglich wieder in der Luft«, erklärte sie.

»Das ist eine hervorragende Idee«, ausnahmsweise schienen sie einer Meinung zu sein. Zwar wollte er endlich wissen, was es mit Dorsts Tod auf sich hatte, aber Jana brauchte seinen Beistand. »Ich bin dann mal weg«, verabschiedete er sich. Als er aus der Tür trat, erfasste ihn eine heftige Bö. Er stemmte sich gegen den Wind, um zu seinem Polizeigolf zu kommen. Nur mit ganzer Kraft gelang es ihm, die Tür zu öffnen. Er musste Slalom um Mülltonnen fahren, die der Sturm auf die Straße geweht hatte. Wenn der Orkan nicht abebbte, würde Mutlu auch morgen nicht zurück in die Hansestadt kommen. Jana schlief, als er kam, und er legte sich leise neben sie. Kaum war er in einen tiefen Schlaf gefallen, als sein Telefon tutete. »Mensch, Harry, das geht zu weit«, schimpfte seine Freundin, die davon erwacht war. Er nahm den Anruf an, da es der Tourismuschef war.

»Was ist denn nun schon wieder?«

Auf der anderen Seite hörte er ein Fluchen. »Mach, dass du in die Puschen kommst. Diese Terrorgruppe hat unser Rathaus verschandelt.«

Harry quälte sich hoch und fuhr mit dem Golf nach unten. Tollmann stand auf dem Lung Wai und deutete auf den Vorplatz des Rathauses. Ein riesiges Plakat hing am Gebäude. »Suppenküche für die Obdachlosen. Vom Tourismus verdrängt. Wo bleibt der versprochene Wohnraum für die Helgoländer?«

Auf dem Platz lagen lauter Wohnungslose, außerdem stank es erbärmlich nach Erbrochenem, Glasscherben waren überall verteilt. Er beugte sich über einen der Männer. Zum Glück war es nur eine Figur in Menschengröße.

»Es sind keine echten Obdachlosen«, erklärte er Tollmann. In dem Moment blitzte etwas hinter ihm. Ein Mann mit Teleobjektiv fotografierte den Platz. »Was soll das? Polizei!« Er ging auf ihn zu, der Fotograf zog einen Presseausweis aus der Tasche. »Presse, ich habe das Recht, hier zu sein, da ich Bericht erstatte. Für diese Protestaktion besteht öffentliches Interesse.«

Harry vermied die Diskussion und rief stattdessen seine Kollegen nacheinander an. Als die Sonne aufging, hatten sie die Puppen und das Plakat in einem Müllwagen entsorgt. Ein Reinigungsmitarbeiter fegte die letzten Glasscherben zusammen. Harry fühlte sich hundemüde, aber so ging es ihnen vermutlich allen. Karsten Tollmann hatte wütend herumgebrüllt, sie müssten doch endlich diese Terroristen stellen. Dabei hatten sie einen Mord aufzuklären. Für Harry waren das harmlose Spinner, und unrecht hatten sie nicht mit ihrer Kritik. Die Wohnungsnot auf der Insel war groß.

KAPITEL 20

André blickte beunruhigt aus dem Fenster seines Hotelzimmers, es sah nach Weltuntergang aus. Düstere Wolken hingen über der Düne, färbten die Nordsee bedrohlich schwarzblau. Die Wellen bildeten weiße Kämme und schwappten meterhoch über die Mole im Hafen. Er fragte sich, ob es an dem Tag hell werden würde. Es war ungemütlich draußen, das sollte ihn nicht daran hindern, von der Insel wegzukommen, die Fäden in die Hand zu nehmen.

Finja saß in der Hotellobby. Sie sah blass aus und tippte auf ihrem Smartphone. »Weißt du schon, dass Dorst tot ist?«, fragte sie ihn, als er vor ihrem Tisch stand. Er nickte. Tati hatte ihm das bereits mitgeteilt, ohne auf Einzelheiten einzugehen. Beruhigend legte er seinen Arm um sie.

»Das ist ein Schock. Wie ist das passiert?«, fragte er.

»Das weiß ich nicht, die Polizei ermittelt. Ein Zimmermädchen hat ihn gefunden«, brachte sie zwischen zwei Schluchzern hervor. Sie weinte wohl um ihren Traum, Journalistin zu werden, vermutete er. Sein Partner hatte sie allerdings nur ausgenutzt, eine richtige Ausbildung hatte sie beim Kanal nie genossen. Ob sie nach seinem Tod bleiben konnte, war fraglich.

»Komm, lass es raus.« Er hatte sich zu ihr gesetzt und beruhigend seine Hand auf ihren Unterarm gelegt. »Möchtest du frühstücken oder zumindest einen Tee trinken?«, fragte er, als sie nicht mehr schluchzte.

Sie schüttelte den Kopf, klammerte sich an seiner Hand fest. »Wie geht es denn jetzt weiter?«, fragte sie ihn.

»Finja, es tut mir leid. Das wirft viele organisatorische Fragen auf, ich muss mich dringend darum kümmern.«

Er musste jetzt handeln, bevor alles verloren war, sonst würde Dorsts treue Seele Herlinde vermutlich versuchen, ihn endgültig aus der Firma heraus zu drängen.

Die hatte ihn noch nie gemocht und war vor Ort. André deutete ein Bussi an und löste sich von Finja. Sie nickte und schluchzte weiter. Dann eilte er aus dem Hotel in Richtung Hafen.

Vor dem Haus zog er den Kragen seiner dünnen Jacke nach oben, um sich vor dem beißend kalten Wind zu schützen. Er zog hastig an einer Zigarette, die Glut gab ihm eine Illusion von Wärme. Das Päckchen hatte er sich gekauft, nachdem er von Dorsts Ableben erfahren hatte. Eigentlich rauchte André seit Jahre nicht mehr.

Im Internet war es nicht möglich, einen Transport auf das Festland zu buchen. Wie rückständig dieses Nest war! In Berlin bekam er alles per Tastendruck, sogar die wöchentliche Lieferung seines speziellen Freundes zur Aufheiterung der Stimmung. Er musste schnellstmöglich in die Firma zurückkehren.

Sein Ex-Partner war ein gewissenloser Narzisst gewesen, dennoch empfand André keine Freude über sein Ableben, sondern Leere. Das war in jedem Fall seine Chance, die Firma zurückzubekommen. Sein Baby, das Dorst ihm weggenommen hatte. Es war nicht zu spät, das Ruder herumzureißen.

Er musste so schnell wie möglich handeln, ehe ihr Unternehmen in der Erbmasse aufging und verkauft wurde. Ob Tati ihren Noch-Ehemann beerben würde? Aber das spielte keine Rolle, bei Geld hörte die Freundschaft auf. Ihm ging es nicht um die Finanzen. Seine Firma, das war sein Werk, auch wenn die Berühmtheit seines Partners das Unternehmen wachsen ließ. Dessen Part als Reporter würde er mit übernehmen. Er war jung und lernfähig.

Beunruhigt sah er, wie schnell die düsteren Wolken am Himmel vorbeizogen. Der Wind pfiff heulend um die Häuser, die Boote schwankten, ein Werbeschild, das aus schwerem Holz bestand, wurde aufgewirbelt, flatterte wie ein Blatt Papier ein paar Meter an der Promenade, bis es am Boden zersplitterte.

Da hatte sich ein heftiges Unwetter zusammengebraut, doch es musste einen Weg geben. André brauchte einen Plan, wie er mit der Situation umgehen würde. Als Erstes musste er ihren Abonnenten den schrecklichen Verlust seines Partners beibringen und ein paar Krokodilstränen verdrücken. Dann würde er mit einem Mitleidsbonus durchstarten. Und die bereits gedrehten Aufnahmen von der Insel würde er mit verwerten. Er hatte keine Lust, eine einzige Stunde länger in dem Kaff auf dem Felsen zu verweilen.

Im Tourismusbüro entdeckte er die junge Frau, die er kürzlich mit dem Filmteam gesehen hatte. Es war eine denkwürdige Szene gewesen. Dorst hatte offenbar versucht, sie zu belästigen, bekam eine Abreibung von ihr und einer anderen Frau. Eine Ladung Pfefferspray ins Gesicht, das geschah dem Kerl recht. Er lächelte, doch dann rief er sich zur Räson. Sein Partner war gestorben, er sollte entsprechend pietätvoll dreinschauen, auch wenn ihm nicht so zumute war.

»Moin«, begrüßte er die junge Frau. »Jana Falke« stand auf ihrem Namensschild.

»Ich muss dringend in der nächsten Stunde aufs Festland. Der Preis spielt keine Rolle, egal mit welchem Verkehrsmittel. Irgendwie komme ich doch von hier weg, oder?«, fragte er sie und versuchte, seinen gesamten Charme spielen zu lassen.

Sie sah ihn mitleidig an, wie einen Patienten mit schlechter Prognose, und deutete auf die Nordsee, die ihre Wellen über die Kaimauer schwappen ließ: »Da geht leider gar nichts. Ich hoffe, dass es morgen besser wird.«

»Vielleicht flaut es ja ab. Irgendeine Möglichkeit muss es doch geben? Ein Wassertaxi oder ein Flugzeug?«

Sie schüttelte den Kopf: »Das wäre lebensgefährlich. Und ehrlich: Eine Überfahrt bei Windstärke zehn bis elf möchten Sie nicht erleben! Da werden selbst Helgoländer seekrank. Haben Sie schon einmal haushohe Wellen gesehen?«

Er schüttelte den Kopf. Seefest war er nicht, doch er wollte unbedingt in die Firma. Da hieß es, die Zähne zusammenzubeißen. Er fluchte eine Runde, um Dampf abzulassen. Da kam endlich die Chance, alles wieder ins Lot zu bekommen, und er steckte hier fest.

»Eine Möglichkeit, Sie an Land zu bringen, gäbe es schon. Aber wollen Sie sich wirklich in Gefahr bringen?«, fragte die junge Frau zögerlich.

»Ich bin da mal optimistisch, das wird schon gut gehen. Wie komme ich denn ans andere Ufer?«

Sie tippte auf ihrem Bildschirm und zeigte auf das Foto eines Mannes vor einem Kleinflugzeug. »Es gibt diesen verrückten Piloten mit dem Spitznamen *Teichnase*. Das ist ein Abenteurer, der macht manchmal Flüge, die etwas grenzwertig sind. Daher kommt auch sein Spitzname. Ich habe gehört, dass er sein Gerät beherrscht wie kein anderer«, verriet sie.

André nickte freudig. Das war die Lösung. Wer nicht wagt, der nicht gewinnt.

»Bitte kontaktieren Sie ihn, ich bezahle einen Aufschlag«, bat er. Beschwingt ging er zum Hotel zurück, um seine Sachen abzuholen.

Rotes Tagebuch 18.4. 1945

Sie kamen vor Tagesanbruch um 5 Uhr morgens. Es dämmerte, Stille lag über der kleinen Gasse auf dem Oberland. Die Männer in schwarzen Ledermänteln hatten das Haus umstellt. Gestapo! Schläge waren an der Tür zu hören, ein heftiger Knall ließ die Wände erzittern. Der Rahmen hatte nachgegeben, fiel mitsamt der Tür in den Eingangsflur, und sie rannten in unsere Wohnung. Außer mir lagen alle im Schlaf, als das Gebrüll einsetzte, Schritte dröhnten durch die Räume.

»Los, aufstehen, mitkommen, ihr Verräter.«

Jemand zerrte mich im Nachthemd aus dem Bett.

»Bitte, ich möchte etwas überziehen«, protestierte ich. Das war den Herren gleichgültig. Auf die Schnelle griff ich meinen Mantel. Welche Schande, im Nachtgewand durch die Straßen getrieben zu werden. Was für ein Albtraum. Immer schrien sie:

»Wo ist er, der Verräter?«

Mir war klar, dass sie meinen Schwiegersohn suchten. Wir wussten, dass sein Vorhaben als Hochverrat bestraft würde. Dabei hatte er nur Gutes im Sinn. Die weißen Tischdecken hatte ich mittlerweile für seine Aktion mit Ösen versehen, um sie festzumachen. Doch ich war vorsichtig, hatte die Tischtücher zurück zur Wäsche gelegt, man sah nicht sofort, wofür sie bestimmt waren. Weiße Fahnen für den Frieden. Die Insel kampflos übergeben an die Engländer. Das war sein Ziel, denn er liebte seine Heimat. Der Krieg war ohnehin verloren. Es war an der Zeit, das sinnlose Blutvergießen zu beenden.

An diesem Tag sollten die Flaggen am Leuchtturm, am Kirchturm und einigen Häusern auf dem Oberland wehen. Wäre es ihm nur gelungen, unser wunderschönes Helgoland zu bewahren. Das hätte vielen Menschen ein grauenvolles Schicksal erspart, der Verlust geliebter Familienmitglieder und der Heimat. Nichts blieb übrig von der glanzvollen alten Zeit, alles war ein Trümmerfeld.

Sie nahmen ihn mit, prügelten mit einem Gewehr auf ihn ein – sogar meine Tochter, seine Ehefrau, zerrten die Unholde aus dem Haus. Von mir ließen sie ab, schickten mich wieder heim. Von einer alten Frau hatte Adolf in ihrer Vorstellung nichts zu befürchten. »Wo bringen Sie sie denn hin?«, fragte ich den Mann, der die Gruppe herumkommandierte.

»Das willst du lieber nicht wissen«, war alles, was ich erfuhr. Die beiden Kinder weinten, als ich alleine zurückkam. Ich versuchte, die Kleinen zu beruhigen, machte ihnen Frühstück. Später heulte der Alarm, und wir rannten gemeinsam in den Bunker. Jeder Helgoländer hatte seinen festen Platz auf den Bänken, darunter standen die Koffer mit Kleidung und einigen Wertsachen.

Wir hörten Gerüchte, dass die beiden in einem Raum neben der Spirale gefangen waren, dem

Einstieg der unterirdischen Anlagen. Wir irrten durch die Gänge und fanden sie schließlich, streng bewacht, die Arme gefesselt. Die Wachsoldaten hatten ein Einsehen, die Kinder durften zu ihren Eltern, umarmten sie, ohne zu wissen, dass dies das letzte Mal war.

Ich hoffte, dass sie nur ins Gefängnis kamen, dieser schreckliche Krieg würde bald enden, und dann würden wir uns wiedersehen. Doch wir hatten oft über die Gefahren gesprochen, meist gingen die Nazis grausam mit vermeintlichen Verrätern um. »Geht aufs Festland, liebe Schwiegermutter. So bald ihr könnt«, rief er mir zu, als ich einen Blick auf beide erhaschte. Leise, fast unhörbar flüsterte er: »Es wird nichts übrig bleiben von unserem geliebten Land. Wenn die Fahnen heute nicht hängen, werden sie Helgoland zerstören.« Er hatte Recht.

Am frühen Nachmittag dröhnten am Himmel die Flugzeuge, und der Boden zitterte von den Bomben, die niedergingen. Wir hatten Angst um unser Leben, ein Inferno tobte auf dem geliebten Felsen. Die meterdicken Wände der Bunkeranlagen bebten, das war wie ein Weltuntergang. Stundenlang ging das so. Ich wartete immer darauf, dass die Decke einbrach, wir ein schreckliches Ende fanden. Die Menschen weinten, schrien vor Angst, die Kleinen saßen mucksmäuschenstill neben mir. Verletzte wurden an uns vorbeigetragen – die Flakhelfer, fast noch Kinder, lagen zerfetzt auf den Tragen, brüllten vor Schmerzen. Ich versuchte, stark zu bleiben, ließ die Kinder auf die Wand schauen, lenkte sie ab, so gut es ging. Der Bunker hielt. Erst am Tag danach endeten die Einschläge, vorsichtig setzte ich einen Fuß vor die Tür. Endlich wieder den freien Himmel sehen. Der Brandgeruch raubte die Luft zum Atmen, überall Qualm, Feuer loderten. Mit feuchten Tüchern vor dem Mund liefen wir los, kamen mühsam durch all die Trümmer voran. Zu unserem Haus schauen, ich ahnte bald, dass es ebenso zerbombt war wie der Rest. An der verkohlten Linde erkannten wir den Garten. Mein kleines Paradies. Wo waren all die Blumen, die Schmetterlinge und Vögel, die ich gefüttert hatte? Ich konnte nicht fassen, was ich sah. Stand nur stocksteif vor dem Desaster, diesem Schuttberg, der von unserem Zuhause übrig war. Meine Augen sahen es, doch begreifen konnte ich es nicht. Kaputt, ein Lebenswerk von Generationen vernichtet, die Kinder im Gefängnis. Und nun stand ich da mit 54 Jahren und den beiden Enkeln. Das Haus war eingestürzt, ein großer rauchender Haufen, alles, was wir besaßen, verloren. Der Garten voller Trümmer, die rauchten. Ein Nachbar hielt mich zurück, als ich versuchte, in den Bruchstücken unserer Existenz nach Brauchbarem zu suchen. Wenigsten ein paar Erinnerungsstücke. Doch da war nichts zu finden. Alles verbrannt. Wir hatten einen Koffer mit den Dokumenten im Bunker, ansonsten nur die Anziehsachen, die wir am Leibe trugen. Nicht einmal ein Stück Brot. Mein Schwiegersohn hatte recht gehabt, hier bestanden keine Überlebenschancen. Der ganze Ort war nur eine rauchende menschenfeindliche Trümmerlandschaft. Aus eigener Kraft konnte ich das nicht wiederaufbauen, wenn sie die Kinder nicht entließen. Ich faltete die Hände und flehte den lieben Gott an, mir zu helfen. Wie sollte ich bloß meine Enkel durchbringen?

Ein neuer Bombenalarm riss mich aus den trüben Gedanken, wir rannten in den Bunker und kamen in letzter Minute in den Stollen, bevor wieder Bomben fielen. Die Kinder waren selig, denn es gab Grießbrei. Zum Glück verstanden sie nicht das Ausmaß der Katastrophe.

KAPITEL 21

Harry fröstelte, als er von Bord sprang. Den Rest der Nacht hatte er auf der *Mariannic'k* verbracht, um Jana nicht erneut aufzuschrecken. Sie war verärgert, dass er noch einmal mitten in der Nacht aufgebrochen war, um sich die neueste Protestaktion anzusehen. Der Sturm pustete seine Kleidung durch, seine Ohren fühlten sich an wie schockgefrostet. Es war schon der zweite Tag, an dem die Insel nicht erreichbar war. Finstere Wolkenmassen schienen den roten Felsen fast zu erdrücken, es wurde nicht hell. Sein Rücken schmerzte, diese Koje auf seinem Boot war zu klein, die Matratze verrutschte, man fand keine vernünftige Schlafposition. Zudem fauchte draußen der Sturm, ließ die Masten klappern und ungesicherte Stühle durch die Gegend fliegen. Eigentlich hätte er es sich am liebsten bei einem kleinen Büroschlummer in der Wache bequem gemacht, kurz vor dem Büro kam der Anruf von Momo.

»Die Esel und Pferde sind ausgebüxt, du musst mir einfangen helfen, bevor die Touristenschiffe eintreffen.« Der Präsident des Ponyklubs auf dem Oberland wirkte aufgeregt. Zuerst hatte Harry an einem blöden Traum geglaubt, doch die kalte Luft holte ihn in die Realität.

»Esel, Pferde – seit wann gibt es die auf Helgoland? Ich kenne nur deine verrückten Klippenschafe, die Wände senkrecht hinaufgehen.«

»Die sind seit einer Woche da, Lungenpatienten, die hier eine Kur machen. Kannst du die Kollegen mobilisieren, und ihr fangt sie mit mir ein? Die sind nicht weit.«

Harry streckte sich, so gut es ging, und stöhnte. So ein Irrsinn hatte ihm gefehlt. Er lief in die Wache und bat eine Kollegin, alle erreichbaren Mitarbeiter zusammenzutrommeln. Mit dem E-Golf raste er über den Invasorenpfad nach oben, an Janas Haus holte er das Polizeifahrrad aus dem Schuppen, das er zur Reparatur mitgenommen hatte, und fuhr direkt zum Ponyklub.

»Kommt, kommt, Leckerlis«, rief Momo und klapperte mit einem Eimer. »Ich locke sie mit Möhren«, sagte er. Die Vierbeiner hatten eine Runde am Klippenrandweg gedreht und das Signal empfangen. In einem Affenzahn galoppierten sie in ihre Richtung. Hinter einem schwarzen und einem grauen Esel folgten ein großes rotbraunes Pferd und eine Ponystute mit heller Mähne. Es sah aus, als würde der Plan aufgehen. Momo drückte ihm den Eimer in die Hand und öffnete das Tor, um sie hineinzuleiten.

Doch kurz vor ihm machte der schwarze Esel einen Sprung zur Seite und raste an ihm vorbei, die anderen hinterher. »Mensch, du Eselschreck«, motzte Momo.

»Und nun?« Harry kannte sich nicht mit Equiden aus, aber ihm fiel Rike ein, die mal Reiterin war. Er rief die Freundin an. Die Kollegen waren eingetroffen und standen ratlos am kleinen Stall. Erleichtert sah er, dass Rike zu ihnen stieß. Er erklärte ihr die Lage.

»Wir müssen einen aus dem Trupp anlocken, ihm das Halfter anlegen, und dann laufen die anderen hinterher«, schlug sie vor. Sie folgten der Bande mit Eimern und Möhren, leider hatten die Tiere den Düsenjägerweg ins Unterland entdeckt und preschten in Richtung Museum. »Der schwarze Esel kundschaftet die Lage aus, und alle anderen folgen«, beobachtete Harry.

»Komm«, sagte er zu Rike und lud sie ein, auf dem Gepäckträger mitzufahren. Sie stieg auf und er trat vorsichtig in die Pedale. Langsam folgten sie den Tieren bergab. Die kleine Herde bog auf die Hauptstraße Lung Wai ein. Am Siemens Platz blieben sie stehen, zupften ein paar Grashalme. Harry und Rike schlossen auf, da entdeckte sie der schwarze Esel und spurtete los, die vier schlugen einen Haken in die Siemensterrasse. Harry keuchte und setzte die Füße ab, er hatte sie aus den Augen verloren. Per Funk lotste ihn ein Kollege ins Hafengelände. Dort kehrten die Pferde und Esel um und trabten gemächlich die gleiche Strecke wieder zurück. Vor dem Düsenjägerweg grasten sie gemütlich. Harry blieb stehen, um mit Rike zu beraten. »Ich gehe langsam zu dem schwarzen Esel und mache ihm das Halfter dran. Den nimmst du, ich führe das rotbraune Pferd«, schlug sie vor und ging zu den Tieren. Diese ließen sich ruhig von ihr anleinen, sie übergab ihm den Führstrick, sodass er das Langohr festhalten konnte. Vorsichtig setzte er sich in Bewegung und zupfte nur leicht am Strick. »Keine Angst, der beißt nicht«, ermutigte sie ihn. Die Vierbeiner blieben ruhig, sie liefen den Pfad mit den eingefangenen Ausreißern wieder nach oben. Die anderen folgten. »Dein Plan geht auf, Rike«, stellte Harry erleichtert fest, auch wenn das Eselchen aller paar Meter pausierte und sich umsah, bis es weiterging.

Endlich konnten sie dem Chef des Ponyklubs seine vierbeinigen Gäste übergeben. Er bedankte sich überschwänglich.

Er ging nach Hause zurück und fuhr mit dem Wagen zur Wache. Als er ausstieg, hatte er den Eindruck, von den Füßen geweht zu werden. Die Tür zur kleinen Polizeistation riss es ihm aus der Hand, sie krachte zu, sodass sich ein Stück Putz löste. Auf schnellstem Weg ging er zur Kaffeemaschine. Der erste Lichtblick des Tages. Der Duft nach den frisch gemahlenen Bohnen weckte die Vorfreude auf seinen Cappuccino. Mit dem Getränk setzte er sich an den Schreibtisch, nahm sich einen Block zur Hand. Er skizzierte die Beziehungen von Casimir Dorst zu den anderen Gästen auf der Insel. Ganz bei der Sache war er nicht. Seine Gedanken schlichen sich davon, er dachte an den Streit mit Jana am Abend.

»Einmal brauche ich Beistand, doch du bist immer mit deinen blöden Fällen beschäftigt. So habe ich mir das nicht vorgestellt.« Schluchzend hatte sie die Badezimmertür zugeknallt, und er war weggegangen. Was wollte sie? Sie kannte doch seinen Beruf, warum diese Vorwürfe? Er hatte deshalb auf dem Segelboot übernachtet. Ehe der Sturm aufdrehte, hatte ihn eine feiernde Meute in einem der Boote nebenan um den Schlaf gebracht. Über das Wasser schallten ihre Versuche, die Hits von vorgestern zu grölen. Kurz hatte er überlegt, die Saufbrüder in der Zelle unterzubringen, doch dafür waren es zu viele. Nach dieser Nacht fiel es ihm am Schreibtisch schwer, die Augen offen zu halten.

Von einem »Bling« aus dem Computer schreckte er hoch, er war schlagartig wach, als er den Absender sah. Die Mutlu hatte geliefert. Er öffnete den Anhang und fand den vollständigen vorläufigen Obduktionsbericht. Er überflog das Dokument und rief Rike an. Vielleicht konnte er sie ja noch einmal überreden, sich das anzuschauen. »Moin, ich habe bei dir nebenan zu tun. Kann ich auf einen Kaffee vorbeikommen?«, fragte er unverbindlich.

»Gerne, wollte mit Prinz eine Runde drehen. Wir warten einen Moment auf dich.«

Er nahm den Wagen, um keine Zeit zu verlieren. Nachdem er geparkt hatte, hörte er Gebell. Prinz kam angerannt und hüpfte ein paar Mal freudig, dann sprang er ihn an, sodass seine Pfoten auf Harrys Schultern lagen. Fast genüsslich schleckte der Rüde sein Gesicht ab. Es sah aus, als würde er grinsen.

»Prinz, du hast Mundgeruch. Lass das«, wehrte sich Harry und lachte dennoch über den unerzogenen Möchtegern-Polizeihund. Rike war ihm gefolgt, sie pfiff nach ihrem Hund und verdrehte die Augen. Der Vierbeiner ließ sich nicht stören. Er enthielt sich eines Kommentars, da konnte er sich nur in die Nesseln setzen. Als sie Prinz an die Leine gelegt hatte, setzte er sich brav neben sie.

»Er macht, was er will. Trotz Hundeschule. Wir haben sogar Agility trainiert, so etwas wie Hürdenlauf. Er ist begabt, aber ein Dickkopf«, gab sie kleinlaut zu und strich Prinz über den Kopf. Antiautoritäre Erziehung, dachte Harry und lächelte gequält. Mit einem Taschentuch wischte er sich den Sabber von den Wangen.

»Danke dir noch mal für das Einfangen«, sagte er.

»Das war keine Arbeit, sondern ein Vergnügen. Ich liebe Pferde und Esel und darf in den nächsten Tagen die Tiere besuchen. In den schwarzen Esel und den Fuchs habe ich mich sofort verschossen«, schwärmte Rike strahlend.

»Wie bitte, einen Fuchs haben die? Ich werde verrückt«, entfuhr es Harry. Er sah schon die Konflikte mit den Hühnerbesitzern der Kleingartenkolonie aufkommen.

Doch Rike schüttelte lachend den Kopf. »Das rotbraune Pferd – man nennt die Fellfarbe so.«

Harry war erleichtert. »Wie gut, dass ich dich habe, sonst würde ich dumm sterben.« Er zwinkerte ihr zu. »Ich bräuchte wieder eine klitzekleine Unterstützung von der besten Kriminalistin Hamburgs«, wagte er sich vor.

Rike sah ihn skeptisch an. »Aus winzig wird eine Mordserie, und flugs stecke ich mitten in den Ermittlungen.«

»Soll ich dir nicht erst mal einen Kaffee machen und den aktuellen Stand mit dir teilen?«, bot er sich an.

Sie lächelte: »Ja, das kenne ich schon. Mit Cappuccino fängt man Mäuse.« Dann sah sie ihn lange an. »Manche Mäuse lassen sich gerne fangen.« Er sagte lieber nichts, wunderte sich aber über seine alte Freundin. War das ein Flirtversuch?

Sie gingen hinein, Rike stellte die Maschine an. Endlich lief der Kaffee, er wagte seinen Vorstoß.

»Ich habe hier den Bericht der Gerichtsmedizinerin. Können wir mal drüber reden?« Sie nahm auf dem Sofa Platz, und er setzte sich neben sie. Schweigend las sie, er versuchte mitzukommen. Rike war wie elektrisiert, sie tippte auf eine Stelle. »Schau mal, der Mageninhalt. Er hat zuletzt Austern und andere Meeresfrüchte gegessen und hatte eine Menge Alkohol intus. Whisky. Wo er das wohl konsumiert hat?«, bemerkte Rike.

Er las die betreffenden Passagen. Möglicherweise war es im *Hotel Prinzessin Alexandra*, das gehobene Restaurant dort bot Austern an.

Beide lasen weiter. »Bei Proben des Urins und des Gewebes wurde *Aconitin* entdeckt, in hoher Konzentration. Das Gift, das im Blauen Eisenhut vorkommt, führt zu Übelkeit, Krämpfen und Herzrhythmusstörungen. Am Ende folgt eine Lähmung des Kreislaufs und des Herzmuskels. Eine freiwillige Einnahme oder Unfall sind möglich, Fremdverschulden ist nicht auszuschließen«, hieß es im Bericht.

»Warum sollte der das selber einnehmen? Er wirkte nicht so, als wollte er sein irdisches Dasein beenden«, stellte Harry fest.

Rike nickte. »Du wirst nicht bei jedem mit Todessehnsucht bemerken, dass er den Abgang plant. In dem Fall gebe ich dir recht. Der stand mitten im Leben.«

Kurz überlegte er. »Haben wir ein Tötungsdelikt?«

Rike zog eine Augenbraue hoch und nickte. »Du hast einen Fall.« Dann setzte sie hinzu. »Ich habe gerne geholfen, aber ich bin dieses Mal nicht hier, um zu arbeiten. Das übernehmen doch deine Kollegen von der Kriminalpolizei Itzehoe, oder?«

Er nickte. »Ich danke dir herzlich für die Einschätzung des Berichts. Ich hoffe, dass trotz des Unwetters Verstärkung kommt.«

»Fragen kannst du mich jederzeit. So ganz ohne geistige Beschäftigung ist es langweilig«, das war Rike rausgerutscht, ehe sie darüber nachgedacht hatte. Meist gab es Ärger, wenn sie außerhalb ihres Zuständigkeitsbereiches tätig war. Sie musste die Zeit nutzen, um über ihre Karriere nachzudenken, auch in ihrem Privatleben wünschte sie sich Veränderungen.

Er überflog den Bericht noch mal.

»Woher bekommt man denn das Zeugs, diesen Blauen Eisenhut?«, fragte Harry.

»Das habe ich in Hamburg im Garten, das findest du in den Bauerngärten, obwohl es eines der stärksten Gifte in der Natur ist«, sagte Rike.

Er sah sie überrascht an. »Ein Gift in jedem Garten? Ich kenne ja die Engelstrompete oder Maiglöckchen, aber keine Ahnung, wie dieser Hut aussieht.«

»Blauer Eisenhut«, korrigierte Rike. »Das solltest du lieber kennen, das ist die einfachste Art, einen Ehetyrannen loszuwerden. Samen, Blätter und Wurzeln – alles an der Pflanze ist gefährlich. Das kann sich jeder im Internet bestellen oder im Gartenmarkt finden. Ich werde mich mal auf der Insel umschauen.«

Harry nickte und verabschiedete sich. »Ich muss sofort alle, die mit Dorst zu tun hatten, vernehmen lassen. Und Zeugen benachrichtigen, dass sie die Insel nicht verlassen.« Er blickte durch das Fenster nach draußen, schüttelte dann den Kopf. »Das wird sowieso niemandem gelingen. Bei dem Wetter fährt oder fliegt gar nichts.«

Er verabschiedete sich, um nochmals die Suite im Hotel zu untersuchen. Irgendwo war das Gift beigemischt worden. Es war nicht komplett auszuschließen, dass Dorst selbst den Stoff genommen hatte. Dann mussten zumindest im Abfall irgendwelche Reste vorhanden sein. Die Spuren an den Gläsern waren ja leider durch die Reinigung beseitigt worden.

Ansonsten schien der Fall klar. Jemand hatte ihn vergiftet und das Mittel verschwinden lassen. Sowohl das Geschirr als auch die Pflanzenreste, die er dafür brauchte. Er würde den Staatsanwalt informieren.

Harry parkte vor dem *Hotel Prinzessin Alexandra*, begrüßte die Hotelchefin mit einem kurzen »Moin« und fuhr nach oben zur Suite. Das Siegel war durchschnitten. Er rief in der Wache an und bat die Praktikantin, den Spurensicherungskoffer mitzubringen. Er würde die Fingerabdrücke an der gebrochenen Marke abnehmen. Möglicherweise war der Täter ja zurückgekehrt. Dann betrat er den Raum und sah sich um, zumindest war seit dem Fund der Leiche nichts verändert worden. Er ging durch die Suite, um nach Gläsern oder einer Flasche zu suchen. Weder im Wohnzimmer auf dem Tisch noch im Schlafzimmer standen Gefäße. Vielleicht hatte er seinen Drink auf der Dachterrasse genommen. Er trat nach draußen, wo sich der Whirlpool befand, eine Glasbalustrade schützte die Gäste vor dem Wind und bot einen Panoramablick über die Binnenreede und auf die Düne.

Er seufzte. Gerne hätte er Jana hierher auf ein Glas Sekt eingeladen. In ihrer momentanen Stimmung würde sie ihm den Inhalt höchstens ins Gesicht kippen. Vor dem Haus sah er die Praktikantin eintreffen. »Hier. Ganz nach oben«, rief er hinab, doch der Wind verschluckte seine Worte.

Er nahm die Schlüssel und schloss die Tür, dann holte er die junge Frau in der Lobby ab und begleitete sie an den Tatort. »Haben Sie schon einmal Fingerabdrücke genommen?«, wollte er wissen.

»Leider nicht, zeigen Sie es mir. Das kenne ich nur aus dem Fernsehen«, bat die Kollegin.

Er pinselte den Bereich um das Siegel mit Schwarzpulver ein. »Hier, ein deutlicher Abdruck«, stellte er zufrieden fest. »Wie können wir das von der Tür lösen?«, wollte sie wissen. Harry zog eine Folie aus dem Koffer. »Hier, damit konservieren wir sie.« Er klebte diese auf die Fingerspur und zog sie vorsichtig wieder ab. Die Praktikantin brachte die Abdrücke zurück in die Wache. Harry ging erneut in die Suite und dachte nach. Vielleicht konnte sich Clara, noch an weitere Details erinnern, nachdem sie den ersten Schock überwunden hatte.

Die Spüle glänzte frisch gereinigt, er öffnete die Spülmaschine. Zwei saubere Gläser standen im oberen Fach, sonst war die Maschine leer. Vorsichtig packte er die Trinkgefäße ein, wenngleich die Chance auf Rückstände gering war. Der Müll war geleert, er würde mit den Kollegen versuchen, die Beutel aus dem Zimmer wiederzufinden. An der Rezeption verlangte er die Chefin. »Das Polizeisiegel an der Wohnung ist aufgebrochen. Haben Sie bemerkt, dass jemand die Suite betreten hat«, fragte er. »Ich habe Fingerabdrücke genommen, es ist also nur eine Frage der Zeit herauszufinden, wer das war.«

Zögerlich gab Berger zu: »Ja, ich musste gestern Abend durchgehen.« Dann sah sie zu einer riesigen schwarzen Katze, die auf dem Tresen saß. Sie machte komische Geräusche, fast wie ein Bellen, dann ergoss sich eine bräunliche Brühe auf der Holzfläche.

»Wladi, lass das«, zischte die Hotelchefin.

Er wartete, bis der Kater verstummt war. Ein säuerlicher Geruch ging von der Lache aus. Die Berger war nach hinten gerannt und hatte einen Lappen in der Hand. Er wartete, bis sie die Sauerei beseitigt hatte. Allerdings war das Tier mittendurch gelaufen und hatte die Lache über den kompletten Empfang verteilt. Die Hotelchefin rannte hektisch hinterher, wischte und versuchte, das Tier zu greifen. Harry hatte keine Lust, in den Zweikampf einzugreifen.

Als sie den Tresen gereinigt hatte und die Katze verschwunden war, hakte er nach.

»Wie, Sie waren in dem versiegelten Raum? Was hatten Sie dort zu suchen?« Er war unbeabsichtigt laut geworden, denn sein Gegenüber ließ es an Respekt fehlen.

»Ich brauchte Ruhe und Entspannung. Oben in der Suite befindet sich der einzige Pool im Haus – und das ist immer noch mein Hotel. Ich war nicht am Tatort selbst.«

Harry war empört. Sie zeigte nicht einmal ein schlechtes Gewissen. »Das Aufbrechen eines versiegelten Raums ist strafbar. Tun Sie das nie wieder. Ich lasse Sie kein zweites Mal so davonkommen.« Dann fiel ihm ein, dass der Flur kameraüberwacht wurde. »Bitte händigen Sie mir alle Aufnahmen der Kameras aus, die an Dorsts Todestag gemacht wurden.«

»Ich veranlasse das«, sagte sie zu und telefonierte mit dem Sicherheitsdienst des Hotels.

»Ich möchte bitte Clara sprechen.«

»Die arbeitet nicht mehr hier«, erklärte die Hoteldirektorin.

»Warum das denn? Hat das mit dem Mord zu tun?«

»Ihr Praktikum war zu Ende, damit hat es zu tun«, entgegnete Berger kühl. »Im Übrigen könnten Sie sich mal um den Fall von Verwüstung meines Hauses kümmern. Wer bezahlt mir den Schaden?«, schimpfte sie.

Er verließ kopfschüttelnd das Hotel.

Wollte diese Hoteltante seine Ermittlungen behindern? Die Person war ihm zutiefst unsympathisch. Er hatte gehört, dass ihre Mitarbeiter sie »Frau General« nannten, und konnte sich bestens vorstellen, warum. Mit dem Aufbrechen des Siegels war sie zu weit gegangen.

KAPITEL 22

Lucies Atelier war für Jana so etwas wie eine Oase, wo sie wöchentlich Zuflucht fand und den Stress und sonstige Sorgen hinter sich ließ. Ihre Freundin war ein Original. Ihre langen Haare hatte sie als Dreadlocks frisiert und in Regenbogenfarben gefärbt. Gekleidet war sie wie stets in ein buntes afrikanisches Gewand, selbst im stürmischen Helgoländer Winter behielt sie ihren Stil bei. Für nichts in der Welt hätte Jana auf den wöchentlichen Kurs verzichtet. Manchmal malten sie klassisch mit dem Pinsel, meist experimentierten sie mit Formen, Farben und Material.

»Jana, du schönes Zauberwesen«, begrüßte Lucie sie wie immer mit einem Lächeln und reichte ihr einen bunten Cocktail. Das Getränk bestand aus einer weißen, orangefarbenen und grünen Schicht. »Schau mal, diese Farbkombination der Zutaten, und es schmeckt noch besser, als es aussieht.« Das nahm sie dankbar an und nippte an dem Drink, der cremig, hochprozentig und fruchtig war. Sie schloss die Augen und ließ den Geschmack auf sich wirken.

Die anderen Schülerinnen saßen schon über ihren Staffeleien – und schaufelten etwas aus Eimerchen auf ihre Blätter. »Du siehst, wir kreieren heute eine Landschaft aus Sand«, sagte die Malerin. »Lasst Farben, Formen und das Profil sprechen. Tobt euch aus«, forderte sie die Runde auf. Sie zeigte ihnen die Technik mit einem Klebstoff. Verschiedene Körnungen standen zur Verfügung, Jana ließ die

Farben kreisförmig fließen. Sie gab sich ihrer Schöpfung hin, vergaß alles andere. Kleben, schaufeln, neue Formen skizzieren, den Sand fixieren. Ein paar Mal korrigierte sie, schmiss eine Seite weg, kratzte wieder etwas ab, ergänzte das Naturmaterial. Dann sah sie zu Lucie.

»Ich habe es.« Sie war so vertieft, dass sie gar nicht bemerkt hatte, dass die anderen ihre Werke schon fertiggestellt hatten. Lucie trat zu ihr und sah sich das Bild an.

»Wunderschön, Jana. Ich kann dich gar nichts mehr lehren. Nur hin und wieder Inspiration geben. Unglaublich, wie du das Material fließen lassen hast, wie ein organisches Gebilde.« Unterschiedlichste Werke waren in der Stunde entstanden. Sie war vollkommen erschöpft, aber zufrieden. Das Malen gab ihr das Gefühl, wieder zu sich selbst zu finden, trotz aller Verpflichtungen – und der Fragen, die sie sich zu ihrer Beziehung mit ihrem Lebensgefährten stellte. Sein Job war das eine – aber sie wurde das Gefühl nicht los, dass zwischen dieser Friederike von Menkendorf und Harry nicht alles geklärt war. Er mochte diese Frau, sehr sogar. Das spürte sie deutlich. Und sie konnte seine Kollegin nicht einmal hassen, sie war dankbar für die Rettung vor Dorsts Übergriff.

Warum bloß redete er nicht mit ihr darüber? Ihr sonst so lebenslustiger Partner verhielt sich auf einmal wie eine verschlossene Auster.

»Kommst du, Süße? Trübsinn blasen kannst du mit deinem Mann. Wir sind die Guten«, rief Lucie sie zur Tanzfläche. Es lief afrikanische Musik mit einem gut tanzbaren Rhythmus. Sie bewegte sich im schnellen Takt, kreiste mit dem Kopf, mit den Armen, um sich selbst, ließ sich fallen. Jana hatte keine Ahnung, wie lange sie getanzt hatte, als die Musik leiser wurde und sie ihren Namen hörte.

»Du hast Durst, das sehe ich dir an.« Lucie reichte ihr ein weiteres Getränk, das Jana dankend annahm. Es schmeckte fruchtig und exotisch, nach Passionsfrucht und Kräutern. Die Prozente machten sich erst im Abgang bemerkbar. Sie fühlte sich in Hochstimmung, doch nicht mehr sicher auf den Beinen. »Ich muss dann los«, verabschiedete sie sich und lief mit etwas Schlagseite zur Treppe zum Oberland. Nur selten nahm sie den Fahrstuhl, das war ihr Fitnesstraining, selbst wenn sie fünf Mal am Tag zwischen Oberland und Unterland hin und her lief. Doch an diesem Abend waren ihre Beine schwer wie Blei. Sie machte auf der Strecke vom Aufzug zu ihrem Haus Pausen. Oben blieb sie stehen und entdeckte das Polizeiauto. Jemand stieg aus der Beifahrertür aus. Es war die Kommissarin. Und niemand außer Harry benutzte den Wagen. Es gab ihr einen Stich im Herzen. Im Moment konnte sie nicht mit ihm reden. Wie gerne hätte sie sich nach den schrecklichen Vorfällen mit Dorst bei ihm fallen gelassen. Harry hatte zwar Aktionismus an den Tag gelegt, um sie zu schützen. Aber reden, das funktionierte momentan nicht zwischen ihnen. Sie seufzte. Wahrscheinlich würde er ihr nicht sagen, was er mit der Hamburgerin unternommen hatte. Vermutlich ermittelten sie im Todesfall Dorst, aber arbeiteten sie die ganze Zeit? Waren sie so lange im Büro oder hatte sich ein Essen angeschlossen? Sie fühlte sich nicht wohl in der Rolle der misstrauischen Partnerin, doch sein Verhalten war so ambivalent, dass sich diese Fragen aufdrängten.

Bald würde eine Medienmeute auf die Insel stürmen, wenn der Orkan sich gelegt hatte. Sie sah in den Himmel und beobachtete die Wolken. Sie hatte nicht so ein Gefühl für das Wetter wie ihr Großvater. Doch sie vermutete, dass der Sturm länger anhielt.

Freudig war sie vom Kunststudio aufgebrochen, jetzt war ihre Stimmung getrübt, sie hatte keine Ahnung, was sie zu Harry sagen sollte. »Ich habe dich mit der Kommissarin gesehen.« Das wirkte, als würde sie ihm hinterherschnüffeln. Ihre Gedanken kehrten zurück zu diesem Todesfall. Sie versuchte, sich über ihre Gefühle klar zu werden. Eigentlich empfand sie Frieden. Und eine tiefe Dankbarkeit dafür, dass dieser unsägliche Wichtigtuer nicht mehr auf der Erde weilte. Wenn den jemand umgelegt hatte, war es ihr Held oder ihre Heldin. Durfte man das denken? Zumindest nicht aussprechen. Sie war nicht die Einzige, die Dorst keine Träne nachweinte. Ein Mann, der meint, sich alles herausnehmen zu können. Ihr Marketing-Plan war durch sein Ableben allerdings vorerst gescheitert. Ihr Chef hatte eine Krisensitzung einberufen und musste dem Bürgermeister Rede und Antwort stehen. Sie hatten in diese Pressereise Tausende Euro investiert.

KAPITEL 23

Die kleine Inselbibliothek befand sich auf den Landungsbrücken. Dort müsste es ein botanisches Nachschlagwerk
geben. Rike wollte mehr über die Art des Blauen Eisenhuts erfahren. Die Bibliothekarin war dabei, neue Bücher
mit Nummern zu versehen. Sie fragte sie nach der Fach-
literatur über die Flora auf Helgoland.

»Suchen Sie etwas Konkretes? Ich liebe alles Grüne und
hätte liebend gerne einen Garten, wenn das nicht auf der
Insel so schwierig wäre«, fragte die junge Frau interessiert.

»Ich möchte mehr über die Art des Blauen Eisenhuts
erfahren – und das Vorkommen davon auf Helgoland.
Haben Sie die Pflanze hier schon gesehen?«

Die Augen der Bibliothekarin weiteten sich für eine
Schrecksekunde. Offenbar kannte sie sich mit der Wirkung aus.

»Keine Sorge, ich bin Single, es geht nicht darum, einen
nervenden Ehemann loszuwerden. Und ich bin bei der
Polizei, wenn auch nicht im Dienst«, versuchte Rike, die
Frau zu beruhigen.

»Das freut mich, Sie kennenzulernen. Ich liebe Krimi-
nalromane. Verraten Sie mir, woran Sie arbeiten?« Die
Bibliothekarin sah sie gespannt an.

»Leider darf ich das nicht«, wimmelte Rike sie ab.

Sie sah die Enttäuschung im Blick ihres Gegenübers,
dennoch stand die Frau auf und ging vor ihr zu einem

Regal im hintersten Raum. Sie deutete auf die unterste Reihe. »Hier befinden sich die Nachschlagewerke. Und wir haben dort fast alles über Helgoland.« Die Frau zeigte zu einem Regal direkt neben ihrem Tresen.

»Wenn Sie die Bemerkung erlauben: Das ist meines Wissens keine heimische Pflanze. Sie wächst hier nicht wild. Aber das können Sie ja nachlesen.«

Rike bedankte sich und ging durch die Regalreihen. Sie liebte Bibliotheken mit all diesem gesammelten Wissen, der Weisheit der Menschheit. Lieber blätterte sie ein Buch durch, um sich zu einem Thema weiterzubilden, als das Gesuchte in eine Suchmaschine einzugeben. Sie misstraute den großen Anbietern, die Ergebnisse für Werbung oder üblere Zwecke nach Belieben manipulieren konnten. Bücher waren eine verlässlichere Quelle. Neben den Sachbüchern entdeckte sie Romane, die sie sehnsuchtsvoll betrachtete. Wann hatte sie sich zum letzten Mal die Zeit genommen, lesend in eine fremde Welt einzutauchen? In dem Moment wurde ihr bewusst, wie sehr ihr das fehlte. Sie stand jetzt vor dem Regal mit den Fachbüchern. Sie ging die Buchrücken durch und fand Bände über Botanik, die sie zu einem der Lesetische mitnahm. Beim Blauen Eisenhut handelte es sich laut dem Werk um ein Hahnenfußgewächs, es gab Unterarten – darunter eine Pflanze in Gelb. Anzutreffen waren die krautigen Blumen, die mannshoch wuchsen, vor allem in den Alpen und Mittelgebirgen, an Bachufern und auf feuchten Weiden. Zierpflanzen wurden ohne Auflagen frei verkauft. Die Autoren beschrieben einige Fälle von Vergiftung. So hatte ein Mann das Gewächs aus seinem Garten dem Kräutertee beigemengt und schwere Herzrhythmusstörungen bekommen. In einem anderen Fall führte ein Alkoholauszug der Wurzel zum Tod. Schon wenige Milligramm waren tödlich. Die Experten empfahlen, bei jeder Berührung der Blume Handschuhe zu tragen. Rike hatte keine Ahnung gehabt, wie tödlich die Pflanze war. Ein halbes Gramm entfaltete bereits eine verheerende Wirkung.

Doch wie war diese Killerpflanze aus den Alpen ausgerechnet nach Helgoland gelangt? Der Lebensraum schien, soweit sie die Insel kannte, nicht die richtigen Bedingungen zu bieten. Das war das Gegenteil von Alpenklima. Oder eigneten sich die roten Felsen und die Wiesen des Oberlandes? Ein Garten schien Rike wahrscheinlicher, auch dafür war die Fläche der Insel begrenzt. Es würde Harry helfen, wenn sie die Mordwaffe fand – und gleichzeitig täten ihr und Prinz die Spaziergänge gut.

Sie zückte ihr Smartphone und lichtete einige aussichtsreiche Bilder der beiden Arten ab.

Die junge Frau trat neben sie. »Gefunden, was Sie brauchen?« Rike nickte. »Das war aufschlussreich. Gibt es mehr Informationen über die Bodenbeschaffenheit?«

Die Bibliothekarin nahm zwei geheftete Bände aus dem Regal.

»Schauen Sie mal, das sind Arbeiten von Studenten. Wir versuchen, alle Aspekte des Insellebens zu beleuchten. Vielleicht finden Sie da, was Sie suchen. Das würde mich interessieren.«

»Haben Sie einen Ehemann?«, flachste Rike. Die junge Frau schüttelte den Kopf. »Es ist schwierig, hier einen Partner zu finden.« Sie sah traurig aus, als sie das sagte. »Allein die Zahl der Männer ist begrenzt – und hierher kommen viele Aussteiger, die sich anderswo nicht mehr zurechtfinden.«

»Noch schwieriger als auf dem Festland. Und dort ist es auch nicht einfach«, folgerte Friederike von Menkendorf. Die Bibliothekarin nickte bedrückt. Rike versenkte sich in die Regionalbücher, blätterte im Inhaltsverzeichnis und las sich quer durch die Kapitel. Es gab unglaublich viele Arten, die in dem Klima und auf den verschiedenen Böden gediehen. Allerdings hatten sich die Autoren nicht mit der speziellen Pflanze beschäftigt.

Sie sah sich eine Karte mit allen Wegen an und legte sich eine Wegstrecke zurecht, bei der sie nach dem Kraut schauen konnte. Beginnen würde sie beim Hotel. Das war der Tatort, den würde sie systematisch umkreisen. Dann fiel ihr noch etwas ein. Sie wandte sich erneut an die Bibliothekarin. »Gab es in den letzten Tagen jemanden, der sich für dieses Thema interessiert hat?«

»Gefragt hat mich niemand, ich bekomme nicht immer mit, wenn jemand die entsprechenden Werke einsieht«, bedauerte die Frau. »Aber es kommen viele Gäste zu uns. Vielleicht wegen des Ausblicks oder weil Regale voller Bücher eine beruhigende Wirkung haben.«

»Gibt es eine Liste mit den Namen?«, wollte Rike wissen. Die Bibliothekarin nahm eine Kartei vom Schreibtisch. »Wenn etwas ausgeliehen wird, ist das verzeichnet. Bitte.« Sie schob die Listen über den Tresen. Rike warf einen Blick darauf. Ausgerechnet Dorsts Name stand da, kein anderer der Leser schien mit den Ermittlungen in Verbindung zu stehen.

»Werden da alle Besucher namentlich festgehalten?«

»Nicht die Gäste, die einfach nur kommen und ein Buch ansehen«, erklärte die junge Frau. »Ich würde die meisten aber wiedererkennen.« An Dorst konnte sie sich erinnern, nicht jedoch an seine Lektüre.

Rike bedankte sich. »Darauf kommt mein Kollege gerne zurück. Ich bin ja gar nicht im Dienst.« Sie gab ihren Band und die Kartei ab. Sobald Harry Verdächtige hatte, konnte er feststellen, ob sie in der Bibliothek waren. Auch wenn das kein Beweis für irgendetwas war.

KAPITEL 24

Ein leises Klopfen an Harrys Tür. Dann steckte Clara ihre Nase herein. Er hätte das Mädchen bei dem Treffen im Hotel kaum wiedererkannt. Vor gut einem Jahr war diese Kleine eine rundliche Deern mit Babyspeck, erinnerte sich Harry. Damals war sie als Freundin von Eibe Maiwald, dessen Mutter von der *MS Nordsee* verschwunden war, bei der Polizei gewesen.

Heute sah sie aus wie so ein Popstar-Imitat aus dem Fernsehen. Sie trug ein glitzerndes kurzes Kleidchen, die Beine steckten in militärischen Stiefeln und langen lilasilbernen Kniestrümpfen. Ihre Haare waren bunt gefärbt, Make-up und eine grelle Kriegsbemalung auf den Lippen und um die Augen, machten sie älter, als sie war. Kurz flammte der Gedanke bei Harry auf. Und wenn dieser Widerling Dorst die Kleine belästigt hatte? Und sie hatte sich gerächt? Aber woher hätte sie das Gift haben sollen? Und sie war ja trotz allem ein Kind. Unwahrscheinlich.

»Moin, min Kleene. Setz dich«, forderte er sie auf, bot ihr einen Kaffee an. Sie nickte. »Eine Zigarette dazu wäre nicht zu verachten.«

Er musste lächeln. »Strenges Rauchverbot.«

»Komm ich dann ins Gefängnis?«, sie zog einen Schmollmund.

Harry grinste. »Ich zeige dir gerne mal die Zelle, du kannst Probe sitzen.« Ihre Augen weiteten sich vor Schreck.

»Das war ein Scherz, du hast ja gefragt«, beschwichtigte er. »Wie war das, als du Casimir Dorst gefunden hast?«, wollte er wissen. Sie hatte ihren Kaffee ausgetrunken und drehte den Löffel zwischen den Fingern. »Ich habe nie einen Toten gesehen, total der Schock«, sagte sie mit leiser Stimme. Das wirkte glaubwürdig, fand Harry. Ihre forsche Art war nur aufgesetzt.

Er nickte ihr ermutigend zu. »Ich erinnere mich haargenau an die Leiche eines früheren Nachbarn, das war mein erster Toter. Er hatte einen Unfall, schrecklich für einen halbwüchsigen Jungen.« Wahrscheinlich war das für sie ebenso ein Schock.

»Friedlich sah der Dorst nicht aus, eher verkrampft, als wollte er nicht gehen«, stellte Clara fest.

»Das vermuten wir. Jemand hat nachgeholfen. Warum hast du eigentlich das Praktikum als Putzfrau im Hotel gemacht – das ist ja nicht unbedingt ein Traumjob?«

Er beobachtete, wie sie zusammenzuckte. Irgendetwas schien sie zu beunruhigen.

»Zimmermädchen«, korrigierte sie. »Ein Praktikum war Pflicht, hier gibt es nichts, was mich interessiert. Und ich habe nicht nachgeholfen, er war schon tot.« Sie gähnte und fläzte sich auf dem Sofa in Harrys Büro.

»Sollen wir morgen weitermachen?«

Sie schüttelte den Kopf und setzte sich wieder hin. »Geht schon. Was wollen Sie wissen?

»War in der Suite etwas anders als sonst? Was ist dir aufgefallen?«

Sie überlegte einen Moment.

»Alles normal, nur im Bad lag das ganze Zeug auf dem Boden. Aber das kommt vor. Da war auch niemand im Raum. Außer dem Toten.«

»Und davor, gab es Vorkommnisse dort?«

»Das ganze Hotel war in Aufregung wegen Dorst, die Generalin hat einen Riesenaufriss veranstaltet. Bei der Suite habe ich keinen Vergleich. Ich durfte sie vorher nie säubern.«

»Und warum hast du die an diesem Tag übernommen?«

Ihr Gesichtsausdruck verschloss sich. »Hat sich so ergeben.«

Harry merkte, dass er bei dem Punkt nicht weiterkam, er notierte sich die Frage in Gedanken.

»Was hast du alles gereinigt in dem Raum? Hast du ein Getränk bemerkt, eine Flasche zum Beispiel?«

Sie schüttelte den Kopf: »Nö, da standen Gläser, aber keine Flasche. Ich habe nicht weiter darüber nachgedacht, nur die Arbeit gemacht. Wusste ja nicht, dass er tot ist.«

»Die Gläser hast du in die Spülmaschine geräumt und die angestellt?«

Sie nickte. »Ja, ich habe alles brav hineinsortiert. Angeschaltet hätte ich am Ende, aber dann kam der Tote dazwischen. Also müssten die drin stehen, ich habe das Anstellen nach dem Schrecken vergessen.«

Das war merkwürdig, denn die Maschine hatte gespült, als sie kamen, die Gläser abgewaschen. Leider hatte das Labor auch keine Rückstände des Inhalts nachweisen können.

»Stand eine Karaffe im Raum?«, bohrte er nach.

Sie schüttelte den Kopf. »Nein, das hätte ich gesagt. Eine Flasche habe ich extra unter dem Tisch gesucht. Ein paar Tage davor hatte ich eine Likörbuddel in einem anderen Zimmer übersehen. Da war alles ausgelaufen, das gab eine Sauerei. Ich habe einen Anschiss vom Drachen bekommen. Bei Dorst war nichts.«

Harry machte eine Notiz. Komisch war, dass das Geschirr gespült war. Wer hatte die Maschine angestellt? Das würde er mit der Hotelchefin klären. Sie war von Clara in den Raum gerufen worden, hätte also die Gelegenheit dazu gehabt. Zudem kam sie zurück in die Suite, hatte das Siegel aufgebrochen.

»Und sonst kam dir nichts komisch vor? Kann da irgendjemand im Raum versteckt gewesen sein?«

»Nee, wie gesagt. Stinknormal. Dorst lag ja da, ansonsten war ich allein, bis die Generalin kam«, sagte sie schnell.

Harry hatte die Zeichnung ausgedruckt und ein Bild von dem Lippenstift auf dem Tisch. »Was meinst du dazu?«

Sie sah nur kurz hin und riss erschrocken die Augen auf. »Äh, ja. Das hätte ich abwischen müssen, hat mir schon die Berger vorgehalten.«

»Und was denkst du darüber?«

»Das war ja so eine Art Gruß, deshalb habe ich es stehen lassen«, sagte sie. »Kann ich jetzt gehen? Mehr weiß ich nicht, bin echt müde.«

Harry nickte, obwohl ihm einiges nicht stimmig vorkam. Er hielt das junge Mädchen nicht für fähig, einen Mann umzubringen. Sie wusste mehr, als sie gesagt hatte.

KAPITEL 25

Er sah, dass er fünf Anrufe bekommen hatte. Es war Ralf Segher, der Flughafenchef von der Düne. »Gut, dass du endlich ans Telefon gehst. Scholle, der Börtebootkapitän, hat einen von diesen Fernsehfuzzis an Bord und mich gebeten, dir Bescheid zu geben.«

»Wer von denen? Wo will der überhaupt hin?«, wunderte sich Harry. Bei Windstärke zehn bis elf war es kaum möglich, von der Insel zu kommen.

»Den Namen weiß ich nicht, aber er hat Taschen dabei, auf denen ›Roadtrip. Top oder Flop‹ steht, das ist doch dieser Kanal. Und er will zum Flughafen und heute los. Soll ich den durchwinken?«

Harry überlegte. Noch hatte er nicht genügend Anhaltspunkte, um dem Staatsanwalt etwas zu präsentieren. »Nein, wenn möglich kontrolliere die Papiere und halte ihn auf. Wer zum Teufel fliegt bei dem Wetter?«

»Na du kennst doch die *Teichnase*, den Verrückten. Vermutlich braucht er mal wieder Geld«, lästerte der Flughafenchef.

Harry fluchte. Der Pilot war ein tollkühner Vertreter seiner Zunft, seine Kollegen bewunderten ihn für sein Können. Den Spitznamen hatte er sich redlich erflogen, wenn er alleine unterwegs war, flog er noch wagemutiger. Der näheren Bekanntschaft mit einem Löschteich auf dem Festland hatte er diese Bezeichnung zu verdanken.

Die Böen wehten heftig. Ein Flug bei diesem Sturm war gefährlich, denn der Wind drehte häufig. Der Pilot sah solche Wetterlagen eher als Herausforderung. Aber welchen Grund gab es für den Gast, sein Leben aufs Spiel zu setzen, es sei denn, er wollte fliehen?

»Er kommt, ich schaue mir mal die Papiere an«, sagte Seghers. Harry überlegte fieberhaft. Das konnte nur Adomat sein. Er sah nochmals die Protokolle durch und dann stieß er auf die Mitteilung seiner Kollegin. Zeugen hatten von einem Streit im Restaurant gesprochen, in dessen Folge André Adomat seinen Geschäftspartner tätlich angegriffen hatte. Außenstehende hatten die beiden getrennt.

Kurz darauf bestätigte der Flughafenleiter, dass André Adomat der Fluggast war. Harry hatte noch nicht persönlich mit ihm gesprochen, da sie gerade erst die Bestätigung über die vermutliche Todesursache erhalten hatten. Die Kollegin hatte mit den meisten Zeugen geredet – und alle Bekannten des Opfers gebeten, bis zur Zeugenaussage auf der Insel zu bleiben. Wenn er dagegen verstieß, machte er sich verdächtig.

Er rief nochmals den Flughafen an. »Bitte halte den unbedingt fest. Ich komme rüber, sobald es geht«, wies er ihn an.

Die Überfahrt würde alles andere als ein Vergnügen werden, das Schlauchboot der Polizei kam dafür nicht infrage. Vielleicht setzte die Dünenfähre über? Aber zuvor war ein Anruf beim Staatsanwalt und den Kollegen in Itzehoe fällig.

Er schilderte die Ereignisse. Die Obduktion hatte offenbart, dass es sich um ein Verbrechen handelte, und Adomat hatte Streit mit dem Opfer.

»Vernehmen Sie den Mann unbedingt als Zeugen! Danach sprechen wir uns wieder. Mein Telefon steht nicht still, Dorst war ja ein Prominenter«, ordnete der Staatsanwalt an.

»Wir sind leider momentan vom Festland abgeschnitten, ich bräuchte dringend Verstärkung, sobald jemand kommen kann. Ich würde den Adomat gerne festsetzen«, sagte Harry.

Sein Gesprächspartner versprach, die Personalfrage zu klären. »Bringen Sie mir Stichhaltiges, dann können Sie ihn festnehmen.« Das Gespräch brach ab, und er kam nicht mehr durch. Er hatte auf grünes Licht für die Untersuchungshaft gehofft, nun hieß es, kreativ zu sein.

Er rief den Kapitän der Dünenfähre an. Der Name Scholle passte perfekt, denn er navigierte sein Schiff so sicher wie ein Fisch im Wasser.

»Jo, ich bring dich rüber«, sagte er ihm sofort zu. Harry ging direkt zu den Landungsbrücken und sah mit Unbehagen die dunkel grollende Nordsee, die sie überqueren mussten. Doch Scholle wusste, was er tat.

»Halte dich gut fest«, riet der Kapitän und warf ihm eine Rettungsweste zu. »Weißt ja, wie das geht.« Er nickte nur. Das kleine Schiff bewegte sich so stark auf und ab, als sie aus dem Hafen kamen, dass sich Harry mit ganzer Kraft an seinem Sitz festhalten musste. Die Minuten wirkten endlos, er klammerte sich fest. Endlich waren sie am Inselchen angekommen, er sprang auf den Steg und atmete auf. Doch wie sollte er Adomat zurückbringen?

»In einer Stunde soll der Wind vorübergehend etwas abflauen, dann können wir zurück. Ich warte auf dich«, rief ihm der Seemann zu.

Eilig ging er in Richtung Flughafen, hörte die Geräusche eines startenden Fliegers, kurz bevor er ankam. Ralf Segher kam aus dem Gebäude gerannt.

»Der hat den Piloten überredet«, rief er ihm zu.

»Kannst du ihn aufhalten?«, bat Harry.

Seghers Mitarbeiter hatte schon reagiert, war mit dem flughafeneigenen Feuerwehrauto auf die Startbahn gefahren, um diese zu blockieren. Tatsächlich drehte der Pilot ab, das Flugzeug blieb im Sand stecken.

Adomat war aus der Kabine des Fliegers gesprungen und losgerannt, Harry spurtete hinter ihm her. Der Flughafenchef sprang auf sein Quad und raste von der anderen Seite auf den Mann zu. So konnten sie den Flüchtenden einkreisen. Nach kurzer Zeit war er beim Quad angelangt. Adomat änderte die Richtung und lief Harry direkt vor die Füße.

»Auf den Boden, Hände hinter den Rücken«, forderte er ihn auf. Der Verdächtige folgte seiner Aufforderung, lag japsend im Sand. Er tastete ihn ab und half dem Mann auf die Beine, legte ihm die Handschellen an.

»Danke euch, Jungs. Ihr seid die Besten«, rief er den beiden Flughafenmitarbeitern zu.

Adomat streckte ihm seine aneinandergebundenen Hände entgegen. »Können Sie das entfernen? So kann ich mich kaum fortbewegen, es hat eh keinen Sinn zu fliehen.«

»Die Verdächtigen werden immer unsportlicher«, bemerkte Harry und schloss die Handschellen auf. Er hoffte, dass der Mann nicht den nächsten unsinnigen Fluchtversuch unternehmen würde.

»Finden Sie das witzig?«, fragte Adomat nur und trottete neben ihm her in Richtung Hafen. Scholle stand auf dem Steg und lief mit einer Zigarette hin und her. Als sie dort ankamen, schnippte er sie weg. »Wurde ja Zeit«, knurrte er.

»Können wir die Tour antreten, Scholle?«, fragte er.

»Kommt man an Bord«, bestätigte dieser. Der Seemann gehörte nicht zu den Schnackern, die unnötige Worte verlieren. Diskret schob er den Verdächtigen auf das Schiff und folgte ihm. Die See war noch immer bewegt, die Fähre schaukelte heftig auf den Wellen, allein der Kapitän stand lässig am Bug, mit einer Hand am Steuerrad und griente. Adomat sah blass aus und schwieg. Die Fahrt hatte er ihnen eingebrockt. Endlich näherten sie sich den Landungsbrücken.

»Bitte, ich komme freiwillig mit«, protestierte der Verdächtige, als er seine Handschellen wieder hervorholte. Harry nickte und geleitete ihn zum E-Golf, er fuhr zur Wache.

»Moin, wir haben Besuch«, rief er den Kollegen zu. »Mach bitte schon das Gästeappartement bereit«, bat er seine Kollegin.

»Das mit der Stahltür?«

»Zuerst die Wellnesslounge bitte und das Catering«, er deutete nach oben, er würde sich mit dem Youtuber im Konferenzraum unterhalten.

»Wie lange soll das denn dauern? Ich habe ein Unternehmen zu retten!«, protestierte Adomat.

»Das hätten Sie ohne diese Aktion abkürzen können. Das wirkt verdächtig, wenn jemand bei Windstärke elf auf der Flucht ist«, fuhr Harry ihn an. Er ging in sein Büro und rief den Staatsanwalt an. »Wir haben den Zeugen angetroffen und vernehmen ihn. Es besteht in jedem Fall Fluchtgefahr. Wann kann ich mit der Verstärkung rechnen?«

In der Leitung wurde es still. »Das tut mir leid, bei dem

Wetter können wir die Insel nicht erreichen. Die Schiffe fahren in den nächsten zwei bis drei Tagen nicht. Die Kollegen sind alle beschäftigt, ich kann Ihnen vorerst niemanden schicken.«

»Wie soll ich denn alleine einen solchen Fall bewältigen? Es geht hier um einen Prominenten. Es ist zwar eine Kollegin von der Hamburger Kripo vor Ort, aber sie will endlich mal Urlaub machen!«

Das hätte er lieber nicht erwähnen sollen.

»Eine Kriminalpolizistin. Mensch, Kruss, da haben Sie Verstärkung. Dann ist doch alles bestens. Ich regle die Formalitäten.«

Er wollte protestieren, dass dies gar nicht zu seinen Aufgaben gehörte. Da hörte er schon das Tuten in der Leitung. Der hatte aufgelegt! Der hatte ja keine Ahnung, wie dickköpfig Rike sein konnte. Er sah aus dem Fenster und überlegte. Ohne Unterstützung war dieser Fall kaum neben seiner eigentlichen Arbeit als Wasserschutzpolizist zu schaffen. Genau das würde er ihr sagen, genauso ehrlich. Und hoffen, dass sie aus Freundschaft ihm gegenüber ein Einsehen hatte. Er wurde nicht schlau aus ihrem Verhalten. Auf einmal wollte sie über den Brief von damals sprechen. Was bedeutete das? Und warum jetzt?

KAPITEL 26

Der Wind erfasste Rikes Mütze und riss sie mit sich fort, zum Glück blieb diese an der Begrenzungsmauer am Falm hängen. Eigentlich hatte sie Sommerkleidung im Gepäck, am Vortag hatte sie sich die wollene Kopfbedeckung gekauft, die sie nun auflas und sich über die Ohren zog. Prinz kam gemächlich zu ihr, er kniff den Schwanz ein.

»Nur ein bisschen Wind«, sagte sie und wedelte mit seinem Stoffkrokodil, um ihn für den Ausflug zu motivieren, und er folgte ihr zögerlich. Sie sah über die Brüstung hinab zum Hafen, wo meterhohe Wellen auf das Ufer prallten. Schon die ganze Nacht hatte der Orkan gegrollt, irgendetwas am Haus klapperte gefährlich.

Rike lief den Invasorenpfad hinab in das Hafengelände und dort vom Kringel aus in Richtung Norden, sie wollte am Weg unterhalb der Klippen mit der Suche nach der mörderischen Pflanze beginnen. Doch die Gischt spritzte über das Ufer, kurz darauf waren sie beide nass bis auf die Haut. Ihre Regenkleidung hatte wieder einmal nicht das Werbeversprechen gehalten. »Von wegen Wassersäule«, schimpfte Rike. Prinz sah aus wie ein Häufchen Elend.

»Wir kehren um«, rief sie ihm zu, was er mit einem freudigen Bellen kommentierte. Vor ihnen auf dem Weg hatte der Sturm Steinbrocken hinabgeschleudert.

Schon bei ihrem letzten Besuch hatte sie die Erosion an der Steilküste bemerkt, der frühere Wanderweg war

mit einer brüchigen Felsformation abgestürzt, die Inselverwaltung hatte den Pfad weiter nach innen verlegt. Der
rote Sandstein erodierte, die Felseninsel schrumpfte. Es
stimmte sie traurig, dass sie immer kleiner wurde.

Was der *Big Bang*, die letzte große Sprengung durch die
Briten nicht zerstört hatte, beschleunigte der Klimawan-
del. Heftigere Stürme und stärkerer Regen nagten am roten
Sandstein, hatte die Vogelschützerin von *Helgonatur* bei
ihrem letzten Aufenthalt erklärt. Sie kehrten zum Hafengelände zurück. Gebirgslandschaften waren hier nicht zu
finden, vielleicht gab es Gärtchen mit dem Blauen Eisenhut
oder er war eingeschleppt worden wie so viele andere Arten.

Prinz verstand nicht so recht, was sie bei dem Schietwet-
ter dort zu suchen hatten, er drückte sich an die Gebäu-
dewände, während Rike Pflanzen unter die Lupe nahm.
Plötzlich bellte er, kurz darauf klingelte ihr Telefon.

»Harry, schön, dass du anrufst. Einen Cappuccino
könnte ich gebrauchen. Ich bin in deiner Nähe« sagte sie
gut gelaunt.

»Äh ja, ich möchte dich etwas fragen, und es ist dringend. Kannst du so schnell wie möglich vorbeikommen?«,
fragte er. Warum sagte er nicht gleich, was er wollte? Seit
Tagen hatte sie das Gefühl, er versuchte, ihr irgendetwas
mitzuteilen. Ging es um die Beziehung zu Jana? Als erfah-
rene Ermittlerin spürte sie, dass sich diese beiden Menschen nahestanden. Warum sagte er ihr das nicht? War er
sich nicht über seine Gefühle klar?

Sie pfiff kurz, ihr Hund war blitzschnell neben ihr, da er
hoffte, ins Trockene zu kommen. Die kleine Wache befand
sich direkt um die Ecke. Die Tür stand offen, sie gingen
hinein. Kartons stapelten sich in allen Räumen, auch in
Harrys Büro herrschte Chaos.

»Rike und Prinz. Nehmt Platz.« Sein Gesicht hatte sich aufgehellt. »Wir ziehen um, unser neues Gebäude auf dem Oberland ist fast bezugsfertig«, beantwortete er ihren fragenden Blick.

»Hauptsache, die Kaffeemaschine ist noch da«, scherzte Rike.

Sie setzte sich auf das Sofa, ihr Hund legte sich brav wie ein Bettvorleger hin. Kurze Zeit darauf bekam sie ihre Tasse. Kein Herzchen auf der Milch so wie bei ihrem letzten Besuch.

»Wart ihr bei diesem Sturm unterwegs?« Er hatte sich an den Schreibtisch gesetzt und runzelte missbilligend die Stirn.

Sie nickte. »Auf den Spuren des Blauen Eisenhuts. Wenn er in den Alpen vorkommt, könnte er ja an den Klippen wachsen. Zumindest wollte ich das ausschließen.«

»Hoffentlich wart nicht auf den verbotenen Wegen unter den Felsen. Das ist bei diesem Sturm gefährlich.«

Rike sagte lieber nichts. Sie holte einen Kauknochen aus ihrer Jackentasche und legte ihn Prinz hin. Er stürzte sich auf das Leckerchen und verzog sich damit hinter das Sofa. »Hattest du denn Erfolg?«

Rike stellte ihre Tasse ab. »Wie man es nimmt. Ich habe einiges gelesen und weiß, wonach ich suchen muss. Willst du dir das Gewächs mal anschauen?«

Er setzte sich neben Rike auf das Sofa, und sie tippte auf ihr Smartphone und zeigte ihm dann die Pflanze.

»Hast du so etwas schon einmal auf der Insel gesehen?«

Er betrachtete diese konzentriert. »Ehrlich, Rike, ich habe keine Ahnung. Ich würde die nicht wiedererkennen. Eine blau blühende Pflanze, hübsch, aber gewöhnlich.« Sie nickte. Man sah der Art ihre Gefährlichkeit nicht an.

Er sah sie an und holte tief Luft. Na endlich traute er sich. »Rike, ich habe eine Bitte. Würdest du mich offiziell bei den Ermittlungen unterstützen? Es kann niemand auf die Insel kommen, aber ich habe Glück, und die Beste ist schon hier.«

Ihr war klar, dass Harry ihr Honig um den Mund schmierte, doch sie musste lächeln. »Ich überlege mir das.« Sie hatte ihren Kaffee ausgetrunken und wollte weiterziehen.

Er wurde ernst.

»Rike, das ist ein Notfall, bitte lass mich nicht hängen. Ich und zwei unerfahrene Kolleginnen sind auf uns allein gestellt. Wir haben zudem unsere Routineaufgaben wie die Streife und Kontrollen im Hafen zu erledigen, daneben diesen Fall. Wir haben einen Verdächtigen. Ich habe ihn vorerst hinter der Stahltür untergebracht.«

Rike war überrascht. »Wo hast du den denn so schnell gefunden?«

»Du bekommst gleich die Unterlagen mit den Zeugenaussagen, die ihn belasten. Mit dir wird er reden. Du bist die beste Vernehmerin im ganzen Norden, ach was, in Deutschland und darüber hinaus.«

Sie musste lachen, er strengte seine Überredungskünste wieder einmal an.

»Ich springe ausnahmsweise ein, bis die Verstärkung kommt.« Ärger mit ihrer Dienststelle war sicher, egal, für welchen Weg sie sich entschied. Harry sah erleichtert aus, doch sie kannte ihn zu gut und fing einen nachdenklichen Blick auf. »Du hast etwas auf dem Herzen?«, hakte sie nach.

Sie stellte ihre Tasse ab und sah ihn wartend an.

Lief da etwa eine Schweißperle über seine Stirn? Er schüttelte schnell den Kopf. Mein Gott, was konnten sich Männer anstellen.

KAPITEL 27

Harry hatte ihr die Unterlagen über den Zeugen in die Hand gedrückt. André Adomat hatte Verdacht erregt, da er Streit mit dem Opfer hatte. Trotz der gefährlichen Wetterlage hatte er versucht, von der Insel zu fliehen. So sah es Harry jedenfalls. Sie hatte alle Informationen überflogen, als ihr Kollege den Kopf zur Tür hineinsteckte. »Er wartet auf dich.«

»Dann wollen wir mal.« Sie stand auf und ging in Richtung Konferenzzimmer, wo André Adomat, ein mittelgroßer Mann Anfang 30 mit hoch gegelten blonden Haaren, unter der Aufsicht einer Kollegin saß.

Er sprang auf. »Warum halten Sie mich hier fest? Was soll das? Ich möchte meinen Anwalt, wie schon gesagt.«

»Es geht um den Todesfall Ihres Partners Casimir Dorst, das sagte ich. Wir hatten gebeten, die Insel nicht zu verlassen.« Harry klang genervt.

»Ihr Anwalt kann nicht kommen wegen der Wetterlage. Die Kollegen haben ihn erneut kontaktiert. Interessiert es Sie gar nicht, was Ihrem Freund geschehen ist? Er wurde ermordet«, sie versuchte, ihn zu besänftigen.

Adomat entspannte sich auf seinem Stuhl. »Irgendwann musste es so kommen.« Das sagte er fast scherzend, die Trauer schien sich in Grenzen zu halten.

»Wie meinen Sie das?«, schaltete sich Rike ein.

»Er war nicht direkt feinfühlig, weder mit seinen

Geschäftsfreunden und ebenso wenig mit jungen Frauen.«
Er wandte sich Rike zu. »Sie haben doch den Vorfall mitbekommen und konnten sich ein Bild von ihm machen. Das Karma schlägt zurück, davon bin ich überzeugt.«

Rike nickte. »In der Tat war er nicht der sympathischste Zeitgenosse. Doch gegen das Karma ermitteln wir hier nicht. Jemand hat bei seinem Ableben nachgeholfen. Wann haben Sie Dorst zum letzten Mal gesehen?«

Er überlegte. »Wir haben ihn am Anleger getroffen und später im Restaurant und in seiner Suite Gespräche geführt, das endete im Streit«, räumte er ein.

»Worum ging es denn dabei?«, wollte Harry wissen.

»Unsere Firma, wir hatten unterschiedliche Vorstellungen von der Weiterentwicklung.«

Eine Kollegin kam in den Raum und reichte Harry einen Zettel, den er kurz überflog.

»Er wollte sich von Ihnen als Partner trennen. Sie sollen ihn im Restaurant vor Zeugen verprügelt haben?«

Adomats Gesicht verfinsterte sich. »Der Gründer der Firma bin ich, der konnte mich nicht rauswerfen. Ich habe dem ein paar reingehauen, und ehrlich, das hatte der so was von verdient.«

»Und später haben Sie ihn im Hotelzimmer umgebracht, weil er das verdient hatte?«, mischte sich Rike ins Gespräch.

»Was versprechen Sie sich von dem Unsinn? Legen Sie mir nichts in den Mund«. Er war aufgesprungen und haute auf den Tisch.

Harry schob ihn an den Schultern wieder auf den Stuhl. »Sie scheinen schnell aufzubrausen.«

Adomat rutschte hin und her, stampfte mit dem Fuß auf: »Verflucht ja, sie liefern mir ja den Anlass. Sie lassen mich nicht weg, obwohl ich dringend in die Firma muss. Das ist kein Grund zur Freude. Ich bringe niemanden um.«

»Warum haben Sie versucht, bei einer gefährlichen Wetterlage zu fliehen?«, fragte Harry.

»Wir haben einen der größten deutschen Reisekanäle. Jetzt, wo Casi nicht mehr da ist, muss ich mich dringend um den Fortbestand der Firma kümmern. Da hängen Arbeitsplätze dran.« Das klang für Rike nicht unlogisch, dennoch zeichnete sich ein Motiv ab.

»Dann sind Sie jetzt die Nummer eins. Das passt Ihnen gut ins Konzept?«, provozierte sie ihn.

Er wurde wieder rot im Gesicht und ballte die Fäuste. »Es hatte jeder seine Aufgaben. Als Journalist war Casimir der Beste. Das können wir nicht ersetzen.« Er stand auf. »Im Übrigen würde ich jetzt gerne gehen und versuchen, zum Festland zu kommen. Oder haben Sie Fakten in der Hand, die gegen mich sprechen?« Er war aufgestanden und zur Tür gegangen.

Harry folgte ihm und klopfte von innen, bis der Polizeibeamte öffnete. »Sie können gehen, aber bitte bleiben Sie vorerst auf der Insel.«

Harry und Rike blieben sitzen. Er hieb mit der Faust auf den Tisch. »Was für ein Mist, dass ich ihn nicht in Untersuchungshaft nehmen durfte. Der Staatsanwalt war nicht zu überzeugen.« Bittend sah er Rike an. »Du hättest das hinbekommen, die richtigen Argumente zu finden.«

Sie schwieg einen Moment, auch sie hatte nicht immer die Unterstützung ihrer Vorgesetzten oder der Staatsanwaltschaft. Sie musste die Dienststelle zumindest über ihren Fremdeinsatz informieren.

»Ich melde mich morgen früh bei dir. Ein wenig Bedenkzeit muss sein. Bis dahin hätte ich gerne den Zwischenstand – also die kompletten Akten. Was hast du bislang herausgefunden? Gibt es noch andere Verdächtige?«

Er nickte. »Du bekommst alles per Mail. Soll ich dich ins Oberland fahren?« Rike schüttelte den Kopf, sie wollte weiter nach der Herkunft der Giftpflanze suchen. Prinz kam zögerlich aus seiner warmen Ecke, er hatte verstanden, dass sie aufbrechen wollte. Dann liefen sie einige Straßen im Unterland ab, Rike sah sich die Beete an den Häusern an, manche kaum größer als ein Tischtuch.

Rotes Tagebuch 20.4.1945

Der Schrecken nahm kein Ende. Niemand durfte den Bunker verlassen, ein zweites Mal kamen die Flugzeuge zurück, ließen Bomben auf die Insel regnen. Es war stickig und heiß, die Kinder weinten leise. Die Wände bebten. Das Licht fiel aus. Es kamen keine Geräusche mehr von oben, wo sich die Flak befand. Viele dieser Soldaten waren fast noch Kinder, einige 16 oder 17 Jahre alt. Ihre Geschütze waren verstummt. »Auf die Bänke«, hieß es. Wir mussten Platz machen für die vielen schwer Verwundeten jungen Männer. Auf Tragen wurden sie durch unseren Gang transportiert, blutend, mit klaffenden Wunden, fehlenden Armen oder Beinen. Das war der schrecklichste Moment, als wir da oben standen und die schwer Verletzten sahen. Diese qualvoll sterbenden Kinder.
An Schlaf war nicht zu denken.
Dann hieß es auf einmal: »Raus, raus. Nehmt nur euer Handgepäck und sammelt euch am Hafen.« Innerhalb von zehn Stunden sollte die Zivilbevölkerung die Insel verlassen, ein Leben auf Helgo-

land war angesichts der Zerstörungen nicht mehr möglich. Die Tränen liefen mir übers Gesicht, weinend fiel meine Sitznachbarin mir um den Hals. Die Heimat zu verlieren, war furchtbar.

Vor den Bunkern bot sich ein Bild des Grauens. Unsere Insel war verloren, die vollkommene Zerstörung. Kaum ein Gebäude stand unbeschädigt, nur einzelne Mauern waren von Wohnhäusern geblieben, nackte Stahlskelettgerippe von den Dächern größerer Gebäude. Trümmer rauchten dort, wo sich einst die noblen Hotels befanden. Der Brandgeruch war schrecklich. Wir mussten uns mühsam einen Weg über die Steinwüste suchen, überall Bombentrichter. Die Kleine stolperte, verlor einen Schuh, dann trat sie in brennendes Holz, weinte fürchterlich. Ich nahm sie auf den Arm, obwohl ich das Gefühl hatte, selber zusammenzubrechen. Den Blick fest auf den Boden geheftet, aus Angst vor Minen, die hochgehen konnten.

Es dauerte lang, bis wir am Hafen ankamen. Alle sollten evakuiert werden. Wie hätten wir auf der Insel überleben sollen? Am Hafen hatten sie die Toten in eine Reihe gelegt, so viele Körper. Ich lenkte die Kinder von dem schrecklichen Anblick ab. Als wir fast am Schiff eingetroffen waren, heulten wieder die Sirenen. Ein weiterer Luftangriff. Wir fanden einen Platz im U-Boot-Bunker. Explosionen erschütterten die Wände erneut, ich versuchte, die Kinder zu beruhigen, obwohl mir selbst übel war. Eng aneinandergedrückt kauerten wir am Boden und zitterten. Über Stunden dauerten die Bombardements. Irgendwann schliefen wir ein auf unseren Plätzen auf der harten Holzbank.

»Die Schiffe sind da«, schrie jemand, und wir schreckten aus unruhigen Träumen hoch. Ich packte die Kinder an den Händen und verteilte das wenige Gepäck, wir bewegten uns mit der Masse an den Kai. Wie sollten all diese Menschen nur wegkommen? Mit den Kleinen an beiden Seiten, einem Sack auf dem Rücken, kam ich kaum voran, wir wurden weggestoßen, andere drängten sich auf den Steg. Das erste Schiff legte ab, hoffentlich kam ein weiterer Transport, bevor neue Angriffe auf die Insel geflogen wurden.

Es dauerte lange, dann hörten wir wieder das Schiffshorn, kurz darauf legte der Dampfer an. *Kehrwieder* hieß es, ausgerechnet. »Schaut mal, könnt ihr das lesen? Wir kommen bald zurück, und dann sehen wir eure Eltern«, tröstete ich mich selbst und die Kleinen. Dieses Mal hatten wir Glück.

»Lasst mal die Kinder durch«, rief eine Frau in Krankenschwesternkleidung resolut und schob uns nach vorne. Kaum saßen wir auf dem Deck, heulten wieder die Sirenen. Ich schloss die Augen und betete. Wir konnten weder vor noch zurück. Ein Raunen ging durch die Menge. Das als erstes abgefahrene Schiff war getroffen worden.

Die Beladung der *Kehrwieder* wurde fortgesetzt, dann legte sie ab. Wo würde die Reise für uns hingehen? Wie sollte ich das alleine schaffen mit den Kindern?

Zu allem Unglück war die See stürmisch, der Kleine musste sich übergeben. Er weinte jämmerlich, beide waren verstört und klammerten sich an mich. Verstanden hatten sie nicht, was mit ihren Eltern geschah, ihnen war klar, dass es etwas Schlimmes war. Zum Glück gab es keine Angriffe, bis wir in Cuxhaven anlegten. Weitere Schiffe waren elbaufwärts gefahren, ich war erleichtert, als wir am Steubenhöft an Land gingen. Ich hoffte auf meine Cousine Bertha.

Ihr Häuschen befand sich nicht weit vom Hafen in einer Nebenstraße, die von der Grimmershörnbucht abging. Sie bestellte ein kleines Gärtchen, wo sie alles anbaute, was die Familie verspeiste.

Irgendetwas hatte ich auf dem Schiff von einer Sammelstelle vom *Deutschen Roten Kreuz* gehört, dorthin mussten die, die keine Verwandten oder Freunde in Cuxhaven hatten. Schnelle Schritte hinter mir, ich zuckte zusammen. Plötzlich stand Bertha da, welche Freude. Doch sie weinte. »Ich darf euch nicht aufnehmen, mein Mann hat es verboten. Zu gefährlich«, hat er gesagt.

Sie drehte sich hektisch nach rechts und links um und flüsterte dann: »Stimmt es, dass die beiden festgenommen wurden?«

Ich nickte, denn was half es, die Realität zu leugnen. »Hier, das ist etwas Geld und eine Adresse. Zu den Bauern könnt ihr gehen, die brauchen immer Hilfe. Tut mir leid«, sie weinte wieder und ging schnellen Schrittes zurück.

Ich faltete das Papier auseinander, es war eine Anschrift in einem Dorf außerhalb von Cuxhaven. Ich hoffte, dass das *Rote Kreuz* uns ein Quartier in der Stadt bereitstellen konnte, um so nah wie möglich bei den verhafteten Kindern zu sein. Vielleicht fand ich einen Anwalt, um sie zu verteidigen. Doch als wir ankamen, befanden sich Massen von Flüchtlingen vor der Hilfsstelle. Ein Elendszug, viele waren lange unterwegs, ausgebombt, geflohen. All die Menschen in Lumpen gehüllt, die vor der Suppenausgabe im alten Fischereihafen anstanden. Wie lange würde es dauern, dort zu warten? Die Kinder waren müde und hatten Hunger. Mit dem Geld von meiner Cousine kaufte ich Heringe.

Bei den Helfern angekommen, gab es keinen Schein, um in eine Unterkunft zu kommen. »Wir haben nichts mehr, so viele Flüchtlinge und Ausgebombte aus anderen Städten. Versuchen Sie es privat«, riet mir die Frau und steckte uns zwei Äpfel zu, die die Kinder gierig verzehrten. Ich wusste mir nicht anders zu helfen und fragte nach einem Transport. Ein Wehrmachts-Lkw nahm uns mit zu den Bekannten meiner Cousine. An der Adresse befand sich ein Bauernhof, wir klopften an das große grüne Tor.

Eine dicke Frau musterte uns misstrauisch, ich fragte vorsichtig nach Quartier gegen Hilfe.

»Wir brauchen Hände, keine Esser«, schimpfte Trude, die Bauersfrau. Sie bat uns aber doch hinein in das riesige Gebäude, wo schon zehn Menschen bei der Suppe saßen. Jeder bekam einen Teller, die Kinder aßen gierig. Was mussten die Kleinen leiden, ich würde alles tun, was von mir verlangt wurde, wenn sie nur Essen bekamen. Die Bäuerin wies uns eine winzige Kammer zu. Es war eng in dem Bett, doch wenigstens war es sauber.

Die körperliche Schufterei war nichts für mich in meinem Alter, doch ich tat, was möglich war. Ställe reinigen, Kühe melken. Manchmal taumelte ich abends die Treppe hinauf, konnte mich vor Erschöpfung kaum auf den Beinen halten.

»Einen Rechtsanwalt, was soll das? Arbeiten sollt ihr oder gehen«, schimpfte die Bäuerin. Ich hatte den Bauern darauf angesprochen, der etwas zugänglicher war. Doch seine Frau bremste meine Bemühungen. Ich lief in den nächsten Ort, Nordholz, und sprach bei der Gemeinde vor. Die nannten mir eine Anschrift, wo die Festgenommenen sein sollten. Ein Gefängnis in Cuxhaven.

Ich sandte einen Brief an sie mit ermutigenden Worten und unserer Adresse. Mehr konnte ich nicht tun. Jeder Tag war ein Kampf ums Überleben, alles schmerzte, die Knochen, der Rücken, die Hände offen, weil die Blasen geplatzt waren. Sogar die Kinder jagte die Bauerfrau aufs Feld oder in den Stall. »Unnütze Esser brauchen wir hier nicht. Dann sucht euch andere Dumme«, schimpfte sie, als ich die Kleinen schonen wollte. Ich hoffe, dass meine Tochter und mein Schwiegersohn bald aus der Haft freikamen und uns unterstützten. Wir brauchten dringend eine andere Unterkunft. Die Kinder mussten zur Schule, waren so klein. Es brach mir das Herz, wenn ich sie schwere Körbe mit Kartoffeln schleppen sah.

KAPITEL 28

Rike dehnte und streckte sich vor dem Ausblick über die Dächer des Unterlands, die von oben wie ordentlich angeordnete Legosteine mehrere Reihen bildeten, darüber hingen finstere Wolken. Weiße Wellenkämme brodelten bedrohlich in der fast schwarzen Nordsee. Wahrlich kein Urlaubswetter. Sie wollte ein paar Bahnen im Schwimmbad *Mare Frisicum* schwimmen und dabei nachdenken. Nachdem Prinz seine kleine Runde gedreht hatte, nahm Rike den Fahrstuhl ins Unterland. Sie hatte Glück, sie war zu dieser Uhrzeit die einzige Schwimmerin im gesamten Becken und bewegte sich mit schnellen Zügen. Dabei dachte sie an den Fall.

Was für ein Zufall, dass sie das Mordopfer lebend kennengelernt hatte – und zwar von seiner üblen Seite. Es dürfte eine ganze Reihe von Menschen geben, die diesem Dorst keine Träne hinterher weinten. Was würde sie tun, wenn sie nicht in die Ermittlung einstieg? Sie würde Harry dann kaum sehen, der war beschäftigt. Eigentlich fand sie Urlaub nach zwei oder drei Tagen langweilig. Nachdem sie beim Schwimmen reiflich überlegt hatte, stand ihr Entschluss fest. Sie stieg aus dem Becken, trocknete sich ab. Sie würde Prinz später holen, zuerst Harry in der Wache einen Besuch abstatten.

Der Wind wehte noch immer so stark, dass sie das Gefühl hatte, weggeblasen zu werden. Rike stemmte sich gegen den Sturm und ging durch den Binnenhafen zur Wache. Sie wurde eingelassen und stieg direkt die Treppe hinauf zu seinem Büro.

»Herein«, rief er auf ihr Klopfen.

Er saß am Schreibtisch und las in einem Dokument. Seine Haare sahen verwuschelt aus, charmant. Er wirkte wie ein verschlafener Teenager. Das rührte sie. Er hatte sich distanziert verhalten ihr gegenüber. Sie hoffte, dass die gemeinsame Arbeit wieder mehr Nähe schaffen würde.

»Moin, Rike,« sagte er, und sein Grübchen kräuselte sich. Er schien überrascht, sie zu sehen.

»Moin, Harry, ich habe mich dann doch für den Abenteuerurlaub mit Herrn Kruss persönlich entschieden. Vielleicht bekomme ich wieder eine Führung zu den Tatorten auf Helgoland. Bestimmt gab es schreckliche Fälle von Zechprellerei oder ausgebüxten Katzen«, flachste Rike.

Harry gähnte und streckte sich in seinem Sessel. »Ich glaube, heute brauchst du den Kaffee«, setzte sie hinzu.

»Den könnte ich gebrauchen, wenn die Kollegen nicht die Maschine eingepackt hätten.«

Sie sah ihn fragend an: »Was sind das für Sadisten? Wollen sie dich loswerden?« Warum packten die Kollegen eine Kaffeemaschine weg, den wichtigsten Ausrüstungsgegenstand einer Polizeiwache?

»Wir ziehen doch um ins Oberland. Am Leuchtturm steht das Gebäude, wo wir neben der Feuerwehr unterkommen. Es sollte schon losgehen, aber es fehlt die Zellentür für unsere speziellen Gäste im neuen Quartier«, erklärte er.

»Na, im Moment könnte die wichtig sein«, bestätigte Rike. Die Standortwahl kam ihr merkwürdig vor. »Was wollt ihr denn da oben? Eh ihr im Hafen seid, sind die Schmuggler schon längst entkommen.«

»Das frag mal unseren Bürgermeister, der hat diese Idee ausgebrütet. Wir werden immerhin mehr Platz haben.«

»Eine bessere Lage als die eurer jetzigen Wache kann es doch nicht geben.« Rike deutete vom Fenster mit Blick auf den Hafen auf den Raum mit der gemütlichen Sitzecke.

»Aber ein wenig eng sitzen wir schon«, widersprach er lahm. Der anstehende Ortswechsel schien ihn nicht zu begeistern.

»Ich werde dann eine offizielle Abordnung von dir zu uns beantragen. In Hamburg oder in Cuxhaven?«

Sie überlegte.

»Noch ist meine alte Dienststelle zuständig, die werden vermutlich zustimmen. Es passt menschlich nicht mit dem Chef. Der ist froh, wenn ich möglichst weit entfernt von ihm arbeite«, sagte Rike.

Sie wartete, bis Harry mit dem Staatsanwalt telefoniert hatte. Dann bat sie ihren Kollegen:

»Die Akten habe ich gelesen, habt ihr schon neue Erkenntnisse? Am besten, du bringst mich auf den neuesten Stand.«

Harrys Schreibtisch war komplett von Papierstapeln bedeckt, in denen er hektisch herumwühlte. Einer fiel um, die Akten verteilten sich am Boden. Sie sprang ihm bei, und sie lasen gemeinsam die Papiere auf. Als sie seine Hand aus Versehen berührte, zuckte er zurück. Das fühlte sich wie ein Stromstoß an, diese Berührung. Eine starke Energie floss zwischen ihnen. Eins plus eins wäre mehr als zwei. Sie seufzte innerlich. Warum hatte sie so lange bis zu dieser Erkenntnis gebraucht. Es schien nicht der richtige Zeitpunkt, ihm ihre Gefühle zu offenbaren. Denn er verhielt sich zugeknöpft ihr gegenüber.

Der Stapel war wieder aufgeschlichtet, er kramte weiter und zog dann endlich eine Akte hervor. »Et voilà«, er schwenkte das Dokument wie eine Trophäe. »Du hattest ja einen Teil des gerichtsmedizinischen Berichts gesehen, hier kommt der Rest.

Wichtig ist der Todeszeitpunkt zwischen 21 und 23 Uhr. Das ist ein Ausgangspunkt«, stellte Harry fest.

Bislang hatten die Kollegen kurz mit allen, die mit Dorst zu tun hatten, gesprochen. Erkenntnisse hatte das kaum gebracht. Noch liefen die Auswertungen der Funkzelle sowie Anfragen an seinen Mobiltelefonanbieter.

»Die Finderin des Toten, Clara, hat nicht alles gesagt. Davon bin ich überzeugt«, fasste er zusammen.

»Und du hast dich auf den Adomat eingeschossen?«, hakte sie nach.

Er nickte. »Der hätte ein Motiv: Wut, da Dorst ihn aus der Firma geworfen hat. Sein Fluchtversuch macht ihn verdächtig.«

Und dann war da die abgebrühte Hotelchefin, die sich über polizeiliche Maßnahmen hinweggesetzt und das Siegel aufgebrochen hatte. Sie hörte aufmerksam zu. »Was ist mit dieser Marketing-Chefin, Jana, hast du sie interviewt?«

Er druckste herum. »Die hat nichts damit zu tun. Die kenne ich gut.« Errötete er oder war es die Morgensonne, die ihre Strahlen im Raum spielen ließ?

»Er hat sie ja heftig belästigt, sie hätte einen Grund gehabt, ihm die Pest an den Leib zu wünschen – oder eben den Blauen Eisenhut ins Glas!«

Er nickte: »Hatte sie, aber dennoch. Sie hat ein Alibi«, wehrte er die Frage kurz angebunden ab. Ihre Vermutung schien zutreffend, er hatte ein Verhältnis mit dieser Frau. Warum auch immer er nicht mit ihr darüber redete.

»Sie hätte für den Filmdreh weitere Tage mit dem Unhold verbringen müssen, wenn er nicht gestorben wäre …«, gab sie zu bedenken.

Er murmelte etwas Unverständliches und packte einen seiner Stapel in einen Karton.

»Kann ich die Akten haben?«, bat sie, und er reichte ihr die Dossiers über den Tisch. Nach der Mittagspause wollten sie ihr weiteres Vorgehen abstimmen. Rike packte die Dokumente ein und ließ sich den Rest überspielen. Jetzt war erst einmal Prinz an der Reihe. Sie würde sich in ihrer Ferienwohnung auf den neuesten Stand bringen. »Bis später«, verabschiedete sie sich.

KAPITEL 29

Er hatte die Füße auf dem Tisch liegen, das Fenster stand sperrangelweit offen. Der Aschenbecher vor ihm quoll über, es stank trotz des Lüftens bestialisch. Der Tourismusdirektor Karsten Tollmann war Jana zuwider, doch sie musste freundlich grüßen und lächeln. Er war ihr Chef und zeigte das gerne.

Seine Hand deutete auf den unbequemen Plastikstuhl ihm gegenüber, sie sollte sich setzen. Angewidert sah sie die Schuhe vor sich liegen.

Er fing den Blick auf, hob das Dokument auf seinem Tisch etwas an. Sie erschrak, denn sie erkannte ihr Passfoto, das in einer Ecke klebte. Was wollte der mit ihrer Personalakte? »Ich habe den Eindruck, dass Sie nur so lauwarm begeistert sind von Ihrem Job«, knallte er ihr provokativ an den Kopf.

Sie atmete einmal tief durch und bemühte sich, ruhig zu bleiben.

»Wie kommen Sie darauf? Diese Annahme kann ich nicht bestätigen. Ich gebe alles für diese Stelle.«

»Sie haben sich ja verhalten wie ein Mimöschen gegenüber diesem Dorst. Ich erwarte volles Engagement meiner Mitarbeiterinnen, wenn solch ein wichtiger Gast erscheint.«

Sie war entsetzt, sprach er hier von sexuellen Gefälligkeiten für eine positive Berichterstattung?

»Wie meinen Sie das? Sie haben mitbekommen, dass er mich belästigt hat. Soll ich mir das bieten lassen? Ist es das?« Sie war laut geworden.

Er nahm die Füße vom Tisch und beugte sich unangenehm nah zu ihr, sah ihr direkt in die Augen. Sie verzog den Mund, diesen ekelhaften Gestank nach Gully und kaltem Tabak würde sie nicht lange aushalten.

»Was sind Sie denn empfindlich! Früher hat keiner was gesagt, wenn man einer schönen Frau mal auf den Allerwertesten geklatscht hat. Müsst ihr um alles gleich ein Drama machen?«

Sie schob ihren Stuhl ein Stück zurück. »Darum geht es ja wohl nicht, es war ein körperlicher Angriff, eine versuchte Vergewaltigung. Sieht so ihr Verantwortungsgefühl gegenüber den Mitarbeitern aus«, schleuderte sie ihm empört entgegen. Auch wenn Helgoland ihr Traumort war und sie diesen Job liebte, mit dieser unterschwelligen Forderung ging er zu weit. Doch wo hätte sie sich auf der Hochseeinsel beschweren sollen?

Er verdrehte die Augen, als würde sie maßlos übertreiben.

»Natürlich nicht, ich meine, dass man zu Überstunden bereit ist und Ideen hat. Und wie wäre es mal mit Diplomatie bei einem so wichtigen Gast, auch wenn er einem nicht sympathisch ist«, redete er sich heraus. Sie war sich aber sicher, ihn nicht falsch verstanden zu haben.

»Wissen Sie, was der Besuch von dem Dorst uns gekostet hat? Unser Jahresbudget ist ausgegeben. Der Mann liegt im Gefrierfach im Krankenhaus, alles perdu! Was gedenken Sie zu tun? Wir brauchen dringend Werbung!«

Das war nicht ihre Entscheidung, diesen Dorst mit dem Hubschrauber herumzufliegen und luxuriös unterzubringen. Doch er fuchtelte nicht umsonst mit ihrer Akte. Sie durfte die Kastanien aus dem Feuer holen. »Wir könnten verstärkt in den sozialen Netzwerken werben, *Instagram*, *Facebook*, ansonsten das kulturelle Programm ausbauen – das spricht andere Zielgruppen an. Die Zeiten der Butterfahrten sind vorbei.«

Er machte eine wegwerfende Handbewegung. »So was interessiert doch keinen. Ein Film auf diesem Kanal, das hätte etwas gebracht. Die haben eine Millionenreichweite, mehr als die meisten Fernsehsender. Ich möchte so ein Kaliber, oder wir müssen Stellen streichen.« Wieder fuchtelte er mit ihrer Akte, es war eine unverhohlene Drohung. Vermutlich musste er die Ausgabe vor dem Tourismusverein der Hoteliers und Gastronomen rechtfertigen. Und sie würde der Sündenbock sein. In dem Moment hatte Jana eine zündende Idee. Damit konnte sie ihre Stelle retten, wenn Harry ihr half. Hoffentlich war er zu Hause, sie mussten dringend miteinander reden. Jemand hatte den widerlichen Journalisten umgebracht, das hatte sich mittlerweile auf dem Felsen herumgesprochen – sie war vermutlich verdächtig.

Er hatte sie mehrfach körperlich bedrängt – und hätte Jana ohne ihre Gegenwehr vergewaltigt. Sie empfand in dem Moment im Hotelzimmer und am Boot Mordgelüste. Irgendjemand hatte dies nicht nur gedacht, sondern war zur Tat geschritten. Es tat ihr überhaupt nicht leid, kein bisschen. Jana hatte eine Idee, wer das gewesen sein könnte. Niemals hätte sie diese Person verraten. Welche Wohltat für die Menschheit, dass dieser Widerling nicht mehr da war.

»Ich werde ein Konzept vorlegen, wie wir diese Werbung bekommen«, versprach sie ihrem Vorgesetzten, der sich einen Zigarillo anzündete, während die letzte Zigarette im Aschenbecher glomm.

»Na, das hoffe ich bei Ihrem Gehalt«, nuschelte er zwischen zwei hastigen Zügen. Als sie die Tür geschlossen hatte, hörte sie einen heftigen Hustenanfall.

Summend kehrte sie zurück zu ihrem Büro. Die Silhouette vor ihrem Fenster erkannte sie gleich. Seine Frisur erinnerte sie an die Comicfigur *Tintin*. Welch angenehme Überraschung, ihn wieder zu treffen. Sie musste mit ihm ins Gespräch kommen – das war die Lösung ihrer Probleme.

KAPITEL 30

Endlich hatte dieser verdammte Wind sich gelegt. André war wie ein Tiger im Käfig in seinem Hotelzimmer im Viereck gegangen, ein paar Mal war er über diesen öden Felsen spaziert. Doch dieser Sturm brüllte, sodass man sein eigenes Wort nicht mehr verstand. Er zerrte an den Ohren, saugte das letzte bisschen Blut aus den Wangen, so eisig kalt war er. Und das mitten im Sommer. Er hatte keine Ahnung, was Casimir geritten hatte, ausgerechnet hier zu drehen. Mittelmeer oder Malediven, das war sein Revier. Doch nicht diese Einöde, Regen, Kälte.

Heute musste er es von der Insel schaffen, unbedingt. Tati sollte davon nichts mitbekommen, ebenso wenig wie dieser wild gewordene Inselsheriff. André hatte einen Plan. Er würde in die Firma gehen und alle Dokumente vernichten, die es zu Dorsts Intrige gab. Seiner rechten Hand würde er das Maul stopfen. Die Drohung, sie rauszuschmeißen, würde vermutlich genügen, um sie zur Kooperation zu bewegen. Und wer, wenn nicht er konnte diese Firma retten. Er hatte den Kanal aufgebaut, und dieser war vor Dorst mit seinen Comedy-Formaten populär. Nach dem Einstieg des Partners gingen die Abonnements durch die Decke, sie hatten sich auf die Reiseberichte neu ausgerichtet. Das war nicht sein Gebiet. Doch warum sollte er es nicht lernen, sein Gesicht in die Kamera zu halten und dabei selbstbewusst die Berichte einzusprechen, so wie Casimir das getan hatte.

Im Tourismusbüro traf er zum Glück die sympathische junge Frau, die ihn anstrahlte. »Herr Adomat, schade, dass Ihre Reise nicht geklappt hat, aber schön, Sie zu sehen. Der Sturm flaut langsam ab, bald kommen Sie nach Hause.«

Sie bat ihn hinein, bot ihm einen Tee an. Er wärmte seine Hände an der Tasse, dann trank er in kleinen Schlucken. Das tat gut. Sie suchte auf ihrem Computer die Abfahrten.

»Die *MS Nordsee* fährt morgen wieder, wenn der Wind abnimmt. Da kann ich schnell einen Platz buchen. Nach so vielen Tagen Pause wird die Inselfähre voll sein«, sagte sie.

»Das ist zu spät, um den Anschlusszug in Richtung Hamburg und Berlin zu erreichen. Ich muss schnellstmöglich zurück in die Firma«, bedauerte er. »Mit dem Flug hatte ich neulich kein Glück, gibt es eine andere Möglichkeit?«

Sie nickte und zog eine Visitenkarte aus der Schreibtischschublade. »Das ist ein Wassertaxi. Die brauchen eineinhalb Stunden, um nach Helgoland zu kommen. Es kostet ein bisschen Aufpreis.« Er bedankte sich: »Geld spielt keine Rolle, ich muss schnell zurück.«

Er zog sein Telefon aus der Tasche, um die Firma zu kontaktieren, doch sie bat ihn um einen Moment Aufmerksamkeit.

»Ich verstehe, dass Sie sich um den Kanal kümmern müssen. Sie sind ja der Gründer und werden hoffentlich die tolle Reisesendung weiterführen?«

Er seufzte: »Mal sehen, wie es weitergeht. Meine Spezialität sind eher die Comedy-Formate. Aber wir werden versuchen, den Kanal zu erhalten, so wie er ist.«

Jana strahlte ihn an. »Sie haben Talent, das spüre ich. Und Sie sind authentisch. Ich freue mich auf die Sendungen mit Ihnen. Vor allem auf den Bericht über Helgoland, den stellen Sie doch fertig, oder?«

Er überlegte einen Moment. Das schien ihm eine hervorragende Idee. Er würde das Material nutzen – und so hätte er gleich einen professionellen Beitrag produziert. Er nickte. »Wenn ich die Aufnahmen bekomme, die er gemacht hat, sehr gerne.« Er hatte keine Ahnung, wo sich seine Geräte und seine Daten befanden, bestimmt hatten die Ermittler alles eingesammelt. Die junge Dame konnte hoffentlich eine Freigabe erwirken.

»Ich kümmere mich drum, Sie bekommen schnellstmöglich alles, was wir haben. Ich habe einen guten Kontakt zur Polizei, wo sich vermutlich alles befindet«, versprach sie.

Er nickte. Auf so einer Insel kannte jeder jeden, und die junge Frau schien ein hilfreiches Netzwerk zu unterhalten. Er gab ihr seine Visitenkarte mit der vertraulichen Handynummer für seine Freunde und reichte ihr die Hand. Sie war nicht nur verständnisvoll, sondern sah auch ausgesprochen gut aus. Wenn der Zeitpunkt nicht so ungünstig wäre, würde er sie auf ein Getränk einladen.

»Wir bleiben in Kontakt. Danke für alles!«

Es tat gut, eine Verbündete am Ort des Geschehens zu haben. Den Film würde er aus Dorsts Material zurechtschneiden lassen, verbunden mit einem vor Trauer triefenden Gedenken. Einen Moment lang meldete sich sein Gewissen. Was war nur in dieser zynischen Medienwelt aus ihm geworden? Ein Mann, der den Tod seines Partners ausschlachtet. Doch was hätte Dorst getan? Sein Compagnon würde sich nicht mit dieser Frage aufhalten, geschweige denn ein Problem darin sehen. So etwas wie ein Gewissen kannte der nicht. Die junge Frau rief ihn noch einmal zurück und reichte ihm ihr Telefon.

»Das Wassertaxi«, sagte sie. Er sprach mit dem Kapitän, der einen stolzen Betrag von über 2.000 Euro forderte. André Adomat bestätigte das und bestellte das Schiff auf die Insel. Dann ging er schnell zum Hotel, um seine Sachen zu holen. Die Bullen wären vermutlich nicht amüsiert, wenn sie mitbekamen, dass er erneut abzureisen versuchte.

KAPITEL 31

Im letzten Moment hatte sie das Schiff ablegen sehen, ein Wassertaxi. Ein blonder nach oben gegelter Haarschopf verschwand in der Kajüte. Rike rannte, so schnell sie konnte, zum Hafen. Die Leine war gelöst, das kleine blaue Taxi etwa zehn Meter entfernt, also zu weit, um einen Sprung zu wagen. »Hey, Sie, sofort umkehren, Polizei«, schrie sie. Noch war sie nicht offiziell in die Ermittlungen eingebunden. Der Skipper schaute heraus und sah sie verständnislos an. Was er antwortete, verschluckte der Wind, doch er machte keine Anstalten, den Rückwärtsgang einzulegen. Sie rief Harry an, vielleicht konnten sie ihnen folgen.

Er kam außer Puste angerannt. Das Schiff war schon so weit entfernt, dass es nur noch als kleiner Punkt auf den Wellen schwankte. Noch immer wütete der Wind, auch wenn die Stärke etwas nachgelassen hatte.

»Wir können die einholen«, sagte Harry. »Komm, du bist doch seefest.« Sie war sich da nicht so sicher, wollte sich jedoch nicht als Mimose blamieren. Er rannte voraus an den Anleger der Polizei. »Nicht groß, aber schnell.« Mit Entsetzen erkannte sie, dass es das Schlauchboot war. Sie runzelte die Stirn. »So seefest bin ich dann doch nicht, Harry. Habt ihr nicht etwas mit mehr PS?«

Er schüttelte bedauernd den Kopf. »Wir sind ja nur eine kleine arme Insel. Ich fahre vorsichtig, und die Fische brauchen Futter.«

Na toll, er hatte gut lachen, die Helgoländer hatten die Seetauglichkeit praktisch mit der Muttermilch aufgesogen.

Sie nahm die Schwimmweste und sprang an Bord, er startete den Motor und beschleunigte so, dass es sie in den Sitz drückte. Sie konnten das Wassertaxi nicht mehr sehen, aber als sie etwa 20 Minuten unterwegs waren, erschien ein Punkt vor ihnen, der langsam größer wurde

»Gleich haben wir sie«, frohlockte er. Das nahm er zum Anlass für eine weitere Beschleunigung, Wellen klatschten an den Bug und spritzten über sie, das Schiffchen schaukelte so heftig, dass sie dauernd Angst hatte, sie könnten kentern. Rike war fast komplett durchgeweicht, auch Harrys Wollpullover triefte vor Nässe. Doch schien ihm das nichts auszumachen. Sie duckte sich, um sich gegen Wind und Wasser zu schützen, und klammerte sich so fest an den Sitz, dass ihre Handknöchel weiß waren. Als sie nach vorne spähte, sah sie das Schiff wenige Meter vor sich. Sie waren auf der Höhe der Vogelinsel Nigehörn angelangt. Harry hob den Daumen zu ihr, dann näherte er sich seitlich dem Wassertaxi.

»Polizei, bitte sofort den Motor stoppen. Wir kommen an Bord.« Der Kapitän hatte seinen Kopf aus der Tür des Steuerhauses gesteckt und sah zu ihnen. Er musterte kopfschüttelnd das Schlauchboot und spuckte etwas Bräunliches ins Wasser.

»Was seid ihr denn für Spinner?«

In dem Moment trat Adomat zu ihm und gab dem Schiffsführer eine Anweisung. Vielleicht hatte er ihm Geld geboten. Der Taxi-Kapitän drehte seitlich ab und gab wieder Gas, die heftigen Bugwellen ließen ihr Minigefährt stärker schaukeln, Rike war es speiübel, ihre Hände fühlten sich vor Kälte wie abgestorben an, sie spürte kaum noch ihre Finger.

Ihr Herz klopfte vor Angst. Wenn sie hier ins Wasser fielen, würde es niemand schaffen, sie zu finden und rechtzeitig zu retten.

Harry musste all seine Kraft aufwenden, um das Steuer zu halten, er hatte die Geschwindigkeit rausgenommen. Er machte in ihre Richtung eine Geste der Machtlosigkeit mit der Hand. »Kannst du über den Funk Verstärkung anfordern?«, bat er sie.

Auf den Knien rutschte er nach hinten und reichte ihr das Gerät. »Wasserschutzpolizei Helgoland. Schiff von Harry Kruss. Wir brauchen Unterstützung auf der Höhe von Nigehörn. Wir suchen das Wassertaxi *CuxSpeed* und werden in Kürze eine Fahndung nach André Adomat herausgeben. Vermuteter Zielhafen Cuxhaven. Bitte alle Dienststellen informieren«, sagte sie. Dann schrie sie Harry zu: »Kehr um, sonst bin ich raus. Das ist kein Spaß mehr.«

Er nickte und wendete das Boot, sodass sie zurück in Richtung Helgoland fuhren.

Stocksteif krabbelte Rike von Bord, als sie endlich im Hafen lagen. Sie fühlte sich wie ein Eisklumpen.

»Heiße Dusche?«, fragte Harry. Er begleitete sie zur Zelle in der Polizeiwache und reichte ihr ein Handtuch. »Ich packe die Kaffeemaschine jetzt endgültig wieder aus. Wir werden hier einen Moment brauchen und nicht mitten im Fall umziehen.«

Rike legte ihre Kleidung ab und ließ das heiße Wasser über die eiskalten Gliedmaßen laufen, es kitzelte auf der Haut. Einen Moment schloss sie die Augen und genoss die Wärme. So langsam fühlte sie sich wieder wie ein Mensch.

»Die haben ihn«, rief Harry, als sie aus der Zelle zurück ins Büro kam. Er servierte Kekse und einen Cappuccino, bevor er hinter der Stahltür verschwand und sich unter das warme Wasser stellte.

Rike kuschelte sich auf dem Sofa in Harrys Büro in eine Decke. Auf der Milch befand sich zwar kein Herz aus Kakao, doch immerhin ein Smiley. Sie genoss das heiße Getränk. Harry telefonierte mit den Kollegen aus Cuxhaven, die Adomat festgesetzt hatten. Es ging um die Modalitäten. Er hatte nach dem zweiten Fluchtversuch endlich grünes Licht vom Staatsanwalt, den Ex-Geschäftspartner des Opfers in U-Haft zu nehmen. »Vielleicht sollten wir alle auf den neuesten Stand bringen?«, schlug sie vor.

Die Kollegen setzten sich im Kreis um Friederike, die immer noch zitternd unter der Decke lag. »Was haben wir bislang an Fakten?«, baten sie Harry um eine Zusammenfassung.

»Den Obduktionsbericht und die Untersuchung von Gewebe und Körperflüssigkeiten kennt ihr ja. Dieser Tod durch eine Giftpflanze ist ein Tötungsdelikt, es gibt keinerlei Anzeichen für einen Suizid und die Spuren sprechen eine klare Sprache. Rike hat einiges über diese Pflanze herausbekommen und ist auf der Suche nach einer Bezugsquelle auf Helgoland.«

»Man sagt ja, dass Giftmorde von Frauen verübt werden«, warf eine Kollegin ein. Rike nickte. »Genau das haben wir in der Ausbildung gelernt, doch Glaubenssätze führen manchmal in die Irre. Ich halte nichts für unmöglich. So könnte ein Mann eine falsche Spur legen. Aber hatte Adomat so ein starkes Motiv?«

»Die beiden hatten einen heftigen Streit im Hotel. Das wurde von Zeugen ausgesagt – und ich habe gerade einen

Film davon erhalten, wenn auch in schlechter Qualität.«
Er drehte seinen Bildschirm um und spielte die Aufnahme
ab. In schwarz-weiß war der Saal zu sehen, relativ klein
erkannte sie Dorst, ihm gegenüber Adomat und die Ex-
Frau Tatjana. Die Männer gestikulierten wütend, dann
schubste Adomat den Moderator mehrfach und knallte
ihm die Faust ins Gesicht.«

»Worum geht es denn dabei?«, wollte die jüngere Helgoländer Polizistin wissen.

»Eine mögliche Trennung in der Firma, die Adomat
gegründet hatte«, erläuterte Harry.

»Oder gab es ein anderes Motiv? Cherchez la femme?«,
spekulierte Rike. »Das könnte möglich sein. Was sagen
denn die übrigen Beteiligten dazu?« Sie deutete auf Tatjana Dorst, die zwischen den Männern zu sehen war.

»Das müssten wir dringend herausbekommen, noch
sitzen sie auf der Insel fest, bis die Fähre morgen wieder
abfährt. Wir müssen alle aus dem Umfeld vernehmen«,
schlug Harry vor.«

Rike nickte. »Wenn sie abreisen, haben wir keinen
Zugriff mehr. Wir sollten nach den Gästen das Personal und unbeteiligte Hotelgäste anhören, falls jemand
Gespräche beim Essen oder im Fahrstuhl mitbekommen
haben.« Harry wedelte mit einer Liste. »Ich habe schon
die engeren Kontakte aufgelistet, seine Bekannten und
Hotelpersonal. Tischnachbarn und Inselkontakte müssen wir recherchieren.« Harry teilte seine Kollegen ein,
die Hotelmitarbeiter und Gäste befragen sollten. »Und
da wäre noch der Kameramann, der aber schon einen
Tag vor dem Mord wieder abgereist ist«, bemerkte Harry.
Eine der Kolleginnen erklärte sich bereit, mit ihm zu
telefonieren.

»Nehmen wir uns die Angehörigen und engen Kontakte vor, bis der Verdächtige zurückkehrt?«, fragte Rike.
Er nickte und begleitete sie zum Golf.

KAPITEL 32

Als sie vor dem Hotel aus dem Wagen gestiegen waren, ging ein Platzregen nieder. Sie spurteten zurück in den Golf, Rikes geliehene Jacke war durchgeweicht. »Nicht schon wieder.« Sie hatte sich erst von der Verfolgungstour mit dem Schlauchboot erholt. Harry bot ihr seinen Friesennerz an.

»Danke dir, aber das sieht aus, als würde ich ein Zelt mit mir rumtragen.«

»Mal wieder vier Jahreszeiten an einem Tag. Da verspricht die Helgoland-Werbung nicht zu viel«, kommentierte er. Das war für Rike typisch Harry. Selbst bei minus 20 Grad hätte er noch ein Lächeln auf den Lippen.

Er schüttelte nur kurz seine nassen Haare und deutete auf das Hotel. »Mit wem fangen wir an?«

»Außer der Helgoländer Marketing-Chefin, die du ja nicht einbeziehen möchtest, wäre die Assistentin des Moderators interessant. Der Dorst verhielt sich ja nicht wie ein Gentleman gegenüber jungen Frauen«, bemerkte Rike süffisant.

»Anders als Anwesende hoffe ich«, lenkte er von ihrer Bemerkung zu Jana Falke ab. Der Schauer war vorbei, er ging in Richtung Hoteltür.

»Sonst würde ich mich nicht in jedem Urlaub auf Ermittlungen mit Monsieur einlassen«, entgegnete Rike.

Die Hoteldirektorin Berger sah ihnen mit verkniffenem Ausdruck von der Rezeption entgegen. Sie fragten nach

Finja Kowalski. »Die müsste in ihrem Zimmer sein. Nummer 413«, gab die Eigentümerin widerwillig Auskunft.

Es dauerte einen Moment, bevor die junge Frau nach ihrem Klopfen antwortete. Sie hatte ihr Telefon in der Hand und sah sie fragend an. »Ich muss Schluss machen, Polizei«, erklärte sie ihrem Gesprächspartner.

»Worum geht es?«, fragte sie, noch immer in der Tür stehend. »Können wir hereinkommen?«, wollte er wissen. Sie nickte und öffnete die Tür weiter und ließ sie eintreten. Das Zimmer war deutlich kleiner als das von Dorst, überall lag Papier. Unsicher blieb die junge Frau stehen.

»Ich bin untröstlich über den Tod«, sagte sie und sah aus, als würde sie eine Träne verdrücken. Das wirkte theatralisch, als würde sie dies auf Knopfdruck vorführen.

»Das sieht nach Arbeit aus, obwohl Ihr Chef tot ist?«, Rike deutete auf all die Papierstapel auf dem Schreibtisch, den Stühlen und dem Fußboden.

»Keine Ahnung, ob ich meine Stelle behalte. Casimir Dorst hatte mich zum Kanal geholt«, entgegnete sie.

»Wie war er denn so als Chef?«, wollte Harry wissen.

Sie sah nach unten und zögerte mit der Antwort. »Na ja, kein einfacher Mensch. Aber er war der berühmte Casimir Dorst und konnte Türen öffnen. Da sah man schon über unangenehme Arbeitsbedingungen hinweg.«

Sie ging zu den Stühlen, nahm die Dokumente von den Sitzflächen und stapelte sie fein säuberlich auf dem Bett auf. »Setzen Sie sich doch. Ich habe Ihnen nicht einmal etwas zu trinken angeboten.«

Die Minibar befand sich neben dem Schreibtisch. Kowalski öffnete die Tür. »Cola, Apfelsaft oder einen Whisky?«

Harry schüttelte den Kopf, auch Rike lehnte dankend ab, sie hatte sich aber auf einem der Stühle niedergelassen, und er setzte sich ebenfalls. Die junge Frau nahm auf dem Bettrand Platz.

»Inwiefern hat er Ihnen denn geholfen?«, fragte Rike.

Harry bewunderte ihre Kunst, die Zeugen in ein Gespräch zu verwickeln. Sie konnte die Dinge genau auf den Punkt bringen oder solche Fischfangfragen formulieren, die Menschen zum Reden brachten.

»Das Mediengeschäft war eine neue, unbekannte Welt. Er hat mich im Frisörsalon gecastet und mir gesagt, dass ich Talent hätte. Nun bin ich seit fast einem Jahr beim Sender und habe viele Beiträge vorbereitet«, erklärte sie.

»Und das war es, was Sie sich erhofft haben?« Das Gesicht der jungen Frau trübte sich. »Ich möchte Moderatorin werden, er sagte, ich sei nicht so weit. Keine Ahnung, was passiert wäre, wenn er noch leben würde.«

»Wo waren Sie vorgestern zwischen 21 und 23 Uhr?«, fragte Harry. Sie sah überrascht auf und funkelte ihn wütend an. »Was wollen Sie denn damit sagen? Dass ich etwas mit seinem Tod zu tun habe? Da gibt es andere, die eine Mordswut auf ihn hatten.«

»Antworten Sie bitte meinem Kollegen, das ist eine reine Formalie, die wir abhaken müssen«, besänftigte Rike sie.

Die junge Frau nickte. »Ich war im Schwimmbad, eine Runde drehen. Danach spazieren«, sagte sie. »Zeugen?«, fragte Harry. »Der Schwimmmeister und die Basstölpel oben am Vogelfelsen«, antwortete sie schnippisch.

»Wer hatte denn eine Mordswut auf ihn?«, hakte Rike nach.

»Haben Sie schon mal mit seiner Ex-Frau gesprochen? Die ist extra angereist. Da war der Chef gar nicht begeistert. Und es gab einen lautstarken Streit.«

»Worum ging es dabei? Können Sie das Gespräch wiedergeben?«

Die junge Frau zuckte die Schultern: »Scheidung eben, der typische Rosenkrieg, wenn die Schmetterlinge im Bauch zu Kampfdrohnen werden.«

»Aber warum sollte sie ihn umbringen? Die Scheidung ist doch eine saubere Lösung, oder?«, bemerkte Harry.

Sie sprang auf und verzog ihr Gesicht: »Legen Sie mir nichts in den Mund, das habe ich nicht gesagt. Am Ende heißt es, ich hätte sie beschuldigt. Das stimmt nicht. Im Übrigen gab es Krach mit seinem Geschäftspartner. Den hat er vor der Abreise aus Berlin rausgeschmissen.«

Das wussten sie bereits, hatten jedoch keine Hintergründe zu dieser Trennung erfahren.

»Warum das? Waren die beiden nicht gleichberechtigte Partner?«, wunderte sich Harry.

»Ursprünglich gehörte die Firma André alleine, aber dann gab es einen neuen Gesellschaftervertrag. Dorst war extrem gewieft und hatte die besten Anwälte darangesetzt. Auf jeden Fall konnte er Adomat abservieren, ich glaube, der wollte Alleinherrscher sein. Deshalb war André hier auf der Insel.«

»Und wer wird jetzt der Nachfolger?«

»Keine Ahnung. Das ist unübersichtlich«, kam es wie aus der Pistole geschossen. Er wunderte sich über die schnelle Antwort und wechselte einen kurzen Blick mit Rike. Wusste die junge Frau mehr? Sie hatte Interesse daran, sich mit dem Neuen gutzustellen. In der Reihe der Verdächtigen stand Finja nicht an erster Front, falls sie die ganze Wahrheit gesagt hatte.

»Er war bekannt dafür, dass er junge Frauen belästigte. Hatten Sie keine Probleme damit?«, wollte Rike wissen.

Sie hatte seinen Blick verstanden. Irgendetwas hielt die Kowalski zurück, vielleicht weil es sie belastete und ihr doch ein Motiv gab.

»Ich war nicht sein Typ«, wieder kam die Antwort sofort ohne größere Denkpause. Den Satz hatte sie sich vermutlich zurechtgelegt. Ob er stimmte, war die andere Frage.

»Sie können offen mit uns sprechen. Diese Information bleibt vertraulich«, setzte Rike nach. Das klang vertrauenswürdig und mitfühlend, fand Harry. Wie immer hatte die Kollegin den richtigen Ton getroffen.

Im Gesicht der jungen Frau arbeitete es, sie schien nach Worten zu ringen. »Danke, da ist nichts zu sagen«, stammelte sie, ihre Stimme brach beinah. Rike hatte ins Schwarze getroffen, irgendwann würde sie reden.

Er gab ihr seine Karte. »Falls Ihnen etwas einfällt, über die Nummer erreichen Sie mich und Frau von Menkendorf.«

Als sie aus dem Fahrstuhl traten, hörten sie lautes Gezeter. »Das übernimmt die Firma«, keifte eine Frauenstimme.

»Sie lügen, die zahlen nicht.« Er erkannte die Hotelchefin Berger mit hochrotem Gesicht und den Händen fuchtelnd hinter dem Tresen, die Frau, mit der sie stritt, hatte ihnen den Rücken zugewandt.

In dem Moment entdeckte ihn die Direktorin. »Der Herr Polizist. Kommen Sie bitte. Ich kann Ihre Hilfe gebrauchen. Ein Fall von Zechprellerei.«

Er warf Rike einen Blick zu und verdrehte die Augen. Seit Jahren war er wieder auf der Insel, die Dame weigerte sich, ihn mit dem richtigen Namen anzusprechen. Das war offenbar unter ihrer Würde. Sie traten zu den beiden.

Die dunkelhaarige Frau an der Rezeption war in Tränen aufgelöst, sie schüttelte traurig den Kopf. »Worum geht es denn?«, fragte Harry.

»Tatjana Dorst«, stellte sie sich vor. Sie fuhr sich mit der Hand über die nassen Augen, dann sah sie ihn an.

»Es handelt sich um ein Missverständnis. Mein Mann wollte die Hotelkosten übernehmen. Da er tot ist, geht das nicht so einfach, und ich bat, die Rechnung an die Firma zu schicken.«

»In Ordnung«, sagte Harry beruhigend. »Das klären wir in Ruhe. Wir wollten zu Ihnen.« Die Berger stand angespannt hinter dem Tisch, als würde sie gleich explodieren.

»Wo können wir ungestört reden?«, fragte er. Sie deutete auf eine Tür, die von der Halle abging. »Das ist der Konferenzraum.« Er ging voran, seine Kollegin und Frau Dorst folgten ihm, die Berger wollte ebenfalls mitkommen. Rike bat sie, draußen zu warten.

»Na, hoffentlich sorgen Sie dafür, dass diese Person zahlt. Ich finanziere Sie als Beamter von meinem Steuergeld. Vergessen Sie das nicht«, zeterte sie, während Rike ihr die Tür vor der Nase zuknallte.

»Setzen Sie sich doch erst einmal«, schlug Harry vor, zog Tatjana Dort einen Stuhl vor. Dann reichte er ihr ein Taschentuch. Sie fing schon wieder an zu schluchzen.

»Kommen Sie erst mal zu sich. Das wird sich klären, wir werden wegen der Hotelrechnung nicht gegen sie ermitteln«, beruhigte er sie. Sie nickte und atmete durch, langsam kehrte wieder etwas Farbe in ihr Gesicht zurück.

»Was war denn los?«, fragte Rike. Sie berichtete, dass sie mit André Adomat gemeinsam angereist war – und dieser hatte erklärt, die Firma übernehme die Kosten.

»Und wo liegt das Problem?«

»Die Sekretärin meines Mannes, diese Hexe, hat die Bezahlung der Rechnung verweigert. Ich kann leider nicht dafür aufkommen. Wir steckten mitten in der Scheidung, mein Mann hatte nach der Trennung alle Konten blockiert. Ich musste einen Antrag auf Bürgergeld stellen, weil ich keinen Cent Bargeld mehr hatte«, sie schluchzte wieder.

»Auch wenn Sie sich scheiden lassen, haben Sie Rechte«, redete Rike ihr gut zu. Sie hatte sich neben die Frau gesetzt, Harry nahm gegenüber Platz.

»Er hatte die besten Anwälte, er wäre damit durchgekommen. Und ich bin ein harmoniebedürftiger Mensch, Streiten ist ausgesprochen negativ«, erklärte Tatjana Dorst resigniert und fügte dann hinzu: »Deshalb war ich hier. Er wollte mich auf die Straße setzen, rausschmeißen ohne einen Cent Geld. Ich hatte ein Quäntchen Hoffnung, dass er das doch nicht tut, um seinen Ruf zu schützen.«

Sie schluchzte. »Ich weiß nicht, wie es jetzt weitergeht. Ich hatte gehofft, dass wir uns auf sachlicher Basis versöhnen – und er sich fair verhält. Er hat mich ausgelacht und Witze gemacht. ›Tati unter der Brücke‹, das hat ihm gefallen.«

»Das ist jetzt zwar privat. Aber in einem Mordfall müssen wir leider alles aufwühlen. Warum haben sie sich getrennt?«, wollte Rike wissen.

Tatiana Dorst sah sie überrascht an: »Das wundert Sie? Möchten Sie mit einem Mann verheiratet sein, der Frauen nötigt und vergewaltigt?«

»Und da haben Sie Schluss gemacht?«

Tatjana Dorst nickte. »Und darauf bin ich wirklich stolz. Endlich einmal aufstehen gegen ihn, wie lange habe ich all das geschluckt. Er ist ausgerastet. Er hat mir angedroht, dass er mich fertigmacht. Und das hat er fast geschafft.«

Harry bemitleidete die Frau. Allerdings hatte sie ein Motiv – und vermutlich profitierte sie vom Tod ihres

Noch-Mannes. Falls es keine andere Vereinbarung gab, würde sie erben.

»Wo waren Sie vorgestern Abend?«, stellte er die obligatorische Frage, obwohl er überzeugt war, dass sie niemanden umbringen könnte. »Im Zimmer war ich, mit André. Er kam etwa um 18 Uhr zu mir und wir hatten viel zu besprechen«, sagte sie schluchzend.

Er reichte ihr nochmals ein Taschentuch. Sie nahm es und betupfte ihr Gesicht. Dann blickte er zu Rike. Bei weinenden Frauen versagte ihm der Mut, da hatte sie mehr Biss.

»Waren sie beide ein Paar?«, wollte sie wissen. Tatjana Dorst schüttelte den Kopf: »Wir waren Freunde, eine Schicksalsgemeinschaft. Ihm hat mein Mann übel mitgespielt. Er hat ihn aus der Firma gedrängt.«

»Wissen Sie, warum Herr Adomat so überhastet fliehen wollte?«, fragte Harry. Sie sah ihn überrascht an. »Ich hatte keine Ahnung. Ist er abgereist?«

»Er wird bald wieder anreisen, wenn auch nicht freiwillig«, sagte Harry und hatte ein leichtes Grinsen im Gesicht.

Sie schien von der Information überrumpelt, Adomat schien ihr nichts von seinen Plänen erzählt zu haben. Dagegen hatten sie ihr Alibi offenbar abgesprochen. Beide grollten Dorst, der ihnen übel mitgespielt hatte.

»Vielleicht ging es um die Firma, da muss jetzt vieles geregelt werden«, überlegte Tatjana Dorst. »André hat ihn nicht getötet, er ist ein durch und durch liebenswerter Mensch«, beteuerte sie.

Ihr Blick wirkte offen und aufrichtig, doch was wusste sie über Adomat? Der hatte ihr nichts von den Fluchtplänen gesagt.

»Wer könnte Ihrer Meinung nach den Mord begangen haben?«, fragte Rike nun.

Tatjana Dorst überlegte einen Moment. »Keine Ahnung. Jede und jeder. Casimir war ein Narzisst, zutiefst bösartig. Er empfand nur Freude, wenn er seine Machtspiele an anderen ausließ und diese Personen litten.«

»Zum Beispiel an Ihnen, indem er sie auf die Straße gesetzt hätte«, warf Rike ein.

Sie nickte. »Das stimmt, aber ich habe ihn nicht gehasst, nur einen Schlussstrich gezogen. Gewalt lehne ich aus tiefster Seele ab, negative Gedanken vergiften das eigene Leben.«

Sie nahm einen Schluck aus ihrer Tasse. »Viele Menschen, die ihm begegnet sind, hätten sich für seine Taten rächen können«, stellte sie fest.

»Für mich wäre die drohende Obdachlosigkeit durchaus ein Grund, jemanden zu hassen. Da Sie noch verheiratet sind, werden sie vermutlich erben?« Das warf Harry in den Raum, bislang hatten sie kein Testament gesehen. Nach der gesetzlichen Erbfolge ging der Besitz auf die Ehefrau über, Kinder oder Eltern hatte der Ermordete nicht.

Tatjana Dorst warf ihm einen mitleidigen Blick zu. »Materieller Reichtum gehört nicht zu meinen Zielen. Ich habe keine Ahnung, was mit seinem Besitz passiert. Das Universum hätte mich aufgefangen, ich vertraue auf das Gute.«

Sie sprach ruhig und selbstbewusst, Rike hatte nicht das Gefühl, dass Frau Dorst eine Show ablieferte.

»Wer kommt denn dann infrage?«, wollte Harry wissen.

»Das kann ich nicht sagen, es ist Ihr Job. Aber haben Sie die Frauen befragt, die ihn wegen Vergewaltigung und sexueller Nötigung verklagten?«

Das hatte er bislang nicht. Ohne Verstärkung, hatte er gar nicht gewusst, wo er anfangen sollte. Er kritzelte den Stichpunkt in sein Notizbuch. Das war eine Marotte, die seine Kollegen belächelten, doch so hatte er Informationen parat, ehe die Aufnahmen abgetippt waren. Alibi hatte er in seinem Gekritzel eingekreist.

»Wie war das vorgestern mit Herrn Adomat: Waren sie die komplette Zeit bis 23 Uhr zusammen? Keiner ist auf die Toilette gegangen oder eine Zigarette rauchen?«

»André war vielleicht mal fünf Minuten weg, etwas aus seinem Zimmer holen, aber niemand hätte in der kurzen Zeit zu Casimir gehen können und ihn umbringen. Der wohnte oben und wir im ersten Stock«, gab sie an. Das würden sie prüfen. Harry sah zu Rike, die nickte als Signal, dass sie keine Fragen mehr hatte. Sie verabschiedeten sich von Tatjana Dorst.

»Haben Sie vor, die Insel zu verlassen, wenn das Schiff wieder fährt?«, wollte Rike wissen.

Sie nickte. »Deshalb gab es die Streitigkeiten mit der Wirtin. Oder stehe ich unter Hausarrest?«

»Nein, Frau Dorst. Es würde uns aber helfen, wenn Sie ein paar Tage auf der Insel bleiben könnten. Sie sind eine wertvolle Zeugin«, bat Harry.

Sie seufzte und nickte zögernd. »Meinetwegen, aber Wochen werde ich nicht ausharren.« Dann sprang sie nach einem Blick auf die Uhr auf. »Mein Online-Yogakurs beginnt gleich.« Sie verabschiedete sich und verließ den Konferenzraum.

»Dieses Gesäusel. Nicht an Materiellem interessiert, bla bla«, ahmte er mit hoher Stimme nach, als sie zum Wagen zurückkehrten, und verdrehte die Augen.

»Solche Menschen gibt es, Harry«, widersprach Rike.

Er sah sie skeptisch an. »Und dann heiratet sie Casimir Dorst?«

Da hatte er einen Punkt. »Wegen seiner schönen Augen wohl nicht«, musste sie einräumen.

Draußen schüttete es wieder Bindfäden, sie rannten, so schnell sie konnten, aus der Lobby zum Wagen.

»Die Frage ist, ob sie und Adomat vor dem Todeszeitpunkt wirklich lückenlos zusammen waren. Damit steht und fällt sein Alibi«, bemerkte Rike. »Und ihres genauso.«

Er ließ den Wagen an und fuhr zur Wache, wo sie wieder schnellstmöglich ins Trockene eilten. »Kaffee?«, fragte er. »Unbedingt«, bat Rike. Sie nahm auf seiner Couch Platz und hüllte sich in eine Decke. Das Büro glich einer Rumpelkammer, einige Umzugskartons waren beschriftet, andere nicht auseinandergefaltet. Harry hatte berichtet, dass noch immer keine Zellentür für die neue Wache lieferbar war. Das konnte dauern.

Er kam mit den dampfenden Tassen zurück. »Ich hatte da gerade einen Gedanken. Wir haben immer nach den Alibis zum Todeszeitpunkt gefragt. Aber wann genau wurde ihm das Gift verabreicht? Die Tat kann früher verübt worden sein.« Er reichte ihr den Cappuccino.

Sie dachte nach. »Da hast du einen Punkt. Nur, in dem Fall waren die ja den ganzen Abend zusammen. Wir müssen das mittels Kameras und Zeugen prüfen«, schlug sie vor.

Er setzte sich mit seiner Tasse neben sie, stellte einen Teller mit leckeren Biscotti auf die Sofalehne. »Machen wir. Hier kommt Nervennahrung.«

Nachdem er genussvoll seinen Kaffee getrunken und ein paar Kekse verspeist hatte, nahm er sein Notizbuch. »Ach ja, da gibt es die Frauen, die ihn verklagt haben. Weißt du mehr darüber?«, fragte er sie.

Rike hatte den Skandal beim Fernsehsender mitbekommen, wo Dorst wegen der sexuellen Belästigung von Mitarbeitern gekündigt worden war. Sie sah auf ihrem Mobiltelefon nach. »Da gibt es Berichte in den Medien und eine Website. Der Mann hat seine Spuren hinterlassen. Ich sehe mir das mal an«, erklärte sie. Vor allem mussten sie herausbekommen, ob sich eines der Opfer auf der Insel aufhielt.

KAPITEL 33

Fluchend stieg André am Cuxhavener Polizeianleger aus dem Wassertaxi. Zwei Polizisten nahmen ihn in Empfang. Das Schiff der Wasserschutzpolizei hatte sich vor der Hafeneinfahrt blitzschnell auf sie zubewegt, das Schnellboot per Lautsprecheransage zum Folgen aufgefordert. Der Kapitän legte am Anleger vor dem Polizeigebäude im alten Fischereihafen an. »Was ist mit der Kohle? Den Mist hast du mir eingebrockt, sei froh, dass ich keinen Aufschlag nehme«, knurrte er und packte ihn dann mit einem Eisengriff am Arm. André wühlte hektisch in seiner Tasche, drückte dem Kapitän 120 Euro in die Hand. »Schick mir die Rechnung, am Automaten auf der Insel kam nichts mehr raus. Ich würde das gerne hier abheben, aber vermutlich lassen die mich nicht.«

»Das ist ja eine bodenlose Frechheit. Schade, dass ich dich nicht in der Nordsee entsorgt habe.« Der Seemann packte ihn an der Jacke und hob drohend seine Faust. In dem Moment kam ein Polizist an Bord gesprungen und schob ihn in Richtung Kai.

»Sie sind vorläufig festgenommen, und wir treten jetzt die Rückreise auf die schöne Hochseeinsel an«, sagte der Uniformierte, dessen Jacke über dem Bauch spannte. »Der schuldet mir Geld«, fluchte der Kapitän.

»Dafür, dass du die Polizei abhängen wolltest, oder wie?

Das ist nicht unser Problem. Zeig ihn doch an«, bemerkte der Polizist süffisant.

André war unter Protest an Land gegangen. »Das können Sie nicht, ich muss in die Firma. Oder wollen Sie eine Schadenersatzklage, für die Sie persönlich geradestehen?« Er sah sich das Namensschild an und setzte: »Herr Wülfing«, hinzu.

»Polizeioberkommissar bitte«, antwortete dieser tiefenentspannt. »Ich kann ihnen den Haftbefehl gerne zeigen, wegen des Verdachts einer schweren Straftat gegen das Leben des Casimir Dorst. Na dann viel Spaß, wenn Sie den Staat verklagen.«

An was für einen Witzbold war er da geraten? Aber verhandeln hatte keinen Sinn, weder die Bitte noch die Drohung hatten die Meinung ändern können.

»Ich möchte einen Anruf tätigen«, verlangte er und zog sein Telefon aus der Tasche.

»Tun Sie das, Sie können einen Anwalt hinzuziehen.«

Er rief die junge Frau von der Tourismuszentrale an. Hoffentlich ließ sie ihre Beziehungen spielen und befreite ihn aus den Fängen der wild gewordenen Sheriffs. Er wendete sich ab und hielt die Hand vor den Mund, so hoffte er, dass sie nicht hören konnten, was er sagte. Leider war nur der Anrufbeantworter dran. Er fluchte.

»Na, war Ihr Anwalt auf dem Golfplatz?«, flachste der Bulle. Für den war das alles ein riesengroßer Spaß.

»Hören Sie, es gibt nichts, was Sie mir vorwerfen könnten, ich bin ein gesetzestreuer Bürger. Lassen Sie mich in die Firma – und ich sage per Videoanruf aus«, bat er versöhnlich.

Doch der Oberkommissar machte eine Handbewegung

in Richtung des Polizeibootes. Er führte ihn auf den Steg, ein weiterer Kollege überwachte den Vorgang.

»Ich habe meine Anweisungen. Genießen Sie die Schiffsreise«, empfahl ihm der Dicke.

Es gab kein Entrinnen, immerhin durfte er auf einer Bank draußen Platz nehmen, Wülfing saß direkt neben ihm und ließ ihn nicht aus den Augen. Das romantische Bild der bunten Fischkutter im Cuxhavener Fischereihafen wollte so gar nicht mit dieser Katastrophe zusammenpassen. Er musste dringend in die Firma, mit seinem Anwalt die Sache mit seiner Kündigung aus der Welt schaffen. Dorsts Assistentin wollte mit am Telefon ihm nicht darüber sprechen. Was führte sie im Schilde? Er musste schnellstmöglich handeln und verhindern, dass sich jemand anderes die Filetstücke einverleibte.

Er sah aufs Wasser, fieberhaft überlegte er, was er tun konnte. Er schlug sich an die Stirn. Er war so dumm, hatte nicht einmal eine Nachricht hatte er am AB hinterlassen. Sonst wäre Jana schon längst in der Verwaltung vorstellig und hätte ihn aus den Fängen der wild gewordenen Sheriffs befreit. Der Bulle hatte sein Telefon konfisziert, er hörte, dass es klingelte.

»Herr Polizeioberhauptmann, kann ich bitte meine Anrufe entgegennehmen?«

»Polizeioberkommissar«, korrigierte dessen Kollege.

»Meinetwegen, ich befördere Sie gerne zum Oberhampelmann. Wie ist es mit dem Handy? Wir haben doch einen Rechtsstaat.«

»Das habe ich jetzt überhört. Ihr Telefon übergeben wir vorschriftsmäßig an die zuständigen Kollegen, mein Freund«, sagte der Dicke. »Es geht da um keine Kleinigkeit, sondern um Mord.«

Er seufzte nur. Da war offenbar nichts zu machen, die hatten sich auf ihn eingeschossen.

Sie passierten die Insel Neuwerk, die kannte er von früher, weil er dort einmal im Ferienlager war. Selten hatte er sich so gelangweilt. Nach einer halben Stunde tauchte die verhasste Felseninsel wieder auf. Warum gelang es ihm bloß nicht, diesen öden Ort zu verlassen? Es war, als laste ein Fluch auf ihm.

Auf der Insel musste er nochmals Kontakt zu Jana Falke aufnehmen. Sie liefen in den Hafen ein. Am Anleger entdeckte er den Inselbullen und die Hamburger Kommissarin. Was hatten die gegen ihn? Er hatte doch ein Alibi.

Die See hatte sich beruhigt, die Fähre fuhr wieder, und er würde die nächste Gelegenheit nutzen, um endlich hier wegzukommen. Das Polizeiboot legte an.

»Darf ich bitten«, sagte der Dicke und schob ihn in Richtung Steg. Widerwillig ging er von Bord.

»Lange nicht gesehen, Herr Adomat«, begrüßte ihn der Inselbulle, der sein hämisches Grinsen kaum verbergen konnte.

Es war filmreif, wie das Taxi den mit seinem dämlichen Schlauchboot hinter sich gelassen hatte. Doch sein Triumph hatte nicht lange gedauert. Er verschluckte den Spruch, der ihm auf den Lippen lag.

»Sie vergeuden Ihre Zeit, Herr Kruss. Sollten Sie nicht lieber den Mörder suchen?«, entgegnete er.

Er hätte allen Grund gehabt, den Mistkerl Dorst zu erledigen. Doch er war so ein sanftes Lämmchen, auch wenn sich das dieser Bulle nicht vorstellen konnte. Dieser Inselpolizist hatte sich verbissen wie der Wolf in seine Beute.

»Gehen wir doch mal in die gute Stube, um das zu besprechen.« Die beiden Inselbullen verabschiedeten sich von ihren Kollegen, wäre er sportlich, hätte er schnell die Flucht ergriffen. In den alten Bunkern, von denen es im Untergrund nur so wimmelte, gab es genug Verstecke.

Er wartete wie ein Trottel, bis die ihn abführten. Sie gingen wieder zur Wache, die Treppe hinauf in den Konferenzraum. Kruss deutete auf einen Stuhl gegenüber des Fensters. Schon klar, so fiel Licht auf sein Gesicht, dann würden sie ihn wieder abwechselnd anstarren. Er nahm Platz und bekam ein Glas Wasser und das Mikrofon vor die Nase gestellt.

»Bitte, ich möchte jemanden anrufen«, bat er. Der Bulle rückte das Telefon, das schon auf dem Tisch stand, in seine Nähe. Er deutete auf eine Uniformierte. »Da Sie bereits einen Fluchtversuch gemacht haben, wird die Kollegin Ihnen Gesellschaft leisten.«

Er wählte die Nummer von Jana Falke und hörte nur die Bandansage: »Der Empfänger ist vorübergehend nicht zu erreichen.« Fluchend ließ er den Hörer auf die Gabel fallen, denn es war unmöglich, eine Nachricht zu hinterlassen. »Anruf beendet?«, fragte die Polizistin, die ihn bewachen sollte, ohne seine Antwort abzuwarten.

Sie ging zur Tür und rief hinaus. »Harry, er ist so weit.«

Kruss und seine Kollegin kamen wieder in den Raum und nahmen ihm gegenüber Platz.

»Wie war das mit der Firma? Da haben Sie uns nicht die Wahrheit gesagt. Er hat Sie bereits entlassen – und Sie waren darüber wütend. Der Sicherheitsdienst musste Sie sogar aus der Firma entfernen, wo Sie getobt haben«, warf ihm der Inselpolizist an den Kopf. Er zeigte ihm eine Aufnahme der Überwachungskameras.

»Das hat er versucht. Das war lange nicht entschieden«, protestierte er.

»Hatten Sie gehofft, den Kanal nach Dorsts Tod zurückzukommen?«, legte Kruss eins drauf.

Das war wie ein Schlag in die Magengrube. »Der konnte mich gar nicht rausschmeißen, auch wenn er nicht gestorben wäre. Ich bin der Gründer!«

»Und warum haben Sie ihn dann im Hotel verprügelt?«, mischte sich die blonde Frau ins Gespräch. Woher wussten die das alles? Irgendjemand hatte gepetzt. War Tati sauer auf ihn, weil er alleine abreisen wollte? Hoffentlich war sie bei ihrer Aussage zum Alibi geblieben, sonst standen seine Chancen schlecht.

»Meine Kollegin hat Sie etwas gefragt«, bohrte der Kommissar nach. Er schreckte aus seinen Gedanken hoch.

»Ich habe ihm ein paar reingehauen, das stimmt. Wir haben uns gestritten, er hat mich beschimpft, und da sind sie mit mir durchgegangen. Das war eine Ohrfeige und kein Mordversuch!«

»Passiert Ihnen das öfter?«, hakte die Hamburgerin nach. Er schüttelte entschieden den Kopf. »Ich bin kein Choleriker oder Schläger, aber Dorst war ein Drecksack.«

»Also hat er Sie doch aus der Firma geworfen?«

»Versucht hat er es, aber das konnte der nicht, wie gesagt.«

»Herr Adomat, Sie eiern hier die ganze Zeit herum. Sagen Sie die Wahrheit, dann können wir das hier abkürzen«, herrschte ihn der Inselbulle an.

Doch André schüttelte den Kopf. »Ich habe nichts mehr zu sagen.«

»Wo waren Sie zwischen 19 und 23 Uhr?«, fragte die Blonde. Er überlegte blitzschnell. Er blieb einfach stur bei seiner Aussage, vielleicht kam er doch damit durch.

»Ich war mit Tati Dorst zusammen auf ihrem Zimmer«, sagte er.

»Die ganze Zeit ohne Pause?«, die Hamburgerin starrte ihn bei der Frage penetrant an, er rutschte unbehaglich auf dem harten Stuhl hin und her, schwieg aber auf die Nachfrage.

»Sie hatten ein Motiv, Herrn Dorst zu töten, haben versucht zu flüchten. Und das Alibi prüfen wir.«

Wir behalten Sie diese Nacht in Vollpension im Gewahrsam, dann können Sie sich das noch mal durch den Kopf gehen lassen«, sagte Kruss.

André Adomat wurde von einem Beamten in Uniform in eine Zelle gebracht, an der schweren Panzertür befand sich ein winziges Guckloch. Das vergitterte Fenster ließ etwas Tageslicht hinein. Er setzte sich auf die harte Pritsche und hatte das Gefühl, verrückt zu werden. Er fühlte sich wie ein Sack Flöhe, voller Unruhe und Tatendrang. So vieles gab es zu tun, die Dinge hatten sich für ihn gewendet, er hatte die Chance, seine Firma zu retten. Und sein Kanal, das war sein Leben. Doch er saß an diesem öden Ort fest und war zum Nichtstun verdammt.

KAPITEL 34

Jana hatte kurz das Schild »Bin in einer Viertelstunde zurück« an die Bürotür gehängt, um ihren Großvater zu besuchen. »Ich muss auflegen, wir ziehen das durch wie geplant«, hörte sie, bevor er die Tür öffnete.

»Was ziehst du durch, Opilein?«, fragte sie, nachdem sie ihm ein Küsschen auf die Wange gegeben hatte.

»Ach du weißt schon, unsere Rentnertreffen.«

Sie hatte das Gefühl, dass er ihr etwas verschwieg, und sah ihn prüfend an. »Wie geht es dir, meine Süße, was macht die Inselpropaganda?«

Er zog sie immer gerne auf, doch sie wusste, wie er das meinte. »Die stottert ein bisschen, aber das bekommen wir wieder hin.«

Er lud sie auf einen Tee in die Küche, und sie sah sich nach Hinweisen auf ungewöhnliche Aktivitäten um, doch der Raum sah so gemütlich aus wie damals, als ihre Großmutter am Tisch saß und Kreuzworträtsel löste.

»Brauchst du etwas? Kann ich dir helfen?«, fragte sie, als sie ihren Ostfriesentee ausgetrunken hatte, da ihre Viertelstunde mehr als abgelaufen war. »Danke Mädchen, du hast doch genug zu tun«, entgegnete ihr Großvater.

Als sie ins Büro kam, entdeckte sie zwei Anrufe von der Polizei Helgoland. Sie fragte nach, doch dort wusste niemand, wer sie kontaktiert hatte. Auch Harry hatte sie nicht angerufen. Sie dachte wieder an André Adomat, der sich nach seiner Abreise melden wollte.

Jana wählte die Telefonnummer vom Kanal. »Herr Adomat ist heute nicht im Büro«, teilte ihr die Dame nur mit.

»Wo ist er? Er wollte sofort aus Helgoland in die Firma fahren«, hakte sie nach.

Doch die Dame gab sich schmallippig. »Darüber kann ich keine Auskunft erteilen.«

Jana seufzte. Sie konnte sich nicht erklären, wo er steckte. Sie hatte ihn mit dem Wassertaxi ablegen sehen. Er war ihre einzige Hoffnung, endlich den Bericht über die Reize von Helgoland als Naturparadies zu bekommen.

Sie überlegte, was sie tun konnte. Sein Handy orten? Das würde Harry vermutlich nicht für sie übernehmen. Vielleicht konnte der Kapitän von *CuxSpeed* ihr irgendetwas über eine Planänderung berichten, hatte etwas aufgeschnappt. Sie rief das Taxiunternehmen an.

»Na gut, dass Sie anrufen. Was für eine Nummer, wie im falschen Film. Was war das denn?« Der Kapitän klang wütend.

Jana fragte sich, was er meinte. Immerhin hatte sie ihm einen lukrativen Auftrag verschafft. »Wovon sprechen Sie?«

»Ach, haben Sie das nicht gehört? Die Polizei ist auf mein Boot marschiert. Der Fahrgast hatte offenbar keine weiße Weste, der wurde direkt abgeführt. Und bezahlt hat er auch nicht!«

Sie japste nach Luft, wie konnte das geschehen? Harry hatte doch eingesehen, dass es eine dämliche Idee war, den Flieger zu stoppen. Steckte er etwa hinter dieser Aktion? Und was war mit André Adomat passiert?

»Wissen Sie, wohin die ihn gebracht haben?«

»Keine Ahnung. Es ging mit Handschellen direkt auf das Polizeiboot, und das ist kurz darauf aus dem Hafen gefahren.«

Jana war baff. Wie konnte das geschehen?

»Was hat der Mann denn ausgefressen? Die Rechnung übernimmt ja die Inselverwaltung, oder?«, fragte der Taxi-kapitän nach.

Jana erschrak. Ihr Chef würde im Quadrat springen, wenn weitere Kosten entstanden, ohne dass endlich dieses Video gedreht wurde.

»Das zahlt der Kanal, die Videofirma. Die sind kapital-stark«, vertröstete sie ihn. So gewann sie zumindest Zeit, am Ende würde das Geld locker sitzen, wenn ihr Plan gelang.

Zum Glück erinnerte sie sich an einen Kollegen von Harry aus Cuxhaven, das war so ein runder und lustiger Mensch. Der Name fiel ihr ein, Karl Wülfing. Genau, den würde sie anrufen und fragen.

»Moin, Karl. Hier ist Helgoland, Jana Falke. Erinnerst du dich, ich war mal mit Harry bei euch zu Besuch.«

Es dauerte einen Moment, bis der Groschen fiel. »Ach, *die* Jana. Das freut mich aber.«

»Sag mal, habt ihr heute einen Mann festgenommen, der aus Helgoland kam? Einen André Adomat? Du weißt, dass ich das Inselmarketing betreue, und er hat uns einen Film versprochen. Das ist wichtig.«

»Darüber darf ich nicht sprechen. Frag mal deinen Freund. Der hat einen guten Draht zu Adomat.« Sie bedankte sich und ließ Grüße an seine Frau ausrichten. Innerlich kochte sie. Hatte Harry es gewagt, den Pressegast erneut an der Abreise zu hindern? Vielleicht saß er sogar in der Zelle fest. Dann hätte Adomat garantiert keine Motivation mehr, die schönsten Seiten ihrer Heimat in einem Film zu preisen. Sie würden als »Flop des Jahres« über den Kanal flimmern. Es half nichts, sie musste mit Harry darüber sprechen. Vielleicht konnte sie ihn überzeugen, Adomat freizulassen. Die Polizei war dem Gemeinwohl verpflichtet, und die Insel lebte vom Tourismus.

Sie schluckte ihre Wut herunter. Lieber Charmeoffensive als Frontalangriff. Sie beschloss, etwas früher Feierabend zu machen, und hängte ein Schild über die gekürzte Öffnungszeit in die Tür. Ihr Chef musste verstehen, dass es Prioritäten gab.

Sie rief den Hummerfischer an, um nach seinem frischen Fang zu fragen. »Du hast Glück, ich habe einen Steinbeißer mitgebracht, einen Wonneproppen. Den würde ich am liebsten selbst zu Abend essen. Aber weil du es bist. Ich bereite ihn dir schon mal vor.« Sie holte den Fisch ab, würzte ihn und ließ ihn im Ofen mit Gemüse garen. Dann deckte sie den Tisch mit einem weißen Tischtuch und Servietten. Sie öffnete einen passenden Weißwein, als sie den Schlüssel in der Tür hörte.

Er schnupperte und kam in die Küche: »Hmm, was riecht denn hier so gut?« Sie gab ihm einen Begrüßungskuss und reichte ihm ein Glas Wein. »Lass dich überraschen. Prost. Auf uns beide«, sagte sie und stieß mit ihm an. Der Steinbeißer war so, wie er sein sollte. Dazu hatte sie Reis mit Orangensoße zubereitet, das liebte er. Er aß genussvoll mit vielen Ahs und Ohs, und sie wartete mit ihrer Frage das Dessert ab. »Eine Crème brûlée«, seufzte er verzückt und tauchte den Löffel hinein.

»Harry, sag mal, habt ihr heute jemanden festgenommen?«, fragte sie beiläufig, als er sein Schälchen geleert hatte. »Kann schon sein, warum möchtest du das wissen?«

»Mein wichtigster Pressegast ist verschwunden – und das bleibt die letzte Möglichkeit.«

In dem Moment schien Harry seine Schläfrigkeit abzulegen. »Meinst du etwa André Adomat?«

Jana nickte. »Da Dorst tot ist, muss er den Bericht über Helgoland liefern und auf dem Kanal ausstrahlen. Sonst bin ich meine Stelle los.«

»Und ich soll den deshalb aus der Haft entlassen?«, fragte Harry. Jana stand neben seinem Stuhl und schmiegte sich an ihn.

»Das wäre das Beste. Das ist nicht so ein Widerling wie der Dorst. Er muss nur den Bericht zusammenbauen, der Dorst hat alles gefilmt. Kannst du ihm das nicht erlauben?«

Er stand auf und sah sie mit verschränkten Armen an. »Ich glaube, du verstehst nicht, was da gelaufen ist. Der Dorst ist vorsätzlich von jemandem umgebracht worden. Ein Mörder läuft frei herum – und dein lieber Pressegast steht unter Verdacht.«

Das war leider gar nicht so gelaufen, wie Jana gehofft hatte. Kein Einlenken, er sah nicht einmal das Problem. Ob sie ihre Stelle verlor, war ihm offenbar egal. Sie musste andere Saiten aufziehen.

»Aha, so siehst du das«, sagte sie nur. Dann zog sie sich ins Schlafzimmer zurück, warf sein Bettzeug aufs Wohnzimmersofa und verriegelte von innen die Tür. Sie dachte an Chiara, die in so einer Promi-Anwaltskanzlei arbeitete. Sie wählte die Handynummer.

Ihre Freundin nahm sofort ab: »Hallo, Schatz, endlich meldest du dich mal von deiner einsamen Insel.«

Jana hatte ihre Berliner Bekannten ewig nicht angerufen oder besucht, sie war in der Saison vollkommen eingespannt. Sie schilderte ihr den Fall – und Chiara versprach, dass sich gleich am nächsten Tag ein Anwalt um Adomat kümmern werde. Sie atmete auf. Das war das eine. Morgen wollte Jana mit ihrem Chef über den Fall sprechen. Wenn die Inselverwaltung für die Freilassung intervenierte, musste Harry spuren.

KAPITEL 35

Hotelchefin Inge Berger rannte auf die andere Seite des Tresens, doch sie war nicht schnell genug. Wladi spazierte wie immer dort entlang, wo er nicht gebraucht wurde. Vor dem Stapel der Umschläge am Empfang blieb er sitzen, dann fuhr er seine Krallen aus und hieb mit der Tatze gegen das Hindernis.

Die Sendungen, die der Briefträger abgelegt hatte, kamen ins Rutschen und purzelten auf den Boden. Wladi maunzte zufrieden und leckte sich genüsslich ab, streckte sich in alle Richtungen. Der Postmann sah das Desaster, murmelte eine Entschuldigung, bevor er das *Hotel Prinzessin Alexandra* verließ. Normalerweise hätte sie den Knilch gründlich heruntergeputzt, biss sich aber auf die Zunge. Am Ende ließ er ihre Post gleich in die Nordsee plumpsen.

Sie sammelte die Kuverts vom Boden auf. Anhand der Adressierung konnte sie sehen, dass es sich um Antwortschreiben von Redaktionen handelte, denn sie hatte alle Einladungen mit Rückschein versehen. Sie bugsierte die Post zu ihrem Schreibtisch in den Raum hinter dem Empfang und öffnete sie. Auf dem ersten war »Absage« angekreuzt, ebenso auf dem zweiten, dem dritten und den folgenden.

Alle großen Sender waren dabei, selbst die kleinen Hobbyfunker und die Zeitungen. Sie öffnete die Schublade, wo schon die anderen Ablehnungen lagen. Bisher wollte niemand über ihren Großvater berichten. Sie hatte sich eine Liste angelegt und strich alle, die geantwortet hatten. Nur drei kleinere Medien blieben übrig. Nachdenklich ließ sie ihren Blick über die Halle schweifen. Was konnte sie tun?

Die Staatsmedien waren ohnehin auf Linie getrimmt. Alles nur Schwarz-Weiß-Malerei. Entweder war man ein Nazi oder ein Held. Dabei gab es im wahren Leben Grautöne. Natürlich war ihr Großvater Mitglied der NSDAP, so wie die meisten anderen Helgoländer Geschäftsleute. Doch er war kein 180-Prozentiger. Das bewies, was er für die Zivilisten getan hatte. Sie alle waren sicher ans Festland gekommen und dort untergebracht worden.

Niemand hatte das anerkannt. Sie hatte so auf Dorst gehofft. Doch wen konnte sie nach seinem Tod überzeugen, die Geschichte zu publizieren?

Es war fast wie eine Fügung, dass sich in dem Moment die Hoteltür öffnete. Die blonde junge Frau, die so etwas wie die rechte Hand von Dorst war, kam herein. Berger sah in den Anmeldeunterlagen nach. Finja Kowalski hieß die Kleine. Sie hatte eine Regenjacke an und rote Bäckchen, vermutlich kam sie von einem Spaziergang zurück. Sie sah, wie sie in den Fahrstuhl einstieg.

Sie würde ihr nach einiger Zeit folgen und mit ihr reden.

Als junger Mensch war sie hoffentlich unvoreingenommen und sah vielleicht eine Chance darin, dieses Thema aufzugreifen.

Die Hotelchefin stellte eine Flasche Sekt und zwei Gläser auf ein Tablett, fuhr nach oben und klopfte dann am Zimmer der jungen Frau. Es befand sich auf der gleichen Etage wie der Eingang zur Kapitänssuite. So konnten die beiden am besten miteinander arbeiten. Was immer dieser Dorst darunter verstanden hatte, ihm eilte ja ein Ruf voraus. Aber in ihrem Haus wurde über solche Themen nicht gesprochen, Diskretion war ihr zweiter Vorname. Die Frauen wussten, woran sie mit dem Kerl waren, das war allgemein bekannt. Am Ende herumzujammern brachte nichts.

»Ja bitte«, rief eine piepsige Stimme.

Sie betrat den Raum und sah, dass überall Unterlagen verteilt waren. Offenbar war Finja Kowalski schon an der Arbeit. Sie musste sie nur auf das richtige Thema lenken.

»Guten Tag, die Dame. Ich dachte, da Sie so alleine sind, versüße ich Ihnen den Tag. Das tut mir so leid mit Ihrem Kollegen.«

»Ja, das ist schrecklich.« Zögernd nahm die junge Frau das andere Glas und stieß dann mit ihr an.

»Auf die Menschen, die über die Regenbogenbrücke gegangen sind«, sagte Inge Berger. Der Spruch war ihr eingefallen, und sie fand ihn genial. Das passte zum Anlass und ließ gleichzeitig Raum für die eigene Meinung.

»Das ist nett von Ihnen«, antwortete die junge Frau. Sie nippte an ihrem Sekt, stellte ihn ab und sah Frau Berger erwartungsvoll aus großen blauen Augen an.

Wie sollte sie auf ihr Anliegen zu sprechen kommen. Sie schwieg einen Moment, dann bat sie: »Können wir uns setzen, ein langer Tag.«

»Entschuldigung, ich mache schnell den Stuhl frei.« Finja Kowalski nahm einen Stapel von der Sitzfläche, schob die übrigen Unterlagen auf dem Tisch zusammen und legte ihn daneben.

Am besten, sie fragte direkt. »Sie waren ja bei der Veranstaltung, wo es um meinen Großvater ging, dabei. Herr Dorst hatte einen Film in Arbeit …«

Die junge Frau nickte. »Ich habe alle Projekte vorbereitet, die Recherchen gemacht, Fragen ausgearbeitet.«

Das klang genau richtig für ihr Vorhaben.

»Das klingt nach einer guten Journalistin und ich sehe, Sie sind fleißig. Vielleicht können Sie den Bericht fertigstellen?«, schlug sie der jungen Frau vor.

Die sah betreten zur Seite. »Ich bin leider nicht so weit. Bis jetzt habe ich immer nur assistiert und vorbereitet.«

Doch so schnell ließ sich eine Berger nicht ins Bockshorn jagen. »Nicht so zaghaft. In der Krise liegt eine Chance, Kindchen. Was glauben Sie, wie ich Hoteldirektorin geworden bin? Sagen Sie, welche Unterstützung Sie brauchen, und ich stehe Ihnen zur Seite. Unter Frauen hilft man sich doch.«

Fina Kowalski nickte zögerlich. »Ich sehe mir gerne die Unterlagen an. Aber im Moment wissen wir nicht, wie es mit der Firma weitergeht.« Berger überreichte der jungen Frau eine Pressemappe, die sie vorbereitet hatte.

Finja Kowalski legte sie auf den Schreibtisch auf einen der Stapel. »Danke, das sieht interessant aus. Ich weiß aber nicht, wo die Filmsequenzen von Herrn Dorst gelandet sind.«

»Am besten wäre es, das neu aufzunehmen. Ich kann alles organisieren«, versprach Inge Berger. Jetzt konnte sie nur hoffen, dass der Kanal weitergeführt wurde und die junge Frau ihren Posten behielt. Notfalls würde sie jemanden engagieren, der ihr bei der Ausarbeitung zur Seite stand.

KAPITEL 36

Harry liebte den Moment der Dämmerung. Es war 5 Uhr morgens, er hatte seine Laufschuhe angezogen, war 500 Meter locker gelaufen und hatte ein paar Minuten auf dem Falm pausiert, der Balustrade mit Weitblick über die gesamte Insel und die Nordsee. Das Tief war weiter Richtung Festland gezogen. Ein laues Lüftchen wehte, die Meeresoberfläche kräuselte sich leicht. Das glutrote Rad erhob sich hinter der Düne und ließ das Inselchen und die Wasseroberfläche erglühen. Auch nach all den Jahren ging ihm bei diesem Anblick das Herz auf. Dann wärmte er sich mit ein paar Hampelmännern auf, bevor sich am Standbild des *Berliner Bären* vorbei auf den Weg um die Klippen begab. Es knirschte in den Knien, sein T-Shirt saß eng. Er hatte das Training vernachlässigt, lieber Zeit mit seiner Freundin verbracht, sich bekochen lassen. Die Bewegung war wichtig für sein seelisches Gleichgewicht. Noch war er allein am Klippenrandweg, nur die Basstölpel neben dem Weg zupften sich schon das Federkleid zurecht, einige Vögel kamen mit Gras im Schnabel zu ihren Partnern. Zwei der Gefiederten trugen einen Kampf aus. Vermutlich ging es um eine Vogeldame oder das Revier. Er liebte diese wunderschönen Vögel mit den tiefblauen Augen, die erst seit den 90er-Jahren hier brüteten. Erstaunlicherweise lebten sie dicht nebeneinander auf den kargen roten Felsen – und ließen sich kaum von Besuchern stören. In einigen Stunden würden diese Wege voller Menschen mit ihren Kameras sein. Diese Tiere schnäbelten meist unbeeindruckt weiter, so als wären die lästigen Zweibeiner Luft für sie. Nicht existent, nicht der Aufmerksamkeit wert.

Er beschleunigte den Schritt, als er auf eine Gruppe wolliger Schafe mit Lämmchen stieß, die er aufgeschreckt hatte. Er bremste ab, da eine Schafmama direkt an der steilsten Stelle der Klippen einen Halm erspäht hatte. Harry hielt die Luft an, bloß dieses Tier nicht erschrecken, es würde 40 Meter in die Tiefe stürzen und verenden. Er beschloss, sich ein wenig zu dehnen. Er spannte seine Wadenmuskulatur an, erst vom einen, dann vom anderen Bein, reckte die Schultern, verschränkte die Arme hinter dem Rücken. Seine Gedanken kehrten zurück zu seiner Freundin.

Wie enttäuscht war er doch über Janas Verhalten. Sie hatte sich solche Mühe gegeben, ein köstliches Abendessen zubereitet, eines seiner Lieblingsgerichte aufgetischt. Und dann kam sie ihm mit diesem Adomat. Er fühlte sich hinters Licht geführt. Warum war ihr dieser Job wichtiger als alles andere? Irgendwann musste sie Nein sagen zu ihren Vorgesetzten, eine Grenze ziehen. Sie konnte doch nicht ernsthaft erwarten, dass er einen potenziellen Mörder auf freien Fuß setzte, damit dieser einen Bericht über Helgoland drehte? Da gab es kein Wenn und Aber für ihn.

Falls der Mann unschuldig war, würde Harry einen schlechten Stand haben. Es sprach einiges für Adomat als Täter. Der war aufs Äußerste gedemütigt durch den Rauswurf aus der Firma – und hatte sein Gewaltpotenzial bei der Prügelei gezeigt. André Adomat und Tatjana Dorst hatten sich gegenseitig Alibis gegeben, wenn diese auch löchrig waren, denn es gab Pausen bei dem gemeinsamen Abend. Sie mussten dringend Zeugen finden, die sich zu dieser Zeit in der Nähe befunden hatten. Er folgte dem Weg. Statt direkt ins Oberland zurückzukehren, wählte er die Treppe hinunter an den Strand, rannte durch den Sand, setzte den gemütlichen Trab durch das Unterland fort und nahm den Invasorenpfad nach oben. Das brachte ihn wegen der längeren Sportpause kräftig ins Schnaufen, und er beschloss, in Zukunft wieder häufiger zu joggen. Leise öffnete er die Tür, zum Glück schlief Jana fest. Nach einer schnellen Dusche fuhr er zur Wache, bei Rike wollte er so früh nicht klingeln.

»Guten Morgen, Harry«, sagte eine Stimme, als er durch den Flur lief. Bellen folgte.

»Rike, dich hätte ich so früh nicht erwartet.« Prinz kam auf ihn zugelaufen und schleckte ihm das Gesicht ab.

»Ich dachte, es gibt einen Cappuccino. Aber die Maschine ist nicht da«, beklagte Rike, die vor dem Bildschirm saß. Er trat zu ihr, es waren Bilder der Überwachungskameras aus dem Hotel. »Ich konnte nicht schlafen und habe das Material gesichtet. Ich bin gleich durch.« Er ging hinüber in sein Büro, das Telefon auf seinem Tisch klingelte, als hätte ihn jemand beobachtet.

»Frau Valeska, was für eine Überraschung«, sagte er. Seit der Mordserie auf der *MS Nordsee* hatte er nichts mehr von Margo gehört, er wusste nur von Rike, dass sie zwischendurch gemeinsam ermittelt hatten. Gerade befand sich die Malerin wegen einer Ausstellungseröffnung in Berlin.

»Erinnern Sie sich an unseren Hummer, den wir aus Plastikmüll aus der Nordsee gestaltet haben?«

Das bestätigte er. Harry hatte es sonst nicht so mit Kunst, aber diese Aktion hatte ihn berührt. Es war beeindruckend, wie Margo Valeska und die Schüler aus Abfallresten das Krustentier erschaffen hatten. Sie hatte seitdem eine ganze Serie bedrohter Tierarten aus Plastikresten gestaltet und stellte sie in der neuen Nationalgalerie mit anderen Künstlern aus, erzählte sie ihm.

»Wollten Sie mich einladen, oder was verschafft mir die Ehre?«, wunderte sich Harry.

Schallendes Lachen am anderen Ende. »Eingeladen sind Sie natürlich. Aber es geht mir um Ihren Dorst, der Fall ging durch alle Medien, und ich dachte sofort an Sie. Da habe ich Interessantes zu berichten. Gestern habe ich zufällig ein Gespräch von zwei Kolleginnen mitgehört. Wussten Sie, dass dieser Dorst ein übler Vergewaltiger war? Er ist über sämtliche Praktikantinnen hergefallen. Einige von den Betroffenen haben sich zusammengeschlossen, darunter diese beiden Künstlerinnen«, sagte sie.

Rike war gerade in den Raum gekommen, und er hatte laut gestellt, damit sie mithören konnte.

»Guten Morgen, hier von Menkendorf«, begrüßte sie die Malerin ebenfalls.

»Na, das wundert mich ja gar nicht, dass Sie auch da sind. Ein Toter auf Helgoland, da können Sie nicht fernbleiben …«, kommentierte die Künstlerin.

»Vielleicht bekommen Sie heraus, ob es geplante Aktionen gegen Dorst gab? Können Sie der Sache nachgehen?«, bat Rike. »Wird gemacht, ich kann leider dieses Mal nicht auf die Insel kommen«, bedauerte Margo. Sie versprach, sich wieder zu melden.

Harry ging auf die Suche nach der Kaffeemaschine. »Hier ist sie«, er deutete auf einen Karton.

»Ich will ja nicht unverschämt sein, aber können wir die wieder auspacken? Es dauert wohl länger mit eurem Umzug«, schlug Rike vor. Harry packte mit ihr an und stellte die Maschine wieder in die Küche. Dann ließ er den

Espresso laufen und konzentrierte sich darauf, den Milchschaum gleichmäßig aufzubringen. Fast automatisch griff er zur Herzschablone, zog die Hand zurück, stäubte eine Wolke Kakao über den Schaum.

Sie stand auf und nahm die Tasse entgegen. Mit einem wohligen Seufzen nippte sie daran.

»Was meinst du, ist das eine Spur?«, wollte Harry wissen.

»Das ist nicht zu vernachlässigen. Aber diese Aktivistinnen hätte auf einer kleinen Insel jemand bemerkt«, gab sie zu bedenken. Er nickte nachdenklich. »Was hast du denn herausgefunden.«

»Ich habe etwas Interessantes entdeckt.«

»Rike, spann mich nicht auf die Folter«, bat Harry. Sie trank ihren Kaffee und reckte sich dann in alle Richtungen.

Sie nahmen beide wieder vor dem Computer Platz. Im Schnelldurchlauf spielte sie ihm das Video vom Flur vor. »Da siehst du den Adomat, mit Tüten beladen, er hat etwas zu essen besorgt. Das war so gegen 20 Uhr.« Er nickte. »Das können wir ja bei den Restaurants und Imbissen abgleichen.« Danach geschah lange nichts, Rike ließ es schnell vorlaufen. »Hier, eine Stunde später. Tatjana Dorst verlässt den Raum, eine Viertelstunde danach kommt sie zurück. Eine Rauchpause draußen? Etwas anderes …« Er sah sich gespannt an, wie die Frau aus dem Raum ging und zurückkehrte. »Was hat die da in der Hand?« Rike machte das Bild größer, doch es war zu unscharf.

»Können wir da nicht den Adomat ausschließen?«, fragte Harry. »Er hat zumindest kein vollständiges Alibi. Aber das war nicht alles«, sagte Rike. Sie spielte den Film weiter vor. Um 22 Uhr verließ André Adomat das Hotelzimmer. »Er kehrt nicht zurück. In dieser Zeit hätte er Dorst besuchen können, das hätte ausgereicht. Ich werde mal in der Gerichtsmedizin fragen, ob das denkbar ist«.

Sie wedelte mit einem Dokument. »Noch etwas. Das ist der Gesellschaftervertrag, der Adomat hat sich komplett über den Tisch ziehen lassen. Auch wenn er der Gründer war, gehörte die Firma Dorst. Mit schönen Worten hat der Moderator seinen Partner zum angestellten Geschäftsführer gemacht. Dafür hatte er kräftig investiert. Adomat gehörten nur noch wenige Anteile daran.«

Sie schob ihm den Vertrag über den Tisch.

Harry überflog den Text. Der war eindeutig. »Man sollte immer das Kleingedruckte lesen. Wollen wir uns den zur Brust nehmen, wenn er sein Frühstück bekommen hat? Wir sind ja eine gastliche Insel«, scherzte Harry. Er mochte Adomat nicht, Jana engagierte sich auffallend für den Mann. Doch nach der Lektüre empfand er fast ein wenig Mitleid mit dem Youtuber.

Harry rief die Kollegen in der unteren Etage an. »Moin, wie geht es unserem Gast? War er schon am Büffet? Ich würde mich gerne mit ihm unterhalten.«

»Er ist dabei. Ich begleite ihn danach zu euch«, sagte die diensthabende Kollegin.

André Adomat sah übernächtigt aus, seine Augen waren rot, er gähnte.

»Gut geschlafen?«, fragte Rike.

»Machen Sie gerne Scherze auf Kosten der Opfer von Polizeigewalt?«, schimpfte er. Harry kam schon wieder die Galle hoch, diese selbstmitleidige Art ging ihm auf die Nerven. Er sparte sich eine Antwort und stellte das Aufnahmegerät vor den Verdächtigen auf den Tisch und sprach die übliche Formel auf.

»Sie sagten ja, dass Sie den Abend mit Frau Dorst verbracht haben. Aber Sie sind erst Essen holen gegangen und waren nicht im Raum, dann haben Sie um 22 Uhr das Hotelzimmer Ihrer Bekannten verlassen. Waren Sie da bei Casimir Dorst?«

Adomat sah auf seine Hände, schüttelte den Kopf. Er wollte zu einer Antwort ansetzen, als es an die Tür klopfte. Harry sah hinaus, es war seine junge Kollegin.

»Du störst, komm bitte in einer Stunde wieder.« Doch sie drückte ihm wortlos ihr Telefon in die Hand.

»Hier ist die Staatsanwaltschaft Itzehoe. Entlassen Sie Herrn Adomat umgehend aus der Untersuchungshaft. Anweisung von oben.«

Harry ging vor die Tür und widersprach empört: »Der Mann hat kein vollständiges Alibi. Und das stärkste Motiv. Wir sind mitten in der Vernehmung. Ich kann den jetzt nicht laufen lassen.«

An der anderen Seite wurde es laut. »Kruss, Sie verkennen die Lage. Ich habe Geduld mit Ihrer kleinen Truppe auf der Insel, da Sie Einzelkämpfer sind. Aber jetzt reicht es. Sie leisten meiner Anweisung Folge, oder es gibt ein saftiges Disziplinarverfahren.«

»In Ordnung, auf die Gefahr, dass ein Mörder weiter frei herumläuft.« Nur mit äußerster Anstrengung konnte er sich bremsen, übelste Flüche loszulassen. Seinen Job würde er nicht aufs Spiel setzen, nur um recht zu haben.

Er ging wieder in den Verhörraum.

»Sie können gehen. Der Kollege gibt Ihnen Ihre persönlichen Gegenstände zurück.« Rike sah ihn entgeistert an, selbst Adomat schien überrascht.

»Wie jetzt, woher dieser Sinneswandel? Ich habe den

Dorst nicht umgebracht, falls Sie das glauben. Und ich war nicht bei ihm, sondern bin direkt ins Bett gefallen.«

Rike warf ein: »Sie hätten ein Motiv, Herr Adomat.« Sie zeigte ihm den Gesellschaftervertrag für den Kanal. »Er wollte sie rausschmeißen oder hat das schon getan. Das haben Sie so unterschrieben.«

Adomat nickte: »Da haben Sie recht. Ich war naiv und hätte allen Grund, Dorst Übles zu wünschen. Aber ich bin kein Mörder – und es gibt eine Menge Menschen, die auf sein Charisma hereingefallen sind.«

Er verließ den Raum. Rike schaute Harry fragend an. Dann fragte sie wütend: »Und dafür schlage ich mir die Nacht um die Ohren? Glaubst du seinen Beteuerungen?«

Er stöhnte nur genervt auf. »Der Staatsanwalt, Anweisung von oben«, erwiderte Harry und hieb mit der Faust auf den Tisch. »Glaub mir, der hat mit Konsequenzen gedroht. Ich hätte den nicht ziehen lassen, ohne ihm zumindest ein paar Fragen zu stellen.« Er schlug vor, eine Tour zur Bäckerei zu machen und dann weiter zu überlegen. In dem Moment klopfte es. Sie waren überrascht, dass Adomat noch mal seinen Kopf in die Tür steckte.

»Ich bräuchte die Unterlagen von Dorst. Das Inselmarketing hat mich gebeten, den Film für den Kanal fertigzustellen.«

Harry fühlte sich wie vor den Kopf gestoßen. Hatte etwa Jana dessen Entlassung bewirkt? Hinter seinem Rücken ihren Vorgesetzten auf den Fall angesetzt, um die Freilassung zu bewirken? Von ihm bekäme der nicht einmal einen Fetzen Papier. Jetzt erst recht nicht.

»Wir sind nicht so weit in den Ermittlungen, da hätten Sie etwas kooperativer sein müssen. Wir haben kein Filmmaterial gefunden«, erklärte er so ruhig er konnte.

»Den Computer oder die Kamera bräuchten wir. Es reicht eine Kopie der Filmaufnahmen von der Insel. Das kann ich gerne unter ihrer Aufsicht herunterladen«, beharrte Adomat.

Das hatten sie bei Dorst nicht gefunden. Jemand musste die Technik und seine Unterlagen an sich genommen haben.

»Da war nichts, und wenn Sie das finden, müssen Sie es bei uns abliefern. Sonst machen Sie sich strafbar.«

Hilfe suchend sah er zu Rike, die hätte den Paragrafen herbeten könnten. Doch sie schwieg. Es war in der Tat erstaunlich, dass sie in dem Hotelzimmer von Dorst keine Spur von dessen Geräten oder Recherchematerial entdeckt hatten. Wer hatte das entwendet und warum? Der Mörder? Dann war es vermutlich nicht der Verdächtige.

Adomat fluchte vor sich hin und ging zur Tür. »Man sieht sich«, rief er erbost. Über den Stinkefinger des Computerheinis sah Harry stillschweigend hinweg. Sein Telefon klingelte, und er stöhnte nur, als er die Nummer sah. Dieser Tollmann nervte.

»Wann fassen Sie die Terroristen endlich? Sie haben es schon wieder getan. Am Falm«, schimpfte der Tourismus-Chef ohne Begrüßung in den Hörer.

»Wir haben einen Mord aufzuklären, dieser Kindergarten ist nicht unsere Priorität«, wies Harry den Choleriker zurecht. Dennoch musste er sich die Aktion ansehen. Er fuhr an die angegebene Adresse. Dort hatte er unvergessliche Stunden in der Disco verbracht, die es seit Jahren nicht mehr gab. Der Eigentümer des Gebäudes war gestorben. Die Gemeinde hatte eine Umwandlung der bisherigen Wohnungen in Ferienappartements genehmigt. Die frisch sanierte Fassade war in Pink mit bunten Einsprengseln gefärbt. Direkt auf die Wand stand in einem schwarzen Viereck:

»Erst kommt das Fressen, dann kommt die Moral. Wer soll hier Brötchen backen, sauber machen, kochen, wenn es keine Wohnungen gibt. Neue Politik für unsere Insel.« Unten prangte eine gemalte explodierende Handgranate. Er sah sich das Werk an und blieb äußerlich entspannt. Doch fragte er sich, ob die Mitglieder der Gruppe wütend wurden und militant. Sollte die dargestellte Explosion eine Drohung sein? Gab es einen Zusammenhang zum Mordfall?

Rotes Tagebuch 30. April 1945

Spät am Abend klopfte die Bäuerin und rief meinen Namen. Ich hatte eine Vorahnung, dass sie mir keine guten Nachrichten überbringen würde. Sie hatte einen Brief in der Hand, den sie mir überreichte.

Das Kuvert war wellig und offen, sie hatte hineingesehen. Von Anstand und Respekt hatte diese Person nie etwas gehört, aber wir waren auf sie angewiesen.

Das Entsetzliche stand in dem Schreiben, schwarz auf weiß. Meine geliebten Kinder sind hingerichtet worden. Wegen Hochverrats in Sahlenburg. Das ist ein Vorort der Stadt Cuxhaven, wenige Kilometer entfernt und doch so weit.

Ich muss sie sehen, ein letztes Mal, Abschied nehmen. Ich habe keine Tränen mehr, ich fühle mich leer. Bei den Kühen, beim Mistkarrenfahren, wie ein Wasserfall strömte der Schmerz aus meinen Augen. Wie soll ich nur weitermachen?

»Warum nur bist du so traurig?«, fragen mich die Kleinen. Ich versuche zu lächeln, überlege, wie ich ihnen alles erklären soll. Verstehen sie es überhaupt, was es bedeutet, tot zu sein? Langsam werden sie sich an den Gedanken gewöhnen müssen, dass ihre Eltern nicht wiederkommen. Und ich bin zu alt, um die beiden großzuziehen.

Es kommt immer schlimmer, wenn man denkt, das geht nicht mehr. Die Kleine hustet und hat hohes Fieber. Ich habe den Bauern bedrängt, den Arzt kommen zu lassen. Er hat endlich nachgegeben, weil ich gesagt habe, er versündigt sich und werde eine Strafe vom Herrn erhalten. Ich glaube schon lange nicht mehr an Gott, denn der hätte so etwas nicht zugelassen.

Sie hat eine Lungenentzündung und braucht teure Medikamente. Ich habe dem Bauern die Eheringe meiner Eltern vor die Füße geworfen, die letzte Erinnerung, die ich hatte. Sonst stirbt sie. Es tut mir leid, liebe Enkel, die ihr hoffentlich eines Tages diese Zeilen lest. Das war das Einzige, was mir von ihnen blieb. Ich habe sie für das Leben der Kleinen gegeben. Ich würde alles tun, damit sie es schafft. Die armen elternlosen Würmchen. Ich bin nur eine alte Frau, und die beiden haben nur mich. Wir stehen allein auf der Welt, ohne unsere Liebsten, und die Heimat auf immer verloren.

KAPITEL 37

Rike war mit Prinz eine Runde durch das Hafengebiet gelaufen, um auf andere Gedanken zu kommen. Die Entlassung Adomats hatte sie überrascht und enttäuscht. Doch Harry hatte ihr versichert, dass der Staatsanwalt ihm mit einem Verfahren gedroht hatte, und die Vermutung geäußert, dass die Inselverwaltung die Aufhebung der Haft für Adomat bewirkt hatte. Deren Ziel war es, die Felseninsel im allerbesten Licht darzustellen – und der Kanal »Roadtrip. Top oder Flop« erreichte enorme Einschaltquoten.

Solche Einmischungen hatte sie wiederholt bei ihren Ermittlungen erlebt. Nun waren sie keinen Schritt weiter. Adomat hatte ein Motiv, seinen Partner aus der Welt zu schaffen, und Gelegenheit gehabt, er blieb ihr Hauptverdächtiger. Aber sie würden alle anderen Spuren verfolgen.

Sie sah dem Rettungskreuzer hinterher, der ablegte, und atmete die salzige Luft ein. Es hatte zu regnen begonnen, Prinz hatte den Schwanz eingezogen und gab ein jämmerliches Fiepen von sich. Bei dem Wetter zog er ein warmes Körbchen eindeutig vor. »Ist ja gut, du Stubenhocker«, gab Rike nach und kehrte um in Richtung Polizeiwache.

Das kleine Büro neben dem von Harry war frei, sie sah, dass die Kollegen im Konferenzraum standen und mit den Händen merkwürdige Flatterbewegungen machten. Eine junge Frau gab ihnen Anweisungen. »So und jetzt den einen Daumen auf den Zeigefinger, den anderen auf den kleinen Finger legen. Immer wenn ich hopp sage, wechselt ihr.« Sie kommandierte im schnellen Rhythmus, unter lautem Gekicher kamen die Polizisten der Anweisung nach.

Sie beobachtete, wie sich die Finger der Kollegen verknoteten und musste sich zusammennehmen, um nicht lauthals zu lachen. Die sahen aus wie eine aufgescheuchte Kitagruppe. Prinz bellte, er betrachtete die Aktion als Aufforderung zu spielen.

»Scht«, brachte sie ihn zum Schweigen. Nicht dass sie an diesem komischen Training teilnehmen musste. Was immer die Helgoländer Polizisten da übten. Sie ging schnell zu dem freien Schreibtisch und fuhr den Computer hoch. Ihr Vierbeiner legte sich mit leidendem Blick auf den Teppich, den Kopf auf die Pfoten. Rike begann, die Einträge der Verdächtigen in der Datenbank zu überprüfen. Die Daten von André Adomat waren ausgesprochen langweilig: ein unbescholtener Bürger. Tatjana Dorst war nicht aktenkundig.

»Hoppla« rief sie. Bei der Hotelchefin Inge Berger gab es einen Treffer. Ermittlungen und Verurteilung wegen Volksverhetzung. Ein weiteres Mal aufgrund von staatsfeindlicher Hetze. Und nochmals Verwendung verfassungsfeindlicher Symbole. Sie überlegte. Das würde sie näher untersuchen, es waren allesamt Straftaten, die in Richtung extremistischer Tendenzen deuteten. Die Vorgeschichte sagte nicht aus, dass die Frau mögliche Verbrechen an Leib und Leben begehen würde. Einen Zusammenhang sah sie nicht.

Die nächste Person auf ihrer Liste war Finja Kowalski. Der Vollständigkeit halber musste sie alle durchgehen. Was sollte diese Barbie schon ausgefressen haben? Kaum hatte sie den Namen eingegeben, füllte die Datenbank die komplette Seite. In den letzten fünf Jahren gab es ein Dutzend Einträge. Und was für welche.

»Harry, komm bitte kurz, ich bin auf etwas gestoßen«, rief sie. Unwillig kam er aus dem Konferenzraum. »Wir haben uns gegenseitig das Versprechen gegeben, uns nicht beim wöchentlichen Achtsamkeitstraining stören zu lassen. Ist es dringend?«

Sie deutete auf den Bildschirm: »Das ist unglaublich. Das gibt dem Fall eine neue Wendung.« Er warf einen Blick auf die Akte und nickte.

»Geh mal zu eurer Spielstunde, ich berichte dir später«, schlug sie vor. Sie begann, eine Liste mit den wesentlichen Vorgängen zu erstellen. Die junge Frau war in den Bundestag eingebrochen, mit anderen Aktivisten. Sie hatte Sachbeschädigung am Brandenburger Tor begangen, die Berliner Brunnen mit roter Farbe verunreinigt. Es ging um die *SaveSisters-Bewegung*. Mehrmals wurde Kowalski verurteilt.

Ungläubig schüttelte Rike den Kopf. War das nicht dieser Zusammenschluss, den die Malerin Margo Valeska erwähnt hatte? Eine Frauenbewegung passte überhaupt nicht mit ihrer Wahrnehmung von dieser jungen Frau zusammen. Die Kleine war doch das blonde durchgestylte Anhängsel von Dorst, einem Mann, der der Vergewaltigung verdächtigt wurde. Deshalb hatte er seinen Posten beim Öffentlich-rechtlichen Fernsehen nach 20 Jahren verloren, das dürfte nicht ohne stichfeste Fakten geschehen sein. Doch die Assistentin wirkte nicht wie eine Kämpferin für Frauenrechte. Mit ihrer perfekt sitzenden blonden Föhnfrisur, tiefem Ausschnitt, kurzen Röcken, makellosen Make-ups und langen Fingernägeln hatte sie Kowalski in eine andere Schublade eingeordnet. Eine von denen, die über die »Besetzungscouch« bewusst Karriere machten. Außerdem hatte sie früher bei einem Starfrisör gearbeitet und wurde dort gecastet. Das schien nicht zusammenzupassen. Man sollte eben nie von Äußerlichkeiten auf den Menschen schließen.

Rike fand es erstaunlich, dass sich jemand in der Gegenwart eines solchen Lustmolchs so kleidete. Aber wenn es nicht der Karriere diente, konnte es Provokation sein. Eine Intrige gegen den Mann? Eine Falle? Als Polizistin musste man für alle Möglichkeiten offen sein, das hatte ihr Mentor, Carl Roth, immer gepredigt, und sie versuchte, es zu beherzigen.

Im Internet fand sie Berichte über Ermittlungen, die von der Berliner Kriminalpolizei geführt wurden. Ein Polizeihauptkommissar Schubert wurde zitiert. Sie beschloss, diesen direkt zu kontaktieren, und rief kurzerhand auf der Dienststelle an. Dort erfuhr sie, dass er seinen freien Tag hatte, und bekam seine Handynummer. Die Kollegen hatten ihre Identität überprüft.

Er meldete sich sofort. Im Hintergrund hörte sie Schussgeräusche. »Beim Training?«, fragte sie.

»Genau, wir bereiten unser internationales Sportfest vor. Womit kann ich Ihnen helfen?«

»Es geht um den Fall Casimir Dorst. Sie haben ermittelt, er wurde nicht verurteilt. Ich versuche einzuschätzen, was damals an den Vorwürfen dran war.«

Eine Weile war es still. »Oje, dieser Fall. Ich kann Ihnen gerne die Akte morgen schicken. Das waren glaubwürdige Aussagen, am Ende hatten wir 18 Frauen, die er brutal vergewaltigt oder bedrängt hatte. Die meisten der Übergriffe waren leider verjährt, bis auf den einen. Das war eine Journalistenschülerin namens Mara Hilmer.«

Rike wartete. Ihr war nicht klar, warum dieser Dorst nicht verurteilt wurde. »Das Muster war so, dass der Moderator die jungen Frauen in einem Hotelzimmer für Posten als Sprecherin oder Reporterin vorsprechen ließ. Dabei fiel er wie ein Raubtier über sie her. Widerlich. Ich weiß nicht, wie ich mit dem verfahren wäre, wenn er meine Tochter in die Hände bekommen hätte.«

In der Folge der Untersuchung wurden viele weitere Fälle in der deutschen Medienlandschaft und in Kultureinrichtungen bekannt, Frauen solidarisierten sich in der *SaveSisters*-Bewegung nach amerikanischem Vorbild mit den Opfern.

»Und warum wurde Dorst nicht verurteilt?«, wunderte sich Rike.

»Ach, das war unglücklich«, stöhnte er. »Das Gericht hatte nach eineinhalb Jahren keine Anklage erhoben. Diese junge Frau, die klagte, war in den Hungerstreik getreten. Sie beklagte sich, dass dieser Prominente geschützt wurde. Er bedrohte sie, ließ seinen Anwalt auf sie los. Sie kämpfte, bis sie nicht mehr konnte. Sie hat sich das Leben genommen«, berichtete der Kollege.

»Er wurde nicht verurteilt. Aber dennoch ist der Moderator von seinem Sender geschasst worden?«, wunderte sie sich.

»Der Aufschrei in der damaligen Redaktion nach dem Suizid war gewaltig, der Intendant konnte den Skandal nicht länger vertuschen. Es gab eine Vereinbarung zwischen den Angehörigen der Verstorbenen und dem Täter«, berichtete er.

»Wie glaubwürdig war das Opfer?«, wollte Rike wissen.

»Für mich gab es keine Zweifel. Genetisches Material war vorhanden. Der Anwalt hatte ein Gutachten von zwei

Psychiatern, Koryphäen, anfertigen lassen. Die Schilderungen waren detailliert. Das hätte echter nicht sein können.«

Das klang für Rike überzeugend. In dem Fall ging es nicht um einen Bluff, Dorst war mit hoher Wahrscheinlichkeit ein Täter. Sie hatte ihn in Aktion gesehen, als er diese Jana angehen wollte.

»Ist Ihnen bei den Ermittlungen eine Finja Kowalski begegnet?«, hakte sie nach.

»Nicht, dass ich wüsste. Aber in dieser Protestgruppe waren über 200 Frauen, da habe ich nicht den Überblick. Es war eine Heidenarbeit, alle Opfer von Dorst zu vernehmen.« Er setzte hinzu. »Das war ein Schwein. Wir haben nur die Spitze des Eisbergs aufgedeckt, viele Betroffene waren traumatisiert oder wollten nichts mit der Polizei zu tun haben.«

Rike bedankte sich. Was für ein Skandal, dass dieser Dorst unbehelligt seine Reisesendungen zum Besten geben konnte.

In dem Moment riss Harry die Tür auf. »Kannst du bitte gleich mitkommen?«

»Neee, macht mal eure Esoschulung alleine weiter«, wehrte Rike ab. »Ich bin hier an etwas dran.« Bestimmt wollte er sie überzeugen, an dem Quatsch teilzunehmen.

Er trat ungeduldig von einem Bein auf das andere.

»Rike, die Arbeit ruft. Einbruch im *Hotel Prinzessin Alexandra*! Das hat möglicherweise mit dem Fall zu tun.«

Widerwillig fuhr sie den Computer herunter. Sie hätte gerne mehr zu Dorsts Skandal gelesen. Aber Prinz war schon aufgesprungen, hüpfte aufgeregt um sie herum. Manchmal meinte sie, dass er jedes Wort verstand. Bei einem Einbruch fühlte er sich motiviert, die Verfolgung aufzunehmen.

»Ist ja gut.« Sie schnappte ihre Jacke und folgte dem Kollegen zum E-Golf, ließ Prinz hinten einsteigen. Da die Insel wieder voller Touristen war, kamen sie nur langsam voran. Sie fragte sich, ob sie nicht zu Fuß schneller wären.

»Na endlich«, knurrte die Berger, die an der Rezeption stand und offenbar auf sie wartete. Sie streifte den Hund mit misstrauischem Blick.

»Hier entlang.« Sie führte sie in ein Büro, das sich direkt hinter dem Empfangspult befand. Papierhaufen lagen wüst auf dem Schreibtisch durcheinander, Ordner waren aus dem Regal gerissen.

»Was fehlt denn?«, fragte Harry.

Rike sah sich im Raum um, alles war dunkel getäfelt, ihr Blick fiel auf ein altes Helgolandbild mit Bäderarchitektur. Auch ein helles Gebäude mit imposantem Erker, Skulpturen an der Fassade und der Aufschrift »Hotel Prinzessin Alexandra« war darauf zu sehen, so hatte das Haus der Familie vor der Zerstörung der Insel ausgesehen. Daneben hingen Gemälde und Fotos von verschiedenen Menschen, ein Foto von einem Mann mit SS-Uniform fiel ihr ins Auge.

»Mein Großvater«, erklärte die Direktorin. »Damals musste man in den Verein, sonst wäre das Hotel weg gewesen«, rechtfertigte sie sich.

»Aha«, Rike zog eine Augenbraue nach oben. »Deshalb sind wir nicht hier. Wurde denn etwas entwendet?«

Berger deutete auf das Chaos: »Schauen Sie sich das an, es ist nicht klar, was der Einbrecher da gesucht hat. Alles ist durcheinander.«

Rike kam die ganze Sache merkwürdig vor. Der Raum befand sich hinter der Rezeption, nur ein begrenzter Kreis hatte Zugang.

»Wie kam er denn überhaupt in Ihr Büro?«

Berger druckste herum: »Wir haben Personalmangel. Am Vormittag liegt hier eine Klingel, ich war Zimmer reinigen. Es stand niemand am Empfang. Da hätte jeder hineingehen können. Aber die Tür war abgeschlossen.«

Rike und Harry gingen zur Tür, um diese näher anzusehen. Das Sicherheitsschloss war unversehrt, auch das Holz wies keine Kratzspuren auf.

»Dann muss jemand einen Schlüssel haben, oder er ist durchs Fenster gekommen. Das steht offen«, bemerkte Harry.

Berger zögerte. »Ich bin mir sicher, das war zugeschlossen, und das Fenster lasse ich nie offenstehen. Aber man kommt mit dem Generalschlüssel ins Office«, erklärte sie kleinlaut.

Rike war genervt, dass sie der Hotelchefin jedes Wort aus der Nase ziehen mussten. »Und wer hat den alles?«

»Die Zimmermädchen, und einer hängt hier.« Sie ging zum Tresen und sah darunter. Rike folgte ihr. Fünf Haken mit Schlüsseln befanden sich dort, einer war leer.

»Da war er. Ich versteh das nicht. Wer hat den bloß genommen?«, wunderte sich die Direktorin. Dann zuckte sie zusammen. »Mein Wladi ist nicht da. Er kommt immer um diese Uhrzeit und will Futter. Er ist weg!«, rief sie.

Rike hatte keine Ahnung, von wem oder was sie sprach und sah sie fragend an. »Der Kater, mein Ein und Alles. Jemand muss ihn gestohlen haben. Ansonsten habe ich nicht festgestellt, dass etwas fehlt.«

Das klang für Rike absurd, vermutlich war dem Tier einfach zu viel Trubel. »Am besten, Sie suchen alles ab nach ihm, vielleicht hat er sich nur versteckt.«

Berger schüttelte den Kopf. »Das macht mein Kater niemals.

»Was tut denn die Polizei! Sie müssen doch Wladi finden, das ist eine Entführung«, zeterte Inge Berger.

»Wir werden die Anzeige aufnehmen und nach dem Täter suchen«, erklärte Rike kühl.

Prinz schnüffelte, er zog wie verrückt an der Leine, sodass Rike ihn kaum halten konnte, roch an den Ordnern am Boden, lief mit der Nase am Boden unten bis zum Fenster. Dann machte er urplötzlich einen Satz hinaus und schoss wie ein Pfeil aus ihrem Sichtfeld.

»Hier ist jemand durchgegangen«, stellte Rike fest. Unter dem Fenster sah sie Fußspuren in der Erde. Es waren schmale Füße, etwas kleiner als ihre eigenen mit Größe 39.

»Harry, hier befinden sich Spuren. Ich bin dann mal hinter dem Hund her.« Sie sprang ebenfalls nach draußen und sah ein Stück Fell in einer Gasse hinter dem *Hotel Prinzessin Alexandra* verschwinden. Sie rannte hinterher und kam an die *Barracuda*-Bar. Dort sah sie Prinz schnüffeln und im Kreis laufen. Er hatte Witterung aufgenommen, und hier hatte er sie verloren.

Sie erreichte ihren Hund und tätschelte ihm den Kopf. Dann ging sie in die Bar. Eine junge dunkelhaarige Frau reinigte die Tische. Sie stellte sich vor. »Wer war in der letzten Stunde hier in der Bar? Haben Sie etwas Ungewöhnliches bemerkt? Mein Hund sucht jemanden und hat hier angeschlagen«, erklärte sie.

»Wow, ein Polizeihund?«, staunte die Kellnerin.

»Na ja, nicht so direkt. Es ist eher ein Hobby von ihm. Hauptberuflich ist er Therapiehund.«

»Da kann er gleich bei mir anfangen.« Sie hatte den Lappen abgelegt und zapfte Wasser aus dem Hahn in eine Schüssel. Die stellte sie vor Prinz ab, der es dankbar schlabberte. Dann überlegte sie.

»Ja, wir hatten Gäste, eine ganze Gruppe junger Leute vom Meeresforschungsinstitut ist rausgegangen, kurz bevor Sie kamen. Aber etwas Ungewöhnliches war nicht dabei.«

Rike hatte mittlerweile Bilder der Beteiligten am Mordfall auf dem Handy und zeigte diese der Kellnerin.

Die junge Frau blätterte durch. »Sorry, aber davon war keiner hier.«

»Und um die Bar herum? Ist jemand vorbeigerannt? Irgendetwas Komisches?«

Sie schüttelte den Kopf. »Ich habe nichts bemerkt, was anders war.« Rike bedankte sich und kehrte zum Hotel zurück. An einem Mülleimer kläffte Prinz noch mal heftig. Sie sah hinein und entnahm eine Tüte mit der Aufschrift »Prinzessin Alexandra.« Die schien leer, klappernd fiel etwas heraus. War das der Generalschlüssel, der gefehlt hatte? Sie steckte beides vorsichtig ein. Vielleicht fanden sie Fingerabdrücke? »Prima, Großer«, lobte sie ihren Hund und ertastete zum Glück noch ein Leckerli in der Tasche. Er fraß es gierig und öffnete die Schnauze, als würde er lachen. Sie kehrten zum Hotel zurück.

Harry und die Berger hatten das Büro nicht verlassen, die Hotelchefin begutachtete die Kasse und zählte die Scheine darin. »Alles da«, sie sah verwundert aus. »Nur Wladi ist wie vom Erdboden verschwunden. Die Täter haben meinen Kater geklaut!«

»Ist das Ihr Generalschlüssel?« Mit einer Plastiktüte hielt sie das Teil hoch.

Die Direktorin wollte danach greifen, doch Rike zog es zurück. »Wir untersuchen den noch, das ist er also?«

Berger nickte.

»Die Spurensicherung muss sich den Raum ansehen. Es fehlen keine Wertgegenstände?«, fragte Harry. »Außer meinem Wladi.« Die knochenharte Frau schien den Tränen nah.

»Vielleicht habe ich den Täter überrascht, sodass er nichts weiter stehlen konnte. Aber warum hat er nur meinen Kater in der Gewalt?«

»Der wird sich finden, vielleicht hat er einfach einen Ausflug gemacht«, sagte Harry ungerührt. Er dachte daran, wie das Tier den Tresen besudelt hatte. Das schien ein spezielles Verhältnis zwischen Halterin und Katze zu sein.

»Dieses Mal lassen Sie bitte das Siegel in Ruhe«, mahnte er streng.

»Ist Finja Kowalski im Haus?«, fragte Rike. Die Hotelchefin sah am Schlüsselbord nach. »Die ist unterwegs.«

Sie gingen zurück zum Golf. Er wandte sich mit verwirrtem Blick an Rike. »Was hältst du von der Sache? Warum bricht da einer ein und lässt die Kasse nicht mitgehen?«

Sie zuckte mit den Schultern. »Es ging um etwas anderes. Möglicherweise hatte die Berger Unterlagen von Dorst?«

Harry nickte. »Das ist möglich. Dann war der Täter hinter diesen Dokumenten her. Sie hatte die Gelegenheit, die Kamera und den Computer an sich zu nehmen. Ich frage noch mal nach.«

Er ging zurück ins Hotel, sie blieb bei Prinz, der die Rosenbüsche markierte. Nach fünf Minuten war er wieder da. »Angeblich hatte sie weder Unterlagen noch Kamera oder Computer von Dorst, sie streitet das ab. Sie könnte jedoch all das an sich genommen haben, nachdem die Praktikantin sie gerufen hatte.«

Rike ließ Prinz einsteigen, bevor sie selber auf dem Beifahrersitz Platz nahm. »Wir müssen herausfinden, wen das Filmmaterial interessierte. Und ob dies das Tatmotiv war.«

Er brummelte zustimmend. »Wir können rekonstruieren, was er aufgenommen hat – vielleicht führt uns das zum Täter. Was ist mit diesem Kater?«

Rike verdrehte die Augen. »Das ist so ein neurotischer Samtpföterich, der hat ganz einfach das Weite von seiner Besitzerin gesucht, wenn du mich fragst.«

KAPITEL 38

Er hatte sie überzeugt. Obwohl ihr Aufenthalt längst kein Urlaub mehr war, sollte sie Knieper, Helgoländer Taschenkrebs, kosten. »Das ist so etwas wie unsere Kantine, wir bekommen immer Nachricht, welchen frischen Fang sie servieren.« Sie gingen hinüber ins *Sailor*, ein Café schräg gegenüber der Polizeiwache.

Während sie warteten, berichtete Rike von ihren neuen Erkenntnissen. »Diese Finja Kowalski hat uns komplett in die Irre geführt und eine Rolle gespielt. Die Frau ist alles andere als ein blondes Unschuldslamm«, begann sie.

Sie berichtete von der *SaveSisters*-Bewegung, die von Opfern Dorsts in Deutschland ins Leben gerufen wurde. Sie war bei Aktionen dabei und hat Vorstrafen.

»Diese Finja, die kleine Assistentin, die immer hübsch gelächelt hat?« Harry wäre beinah die Gabel aus der Hand gefallen, so überrascht war er.

»Ja, genauso habe ich reagiert, als ich auf die Vorstrafen gestoßen bin. Vielleicht war sie auf den Reporter angesetzt, um ihn zu provozieren und dann durch einen weiteren Skandal zur Strecke zu bringen«, sagte Rike. Sie bekam ihr Gericht und ließ sich von Harry zeigen, wie sie die Krebsscheren knackte. Das Fleisch war weiß und angenehm fest, es hatte einen leichten Meeresgeschmack. Einen Moment lang schloss sie die Augen und genoss ihr Essen. Harry hatte einen französischen Weißwein bestellt.

»Der Knieper muss schwimmen, und wir haben Pause«, hatte er ihren Einwand übergangen. Das war eine gute Wahl, die Kombination ergänzte sich wunderbar.

»Was hattest du vorhin auf dem Herzen?« Rike fiel ein, dass er etwas besprechen wollte.

»Ich bin die Aufnahmen vom Tatort noch mal durchgegangen und die entsprechenden Asservate. Nicht nur die Geräte sind verschwunden, ich habe auch keinerlei Material über seine Arbeit entdeckt«, sagte er. Rike nickte. Sie war in der frühen Phase der Untersuchung nicht komplett beteiligt, deshalb war ihr das nicht aufgefallen.

»Der Adomat hat nichts, sonst hätte er nicht noch mal gefragt«, vermutete Rike.

»Wir müssen allen Zeugen dazu auf den Zahn fühlen«, schlussfolgerte Harry. »Und wir sollten seine Tage rekonstruieren. Welches Programm haben sie ihm organisiert, wen hat er gesprochen und was hat er gefilmt. Ich kann mir nicht vorstellen, dass es da Anlass für einen Mord gab. Aber wer weiß?«

Rike sah unter den Tisch: »Wo hast du die Hundertschaft versteckt, die uns unterstützt?« Harry lachte. »Da hast du recht, aber so wichtig war der tote Dorst den Chefs doch nicht. Hauptsache, der Film wird gesendet.«

Sie sah ihn aufmerksam an. »Ach, darum geht es, die Werbung für die Insel. Dafür lassen die einen Tatverdächtigen frei.«

Er nickte traurig. »Ich befürchte, dass Jana da ihre Finger im Spiel hatte.«

Rike wartete, ob er nun über seine Beziehung sprechen wollte. »Du magst sie, oder?«, baute sie ihm eine Brücke.

»Jana ist eine tolle Frau«, bestätigte er. Sein Tonfall klang, als würde ein Aber folgen. Sie wartete, ob er dies aussprechen würde, doch er widmete sich wieder seinem Essen. Was seine Beziehung betraf, war er ungewöhnlich wortkarg, hatte ihr nicht gesagt, dass die beiden ein Paar waren. Sie hatte mitbekommen, dass er bei der jungen Frau gewohnt hatte, bis die Ermittlungen im Fall Dorst begannen. Der Haussegen schien schief zu hängen.

Harry hatte seinen Teller geleert und verlangte die Dessertkarte.

»Haben wir etwas zu feiern?«, wunderte sich Rike.

»Dass wir leben! Ist nicht jeder Tag ein Geschenk?«, Harry lächelte sein Lausbubenlächeln. Zum ersten Mal war er weniger angespannt. Als sie angekommen war, hatte sie ihn kaum wiedererkannt. Wo waren sein Humor und seine Leichtigkeit geblieben? Und er hatte keinen einzigen Versuch unternommen, mit ihr zu flirten. Warum nur hatte sie erst nach so langer Zeit erkannt, was er ihr bedeutete. Zu spät?

Harry bestellte sich ein Tiramisu, Rike verlangte einen Zusatzlöffel und einen Espresso. Genussvoll löffelten sie das Schälchen leer.

Die ersten Touristen stellten sich an der Fähre an, um die Rückreise auf das Festland anzutreten. Rike hatte ausgetrunken und bemerkt, dass Prinz an der Leine zog. Harry verstand, dass es eine Dringlichkeit gab. »Geht ihr mal, ich komme nach.«

Sie wartete, dass er sein Geschäft erledigt hatte, plötzlich machte ihr Hund einen Satz, sodass ihr die Leine aus der Hand glitt. Er rannte in großen Sprüngen an den Hummerbuden vorbei in Richtung Lung Wai. Sie sah ihn nur noch als kleines Pünktchen, bis er nicht mehr zu erkennen war.

»Der ist in die Geschäftsstraße gelaufen. Warum haut er

denn nun schon wieder ab? Das hat er sonst nie gemacht.«
Harry hatte sich neben sie gestellt und sah ebenfalls in die
Richtung. Sie schüttelte nur knapp den Kopf. Sein Verhal-
ten überraschte sie, sie stand starr auf der Stelle.

»Komm, im Golf sind wir schneller. Der wird nicht
verloren gehen auf der Insel«, Harry schob sie zum Auto.
Dann nahm er die Verfolgung gen Zentrum auf. Sie fragte
Passanten aus dem heruntergekurbelten Fenster nach
Prinz, sie zeigten zum Fahrstuhl zum Oberland. Endlich
sah sie ihren Hund. Er saß im Eingangsbereich vor Clara
und knurrte, sobald sie sich bewegen wollte.

Erleichtert ging Rike zu Prinz.

»Na, das wurde Zeit. Ihr Vierbeiner hat wohl keinen
guten Tag?« Das Mädchen atmete auf. »Ich gehe dann
mal.« Doch Prinz begann zu bellen und stupste sie an.

Harry stand jetzt bei ihnen. »Hast du uns was zu sagen,
Clara? Der steht nicht ohne Grund bei dir.«

Das Mädchen wurde rot und stotterte: »Nein, da ist
nichts. Ich habe alles gesagt.«

»Komm bitte mit deiner Mutter bei uns vorbei. Und
dann will ich die Wahrheit! Das ist ein Spürhund, der
hat sich nicht ohne Grund an dich gehängt«, sagte Harry
streng.

Rike hatte zu tun, ihren Vierbeiner zu beruhigen. Sie
gab ihm ein Leckerli, streichelte ihn. Wenn er nur reden
könnte. »Feiner Hund, prima gemacht«, lobte sie.

Sie warf einen Blick auf die Schuhe der jungen Frau. Die
Größe konnte hinkommen. Vermutlich war sie der Ein-
dringling im Chefbüro des Hotels. Was hatte sie gesucht?
Hing es mit dem Mord zusammen oder ging es um das
Praktikum? Die Berger behandelte Menschen nicht fein-
fühlig.

»Clara, du warst doch die Einbrecherin im Büro? Möchtest du darüber reden?«, fragte Rike. Das Mädchen sah auf seine Schuhe, überlegte einen Moment.

»Keine Ahnung, wovon Sie sprechen.« Ihre Wangen röteten sich, sie wich ihrem Blick aus.

Rike leinte Prinz an und schüttelte den Kopf. »Dann lade ich deine Mutter gleich vor. Wir können morgen mit euch beiden reden, wenn dir das lieber ist.«

»Ich bin mal weg«, sagte das Mädchen mit skeptischem Blick zu Prinz, den Rike festhielt. Harry bekam einen Anruf. »Wir müssen zurück in die Wache, Frau Valeska hat einen Videocall angekündigt«, sagte er. Sie gingen zum Golf und kehrten in die Polizeistation zurück.

KAPITEL 39

Mittags saßen die Künstler der Ausstellung meistens in einem kleinen französischen Café in der Potsdamer Straße. Es hatte ein paar Tage gedauert, bis Margo mit der Kollegin ins Gespräch kam, die über die Frauengruppe berichtet hatte. Olha stellte Blumenskulpturen aus Metall her. Wie sie später erfuhr, nutzte sie entschärfte Handgranaten, Panzerteile oder Gewehrkolben. »Schwerter zu Pflugscharen 2.0« nannte sie ihre Stilrichtung. Margo hatte ihr von eigenen Erfahrungen mit Machos in der Kunstszene berichtet. Sie hatten sich ein paar Mal unterhalten, schließlich hatte Olha ihr den Treffpunkt und das Losungswort auf einen Zettel geschrieben.

»Du kannst mich als Paten-Sister angeben, damit sie dich hineinlassen«, sagte sie. »Wir sind vorsichtig, denn die Gegenseite hat mächtige Anwaltskanzleien eingesetzt und kämpft mit harten Bandagen.«

Der Treffpunkt befand sich im Keller eines Technoclubs auf dem *RAW*-Gelände in Friedrichshain. Das ehemalige *Reichsausbesserungswerk* war heute ein Anlaufpunkt für die Partyszene – ein Teil Berlins, der noch nicht künstlich aufgehübscht worden war. Zwei finster aussehende Security-Damen standen am Eingang und ließen sie durch, nachdem Margo das Wort genannt hatte, nicht ohne sie zuvor auf Waffen durchsucht zu haben. Das Mobiltelefon landete, mit einer Nummer beschriftet, in einer Metallkiste.

Margo bekam eine Art Garderobennummer. »Das Filmen und Mitschneiden ist strengstens untersagt«, belehrte sie die Wächterin am Eingang.

Der Raum war halb dunkel, nach und nach füllte er sich. Drei lange Tische waren nebeneinander aufgestellt, dort nahmen die weiblichen Ankömmlinge Platz. Eine junge Frau stand auf. »Danke, dass ihr gekommen seid, Sisters. Bald schon werden wir zur Tat schreiten. Aber jetzt lasst uns den Fall Casimir Dorst anschauen. Einige Betroffene werden euch berichten.« Nacheinander erhoben sich drei junge Frauen und sprachen über das, was sie erlebt hatten. Es war still im Saal, der schummrig beleuchtet war, sodass Margo Mühe hatte, die Frauen zu erkennen.

Die erste Sprecherin berichtete, wie Dorst sie als Praktikantin immer wieder mit anzüglichen Sprüchen gedemütigt hatte, sie begrapscht hatte. Die zweite junge Frau war von ihm vergewaltigt worden. Ihr folgte eine ältere Rednerin, die von ihrer Tochter erzählte, einer begabten Journalistin. »Das Mädchen ist traumatisiert, sie geht nicht mehr aus dem Haus, braucht eine Behandlung. Ich bin so froh, dass dieses Schwein tot ist«, sagte sie unter Schluchzen.

Die Moderatorin kam wieder auf die Bühne, nahm die drei in den Arm. »Er ist tot, doch unser Kampf geht weiter. Wir sind viele! Und wir sind stärker.« Als der tosende Applaus abflaute, sprach sie über ein Projekt, das kurz vor dem Abschluss stand. »Das wird etwas Großes, noch kann ich euch nicht mehr verraten.«

Margo versuchte, mit ihrer Nachbarin ins Gespräch zu kommen. Auch sie war ein Opfer des Fernsehmannes, wie sie freimütig berichtete. »Weißt du, was sie vorhaben? Mehr von den Schweinen umbringen?«

Die junge Frau schüttelte den Kopf. »Genau weiß ich es nicht, aber ich glaube eher, dass sie eine Dokumentation zusammenstellen, die das wahre Gesicht dieses Schweins zeigen soll.« In dem Moment kamen die nächsten Frauen auf die Bühne und sprachen über ihre Erlebnisse. Margo entdeckte Olha an der Bar und ging auf sie zu. »Warum tun die das? Ist das nicht peinlich für sie?«, wollte sie wissen.

»Es ist ein erster Schritt, darüber zu sprechen. Ich stand auch auf der Bühne, obwohl ich nur indirekt mit dem zu tun hatte. Meine beiden Töchter waren Opfer dieses Fernsehschweins.« Ihre Augen loderten vor Wut. Margo nahm ihre Hand, sie hatte übergriffige Männer am eigenen Leibe erlebt. »Das tut mir so leid für dich.« Olha schluchzte. »Und eine von den beiden hat es nicht überlebt.«

Mehr war nicht aus der Bildhauerin herauszubekommen, sie wusste nichts über das Großprojekt oder wollte es für sich behalten. Die Frauen umarmten sich zum Abschied, die Gesellschaft löste sich auf. In kleinen Gruppen verließen die Teilnehmerinnen den Raum. Es gelang ihr nicht, mehr über das ominöse Projekt herauszufinden.

Sie ging zurück zur Dachgeschosswohnung ihrer Freundin und eröffnete eine Videositzung. Sie hatte Glück, dass Harry Kruss gerade vor dem Rechner saß und ihren Anruf annehmen konnte. Er rief Friederike von Menkendorf dazu. Sie berichtete von dem Treffen und dem geheimnisvollen Vorhaben. Ging es nur um einen Film oder war dies in Wirklichkeit der Plan für weitere Morde? »Was meinen Sie, Frau Valeska?«, fragte Harry Kruss. »Ich war entsetzt über die Taten, die da geschildert wurden. Ganz ehrlich, ich hätte als Betroffene Mordgelüste. Ich hatte aber nicht den Eindruck, dass die Frauen so etwas geplant hätten«, schloss sie. Die beiden hörten aufmerksam zu.

»Ist der Name Finja Kowalski gefallen?«, wollte Harry Kruss wissen.

Sie schüttelte den Kopf: »Das Ganze lief recht konspirativ ab, es wurden keine Namen der Opfer genannt.« Harry Kruss bedankte sich, Rike von Menkendorf winkte ebenfalls zum Abschied in die Kamera.

KAPITEL 40

Harry hatte die neuesten Ereignisse protokolliert, an einem Bord notierte Rike die Ereignisse. ›Einbruch‹ und ›SaveSisters‹ hatte sie eingekreist. »Wo liegt die Verbindung zu unserem Mordfall?«, fragte sie Harry.

»Gute Frage. Vielleicht kann Finja Dorst uns Antworten geben«, überlegte Harry und schlug dann vor. »Wir müssen sie unbedingt noch mal befragen.« Sie gingen wieder zum Golf und kehrten zum Hotel zurück. Die Berger stand am Empfang. »Haben Sie ihn?«, rief sie aufgebracht. Rike schüttelte den Kopf. »Das ist nur eine Frage der Zeit, wir sind ja auf einer Insel, und wegschwimmen kann er nicht.«

Die Hotelchefin wetterte irgendetwas von Polizeiversagen. »Wie bitte?«, Rike sah sie an. Doch die Frau schüttelte den Kopf. »Nichts.«

Sie prüfte die Bürotür. Das Siegel war intakt, demnach hatte die Spurensicherung den Raum noch nicht untersucht. Sie mussten deren Bericht abwarten. »Wir sollten Finja Kowalski mit unseren neuen Ergebnissen konfrontieren«, schlug sie Harry leise vor, sodass die Hotelbetreiberin dies nicht mitbekam.

Doch die hatte längst aufgeschnappt, was sie vorhatten.

»Da haben Sie Glück, Frau Kowalski ist vor Kurzem zurückgekehrt.«

Rike und Harry wechselten einen Blick, in dem Haus

hatten die Wände Ohren. Sie nahmen den Fahrstuhl nach oben und klopften. »Herein« rief die Frau und öffnete die Tür. Nachdem sie eingetreten waren, ließ sie sich wieder im Schneidersitz auf dem Boden zwischen Unmengen von bedrucktem Papier nieder. Auf einen Block kritzelte sie Notizen.

»Ist das Material von Casimir Dorst?«, wollte Rike wissen.

Die junge Frau verneinte. »Eher Material über ihn, das ihm nicht gefallen würde. Ich werde einen feministischen Rückblick auf den Patriarchen verfassen. Sie haben es herausgefunden, oder?«

»Das sollten wir am besten bei uns klären, begleiten Sie uns zur Vernehmung auf die Wache«, sagte Harry.

»Oh, bin ich jetzt verhaftet?«, fragte sie mit Augenaufschlag zu ihm in ironischem Tonfall.

»Noch ist das nur eine Zeugenvernehmung. Oder haben sie mit seinem Tod zu tun?«, entgegnete Harry.

»Leider nicht«, platzte es aus der jungen Frau heraus. »Ich werde meinen Anwalt kontaktieren und komme freiwillig morgen zu ihnen. Ich muss unbedingt meine Arbeit fertigstellen«, erklärte sie.

»In Ordnung, um 8 Uhr bei uns«, sagte Harry streng. Rike erhaschte einen Blick auf die Unterlagen, das waren alles die Fälle, in die Dorst verwickelt war – Nötigungen, Vergewaltigungen. Eine ganze Menge Papier. Das würde ein sehenswerter Rückblick.

KAPITEL 41

Die graue Nordsee ging nahtlos in den gleichfarbigen Himmel über. Dieses Wetter machte Jana müde. Herzhaft gähnte sie und streckte sich von ihrem Schreibtischstuhl aus einmal in die Höhe. Nebel verhüllte die Landungsbrücken, am Horizont leuchtete hellblau ein Wolkenloch, durch das ein Lichtkegel auf der Nordsee tanzte.

Seufzend klickte sie sich durch die Bilder auf ihrem Monitor. Herrliche Strandfotos von der Düne, dahinter das türkis schimmernde Meer, blauer Himmel. Kegelrobben mit ihren Jungen. Auf den Werbebildern wirkte das Sandinselchen ein wenig wie die Südsee, hellrot leuchteten die Felsen im Hintergrund. Jana verteilte die Sonnenscheinbilder auf die sozialen Netzwerke. Nahaufnahmen von den gelb gefiederten Basstölpeln, hinabstürzende Möwen, sogar ein paar Unterwasserbilder hatte sie in ihrem Archiv.

Dazu den einen oder anderen flotten Spruch. Zufrieden sah sie sich ihr Werk an. Wenn das nicht die Buchungszahlen in die Höhe trieb! Aus dem Fenster sah sie einen Mann auf das Büro zulaufen, sie erkannte ihn sofort an seinem schlaksigen Gang und den stacheligen blonden Haaren. André Adomat war wieder auf freiem Fuß. Ob er ahnte, dass sie sich für ihn eingesetzt hatte? Vermutlich wollte er zum dritten Mal seine Abreise organisieren.

»Guten Morgen, Frau Falke. Das habe ich doch Ihnen

zu verdanken, dass die Polizei mich freigelassen hat, oder?«, wollte er wissen. Sie lächelte und legte nur einen Finger senkrecht auf den Mund, das sollte auf keinen Fall an die große Glocke gehängt werden.

»Ich kann Ihnen niemals genug danken, aus diesem dunklen Loch heraus zu sein. Das werde ich Ihnen nie vergessen.« Er umarmte sie spontan, bis sie sich ihm entzog.

Sie hatte ein mulmiges Gefühl, wenn sie an Harry dachte. Sie hatte ihn umgangen und ohne Vorwarnung ins Messer laufen lassen. Das war nicht die feine Art, doch er hatte ihre Sorgen nicht ernst genommen. Ihr Job stand auf dem Spiel und damit ihr Verbleib auf der Insel. Helgoland war teuer, das hätte sie als Arbeitslose niemals finanzieren können. Und sie hatte Verantwortung für ihren Großvater. Noch konnte er alleine leben, doch wie lange? Dann wollte Jana für ihn da sein. Das würde sie sich von ihrem Freund nicht kaputt machen lassen. Mit Unbehagen dachte sie daran, was Harry an dem Abend sagen würde. Sie musste ihm nochmals ihre Lage erklären. Und sie war sich sicher, dass André Adomat nicht der Mörder war.

»Wie wäre es mit einem Kaffee, um auf die Freilassung anzustoßen? Ich bin übrigens Jana«, schlug sie vor, nicht ohne Anflug von schlechtem Gewissen. Er nickte begeistert: »André.« Sie schüttelten sich die Hände, dann holte sie den Kaffee. Als sie die gefüllten Tassen auf dem Besuchertisch vor dem Fenster abstellte, erklärte er: »Es gibt nur ein kleines Problem, Jana. Ich komme nicht an die Unterlagen von Casimir. Ich habe weder die Kamera noch den Computer oder einen Stick mit dem Material gefunden. Keine Notizen, einfach nichts.«

Jana war überrascht, sie hatte geglaubt, alles in die Wege geleitet zu haben.

»Das war ausdrücklich Teil der Anweisung an die Helgoländer Polizei. Es ist ja klar, dass wir Dorsts Aufnahmen für den Film brauchen«, ärgerte sie sich.

»Angeblich haben die nichts am Tatort gefunden. Ich bin mir nicht sicher, ob das stimmt, oder ob die Inselbullen das Material einbehalten, weil sie sauer sind«, sagte er. Er trank seine Tasse in einem Zug leer und knallte diese auf den Tisch. »Ich habe in den endlosen Stunden nachgedacht. Es hat gar keinen Sinn, dass ich jetzt Hals über Kopf in die Firma rase. Dorsts Ehefrau wird dessen Anteile erben, ich werde zuerst mit ihr reden«, erklärte er.

»Ich hoffe, dass sich eine Lösung findet«, wünschte ihm Jana und überlegte. Was war nur mit den Filmen und Bildern geschehen, die der Tote angefertigt hatte? Wo konnten diese sein, wenn nicht bei der Polizei? Hatte Dorst sie nicht in seinem Zimmer gelagert, sondern anderswo?

»Was meinst du, wo das Material sonst sein könnte? Könnte die Assistentin Kameras, Computer und Filme von ihm aufbewahren, oder seine Ehefrau?«

»Ich weiß es nicht, man sollte sie fragen. Tati fällt da aus, sie redete gar nicht mit ihm. Aber Finja kann ich gerne ansprechen«, sagte Adomat. Sie nickte. Alles andere wäre verdächtig, und wenn das zu Harry durchdrang, käme sie in Erklärungsnot. Irgendwo mussten sich die Technik und die Unterlagen doch befinden.

Brisantes Material war dabei nicht zu erwarten. Sie hatten ihm die Gelegenheit geboten, die landschaftliche Schönheit abzulichten, ein paar unbekannte Winkel gezeigt. Wer hatte diese Aufnahmen an sich genommen und warum?

Die Konkurrenz? Sylt. Sie musste kichern, als sie an die Tourismusdestination Nummer 1 dachte, die das kleine arme Helgoland bekämpfte.

Überrascht sah er auf. Sie hatte versehentlich laut gekichert.

»Ich hatte so einen Gedanken. Dass die Konkurrenz nicht möchte, dass ein so wunderbarer Film über Helgoland entsteht. Die Killertouristiker aus Sylt.« Wider Willen gluckste sie.

Sie schüttelte den Kopf über ihre eigene Fantasie. »Entschuldigung. Das ist schwarzer Humor, den habe ich von meinem Großvater. Egal, wie schlimm die Lage ist, wir lachen darüber«, entschuldigte sie sich bei ihm.

»Das sehe ich als eine Gabe an, die ich gerne hätte«, entgegnete Adomat. »Diese Verfolgung mit dem Schlauchboot war auch so eine Lachnummer, irgendwie hat dieser Polizist was gegen mich.«

Sie nickte. Sie mochte den IT-Unternehmer und vermutete, dass Harry eifersüchtig war. Wehmütig dachte sie an ihn. Was war nur aus ihrer Liebe geworden? Am Anfang hatten sie schallend miteinander gelacht, doch jetzt arbeitete er gegen sie. Auch sonst war er eher bierernst. Hoffentlich konnte sie ihn überzeugen, das Filmmaterial herauszugeben.

Wenn sie diese Aufnahmen nicht mehr fanden, gab es die Möglichkeit, den Film neu zu drehen. Vielleicht war das sogar besser, Dorst hatte etwas Unberechenbares, wenn er nicht seinen Willen bekam. Vermutlich war er über ihre Abwehr gekränkt. Sie trauerte dem Lüstling keine Träne nach, aber das behielt sie für sich.

»Noch einen Kaffee?«, fragte sie ihren Gast, der sich interessiert die Fotos an den Wänden ansah.

»Vielen Dank, ich muss gleich los«, er wandte sich zur Tür.

»Ich habe eine Idee«, hielt sie ihn zurück. »Wie wäre es,

wenn du den Film neu drehst, deine eigene Sprache findest?«, fragte sie ihren Gast.

Er war stehen geblieben und sah sie erschrocken an.

»Ich weiß, dass du das Talent hast. Ich führe dich an die Orte – das wird sogar besser als der Film von Herrn Dorst«, schmeichelte sie ihm.

»Puh«, stöhnte er. »In den letzten Jahren habe ich mich eher um die IT-Einbindung gekümmert, die Sichtbarkeit unserer Seite im Netz. Am Anfang habe ich alles selbst gedreht, das stimmt schon.« Das klang zwar nicht begeistert, war aber ein Plan B.

Sie nickte zufrieden und winkte ihm zum Abschied hinterher. Vielleicht würden sie Dorsts Werk finden, sie würde danach suchen. Am wahrscheinlichsten schien ihr, dass es in der Asservatenkammer lagerte. Das machte Jana wütend, Harry hinderte sie daran, ihren Job zu behalten. Das war zutiefst illoyal. Er würde sehen, wer den Kürzeren zog. Es mangelte ihm an Respekt für ihren Beruf. Dabei lebten diese Staatsdiener von den Steuereinnahmen. Und sie war eine derjenigen, die dafür sorgte, dass die Insel ihren Wohlstand behielt.

KAPITEL 42

Es war vollendet. Finja sprang kurz auf und drehte sich im Kreis, hüpfte. Endlich geschafft. Beinahe hätte sie das Geräusch an der Tür überhört. Die Musik von Lady Gaga, zu der sie ihren Freudentanz aufführte, quäkte blechern aus ihrem Handy. »Polizei, aufmachen!«, hörte sie eine männliche Stimme. Ach ja, der Termin. Den hatte sie komplett verschwitzt.

Sie öffnete die Tür einen Spalt breit und steckte den Kopf hinaus.

»Guten Tag, ich muss mich kurz umziehen. Keine Sorge, ich komme hier nicht weg.« Dann schloss sie wieder und überlegte blitzschnell. Sie musste ihre Aufnahmen in Sicherheit bringen. Sie sendete den fast fertigen Film und ihr komplettes Material an die Organisation. Während die Daten übertragen wurden, öffnete sie die Badezimmertür und zog die Spülung, um etwas Zeit zu gewinnen. Das Schminken konnte sie sich sparen, sie brauchte diese Maskerade nicht mehr. Statt des Kleidchens zog sie Jeans und einen Sweater an.

Wieder wummerte es an die Tür.

»Wir kommen jetzt ins Zimmer«, rief eine Frauenstimme. Finja ging mit ihrem Gerät ins Badezimmer und stellte dort den Wasserhahn und die elektrische Zahnbürste an. »Ich bin gleich fertig«, vertröstete sie.

Endlich stand »Gesendet« auf dem Bildschirm. Sie verspürte eine unbändige Freude und unterdrückte einen

Jubelschrei. Ihr Werk lag sicher auf den Servern der Organisation. Sie waren viele und hatten begonnen, sich zu wehren. Das Schwein sollte posthum entlarvt werden, es war kein Einzelfall, sondern hinter dem Missbrauch junger Frauen steckte System. Überall an den Machtpositionen saßen sie, die weißen alten Männer. Denen ging es nicht nur um Sex. Macht war ihr Lebenselixier, sie brauchten das Gefühl, andere zu demütigen. Das Schwein hatte Mara in den Tod getrieben, ein junges Leben kaputt gemacht. Sie verwünschte den Tag, als ihre Schwester sie im Sender besucht hatte – sofort hatte ihr Chef sie entdeckt und ebenfalls gecastet.

Die Polizei würde die Verbindung zwischen ihr und Mara so schnell nicht herausfinden, da diese den Namen ihres Stiefvaters angenommen hatte. Nirgendwo in den offiziellen Dokumenten war das verzeichnet, nicht einmal die nahen Menschen aus der Bewegung wussten darüber Bescheid. Sie nahmen an, dass sie Freundinnen waren.

»Alles in Ordnung?« Die Frau drehte jetzt einen Schlüssel im Schloss, sie hatte sich den Generalschlüssel besorgt. Dachte die, sie sprang aus dem dritten Stock?

»Alles klar.« Sie öffnete die Tür des Badezimmers.

Die beiden Polizisten standen davor. »Eine Minute länger und wir hätten die Tür aufgebrochen«, erklärte die Kommissarin. »Bitte begleiten Sie uns auf die Dienststelle«, bat sie.

»Bin ich verhaftet?«, wollte Finja kokett wissen.

Der Inselpolizist schüttelte den Kopf: »Wir hatten doch einen Termin. Haben Sie den vergessen? Wir möchten mit Ihnen sprechen, Sie haben uns einiges zu erzählen, oder?«

Sie ging stumm mit den beiden zum Fahrstuhl. In der Lobby nickte sie der Hotelchefin kurz zu. Vor dem Hotel stand der Polizeiwagen, mit dem sie an den Hummerbuden vorbei fuhren und dahinter hielten.

»Wie süß«, entfuhr es ihr beim Anblick des kleinen grünen Häuschens im Hafen, in dem die Polizei residierte. Bei ihren bisherigen Verhaftungen waren die Ordnungshüter immer in Hochhäusern mit langen Gängen untergebracht.

Im Konferenzraum bekam sie Kaffee, die übliche Belehrung, die sie auswendig kannte. Der Polizist stellte ein Diktiergerät vor ihrer Nase auf. »Ich möchte bitte meinen Anwalt anrufen. Tut mir leid, ich hatte ihn gestern nicht erreicht«, erklärte sie. Sie bekam ein Telefon und wählte die Nummer. Er nahm sofort ab.

»Nicht schon wieder«, stöhnte Robin Wolter, als sie ihn in der Leitung hatte. Sie berichtete ihm von Dorsts Tod und ihrer Arbeit.

»Na, das ist ja mal eine Steigerung. Jetzt darf ich sogar in einem Kapitalverbrechen tätig werden.« Erfreut klang das nicht, doch er versprach, baldmöglichst zu kommen. »Du kannst die Personalien angeben«, bestätigte er.

Sie öffnete die Tür zum Zeichen, dass sie bereit war. Dann nickte sie, als ihr Namen und Wohnsitz sowie ihr Geburtstag verlesen wurden.

»Können Sie das bitte für das Aufnahmegerät bestätigen«, hakte die blonde Polizistin nach.

»Mein Name, Wohnort und Geburtsdatum sind korrekt wiedergegeben.« Sie war mittlerweile vorsichtig und hatte gelernt, sich präzise auszudrücken.

»Wie kommt eine feministische Aktivistin wie Sie zu einem Job bei einem mutmaßlichen Vergewaltiger?«, fragte die Kommissarin, die aus Hamburg kam.

»Eine lange Geschichte, die ich lieber in Anwesenheit meines Anwalts erzähle«, entgegnete sie. »Wie wäre es mit einer Kurzfassung, wie Sie ihn umgebracht haben?«, warf der Helgoländer Polizist ein.

Sie schüttelte den Kopf. »Ich habe befürchtet, dass Sie mir das in die Schuhe schieben. Und ehrlich, der Dorst hat es verdient. Ich hätte es gerne getan, war es aber nicht«, wehrte sie sich. Dann sah sie auf ihre Fingernägel und begann, die künstlichen Spitzen abzupulen. Die Reste schob sie zu einem kleinen Häufchen zusammen.

»Die Tarnung war doch gut, oder?« Sie sah die beiden spöttisch an.

»Ausgezeichnet, nahezu perfekt. Bis auf ein kleines Detail«, sagte die Polizistin.

Finja war überrascht. »Welches meinen Sie denn?«

»Ihr Alibi, Sie haben kein richtiges für den Todeszeitpunkt.«

Finja Kowalski schüttelte den Kopf:

»Ich habe doch gesagt, dass ich schwimmen war. Das kann dort jemand bezeugen, und es gibt Kameras.«

»Da fehlt leider eine ganze Stunde, jede Menge Zeit, um Herrn Dorst ins Jenseits zu befördern«, widersprach der Inselpolizist. »Das wird sich sicher belegen lassen, wo ich spazieren gegangen bin. Diese Insel ist doch Big Brother-mäßig ausgestattet«, sagte sie. »Aber mehr möchte ich nicht sagen, mein Anwalt kommt persönlich angereist. Sie haben doch sicher solange eine komfortable Unterbringung. Gerne schlafe ich mich in Ihrer Einzelzelle aus.«

Die beiden gingen aus dem Raum, sie kannte das Spiel. Die würden mit der Staatsanwaltschaft telefonieren, um sie festzuhalten. Hoffentlich war Robin bald auf der Insel, denn sie wollte unbedingt die Veröffentlichung ihres Films auf den Weg bringen.

Die Hamburger Kommissarin kam wieder zur Tür hinein. »Einen Moment bitte. Der Staatsanwalt muss entscheiden, ob wir sie hierbehalten«, erklärte sie. Der Inselbulle trat ein und nickte seiner Kollegin zu. Das hieß wahrscheinlich Arrest.

»Falls Sie mich hier beherbergen: Ich esse vegan, pflanzliche Ernährung sollte sogar in der Einöde bekannt sein«, teilte sie den beiden mit.

Der Polizist sagte seinen Spruch. »Sie sind vorläufig festgenommen wegen des Verdachts auf gefährliche Körperverletzung mit Todesfolge zum Nachteil des Casimir Dorst.«

Das war eine andere Hausnummer als eine Demonstration, doch sie konnte sich auf ihren Verteidiger verlassen. Der Polizist begleitete sie in die Zelle und schloss die dicke Tür hinter ihr. Hoffentlich kam der Rechtsverdreher schnellstmöglich.

Von Berlin aus würde es mindestens einen Tag dauern, bis er die Hochseeinsel erreichte.

KAPITEL 43

Die Straßen waren menschenleer, als Harry am Polizeirevier ankam. Er hatte sich den Wecker auf 5 Uhr gestellt und ächzend aus der Koje gewälzt. Ansonsten würde der Rückstand unbearbeiteter Mitteilungen auf seinem Schreibtisch zu einem Berg anwachsen, den er nicht mehr bewältigen konnte. Er öffnete die Tür, schnellen Schrittes spurtete er in den Empfangsbereich, irgendetwas lag da, was nicht hingehörte. Im Stolpern erwischte er eine Stuhllehne, konnte sich nicht mehr abfangen. Er schlug der Länge nach hin, der Stuhl fiel über ihn und ein paar Papierstapel, die darauf gelegen hatten.

Da lagen Polizeimützen unter ihm, stellte er fest, er war darüber geflogen. Der gesamte Boden war mit den Kopfbedeckungen, mit Schutzwesten und Ordnern bedeckt. Als er sich fluchend auf die Seite drehte, ging die Tür. Prinz bellte wie ein ganzes Rudel, es klang aufgeregt. Rike folgte ihm und blieb abrupt stehen.

»Was ist denn hier passiert?« Sie gab ihm die Hand, um ihn hochzuziehen.

Er knurrte nur: »Schaffe ich alleine.«

Er versuchte, elastisch hochzuspringen, und bemerkte, dass er ein paar leichte Schwimmringe um die Taille angesetzt hatte, was die Erdanziehungskraft ungünstig stärkte. Schließlich stand er und sah sich ebenfalls um. »Ich möchte mal wissen, wer hier so einen Saustall hinterlassen hat. Ich glaube, es ist keiner da.« Prinz kläffte weiter und sprang an seinem Frauchen hoch, das war nicht Harrys Tag.

Er räumte das Gröbste beiseite, während Rike auf ihren Vierbeiner einredete. Dann folgte sie ihm in sein Büro. Er stutzte, die Kartons waren entleert worden und der Inhalt lag verstreut, vor allem Akten und Fachbücher, die er für den Umzug vorbereitet hatte. Schubladen lagen leer auf dem Boden herum, es knackte, als er auf einen Kugelschreiber trat.

Ratlos stand er in dem Chaos und konnte sich nicht erklären, wie das geschehen war. Ein Erdbeben hatte die Insel vermutlich nicht heimgesucht.

»Das hat jemand durchsucht, Harry!«, schlussfolgerte Rike. Er ging durch die gesamte Wache. Überall waren die Schränke und Umzugskartons offen, der Inhalt lag am Boden. In dem Moment dachte er an ihren Untersuchungshäftling. Wer hatte die noch mal eingeschlossen – und war da irgendetwas schief gelaufen?

Er ging zur Zelle und sah hinein, doch dort war alles in Ordnung. Finja Kowalski schlummerte auf der Liege. Die Kollegen waren nicht da. Sie versuchten vermutlich, das vegane Frühstück aufzutreiben.

Wenn dieses Chaos nicht von der jungen Frau angerichtet worden war, gab es nur eine Schlussfolgerung. Er drehte sich zu Rike. »Du hast recht. Jemand ist eingebrochen und hat alles durchwühlt.« Er fasste sich an den Kopf. »Wie peinlich das ist. Einbruch bei der Polizei. Ich sehe schon die neuen Sommerlochmeldungen in der *Bild*.«

»Ist denn etwas verschwunden?«, wollte Rike wissen.

»Das ist so ein Chaos, schwer zu sagen.« Er ging durch sein Büro, sah in die Kartons, die dort standen, sammelte am Boden verstreute Papiere ein.

»Hier fehlt nichts. Am besten, alle Dienststellenmitarbeiter sehen bei sich nach«, sagte er.

Er würde eine Anzeige gegen Unbekannt aufsetzen. Was hatte der Täter gesucht? Geld? Wertgegenstände, Drogen? All das lagerten sie nicht. Komisch fand er, dass sein Bildschirm an war. Hatte er vergessen, seinen Computer auszustellen? Er runzelte die Stirn. Dann sah er etwas gelb unter seinem Stuhl schimmern und hob es auf, betrachtete es von allen Seiten. Er sah kurz zu Rike, die nichts bemerkt hatte, und steckte den kleinen Gegenstand in die Hosentasche.

Im Untergeschoss wurde es laut. Die Kollegen trafen ein – und fanden ihre durchwühlten Schränke. Er ging nach unten und berichtete, was er vermutete. »Bitte listet alle genau auf, was euch fehlt. Wer sichtet die Überwachungskamera?«

Eine Kollegin meldete sich und ging zu den Geräten, um die Karten zu entnehmen. Nach kurzer Zeit rief sie:

»Hier ist er.« Zu sehen war eine Person in Schwarz, die sich behände bewegte, die Tür schnell öffnete und dann hineinging. Die anderen Bereiche waren nicht überwacht. »Schon schwierig, jemanden mit einer Skimaske wiederzuerkennen«, murmelte Harry.

»Das ist ein Jugendlicher«, vermutete Rike, »vielleicht eine Frau. Schmale Statur, schlank und geschmeidig.«

Sie spielte die Ausschnitte nochmals ab, und Harry brummelte etwas, das sie nicht verstand.

»Meinst du nicht?«, wunderte sich Rike.

Harry war an seinen Computer gegangen. »Doch, doch«, er sah kurz auf, ehe er seinen Blick auf den Bildschirm richtete, und murmelte etwas Unverständliches. Sie hatte den Eindruck, dass er nicht genau zugehört hatte, und konnte sein Verhalten nicht einordnen.

»Harry? Ist irgendetwas?«, fragte sie besorgt. Er schüttelte den Kopf und tippte auf seiner Tastatur, ohne aufzublicken. Als sein Telefon klingelte, griff er hastig nach dem Hörer und schien erleichtert.

»Das ist die Praktikantin Clara mit ihrer Mutter. Kommst du mit zum Gespräch nach nebenan?«, fragte er Rike. Mit gesenktem Blick ging er an ihr vorbei aus dem Zimmer, sie wunderte sich über sein Verhalten, folgte ihm dann in den Konferenzraum. Er hatte sich an die Fensterseite an den Konferenztisch gesetzt und ihr den Platz neben sich angeboten. Sie wollte ihn gerade nach dem Grund seines Verhaltens fragen, als eine Kollegin das Eintreffen der Zeugin ankündigte.

Als erste trat Tomke Jansen in den Raum, Claras Mutter.

»Moin, du bist wieder hier und es gibt einen Mordfall?«, begrüßte Tomke, die Leiterin von *Helgonatur*, Rike. Auf der Straße hätte sie die Naturschützerin kaum wiedererkannt. Statt Dreadlocks trug die junge Frau einen Kurzhaarschnitt mit einer abrasierten Seite.

»Moin, ja, ich bin im Urlaub«, Rike musste lachen.

»Irgendwie kommt mir das bekannt vor«, zog Tomke sie auf.

Sie schob Clara in den Raum, die eine Art Koffer trug. Bei genauerem Hinsehen erkannte sie, dass es ein Katzenkorb war. Sie stellte ihn auf den Tisch. Es war der schwarze Kater aus dem Hotel. Nach Harrys Aufforderung nahmen Mutter und Tochter ihnen gegenüber am langen Besprechungstisch Platz.

»Keinen Kaffee und auch sonst nichts«, bedankte sie sich höflich, aber resolut. »Ich habe gleich Termine und möchte schnellstmöglich wieder gehen. Zuerst wollten wir offiziell dieses Tier abgeben, das uns zugelaufen ist.

Das ist ja nicht strafbar.« Der Kater maunzte, und Clara sprach beruhigend auf ihn ein.

»Ansonsten wüsste ich doch gerne, warum meine minderjährige Tochter von der Polizei vorgeladen wird?« Ihre Stimme klang scharf.

Rike war verdutzt wegen der Katze auf dem Tisch. »Wie zugelaufen? Hast du den aus dem Hotel geholt?«, fragte sie das Mädchen.

Tomke schüttelte resolut den Kopf. »Wie ich sagte, zugelaufen. Abends stand er vor unserer Tür, hat laut miaut. Worum geht es denn hier?«

Rike erklärte, was vorgefallen war, und dass sich daraus Fragen ergaben. »Am Vortag wurde im Büro des *Hotels Prinzessin Alexandra* eingebrochen. Der Kater war weg, ansonsten nichts entwendet. Prinz, mein Hund, hat die Spuren verfolgt und ist auf dich gestoßen, Clara. Was hast du uns dazu zu sagen?«

Ihre Mutter sah das Mädchen überrascht an, sagte nichts. »Keine Ahnung, was der Hund von mir wollte, ich war es nicht«, stotterte Clara.

»Hat es etwas mit deinem Praktikum zu tun?«, hakte Harry nach. »Das ist zu Ende, ich habe Geld bekommen, alles bestens«, entgegnete das Mädchen.

»Irgendetwas hast du doch in dem Büro gesucht, Clara. Du kanntest dich aus – und du hast neulich den Toten gefunden. Es hat damit zu tun, stimmt's? Oder wolltest du das Tier befreien?« Rike sah die Schülerin eindringlich an.

Die schüttelte nur den Kopf, wirkte reichlich kleinlaut. Sie mied den Blickkontakt, eine Träne tropfte auf den Tisch.

Gerade wollte Harry erneut fragen, als die Mutter aufstand. »So, das reicht. Sie hat Nein gesagt, bitte respektieren Sie das. Ich muss jetzt zur Arbeit.« Auffordernd sah sie ihre Tochter an, die sich ebenfalls erhob, und schob sie in Richtung Tür. Sie nahm den Katzenkorb wieder auf. »Den bringen wir gleich zurück.«

Clara zögerte und schluchzte lauter. Dann entwand sie sich dem Arm ihrer Mutter und kam erneut in den Raum, setzte sich wieder an den Konferenztisch gegenüber von Rike. Harry, der aufgestanden war, nahm ebenfalls noch mal Platz. Tomke war umgekehrt und hinter ihrer Tochter stehen geblieben.

»Ich war es. Ich habe das Bild gemalt, das auf dem Tisch lag bei Herrn Dorst, und den Pfeil gezeichnet. Aber ich habe ihn nicht umgebracht! Und den Kater habe ich auch nicht geklaut.«

Ihre Mutter hatte sich neben sie gestellt und sah das Mädchen überrascht an. »Was für ein Bild?«

Harry hatte die Karikatur auf seinem Handy schnell parat und zeigte sie beiden. »Was will uns die Künstlerin damit sagen? Hat er dir etwas angetan?«

Das Mädchen schüttelte den Kopf. »Nein, hat er nicht. Es war ein Geschenk. Ich wollte ihn um einen Rat fragen, wie ich Künstlerin in Berlin werde. Ich möchte nur weg von dieser blöden Insel.«

Rike und Tomke wechselten einen kurzen Blick. Die Naturschützerin schüttelte den Kopf. »Kindchen, hättest du doch mit mir geredet. Ich kenne Künstler, die dir helfen können. Da fragst du ausgerechnet den Dorst!«

»Und der Einbruch? Hast du das Bild gesucht?«, hakte Rike nach.

Claras Gesicht war hochrot, sie schüttelte nur den Kopf. Aus dem Mädchen würden sie nichts mehr herausbekommen.

»Meine Tochter ist keine Einbrecherin. Rike, wie kannst du so etwas denken? Du kennst uns doch.« Tomke Jansen zog die Jugendliche, die völlig durcheinander war, mit sich. Vermutlich hatten die beiden einiges zu klären.

»Ich könnte wetten, dass sie es war. Aber den Mord hat sie nicht begangen«, sagte Rike, als die Frauen den Raum verlassen hatten. »Was hat sie bloß gesucht?«

»Ob sich irgendetwas Verfängliches auf Dorsts Film befand? Wenn wir nur endlich die Aufnahmen von seinen Dreharbeiten hätten«, seufzte Harry. Er folgte ihr zu seinem Büro. Rike hatte sich auf das Sofa gesetzt und ihren Laptop geöffnet.

Er ging ratlos hin und her. Erst der Einbruch im Hotel und nun sogar bei der Polizei. Er hoffte, dass sich ein sehr unangenehmer Verdacht nicht bestätigte.

»Ich muss jetzt eine Runde laufen, bist du dabei?«

Das hielt Rike für eine ausgezeichnete Idee, denn ihre Gedanken waren festgefahren. »Absolut, und Prinz wird sich freuen«, stimmte sie ihm zu.

Sie liefen entgegen dem Uhrzeigersinn an den Hummerbuden vorbei bis zum Nordstrand, die Treppe hinauf und dann den Wanderpfad um die Felsenküste entlang. Sie rannten stumm und legten gelegentlich Sprints ein. Rike warf das Krokodil mehrmals vor sich auf den Weg. Ihr Hund verfolgte sein Lieblingsspielzeug bellend und legte es neben ihnen ab. Harry dachte weiter über die Einbrüche nach, hoffentlich irrte er sich mit seinem Verdacht.

Als sie leicht verschwitzt, aber zufrieden zurückkehrten, stand ein Punk mit einem regenbogenfarbigen Kamm und im blauen Anzug vor ihnen.

»Na, das sieht ja nach entspannter Ermittlungsarbeit

aus«, frotzelte er. »Wolter, ich vertrete Finja Kowalski. Wir würden gerne das Schiff um 16 Uhr nehmen«, sagte er.

Harry schloss die Zelle auf. »Moin, die Dame. Ihr Paragrafendreher ist da. Kommen Sie bitte?«

»Na, das ging aber flott«, bemerkte sie amüsiert, sie machte sich offenbar keine großen Sorgen wegen der Ermittlungen.

»Wir sind gleich wieder da«, sagte Harry. Das Mandantengespräch verschaffte ihnen einen Moment, um sich frisch zu machen.

Als er wieder in den Raum kam, beugten sich der Anwalt und Finja Kowalski über das Handy. Aus den Augenwinkeln sah er, dass sie einen Film angesehen hatten. Der Jurist räusperte sich und begann das Gespräch.

»Um die Sache abzukürzen: Meine Mandantin hat undercover für die Bewegung *SaveSisters* gearbeitet. Sie hat einen Film über den Moderator Casimir Dorst und seinen Umgang mit Frauen erstellt. Deshalb hat sie sich in dessen Umfeld aufgehalten. Für ein Tötungsdelikt gibt es keinerlei Motiv«, sagte der Anwalt.

»Frau Kowalski hat kein Alibi für den Todeszeitraum, und sie hatte die Gelegenheit, sich Herrn Dorst zu nähern und ihm giftige Substanzen zu verabreichen«, erklärte Harry. Rike kam hinein und setzte sich neben ihn. Er bemerkte, dass sein Herz einen Hüpfer tat, wenn er seine Studienkollegin sah. Offenbar hatte er nicht mit ihr abgeschlossen. Doch er musste sich auf den Fall konzentrieren. Das war schwierig genug.

»Herr Kruss und Frau Menkendorf, ist das alles, was Ihnen gegen Finja Kowalski vorliegt? Das hält doch keine fünf Minuten stand, können wir bitte gleich mit dem Haftrichter telefonieren?«

»Sie hassen Männer wie diesen Dorst. Eine Frau hat sich das Leben genommen wegen ihm. Der hatte es doch verdient zu sterben«, versuchte Rike eine Provokation.

»Da bin ich aber nur eine von Tausenden, die solche Männer hassen. Wenn alle zur Tat schritten, wäre das ein ziemliches Gemetzel. Ich habe einen besseren Weg gefunden, um ihn fertigzumachen.« Finja Kowalski sprach selbstsicher und klar, ihr Argument hatte einiges für sich.

Wolter setzte hinzu: »Reine Behauptung ohne Beweiskraft. Damit kommen Sie nicht durch. Also, wir verabschieden uns!«

»Das entscheidet der Haftrichter«, widersprach Rike. Sie sah ihn an und fügte hinzu: »Sie können uns die Arbeit erleichtern. Wir haben keinerlei Material von ihm gefunden – wo ist das? Zudem sind wir dabei, Dorsts Ablauf zu rekonstruieren. Mit wem hat er außerhalb des Programms gesprochen?«

Finja Kowalski fragte ihren Anwalt: »Was meinst du, soll ich kooperieren?« Er nickte. »Wenn wir ihre verbindliche Zusage erhalten, dass wir das nächste Schiff bekommen, kannst du das gerne tun.«

Wieder sah ihn Rike an und nickte. »In Ordnung. Ich sage hiermit zu, dass sie auf der *MS Nordsee* heute die Heimreise antreten können.« Die junge Frau verlange Zettel und Stift, wuschelte sich mit der Hand durch die Haare und notierte Stationen und Namen. »Das war das Programm, bei dem ich ihn begleitet habe, und die Gesprächspartner. Anfangs hat uns der Kameramann unterstützt, der ist aber wegen eines Notfalls früher abgereist.«

»Das waren alle Orte und Kontakte auf der Insel?«, fragte Harry, als sie fertig war.

»Da gab es ein Filmvorhaben von der Hotelchefin, das stand nicht auf dem Programm. Er hatte den Bericht schon so gut wie fertig, es ging um ihren Vorfahren aus der Nazizeit. Sie hat mich gefragt, ob ich das übernehme. Er hatte zu diesem Thema zusätzlich einen Dreh außerhalb des Hotels, an dem ich nicht teilgenommen habe. Daraus hat er ein ziemliches Geheimnis gemacht«, sagte sie.

»Was wissen Sie darüber?«

Kowalski dachte nach. »Das war jemand von der Insel, der ihn kontaktiert hat. Er hat ein Schreiben bekommen und mit der Person telefoniert. Ich weiß weder, ob es Mann oder Frau war, noch einen Namen.«

»Was für ein Schreiben, wo kam das her?«, fragte Rike.

Die Verdächtige überlegte einen Moment. »Das lag auf dem Tisch im Salon, und er hat dann eine Nummer angerufen.«

»Und wer erbt jetzt die Firma?«, wollte Harry wissen.

Finja Kowalski zuckte mit den Schultern? »Tati, mit der ist er ja immer noch verheiratet? Oder André bekommt seine Anteile zurück?«

»Wir müssen uns jetzt verabschieden«, erklärte der Anwalt und stand auf. »Aber wir stehen für Rückfragen bereit.«

»Wir melden uns«, sagte Harry. Mit gemischten Gefühlen ließ er die Verdächtige ziehen. Ebenso wie Adomat hätte sie ein Motiv, doch Beweise hatten sie keinen einzigen.

KAPITEL 44

Jana stand am Fenster und sah auf den bunten Haufen, der dort lag. Viel war es nicht, was er mitgebracht hatte. Zwei Koffer, Boxhandschuhe, seinen Vinylschallplattenspieler und ein Weinregal. Seine Habseligkeiten wurden vom Helgoländer Nieselregen langsam durchweicht. Sie war vorher bei ihrem Großpapa, der bemerkt hatte, wie traurig sie war. »Herzschmerz?«, fragte er, und Jana nickte.

Er stellte den Wasserkocher auf den Gasherd und ließ das heiße Wasser dann langsam in die Teekanne rinnen. Es war beruhigend, seinen gemächlichen Bewegungen zuzusehen. Riesige Hände hatte er, früher war er einmal Fischer gewesen.

Sie deckte den Tisch, stellte die Blümchentassen neben die Kluntjes und setzte sich. Als der Tee nach genau dreieinhalb Minuten fertig war, füllte er ihn in die Tassen. Er wartete, bis sie einen guten Schluck getrunken hatte, und fragte dann.

»Willst du darüber reden?«

Jana wusste gar nicht, wo sie anfangen sollte. Harry war ein witziger und charmanter Mann. Aber vielleicht war er nicht für das Zusammensein und gemeinsame Leben gemacht.

»Ich glaube, er respektiert meine Arbeit nicht. Jedenfalls unterstützt er mich nicht«, klagte sie ihrem Großpapa.

»Selbst ist die Frau, Mädchen. Das hat schon deine Oma gesagt. Lass dich bloß nicht an den Herd verbannen.«

Sie nickte. Darum ging es Harry vermutlich nicht.

»Das will er nicht. Aber er versteht nicht, wie wichtig mir mein Beruf ist. Es könnte mich den Job kosten, dass er so stur ist.« Eine Träne rann ihre Wange hinunter, obwohl sie versucht hatte, das Weinen zu unterdrücken.

»Lass dich mal drücken, Kleine«, brummte ihr Großvater und nahm sie in den Arm. Er roch nach salziger Luft und Tabak. Sie kuschelte sich einen Moment an seinen Rauschebart und seufzte: »Ich will hier nicht wieder weg, um keinen Preis der Welt.«

Sie hatte sich mit dem Posten nicht nur den Wunsch nach einem Leben auf der Insel erfüllt, sie liebte diese kreative Arbeit und den Umgang mit Gästen. Dorst war leider die unrühmliche Ausnahme. Dieser Typ war eine der unangenehmsten Personen, der sie in ihrem bisherigen Leben begegnet war.

»Ich habe ein paar Fehler gemacht«, gab sie zu.

Er nahm ihre Hand in seine. »Reden, das ist immer wichtig bei Meinungsverschiedenheiten. Dann gibt es einen Weg.«

Da hatte sich ihr Großvater getäuscht. Als sie kurz darauf nach Hause kam, erwartete Harry sie mit der Miene eines Großinquisitors. Er hatte im Dunkeln auf einem Stuhl gesessen, der gegenüber der Tür stand. Sie schaltete das Licht an und stieß einen Schrei des Erschreckens aus, als sie ihn plötzlich da sitzen sah. Sie hatte ihn dort nicht vermutet. Finster ließ er etwas kleines Gelbes vor ihren Augen baumeln. »Kennst du das?«

Sie fasste sich an ihr Ohr, und da fehlte eines der Bernsteingehänge, die ihr Großpapa persönlich für sie geschliffen hatte.

»Das muss meiner sein«, sie streckte ihre Hand aus. Er ließ den Schmuck weiter vor ihrer Nase baumeln. »Das ist ein Beweisstück, das der Einbrecher bei uns auf der Wache verloren hat. Möchtest du mir etwas sagen?«

Der Ton gefiel ihr nicht. »Ist das jetzt ein Verhör, oder was? Du kannst mich ja gleich in die Zelle sperren. Ach nein, da sitzen ja schon unsere Pressegäste, ist kein Platz mehr frei«, entgegnete sie schnippisch.

Er verschränkte die Arme, den Ohrring hatte er immer noch in der Hand. »Jana, das ist kein Spaß, es geht um eine schwere Straftat. Mord! Was hattest du in der Wache zu suchen?«

Sie entwand ihm das Schmuckstück und legte es wieder an. »Ahnst du, was ich gesucht haben könnte? Rein theoretisch, das ist kein Geständnis! Sonst bist du doch immer so schnell im Kombinieren«, warf sie ihm an den Kopf.

Verständnislos sah er sie an, er hatte es offenbar nicht kapiert.

»Mensch, Harry. Ich kämpfe um meinen Job, das Leben auf der Insel. Ich brauche diesen verdammten Film von Dorst. Seine Aufnahmen, seine Interviews, seinen bösen Humor und Spott. Das kann niemand so wie er. Warum hilfst du mir denn nicht? Das könnte Helgoland so weit voranbringen!«

Harry tippte sich mit dem Finger an die Stirn.

»Dafür begehst du eine Straftat? Mensch, frag mich doch mal vernünftig. Übrigens haben wir kein Filmmaterial«, brüllte er sie an.

Sie sah ihn ungläubig an.

»Wer hat das denn sonst? Verarsch mich nicht!«, schrie sie.

Er schüttelte nur traurig den Kopf: »Das tue ich nicht. Wir haben nichts. Weder Aufnahmen noch Dokumente, kein einziges Gerät. Kamera und Computer wurden nicht gefunden, auch sein Telefon ist weg«, wiederholte er.

Sie kam ins Grübeln. Aber wie konnte das sein? Wo war das Material? Wer hatte es an sich genommen?

Er sah sie stumm und vorwurfsvoll an. »Die Freilassung von dem Adomat, das warst du, oder?«

Jana nickte reumütig. »Ich dachte, er kann den Film fertig machen. Ich verstehe nicht, warum ihr die Kameras und die Aufnahmen nicht gefunden habt. Wo soll das bloß sein?«

»Das ist hier die Frage«, brummelte Harry.

Dann sah er ihr direkt in die Augen. »Jana, ich habe kein Vertrauen mehr zu dir. So kann das nicht weitergehen. Ich verstehe nicht, warum du alles für einen Job opferst? So eine Beziehung möchte ich nicht führen, tut mir leid.«

Sie fühlte sich, als hätte er ihr die Beine weggezogen. Er wollte Schluss machen. Tränen kullerten ihr über die Wangen, die sie schnell wegwischte.

»Das tust du doch genauso. Dein Job geht vor«, flüsterte sie. »Du bestehst immer auf dem Dienstweg, statt mir zu helfen. Vermutlich wirst du mich anzeigen wegen des Einbruchs.«

Er schüttelte den Kopf. »Ich konnte abbiegen, dass du verhört wirst. Ich habe ein Beweismittel verschwinden lassen.« Er deutete auf ihren Ohrring.

»Der Dorst hat dich belästigt. Und ich hoffe inständig, dass niemand die Videos der Überwachungskamera genauer ansieht. Wie sieht das aus, wenn meine Lebensgefährtin in die Wache einbricht?« Er schlug wütend seine Hand auf die Stuhllehne. »Genau genommen bist du eine Verdächtige in diesem Mordfall. Du bringst mich in Teufels Küche!«

Dann drehte er sich weg. Wortlos ging er aus dem Haus und knallte die Tür hinter sich zu. Bevor er offiziell auszog, wollte sie ihm lieber zuvorkommen und räumte seine Besitztümer nach draußen. Das beschäftigte sie und hielt ihr Gedankenkarussell an. Es war ihr egal, dass Regen und Wind davon Besitz ergriffen. Harry sandte sie nur ein Foto von dem Haufen. Nun lag es an ihm, seine Siebensachen einzusammeln.

KAPITEL 45

Einen Moment den Rücken strecken, damit er nicht so schmerzte. Inge Berger hatte sich auf ihre Hacke gestützt und betrachtete ihr Werk. Gartenarbeit war ihr Ausgleich, und es gab keinen Gast, der nicht ihren Rosengarten vor dem Hotel bewunderte. Auf dem hinteren kleinen Grundstück hatte sie ein Bauerngärtchen angelegt. Rosmarin, Salbei und Minze pflückte sich der Koch, um die Gerichte zu veredeln. Blumen verteilte sie dekorativ in der Halle. Die Rosen standen wie eine gut kommandierte Marineeinheit Spalier. Ihre Mundwinkel kräuselten sich bei der Inspektion zu einem Lächeln, was selten vorkam. Keine verblühten Köpfe oder toten Triebe, alle in eine passende Form geschnitten. Wladi strich um ihre Beine, er war außergewöhnlich friedlich, seit er zurückgebracht wurde. Das war eine komische Geschichte, die ihr die Kleine aufgetischt hatte. Er würde doch niemals abhauen. Vielleicht hatte sie vorgehabt, ihn zu Geld zu machen, da sie das Bargeld nicht gefunden hatte? Aber Hauptsache, er war hier.

»Das hätten wir«, Inge Berger klopfte sich den Dreck von den Handschuhen, zog diese aus und verstaute die Geräte wieder im Schuppen. Sie ärgerte sich über diesen unverschämten Inselbullen. Der war doch in ihr Haus einmarschiert und hatte Dorsts Assistentin mitgenommen. Und was sollte aus ihrem Plan werden? Für die Untersuchung des Vandalismus-Falls brachte er keine Energie auf, auf den Kosten blieb sie sitzen.

Nachdenklich schritt sie in die Rezeption, beinah wäre sie von der jungen Frau und einem merkwürdig aussehenden Begleiter umgerannt worden. Zum Glück hatten die sie freigelassen. »'tschuldigung, wir müssen das Schiff bekommen«, sagte Finja Kowalski und wollte in Richtung Fahrstuhl laufen.

Die Hotelchefin stellte sich ihr in den Weg, denn das war ihr einziger Plan B. »Auf ein Wort«, sagte sie entschieden.

»Die Rechnung übernimmt der Kanal – und Sie haben meine Kreditkartendaten zur Sicherheit«, versuchte die junge Frau sie abzuwimmeln, dabei trat sie einen Schritt zur Seite, um zum Fahrstuhl zu kommen. Inge Berger versperrte den Weg wieder mit ihrem Körper. Das konnte sie nicht zulassen, sie brauchte diese Dokumentation.

Es ging ihr ja nicht um den läppischen Zimmerpreis. Sie versuchte, freundlich zu bleiben. »Wir hatten ja etwas vereinbart. Das ist mir wichtig, dass Sie diesen Film machen. Wann gedenken Sie, das in Angriff zu nehmen?«

Sie bemerkte, dass Finja Kowalski anders aussah als vorher. Sie war ungeschminkt und trug recht unansehnliche Kleidung.

Die junge Frau schüttelte den Kopf.

»Ich bin nicht die, für die Sie mich halten. Ich bin Frauenrechtlerin bei den *SaveSisters* und habe an einem Film über Dorsts Taten gearbeitet.«

Inge Berger war vollkommen überrascht. Sie hatte von dieser Bewegung gehört – und sah diese Entwicklung durchaus mit Sympathie. Denn in ihrer Hotelkarriere hatte sie selbst einige Übergriffe abgewehrt. Nur einen Moment zauderte sie.

»Ja bravo, da haben Sie meine volle Unterstützung. Ich kann mich gerne bei der Organisation erkenntlich zeigen. Falls Sie hier einen Kongress veranstalten möchten – oder als Sponsorin.«

Finja Kowalski hatte offenbar Ablehnung erwartet und schien überrascht über diese Reaktion.

»Da können wir gerne drüber reden. Ich melde mich.« Mit den Worten hatte sie sich doch an ihr vorbeigedrängt. Der Begleiter rief sie und mahnte zur Eile. Sie rannten in Richtung Aufzug und fuhren nach oben. Eine Viertelstunde später eilten beide mit dem Gepäck beladen wieder durch die Halle.

Finja Kowalski reichte ihr eine Karte, auf der Kontaktdaten der Bewegung standen. »Danke für alles. Ich melde mich, sobald der Dorst-Film durch ist. Das wird ein Skandalthema«, bei diesen Worten lächelte sie verschmitzt.

Inge Berger blickte ihr hinterher. Umso besser, wenn die Kleine erst einmal bekannt war und eine Organisation im Rücken hatte. Dann würde der Bericht über ihren Großvater ernst genommen. Ihr Blick fiel auf die Promenade. An diesem belebten Abschnitt würde sich der Stolperstein gut machen. Das Denkmal mit dem Namen »Helge Berger«.

KAPITEL 46

Wellenberge türmten sich vor den Landungsbrücken, die Nordsee hüllte sich in dunkles Grau, Gischt schäumte. Um die Landungsbrücken heulte der Wind. Da die Überfahrt kurz war, wollte Rike dennoch mit Prinz zur Düne übersetzen. »Dünenfähre ist nichts für Feiglinge«, hatte der Mitarbeiter der Dampferbörte nur gesagt, als sie ihn fragte, ob die Überfahrt möglich war. Sie hatte die Fahrkarten gekauft und wartete mit ihrem Hund am Anleger. Die überdachte *Whitkliff* lag auf der Werft, ein Börteboot verband die beiden Teile Helgolands. Sie entdeckte das Schiff auf halber Strecke auf dem Rückweg von dem Inselchen – und es bewegte sich stärker auf und ab, als sie befürchtet hatte. Mit schlechtem Gewissen strich sie ihrem Hund über den Kopf. Schiffe mochte er nicht und bei Seegang noch weniger.

»Prinzilein. Ich habe einen leckeren Kauknochen in der Tasche.« Er knurrte leise, während das Boot auf sie zugeschaukelt kam.

Rike war in den Tagen zuvor die Wege auf dem Felsen abgelaufen. Die Bibliothekarin hatte ihr sogar den Kontakt zu einer Botanikerin vermittelt, die ein Buch über die Inselflora publiziert hatte. Am Vorabend hatte diese sie in ihr Ferienhaus auf dem Oberland auf einen Tee eingeladen.

»Könnte der Blaue Eisenhut hier natürlich vorkommen oder halten Sie das für unmöglich?«, wollte Rike wissen.

»Ausschließen würde ich es nicht, wir haben über 1.000 Arten verzeichnet«, hatte die Frau erklärt. »Da gibt es einmal die Salzwiesenpflanzen, die hier ihren Lebensraum haben, dazu verschiedenste Exoten. Viele Samen werden von Vögeln eingeschleppt, andere über Baumaterial oder Reisegepäck. Ich habe selten eine so reichhaltige Vegetation gesehen«, schwärmte sie. »An Blauen Eisenhut kann ich mich nicht erinnern. Möglicherweise in einem Privatgarten«, vermutete sie.

Rike hatte die Insel abgesucht und nirgends die typischen Dolden entdeckt, nun wollte sie sich auf der Düne umsehen. Außerdem fehlte ihnen ein Programmpunkt von Dorst. Seine Assistentin hatte von einem geheimnisvollen Gespräch berichtet, sie würde sich auf der Düne erkundigen, ob er nach dem offiziellen Ausflug dorthin zurückgekehrt war.

Das Börteboot legte an, Prinz jaulte, als er über den schwankenden Steg hinaufgehen sollte. Er blieb davor sitzen und bewegte sich keinen Millimeter weiter. Sie überlegte kurz, ob sie ihn tragen konnte, doch sie würde den Hund mit Mühe und Not nur anheben können, nicht über fünf Meter transportieren.

»Prinz, es gibt einen leckeren Knochen für dich.« Sie zeigte auf ihre Tasche, er versteckte sich hinter ihrem Rücken, schielte aber nach dem Leckerchen.

»Bekommst du, wenn wir drüben sind. Die Überfahrt dauert nur fünf Minuten«, lockte ihn Rike. Sie zeigte auf den Steg. Mit zwischen den Hinterbeinen eingeklemmtem Schwanz folgte er ihr ins Schiffsinnere, wo er sich unter ihrer Sitzbank verkroch. Außer ihr wollte an dem Tag niemand die Schaukelfahrt wagen.

»Moin, sind Sie Herr Scholle?«, sprach sie den Kapitän an, der kurzärmelig am Steuer stand, so als wäre aller-schönstes Sommerwetter.

»Moin, Scholle reicht«, antwortete der bärtige Seebär und legte ab. »Wer will das wissen?«, fragte er.

Rike stellte sich vor und grüßte ihn von Harry, er sah ein wenig freundlicher aus. Dann zeigte sie ihm ein Foto des Verstorbenen. »War der mal allein mit dem Boot auf der Düne?« Scholle sah das Bild an und schüttelte den Kopf. »Den kenne ich aus dem Fernsehen. Die Fähre hat er nicht genommen, ein Kollege hat ihn mal im ganzen Tross befördert.« Das war die Tour, die sie begleitet hatte.

Sie bedankte sich, es gab die Möglichkeit, dass Dorst sich ein anderes Boot gemietet hatte, das mussten sie prüfen.

Sie hatten den Hafen verlassen. Wasser spritzte bis ins Innere des Schiffs, sie schaffte es, dem Schwall auszuweichen. Ihr Magen meldete sich, doch die Vorfreude war größer. Sie liebte diese kleine Sandinsel. An keinem anderen Ort, den sie kannte, war die Luft so rein. Ein Spaziergang befreite die Atemwege, Helgoländer waren davon überzeugt, dass die dortigen Aerosole in einer halben Stunde fast alle Krankheiten heilen konnten. Auch wenn sie ein wenig Seemannsgarn spannen, war die salzgetränkte Luft in jedem Fall gesund.

Der Wind hatte die Wolken vertrieben, doch die See war nach wie vor bewegt, schaukelte das Schiffchen kräftig. Sie waren fast angekommen. Im Hafenbecken auf dem Inselchen ließ das Schwanken nach. Kaum hatten sie die Füße wieder auf festen Boden gesetzt, als Prinz sie anbellte.

»Ist ja gut, Dicker.« Sie zog den Kauknochen aus der Tasche und überreichte ihrem Hund die Bestechung.

»Du wirst immer anspruchsvoller. Früher hätte da ein Leckerli gereicht«, scherzte sie. Einen Moment wartete sie, bis er die Hälfte vertilgt hatte, und sah sich die Karte an. Auf der winzigen Sanderhebung waren Anlaufpunkte markiert. Prinz hatte seine Beute im Maul und war schon ein Stück vorgelaufen. Die Frage nach dem Uhrzeigersinn war damit entschieden.

Vom nördlichen Ufer aus überblickte sie die Insel, die Vegetation beschränkte sich auf Strandhafer. Sie kamen an den Nordstrand, einen Abschnitt mit grober Körnung, statt Sand knirschten zermahlene Steine unter ihren Schuhen. Graue Felsen bedeckten den Küstenabschnitt, sie betrachtete die Vegetation mit dem Fernglas. Sie erschrak, als sich ein vermeintlicher Gesteinsbrocken vor ihren Füßen in Bewegung setzte und sich gegen ein anderes Exemplar warf. Das waren Kegelrobben! Sie hatte schon von den riesigen Säugetieren gehört, doch nicht erwartet, so unmittelbar auf sie zu stoßen. Zum Glück war Prinz zurückgekommen und hielt sich dicht bei ihr. Sie nahm ihn an die Leine. Die beiden Tiere waren gigantisch, schwerer als ein Kaltblüter vor den Kutschen nach Neuwerk, schätzte sie. War es Spiel oder ein Kampf auf Leben und Tod? Sie warfen sich gegeneinander, kreuzten die Hälse, versuchten in einer Art Ringkampf, den anderen zu Boden zu drücken. Rike hielt den Atem an. Würde einer der Gegner tot zurückbleiben? Was, wenn die beiden sich gestört fühlten und sie entdeckten?

Nach ein paar Minuten robbte eines der schweren Tiere erstaunlich schnell in die Nordsee. Rike löste sich aus ihrer Erstarrung. Sie zogen sich langsam und leise zurück und liefen mit gebührendem Abstand weiter. Nur keinem der riesigen Tiere in die Augen sehen. Das war meistens eine gute Vorsichtsmaßnahme, nicht nur im Tierreich. Am Ende des Strandes befand sich eine hölzerne Plattform, von der Rike systematisch alle Himmelsrichtungen nach Vegetation absuchte. Von der Erhöhung konnte sie die Zelte des Campingplatzes, die bunten Holzhäuser auf der gegenüberliegenden Seite und die Landebahn des Inselflugplatzes überschauen.

Im Süden befand sich der Sandstrand mit dem Seezeichen, den sie vom Oberland immer voller Sehnsucht betrachtete. Die Bucht leuchtete aus der Ferne türkis wie eine Lagune in der Südsee. Dort würden sie auf jeden Fall Rast machen, nachdem sie sich den Bewuchs näher angesehen hatten. Auf ihrem Weg lag der Flughafen, wo es auch ein Restaurant gab. Mehrere kleine Maschinen landeten auf den Rollbahnen, als sie in Richtung des Towers lief. Sie zeigte dem Verkäufer im Laden das Bild von Dorst, doch der schüttelte mit dem Kopf. »Fragen Sie noch mal den Chef, der ist dahinten«, riet er. Sie sah zwar niemanden, entdeckte aber ein Beinpaar, das unter einem roten Feuerwehrauto herausschaute. Als sie dort angekommen war, räusperte sie sich.

»Mit wem habe ich die Ehre«, kam eine tiefe Stimme unter der Karosse hervor.

»Friederike von Menkendorf, Polizei.« Rasant tauchte der Mann auf, der von oben bis unten ölverschmiert war, und sprang auf die Beine. »Die Hand reiche ich Ihnen lieber nicht, Ralf Segher. Was führt Sie zu uns?«

Rike zeigte wieder das Porträt des Mordopfers. Er sah darauf und nickte. »Kenne ich, das ist ja ein Promi. Aber hier war der nicht.«

»Haben Sie den sonst noch irgendwo auf der Insel gesehen?«, wollte Rike wissen. Segher nickte. »Ja, mehrfach drüben auf dem Felsen. Aber keine Ahnung, wo das war.«

Sie wartete, ob die Erinnerung wiederkam. »Das wäre wichtig, wo, wann und mit wem.«

»Meistens waren die im Tross unterwegs, einmal sah ich ihn allein, mit der Kamera. Das hat mich gewundert.«

Sie wurde hellhörig. »Wo war das denn und wann?«

Er kratzte sich mit der ölverschmierten Hand im Gesicht und verteilte den Schmutz.

»Auf dem Oberland, in Höhe der Vogelwarte, er lief in Richtung Zentrum. Ich war bei meiner Mutter im Garten zu Besuch, das Datum steht im Kalender, muss nachsehen.«

»Wo könnte er denn gewesen sein?«, hakte sie nach. Er zuckte mit den Schultern. »Klippenrandweg, bei den Vogelleuten, in einem der Gärten?« Den Kalendereintrag würde er später mailen.

Sie nahmen den Pfad in Richtung Inselzentrum. Rechts und links des Weges wucherte Sanddorn, ein wenig Gras. Sie entdeckte unbekannte Pflanzen und identifizierte diese mit einer App auf ihrem Smartphone. Nichts, was der gesuchten Art ähnelte. Sie stieß auf ein Schild zum »Friedhof der Namenlosen«.

Ein Schauer durchfuhr Rike, auf der Insel Neuwerk gab es einen gleichnamigen Ort. Dort hatte sie den grausam hingerichteten Inselkaufmann gefunden, es war ihr erster Mordfall, den sie gelöst hatte. Sie ging mit Prinz vorbei an den Holzkreuzen für die unbekannten Toten, der in einem Gestell aufgehängten Glocke, Gedenksteinen für verstorbene Seenotretter. Besucher hatten zum Gedenken Muscheln und Steine auf die Gräber gelegt. Es war ein stiller, besinnlicher Ort. Sie nahm einen Moment auf einer kleinen Bank Platz, hörte Bienen summen und den Schrei einer Möwe. Prinz saß artig neben ihr. Sie goss ihm Wasser in eine Trinkschale und wartete, bis er fertig geschlabbert hatte.

Dann stand sie auf und folgte weiter dem Weg bis zu dem Bungalowdorf. Die roten, gelben und blauen Holzhäuser hatte sie von der anderen Seite als winzige Spielzeugwürfel gesehen. Rosenbüsche, Sanddorn und Gras säumten den Weg, Beete befanden sich in der Siedlung, jedoch nicht die gesuchte Pflanze. Es fehlte ein letzter Abschnitt der Miniinsel. Sie liefen an einer Lagerhalle vorbei, der Weg führte an den Traumstrand. Sie löste die Leine von Prinz, er raste begeistert in Richtung Wasser, bellte die Möwen an und kam wieder zu ihr gerannt. Rike ließ sich in einem Strandkorb nieder, der nicht abgeschlossen war, und sah auf die brodelnde Nordsee. Es wurde Zeit, die Ereignisse der vergangenen Tage zu sortieren. Warum brach jemand zwei Mal ein und entwendete nichts? Vielleicht weil er etwas gesucht und nicht gefunden hatte. Aber was war es? Vermutlich hatte es mit Casimir Dorst und seinem Aufenthalt zu tun.

Rike warf das Krokodil, begeistert tobte der Hund dem Kuscheltier hinterher. Bald müsste die Fähre wieder eintreffen, sie liefen zum Anleger. Sie hatte nichts gefunden, was den blauen Dolden ähnelte. Vielleicht gab es einen versteckten Privatgarten, den sie nicht gesehen hatte. Ansonsten hatte sie alles abgegrast. Mit hoher Wahrscheinlichkeit konnte sie sagen, dass es keinen Blauen Eisenhut auf Helgoland gab. Der Mörder oder die Mörderin musste die Pflanze mitgebracht haben. Vorsätzlich mit auf die Insel genommen, um Dorst zu vergiften? Die Verdächtigen schienen nicht pflanzenkundig zu sein. Weder Finja

Kowalski noch André Adomat traute sie einen grünen Daumen zu. Aber man konnte sich dieses Wissen ja aneignen, mittlerweile gab es zu fast jedem Thema Videos im Netz.

Die Ankunft der Fähre riss sie aus den Gedanken. »Möchten Sie weiter die Düne bewundern oder mitfahren?«, fragte der Kapitän des kleinen Schiffs.

»Am liebsten bleiben, doch die Pflicht ruft«, seufzte Rike. Dieses Inselchen war ein so friedlicher Ort, sie fühlte sich entschleunigt und zum ersten Mal wie im Urlaub. Vielleicht war doch etwas dran an dem Seemannsgarn.

Auf dem Rückweg war Prinz pflegeleicht. »Feiner Junge«, lobte Rike ihren Hund, als er wieder unter der Bank lag. Der Ausflug hatte zwar keinen Fund gebracht, aber die Suche nach der Mordwaffe der Natur hätte sie zu einem Verdächtigen führen können. Als sie angekommen waren, ging sie zur Wache. Harrys Tür war abgeschlossen, sie spähte in den Raum, da er auf ihr Klopfen nicht antwortete. Er lag auf seinem Sofa und schnarchte leise. Wahrscheinlich hatte er eine kurze Nacht gehabt. Sacht schloss sie die Tür.

»Komm, Prinz, heute wird unser Nachdenktag.« Sie ging in Richtung Hummerbuden, beim Laufen würde sie überlegen. Im Moment steckten ihre Ermittlungen fest. Der erste Verdächtige wurde durch den Inselklüngel geschützt, da er den Werbefilm drehen sollte, zudem hatten sie keine stichhaltigen Beweise. Ebenso wenig lag gegen Finja Kowalski vor, die einen Hass auf den Moderator genährt hatte. Den Mord konnten sie ihr nicht nachweisen. Beide hatten Motiv und Gelegenheit. Und dann war da die Ehefrau. Wenn diese alles erbte, hatte sie ebenfalls Gründe, sich des Gatten zu entledigen. Sie und André

Adomat hatten sich gegenseitig ein Alibi gegeben, die Frage war, ob es stimmte.

Sie waren an der Promenade angekommen, und Rike hatte sich kurz auf eine Bank gesetzt, Prinz nahm neben ihr Platz. Sie tätschelte seinen Kopf:

»Erschöpft, min Jong?« Die salzhaltige Luft machte hungrig und müde. Für einen Moment schloss Rike die Augen. Doch bevor sie den Aufstieg ins Oberland begann, wollte sie einen Schritt weiterkommen. Die Noch-Ehefrau war zumindest eine wichtige Zeugin und nicht unverdächtig.

Prinz sprang freudig auf, als sie sich erhob und in Richtung *Hotel Prinzessin Alexandra* ging. Die Rezeption war leer, sie entdeckte die verkniffene Hotelchefin im Hinterraum und fragte nach der Zimmernummer.

Diese kam mit säuerlichem Ausdruck an den Tresen.

»Sie schon wieder. Wollen Sie meinen Ruf zerstören?«, wetterte die Direktorin.

»Möchten Sie nicht, dass der Mord aufgeklärt wird?«, hielt Rike mit ihrer Standardantwort dagegen. Dann blieb sie wartend stehen.

»Nummer 3. Sie ist im Zimmer«, knurrte Berger und zeigte auf Prinz. »Hamburgs bester Drogenhund, falls ihre Gäste etwas Illegales im Gepäck haben, findet er es 100-prozentig«, flunkerte Rike. Das würde den Drachen hoffentlich für einige Zeit zur Ruhe bringen. Tatsächlich sandte die Frau einen ängstlichen Blick in die Richtung ihres Hundes.

Rike suchte im Zimmertrakt im Erdgeschoss nach der richtigen Nummer. Sie klopfte und hörte von innen eine Stimme.

Tatjana Dorst öffnete die Tür einen Spalt. Sie hatte ihr

Telefon am Ohr und machte ihr ein Zeichen, sich zu gedulden. Rike hörte, wie die Gattin aufgeregt auf jemanden einredete. »Er steht vor der Haustür. Meine Nachbarin ist derzeit im Haus, um die Blumen zu gießen. Sie sagt, er hat einen Räumungstitel. Was kann man da tun?«, fragte Dorst ihren Gesprächspartner.

Die Antwort verstand Rike nicht.

Tatjana Dorst flehte: »Bitte tun Sie etwas, bis ich den ganzen Papierkram geregelt habe. Sie müssen das verhindern!« Danach verabschiedete sie sich und kam wieder zu Rike, die vor der Tür gewartet hatte.

»Guten Tag, gibt es neue Erkenntnisse?«

»Können wir das im Zimmer klären?«, fragte Rike.

Sie blickte nach oben zur Kamera, Frau Dorst öffnete die Tür weiter und ließ sie in den Raum. Abwartend blieb sie dort stehen.

»Wir sind nicht weitergekommen, deshalb möchte ich mich noch mal mit Ihnen unterhalten. Habe ich richtig gehört, dass Ihr Mann Sie räumen lassen wollte?«

Tatjana Dorst nickte. »Und zwar heute. Er war so wütend, weil ich die Beziehung beendet habe, dass er mich unter der Brücke sehen wollte. Mein Anwalt bemüht sich gerade um den Erbschein, damit das Verfahren gestoppt werden kann.«

»Dann kommt Ihnen der Tod gelegen«, warf Rike ein.

Tatjana Dorst nickte: »Auf rein sachlicher Ebene stimmt das. Doch so ein Mensch bin ich nicht. Besitz ist für mich unwichtig, mein Leben ist spirituell.«

Sie ging zu einer weißen Kommode, auf der ein Wasserkocher stand, und stellte ihn an.

»Darf ich Ihnen einen Ayurveda-Tee anbieten, entspannend und beruhigend.«

»Für mich nicht. Danke«, sagte Rike schnell, doch sie war hellhörig geworden. »Kennen Sie sich mit Kräutern aus?«.

Dorst wandte sich ihr erstaunt zu. »Ist mein Mann durch Tee ums Leben gekommen?« Dann schüttelte sie den Kopf. »Spirituell bedeutet nicht, dass ich eine Kräuterhexe bin. Ein wenig kenne ich mich aus, das gehört zur Yoga-Ausbildung. Aber das ist nichts Selbstangebautes.« Sie zeigte Rike die Teepackung. »Da brauchen Sie keine Bedenken zu haben.«

Friederike bedankte sich. »Ich habe keinen Durst«, ging sie auf Nummer sicher.

»Erben Sie alles, Haus und Firma?«, wollte sie wissen.

Tatjana Dorst goss heißes Wasser über ihre Kräuter, zog den Beutel einige Male durch die Tasse, bevor sie diesen beiseitelegte. Sie schnupperte und stieß ein wohliges »Hmm« aus. Dann ging sie zur Sitzgruppe und ließ sich auf der Bank nieder.

»Möchten Sie sich setzen?« Sie deutete auf die beiden Stühle. Rike nahm Platz, Prinz neben ihr.

Tatjana Dorst nippte in kleinen Schlucken, sie sah entspannt und zufrieden aus. »Es sieht danach aus«, bestätigte sie. »Ich bekomme alles, was nach Abzug der Erbschaftssteuern übrig bleibt. Das sagt zumindest mein Anwalt, mit dem ich telefoniert habe. Es gibt keine Kinder oder enge Verwandte.« Es klang nicht triumphierend, sondern faktisch. Rike schwieg und sah die Frau auffordernd an. Sie hoffte, ihr so mehr Informationen zu entlocken. Tatjana Dorst nippte an ihrem Tee und stellte ihn dann wieder auf den Tisch.

»Und ich stelle Gerechtigkeit her. André wird die Firma, die er gegründet hat, leiten, und Finja möchte ich ebenfalls eine Chance geben. So kann ich ein wenig Unrecht wieder heilen.« Sie lächelte zufrieden.

Rike hatte das Gefühl, an derartiger Güte abzuprallen. Die Ex-Ehefrau hatte Gründe, ihren Ehemann zu verabscheuen. Sie hatten in dem Fall ebenso wenig Beweise wie gegen die anderen beiden möglichen Täter. Den Punkt »kennt sich mit Kräutern aus«, hätte ihnen der Staatsanwalt um die Ohren geschlagen.

»Und was wird mit Ihrer Räumung?«, wollte sie wissen.

Tatjana Dorst sah betrübt auf den Boden. »Mein Anwalt bemüht sich, einen Erbschein zu beantragen und das Verfahren zu stoppen. Aber der Titel ist gültig. Da muss erst die Bürokratie ihren Lauf nehmen«, bedauerte sie.

Für Rike war die Räumung in jedem Fall ein Motiv. Selbst ein spiritueller Mensch dürfte sich durch Obdachlosigkeit bedroht fühlen.

»Rein formell muss ich noch mal auf den Abend zu sprechen kommen, den sie mit Herrn Adomat verbracht haben. Sie haben das Zimmer verlassen und sind kurz darauf zurück gekehrt. Können Sie mich aufklären, warum?«

Die Ehefrau dachte nach. Mit leiser Stimme und gesenktem Blick gab sie zu. »Ja stimmt, da bin ich nicht gerade stolz drauf. Ich habe mir nach vielen Jahren Abstinenz eine Packung Zigaretten geholt. Diese fiese Art von meinem Ex hat mich derartig aufgeregt. Das ist mir einfach peinlich.«

Tatjana Dorst ging zur Ablage, entnahm der oberen Schublade ein geöffnetes Päckchen Zigaretten und hielt es Rike hin. »Bitte, das können sie als Beweismittel gerne mitnehmen, ich habe diesen Rückfall ohnehin überwunden.«

Rike sah, dass die Packung mindestens halb leer war. Doch beweisen konnte man dadurch nichts. Sie bedankte sich und verließ das Zimmer. Freudig kläffend lief ihr

Hund los, als sie ihn vor dem Hotel von der Leine ließ. Er trabte zielgerichtet zu einer Blumenrabatte und hockte sich dort nieder. »Nicht, Prinz, nicht hier«, rief sie, doch es war zu spät.

Er hatte einen enormen Haufen mitten in die Blumen gesetzt. Wie ein Kampfdrachen kam die Hotelchefin aus der Tür.

»Das ist ja das Letzte, ich werde mich beschweren«, ätzte die Berger. Rike murmelte eine Entschuldigung. Sie hatte die Hand in einer Tüte und versuchte, die stinkende braune Masse vom Beet und den Pflanzen zu entfernen. Die Besitzerin stellte sich mit verschränkten Armen neben sie. Endlich hatte sie alles in die Tüte bugsiert, der Vorgarten sah wieder präsentabel aus.

»Schönen Abend«, verabschiedete sie sich von der Berger. Diese antwortete nicht. Rike warf die volle Tüte in einen Mülleimer an der Promenade vor dem Eingang, Prinz pinkelte an den Stahlfuß. Die Hotelchefin stand noch immer vor der Tür, hatte einen finsteren Blick auf ihren Hund gerichtet. Rike pfiff nach ihm, dann nahmen sie den Fußweg ins Oberland. Ihre Beine waren schwer von den Abenteuern des Tages. In der Wohnung servierte sie Prinz sein Abendessen und sah in den Kühlschrank. Bis auf ein Glas Gurken waren die Fächer leer, sie hatte keine Zeit für einen Einkauf gehabt. Rike aß eine trockene Scheibe Brot mit ein paar Gurken, bevor sie zu Bett ging und vor Erschöpfung einschlief.

KAPITEL 47

André atmete einmal tief durch, um sie nicht anzubrüllen. Dabei meinte sie es so gut. Tati hatte ihm den bequemen Sessel gelassen, im Yogasitz hockte sie auf dem Bett ihres Hotelzimmers, hatte ihm einen Ayurveda-Tee auf das Tischchen gestellt.

Sanfte Gitarrenklänge säuselten durch den Raum wie in einem ihrer Yogakurse. Auf ihn wirkte das Ambiente ganz und gar nicht beruhigend, er versuchte, seine Füße unter Kontrolle zu halten, sodass sie seine Anspannung nicht spürte. In ihrer Gegenwart meldete sich sein Gewissen. Er wollte ohne sie abhauen und die Firma zurückbekommen. Dabei unterstützte ihn Tati, sie war ein herzensguter Mensch! Sie hatte André als Geschäftsführer vorgesehen – und Finja sollte Reporterin werden, wie der Alte es versprochen hatte.

Finja war ihrer Unterhaltung per Video zugeschaltet. Sie sah völlig verändert aus. Ihre Barbie-Frisur hatte sie abgelegt und trug ihre Haare in einer Art Dutt. Niemals hätte er in ihr eine Feministin vermutet. Er hatte immer den Eindruck gehabt, dass sie sich aufreizend kleidete, um ihre Karriere voranzubringen. Zudem hatte sie Dorst nie öffentlich widersprochen. Ihre Tarnung war aufgegangen.

Seine Aufmerksamkeit kehrte zu seiner künftigen Chefin zurück. Wovon redete sie da? Eine neue Ausrichtung für den Kanal? André musste schlucken, und am liebsten hätte er ausgerufen, was für ein Quatsch das war.

»Ich möchte das Unrecht, das Casimir begangen hat, heilen«, sagte sie mit ihrer sanften Stimme. Er musste sich zusammennehmen, sie meinte es gut. Innerlich kochte er vor Wut. Es war *sein* Kanal! Dieser sollte doch auch wieder ihm gehören. Er biss sich auf die Lippen, ein Wutanfall wäre kontraproduktiv.

Tati hatte sich auf ihr Treffen vorbereitet. Sie hatte Dorsts Vermögen aufgelistet. »Mein Anwalt schätzt den Wert der Immobilien und der Oldtimersammlung auf vier bis fünf Millionen Euro. Ich möchte eine Stiftung gründen, die Opfer von Sexualstraftaten unterstützt.«

»Was haltet ihr davon?«

André hob kommentarlos den Daumen. Gleichzeitig versuchte er, die Information zu verdauen. Bei ihrer Anreise vor ein paar Tagen hatte sie Angst, bald unter der Brücke zu schlafen, weil ihr Ex-Mann sie aus dem Haus werfen wollte. Vollkommen mittellos wäre sie gewesen. Ihr nützte Casis Tod mehr als ihm selbst. Benutzte sie ihn mit dem Alibi? Doch er verwarf den Gedanken. Wie absurd! Sie spielte ihnen nichts vor, sie ging in ihrer Yogini-Masche auf. Oder war das alles ein riesen Bluff?

»Das könnte beispielsweise für die Anwaltsausgaben und Therapien verwendet werden. Da gibt es wenig Unterstützung, das wird dringend gebraucht«, begeisterte sich Finja. »Ich fände es gut, den Kanal neu auszurichten. Bisher war das ja ein patriarchalisches Programm. Stattdessen könnte alles aus einem weiblichen Blick bewertet werden«, schlug sie vor.

»Das hätte leider wenig Zuschauer«, gab André zu bedenken, der seine Felle davonschwimmen sah.

Tati stand zum Glück zu ihm. »André entscheidet über die Ausrichtung, diskutiere das mit ihm. Er wird der Boss im Kanal, ich freue mich, wenn du den feministischen Blick als Reporterin einbringst, Finja«, sagte Tati.

»Außerdem könntest du eine Rolle in der Stiftung spielen. Ein Konzept für die genannten Ideen wäre wundervoll«, bat sie.

Finja nickte. »Kommt in Bälde. Gleich nach der Filmpremiere.«

Tati bedankte sich und schloss die Onlinesitzung. »Noch einen Tee?«, fragte sie ihn.

Er nickte, um sie nicht zu verstimmen. Eigentlich hasste er das Kräuterzeug. Es schmeckte wie Abwaschwasser, und er quälte sich damit, die Tasse zu leeren. André kämpfte beim letzten Schluck des Sockensaftes, wie er insgeheim sagte, mit dem Würgereiz.

Sie nahm sich selbst eine weitere Tasse und begab sich wieder in die höchst unbequeme Position.

»Und, zufrieden?« Sie lächelte ihn abwartend an. »Ich habe nicht vergessen, dass du zu mir gehalten hast, André. Weißt du, heute wäre der Tag, an dem ich auf der Straße gestanden hätte.«

»Danke, Tati. Ich finde es bewundernswert, was du vorhast. Ich muss dir etwas sagen.«

»Es gibt eine Cloud, auf der wir unsere Beiträge nochmals gesichert hatten. Ich hatte keinen Zugang mehr, habe aber Verschiedenes probiert. Jetzt bin ich auf die gespeicherten Filmsequenzen von Helgoland gestoßen«, berichtete er seiner neuen Chefin.

»Und ist etwas Spannendes dabei?«

Er zuckte mit den Schultern. »Naturaufnahmen, da kann man eine wunderbare Reisereportage schneiden. Er wollte offenbar kein Exempel statuieren und einen Flop-Beitrag senden. Ich habe herausgefunden, dass er eine schwarze Kasse führte für die Top-Berichte.«

Sie sah ihn mit großen Augen an. »Du meinst, die Leute mussten zahlen, wenn er positive Sendungen filmte?«

André nickte. »So sieht es aus, ich habe das nicht alles gesichtet. Aber das steht fest.«

»Wow, das ist ja skandalös. Ich bin gespannt auf diese Unterlagen. Was war sonst noch zu finden?«

André scrollte auf seinem Handy und hielt ihr den Bildschirm hin. »Material über die Nazizeit. Es gab eine Widerstandsgruppe auf Helgoland, die verraten wurde. Das ist nicht mein Spezialgebiet. Die Hotelchefin scheint sich damit auszukennen, ich habe schon mit ihr gesprochen. Klingt nach gutem Filmstoff, ich würde das gerne senden, was er gedreht hatte.«

»Tu das. Das klingt vielversprechend«, gab ihm Tati grünes Licht.

Sie räusperte sich. »Hast du etwas Verdächtiges gefunden? Du weißt ja, die Polizei sucht nach den Filmen.«

Er zuckte mit den Schultern. »Das hat alles nichts mit dem Tod von Casimir zu tun. Warum sollte jemand ihn für schöne Bilder oder die ollen Kamellen umbringen?«

Sie hatte sich auf ihrer Yogamatte in den Liegestütz geschwungen, um zu signalisieren, dass das Gespräch beendet war. Im Hinausgehen sah er, wie sie sich langsam aufrichtete, den Rücken zu einer Brücke bog und mit dem Kopf von hinten durch ihre Beine sah. Sie war gelenkig wie eine Gummipuppe.

Schnaufend bat sie ihn: »Bitte sieh dir alles noch mal genau an, bevor du es weitergibst. Nicht dass es irgendeinen falschen Verdacht schürt.«

Er ließ sich die Worte auf der Zunge zergehen. Hatte er Tati unterschätzt?

»Versprochen. Ich habe der Frau vom Inselmarketing zugesagt, den Beitrag über Helgoland fertigzustellen. Sie verliert sonst ihren Job. Was meinst du?«

Sie richtete sich auf und streckte sich ausgiebig. »Da ich von Casi alles erbe, auch die Urheberrechte, gebe ich dir freie Hand. Es sei denn, das ist sexistisches oder patriarchalisches Zeugs. Wegen uns soll niemand seinen Job verlieren. Und sei bitte vorsichtig mit dem, was du rausgibst.«

Er nickte. »Ich danke dir, meine Liebe. Auf mich kannst du dich verlassen.« Sie umarmten sich zum Abschied.

Dann ging er in sein Zimmer. Die Flasche Whisky, die ihm der Zimmerservice am Nachmittag auf den Tisch gestellt hatte, musste er vermutlich bezahlen, obwohl eine Karte aus Büttenpapier daran lehnte. »Unsere Empfehlung für besondere Gäste«, stand darauf. Wieder so ein Marketing-Trick, um den Umsatz anzukurbeln. Aber das war ihm im Moment gleichgültig, er hatte sein Ziel erreicht. Geschäftsführer vom Kanal! Und das war nicht mehr der kleine Hobbyfunk wie am Anfang, sondern ein Medienunternehmen mit Millionenpublikum. Die Frage nach den Anteilen würde er später ansprechen. Er füllte sein Glas und kippte es auf Ex herunter, einen zweiten Whisky trank er genüsslich. Diese Sorte aus einer kleinen Mälzerei hatte einen ungewöhnlichen Beigeschmack, es prickelte auf der Zunge. Er setzte sich wieder an das Material, lud einen Teil davon auf einen Stick und sah sich noch mal die Filme an.

»Mein Gott, das ist ja unglaublich«, murmelte er, nachdem er das Interview in Gänze gesehen hatte. Das würde Einschaltquoten bringen – der Film war fast fertig, er konnte ihn als letztes Werk von Casimir bewerben. In dem Moment fühlte er einen enormen Druck auf der Brust. Ihm war speiübel, und er hatte das Gefühl, keine Luft zu bekommen. Schwankend ging er zum Fenster und riss es auf. Wo hatte er bloß sein Handy abgelegt? Er taumelte in Richtung Garderobe, wo seine Jacke hing. Doch seine Beine versagten den Dienst, er stürzte mit der Schläfe auf die Kommode, dann verlor er das Bewusstsein.

KAPITEL 48

Es waren fünf entscheidende Zentimeter, die fehlten. Die Koje in der *Mariannic'k* war zu kurz, zu eng und zu hart. Jedenfalls nicht als richtiges Bett geeignet. Harry wälzte sich hin und her, ließ die Füße heraushängen, dann den Kopf. Versuchte es mit einem Kissen, auf dem Bauch, der Seite, stopfte es unter den Rücken und winkelte die Beine an.

Jeder Knochen tat weh, er fühlte sich uralt, als der Wecker klingelte.

»Och nee«, stöhnte er, zog sich die Decke über den Kopf, drehte sich zur Wand. Früher war ihm seine Koje nie so unbequem erschienen, doch jetzt war es seine einzige Schlafgelegenheit. Sein Apartment im Hafen hatte er bis zum Jahresende untervermietet, bei Jana wollte er nicht klingeln. Sie hatte ihm den Laufpass gegeben, ehe er sich dazu entschlossen hatte, ihre Beziehung zu beenden. Ihre letzte Nachricht enthielt keine Worte, nur das Foto seiner Sachen vor ihrem Haus. Also hatte sie sämtliche Habseligkeiten entsorgt und auf die Straße gestellt. Das war eine eindeutige Aussage – und kein fairer Zug.

Es schmerzte ihn, seine Schallplatten im Nieselregen stehen zu lassen. Er hatte es bislang nicht über sich gebracht, wie ein begossener Pudel seinen Hausstand dort einzusammeln. Im Laufe des Tages würde er abholen, was davon übrig war. Jana wollte er auf keinen Fall begegnen und so wenig gemeinsamen Bekannten wie möglich. Auf Helgoland verbreiteten sich Gerüchte rasend schnell.

Er goss heißes Wasser auf das Kaffeepulver. »Türkischen Kaffee« hatte seine Mudsch diese Campingvariante immer geschimpft. Er trank einen Schluck und verzog das Gesicht, ging an Bord und spuckte die Krümel in die Nordsee.

»Na, wo bleibt die gute Erziehung?«, hörte er eine vertraute Stimme. Rike stand am Steg und foppte ihn. Woher wusste sie, dass er auf seinem Boot lebte?

»Die Kollegen meinten, ich finde dich hier. Komm bitte mit, wir haben den nächsten Fall«, bat sie.

Ihm wäre beinah seine Tasse über Bord gefallen. »Willst du mich auf den Arm nehmen? Wir sind hier auf Helgoland und nicht in Sankt Pauli!« Er schlürfte seelenruhig seinen Kaffee.

»Harry, mach schon. Ich mache keine Witze über Todesfälle«, drängte ihn Rike ungeduldig.

»Wie bitte? Das hat noch gefehlt«, fluchte er, nahm einen letzten Schluck vom tiefschwarzen Gebräu und kippte den Rest aus der Tasse ins Wasser. Dann ging er unter Deck, wischte sich mit einem Waschlappen kurz durch das Gesicht, um sich ein wenig wacher zu fühlen. Er schnappte seine Jacke, nahm die Treppe mit zwei Schritten, sprang von Bord. »Da bin ich schon«, er rannte in Richtung Golf und fragte sie: »Wohin müssen wir?«

»*Hotel Prinzessin Alexandra.*«

»Schon wieder im Nobelschuppen?«, wunderte er sich. Er hielt an der Wache. Mehr Informationen hatte auch Rike nicht.

»Moin« rief er der Kollegin am Empfang zu. Er war spät dran und fühlte sich übernächtigt. Er schnappte sich den Spurensicherungskoffer und kehrte zum Polizeiwagen zurück.

Sie rasten an den Hummerbuden vorbei zum Hoteleingang. Tatjana Dorst erwartete sie mit rot gefleckten Gesicht in der Hotelhalle. »Was soll denn jetzt aus dem Kanal werden? Ich habe ihn gestern zum Geschäftsführer ernannt.«

»Wer ist der Tote?«, wollte Rike wissen.

»André ist tot«, ihre Stimme brach, Tränen rannen ihre Wangen hinab. »Wir wollten gemeinsam frühstücken, als er nicht reagierte, habe ich das Zimmer öffnen lassen«, brachte sie, unterbrochen von lautem Schluchzen, hervor. Er war erstaunt über die Reaktion, sie schien betroffener zu sein als beim Ableben ihres Mannes.

»Das tut mir leid. Waren Sie beide ein …«, weiter kam Rike nicht. »Nein, waren wir nicht. Freunde, das gibt es. Ohne sexuelle Hintergedanken«, erklärte Dorst.

»Bitte warten Sie in der Hotelhalle, wir müssen den Toten sichern«, bat Harry die Zeugin. »Es ist Zimmer 2, im ersten Stock«, sagte Dorst. Sie gingen durch die Glastür in der Lobby zu diesem Raum, dessen Tür nur angelehnt war. Inge Berger hockte mitten im Wohnbereich neben dem Toten und schnellte bei ihrem Eintreffen hoch. Diese Unperson zeigte keinerlei Respekt für die polizeiliche Arbeit. Ihr Verhalten machte sie verdächtig, wenn es denn irgendein Motiv gegeben hätte. Aber es war die Arroganz der Hotelbesitzerin mit dem ersten Haus am Platz.

»Was machen Sie hier?«, fragte er sie scharf. »So langsam ist es verdächtig, dass Sie an jedem Tatort herumschnüffeln!«

Sie eilte an ihm vorbei und echauffierte sich: »Ich habe nur nach dem Rechten geschaut. Er ist leider tot«.

»Was ist nur in diesem Hotel los, Ihre Gäste sterben wie die Fliegen«, bemerkte Harry.

»Unverschämt! Und dafür bezahlen wir Unsummen Steuergeld. Was ist mit dem Vandalismus-Fall, wer sind diese Täter?«, keifte sie zurück, als sie aus der Tür ging.

Der Tote lag gekrümmt neben der Garderobe. Eine Blutlache hatte sich um seinen Kopf gebildet, auf dem Schränkchen war Blut zu sehen.

»Da ist der drauf gefallen oder wurde gestoßen. Das riecht hier aber eklig säuerlich«, sagte Rike. Harry fotografierte die Position, sie drehten den Toten, vor seinem Mund war Erbrochenes sichtbar.

»Ich nehme dann mal die Abdrücke im Raum und suche nach Faserspuren. Könntest du sein Gepäck durchsehen und die Abfallkörbe?«, fragte er.

»Mache ich«, rief sie. Noch stand sie vor dem Toten und überlegte, welche Parallelen es zum ersten Opfer gab.

Harry bewegte sich durch den Raum, sammelte Proben und machte Fotos. Am Glastisch blieb er stehen, schaute diesen genauer an. »Ich sehe Abdrücke, einen großen und einen kleinen Kreis direkt vor dem Sessel, wie eine Flasche und ein Sockel von einem Wein- oder Sektglas. So als hätte er hier etwas getrunken. Aber hier steht nichts – weder Flaschen noch Gläser.«

»Vielleicht finden wir diese im Müll oder in der Spülmaschine«, sagte Rike und sah die Körbe und die Maschine durch. »Nichts zu sehen.«

»Glaubst du, das war der gleiche Mörder?«, fragte Harry.

»Möglich. Er hat aber diese Verletzung, das ist anders als bei Dorst. Ich hoffe, wir finden dieses Mal mehr«, bemerkte sie. Sie sah den Koffer durch, hatte den Schrank geöffnet und arbeitete sich durch die einzelnen Schrankfächer. »Harry«, rief sie aufgeregt. »Sowohl Laptop als auch Smartphone und Kamera fehlen. Als Medienmensch wird er doch nicht ohne Geräte gereist sein! Das hat jemand entwendet, vermutlich der Mörder.«

Harry nickte. Er hatte die Kleidung abgetastet und darin nur eine Brieftasche gefunden. Er packte sie mit dem Handschuh an und sah die Fächer durch, in denen sich Ausweise und verschiedene Karten befanden. »Nichts, was uns weiterhilft. Wir sollten Frau Dorst nach seinen Geräten fragen«, schlug er vor. Er telefonierte mit der Gerichtsmedizinerin. »Sie kommt im Lauf des Tages. Schöne Grüße soll ich dir ausrichten.«

»Danke, Harry. Sie ist eine der wenigen Kolleginnen aus Hamburg, die ich vermissen werde.«

»Bleib doch auf der Insel, Rike. Dann hast du öfter das Vergnügen.«

Sie versiegelten den Raum, obwohl bald die Bestatter eintrafen und den Toten in den Kühlraum des Krankenhauses transportierten. »Sicher ist sicher. Sonst ist die Berger blitzschnell wieder am Tatort«, sagte Harry, als er das Siegel anbrachte. Rike war in die Halle vorausgegangen und hatte neben Tatjana Dorst Platz genommen. Die Frau saß kreidebleich und wie versteinert in dem gleichen Sessel wie vorher.

»Wann haben Sie André zum letzten Mal lebend gesehen«, fragte Rike.

»Das war gestern am frühen Abend. Wir haben über die Zukunft des Kanals gesprochen und die Stiftung für die Opfer sexualisierter Gewalt, die ich geplant habe.«

»Gab es dabei Streit?«, wollte Harry wissen. Sie schüttelte entschieden den Kopf. »Im Gegenteil. Er war glücklich, dass ich ihn zum Geschäftsführer ernannt habe, und mit der Neuausrichtung war er einverstanden.«

»Wie darf man sich diese vorstellen?«, hakte Rike nach.

»Alle sexistischen Inhalte sollten gestrichen werden. Er fand das gut, wir haben Tee getrunken und uns angeregt über die Zukunft unterhalten«, sagte sie.

»Was für Tee war das? Gibt es einen Rest davon?«

Harry bemerkte, dass Rikes Stimme auf einmal eine Oktave höher klang. Gift im Tee – das schien naheliegend. Dann müsste die Dame eine überdurchschnittliche Schauspielerin sein.

»Das war mein Ayurveda-Tee. Ich habe den selbst getrunken, und mir geht es bestens.«

»Können wir davon eine Probe bekommen?«, bat Harry.

Tatjana Dorst nickte und brachte sie zu ihrem Zimmer, das auf dem gleichen Gang lag wie das von Adomat. »Bitte, kommen Sie hinein, ich habe nichts zu verbergen.« Sie öffnete die Tür, ging voraus zu einer Kommode mit dem Wasserkocher und zeigte ihnen die Teepackung. Rike steckte diese in eine Plastiktüte.

»Sie glauben doch nicht …?« Tatjana Dorst sah sie fragend an. »Im Moment untersuchen wir nur. Wie ist es mit der Tasse von Adomat?«

»Die müsste in der Spülmaschine sein, welche von beiden es war, weiß ich nicht.« Sie öffnete das Gerät, in dem sich die zwei Tassen mit bunten Blümchen befanden. »Nichts anfassen«, rief Rike. Sie nahm beide Gefäße als Beweisstück mit.

»Wann ist er gegangen? Hatte er eine Verabredung?«, fragte Harry.

Sie überlegte. »Ich schätze, so gegen 19 Uhr wollte er in sein Zimmer gehen, um dort zu arbeiten. Er hatte eine Cloud gefunden, wo die Aufnahmen von Casimir gespeichert waren, und alles gesichtet. Er plante, eine Reisereportage über Helgoland fertigzustellen und zu senden und ein weiteres Thema.«

Sie überlegte. »Ach ja, die Reportage hatte er der Marketingfrau der Insel versprochen. Es gab noch weiteres Material über den Krieg«, fiel ihr ein.

»Wissen Sie da mehr drüber?«, fragte Rike.

»Leider nicht, er hatte es nur erwähnt. Es war nicht sein Spezialgebiet. André war nicht so ein Alphatier, der herumgepoltert hätte, wie toll er alles beherrscht. Er wollte sich das ansehen und sendefertig machen.«

»Wo bewahrte er das denn auf? Wir suchen nach den Filmaufnahmen Ihres Mannes und den Aufzeichnungen von André Adomat«, fragte Rike.

Verständnislos sah Dorst sie an. »Das müssten Sie auf seinem Laptop finden. Ich hatte mit dem Kanal wenig zu tun.«

»Wo sind seine Geräte? Es war nichts im Zimmer, so wie schon bei Ihrem Mann«, bemerkte Harry.

Tatjana sah sie erstaunt an. »Das kann gar nicht sein. Er war immer mit seinem Laptop unterwegs, das Mobiltelefon war wie ein Körperteil für André. Haben Sie überall gesucht, auch im Tresor?«

Harry nickte, der Stahlschrank stand ohnehin offen. Ansonsten hatten sie den Schrank, das Bett, die Taschen, jede Ritze abgesucht. Da war nichts, kein Gerät.

»Jemand muss die Technik entwendet haben«, schlussfolgerte er. »Vielleicht hat diese Person etwas mit den Todesfällen zu tun«, warf Rike ein. »Wissen Sie, was für eine Cloud das ist?«

Tatjana Dorst verneinte. »Ich bin Malerin und Yogalehrerin, überhaupt nicht technikaffin. Und glauben Sie mir, ich bin zutiefst traurig über seinen Tod. Ich bin ein friedliebender Mensch und würde niemals ein Lebewesen töten.«

Sie bedankten sich und gingen zum Fahrstuhl. »Was meinst du, ist das eine echte Gutmenschin oder hat sie mit den Todesfällen zu tun?«, fragte Harry in der Kabine.

Rike dachte nach. »Mein Bauchgefühl sagt Nein, sie wirkt authentisch. Aber es wäre im jetzigen Stadium unklug, etwas auszuschließen. Wir müssen diese Cloud finden. War irgendetwas auf diesen Filmen, was er nicht sehen sollte?«

Sie verstummte, als sich der Fahrstuhl öffnete. Die Berger stand an der Rezeption und ließ sie nicht aus den Augen.

Erst draußen nahmen sie das Gespräch wieder auf. »Es ist denkbar, dass es nicht um die Filme ging, sondern um den Sender. Beide waren Geschäftsführer«, mutmaßte Harry.

Rike war ihm zum Auto vorausgegangen und drehte sich um. »Möglich ist alles. Konkurrenten, die den Posten begehrten? Da käme Finja Kowalski infrage, doch sie war im zweiten Fall nicht auf der Insel, soweit wir wissen. Oder Mitglieder aus dieser Frauenbewegung *SaveSisters*? Hat Adomat auch junge Frauen belästigt?«

Harry brummelte zustimmend. »Wir können nichts davon ausschließen. Allerdings ist Adomat nun auch zum Opfer geworden. Entweder hat er Dorst nicht umgebracht, oder es gab zwei Täter. Im Endeffekt haben wir ein neues Problem und sind keinen Schritt weiter.«

Sie kreuzten die Mitarbeiter des Beerdigungsinstituts, die mit einem grauen unauffälligen Sarg in Richtung Hotel liefen.

»Moin«, grüßte Harry.

»Moin, der übliche Service?«, fragte der eine. »Viel Auswahl haben wir ja nicht. In den Kühlraum im Krankenhaus«, betätigte er.

»Geht in Ordnung, auf Wiedersehen.«

Harry winkte. »Lieber nicht, vor allem nicht zu bald.«

Rotes Tagebuch 8. Mai 1945

Der Krieg ist vorbei. Endlich. Am Morgen des 8. Mai kam der Bauer auf den Hof und rief uns alle zusammen. Freudig erzählte er die Neuigkeit, die er in der Dorfkneipe erfahren hatte. »Es ist vorbei, wir haben Frieden. Jetzt kommt eine neue Zeit.« Dann holte er die Schnapsflasche und wollte uns allen einen ausschenken. Ich schüttelte den Kopf, trinke nie Alkohol.

»Lass dir einen Kanten Brot geben«, rief er. Den konnten wir dringend gebrauchen. Der Hunger war unser ständiger Begleiter. Die dünne Suppe, die wir bekamen, machte nicht satt. Die Nahrung reichte kaum aus, um zu überleben.

Griesgrämig händigte uns die Bäuerin das Stück aus.

»Und nun wird's nicht besser. Harte Arbeit, wenig Brot«, schimpfte sie mürrisch. »Und mehr Esser.« Feindselig sah sie die Kinder an. Sie wollte uns nichts Gutes und verhinderte, dass jemand den Kleinen etwas zusteckte.

Ein paar Tage vorher hatten die Briten den Ort besetzt, zum Glück hatten sie sich in der Nachbarschaft einquartiert, sonst hätten wir wieder kein Dach mehr über dem Kopf gehabt.

Meine Cousine schrieb mir von zwei Kammern bei ihrer Nachbarin, in denen wir in Cuxhaven unterkommen könnten. Gleich am nächsten Tag machten wir uns auf den Weg. Wenigstens mussten wir nicht viel schleppen, unsere Habseligkeiten passten in ein winziges Bündel.

Wir liefen den ganzen Tag bis nach Cuxhaven. Die Kleinen waren tapfer. Nur weg von diesem Hof – da waren wir uns einig. In der Stadt führte unser erster Weg zum Sitz der Britischen Militäradministration.

Sofort habe ich bei den Engländern Auskunft über meine Tochter und ihren Mann verlangt. Insgeheim hatte ich die Hoffnung, dass dieser Brief ein Irrtum war. Dass sie lebten und uns suchten. Mit Händen und Füßen konnte ich erklären, was geschehen war. Der englische Soldat schien nie von den Widerstandskämpfern auf Helgoland gehört zu haben.

Diese Gruppe Insulaner, die den Krieg auf der Insel früh beenden wollte, hatte mit den Briten über Funk gesprochen. Der Kontakt wurde intensiver, je näher der Tag rückte. Am Ende sprach mein Schwiegersohn fast jeden Abend mit den Briten am Funkgerät. Ich habe seine Worte belauscht. Sie stimmten ihre Aktion ab. Wenn auf Helgoland die weißen Fahnen gehisst waren, würde die Insel verschont bleiben und nicht bombardiert werden. Die Royal Navy hätte die Seefestung kampflos eingenommen. Zuvor sollten die Offiziere der Wehrmacht festgesetzt und unschädlich gemacht werden.

Doch der junge Mann sah ratlos aus, er schien die Pläne nicht zu kennen. Auch die herbeigerufenen Vorgesetzten waren überfragt. Dabei hatte der große Bombenangriff ein paar Stunden nach der Verhaftung stattgefunden. Da musste es eine Verbindung geben. Die Offiziere lächelten freundlich, doch sie schienen nicht zu wissen, wovon ich redete.

Sie gaben mir Brot und Schokolade für die Kinder und baten mich, in ein paar Tagen wiederzukommen. Wir schleppten uns weiter zum Haus, wo sich die Wohnung befand.

Die Kammern waren jämmerlich klein und schmutzig. Aber wir waren für uns, und ich musste nicht mehr diese harte Arbeit tun. Es war mir immer schwerer gefallen, die Ställe auszumisten und zu melken. Der Rücken schmerzte bei jeder Bewegung, die Handgelenke waren dick geschwollen.

In der Hoffnung, meine Tochter und den Schwiegersohn wiederzusehen, rannte ich zu allen möglichen Stellen, um ihr Schicksal aufzuklären. Der Besuch bei der deutschen Polizei brachte die traurige Gewissheit. Sie händigten mir die Dokumente über die Erschießung aus.

Am 21. April, knapp drei Wochen vor dem Ende des Krieges, waren sie ermordet worden. Ich habe die Stelle im Wald besucht, wo die Nazis unschuldige Menschen feige abknallten. Meist setzten sie die Gewehre von hinten an.

Es war ein idyllischer Ort in der Natur, die Vögel sangen, Wellen rauschten, ansonsten herrschte Stille. Totenstille. Dort gab es keine Zeugen, und die Nazischergen taten ihr schändliches Werk. Niemand konnte mir sagen, wo die Verurteilten beerdigt wurden. Diese Barbaren haben ihre Gegner verscharrt. Es ist mir zum Weinen, was für ein sinnloser Tod. Eines Tages wird jemand dafür zur Rechenschaft gezogen.

Ich muss stark bleiben für die Kleinen, die brauchen mich. Ich bin zu alt, um Kinder großzuziehen. Nur haben sie niemanden außer mir. Ich werde alles für sie geben. Und ihnen von ihren mutigen Eltern erzählen.

KAPITEL 49

Harry hatte die Gerichtsmedizinerin vom Landeplatz abgeholt. Rike befand sich mit Prinz am Strand, als die Nachricht kam. Sie hatte im Sand gesessen und ihr Gesicht in die Sonne gestreckt, selten war das Wetter auf Helgoland so sommerlich. Prinz legte sein Stoffkrokodil vor ihre Füße. Als sie nicht reagierte, stupste er sie an, und sie ließ sich in den Sand sinken. Aufgeregt tanzte er um sie herum und bellte, bis Rike ein Auge öffnete.

»Alles okay, Prinzlein.« Sie warf noch einmal das Stofftier und wartete auf seine Rückkehr, um es wieder an sich zu nehmen. Knurrend verteidigte er seine Beute, das gehörte zu ihrem Spiel. Sie erwischte das Spielzeug und packte es in die Tasche. Dann stand sie auf und klopfte den Sand von der Hose.

»Tut mir leid, Dicker. Der Dienst ruft.« Er bellte zum Protest. »Wer schneller ist«, forderte sie ihn auf. Sie nahmen die steile Treppe zum Oberland, die ihren Puls in die Höhe jagte. Sie sah Prinz schon oben, als sie sich an der Hälfte der Strecke keuchend ans Geländer lehnte und die Aussicht zur Düne bewunderte. Als sie schnaufend aufgeschlossen hatte, legte sie ihrem Hund die Leine an und brachte ihn zur Ferienwohnung. Er versuchte, wieder hinausstürmen, doch ins Krankenhaus konnte er nicht mit. Mit leicht schlechtem Gewissen ließ sie ihren lautstark protestierenden Vierbeiner zurück.

Als sie im Sektionssaal ankam, war Mutlu fast fertig.

»Moin, Frau Kriminalhauptkommissarin. Also immer wenn du in den Urlaub fährst, muss ich einen Pendelverkehr einrichten. Nächstes Mal möchte ich gerne beim Urlaubsziel mitreden«, scherzte sie.

Rike lachte: »Was ist gegen Helgoland im Sommer einzuwenden? Verglichen mit Butenfeld ist das hier ein Paradies.«

»Was ist denn Butenfeld?«, wunderte sich Harry.

»Die Adresse der Gerichtsmedizin in Hamburg«, erklärte Friederike ihm. »Was haben wir hier? Ist die Kopfverletzung tödlich gewesen?«

Die Rechtsmedizinerin schüttelte den Kopf: »Das kann ich ausschließen. Das ist eine eher oberflächliche Verletzung, die nicht zum Tod geführt hat. Er ist hingefallen oder geschubst worden. Für Letzteres finde ich keine Anhaltspunkte.«

»War es denn Fremdverschulden?«, fragte Rike.

Mutlu sah den Toten nachdenklich an und nickte zögerlich. »Es gibt Anzeichen für einen Giftmord, aber ich möchte sichergehen. Ohne Gewebeproben und die Untersuchung der Körperflüssigkeiten bestätige ich es nicht offiziell. Davon könnt ihr aber ausgehen.« Sie zeigte auf eines der Tatortfotos. »Hier sieht man das Erbrochene. Es könnte sich um eine Vergiftung handeln. Vermutlich steckte die Substanz in einem Getränk, feste Nahrung hatte er kaum intus. Er hatte aber einiges getrunken.«

»Der Tee«, rief Harry aus. Rike nickte. »Zum Glück haben wir das Tässchen abgelehnt.«

»Nicht nur Tee. Er muss auch ein paar Gläser Alkohol zu sich genommen haben, die genauen Untersuchungsergebnisse bekommt ihr nach der Analyse von Gewebe und Körperflüssigkeiten«, sagte Mutlu, »die Tassen und die Teemischung werden wir pharmakologisch analysieren.«

»Gab es sonst etwas Besonderes?«

Sie überlegte. »Falls ihr gerne den Todeszeitpunkt hättet: Ich schätze, es war zwischen 20 und 23 Uhr. Das Gift kann er schon etwa eine Stunde vorher eingenommen haben.«

»Das kommt mit dem Termin bei Frau Dorst hin«, sagte Rike. Sie bedankte sich, sie hatte das Bedürfnis, sich zurückzuziehen und alle Ereignisse der letzten Tage durchzugehen. »Entschuldigt bitte, ich bin hundemüde«, verabschiedete sie sich. Im Gehen hörte sie, wie Harry fragte: »Trinken wir einen, bevor Sie abheben?«

»Mensch, Kruss. Um es Ihnen mal aufs Brot zu schmieren: Ich bin Lesbe, ja, das gibt es. Türkische Lesben. Also hören Sie auf, mich anzubaggern, das ist verschwendete Liebesmüh!«

»Mensch, Mutlu. Was denkt ihr alle von mir? Ich will nicht jedes Mal jemanden anbaggern, wenn ich einen trinke. Das war nicht meine Absicht«, verteidigte sich Harry.

Rike musste lächeln. Sie glaubte ihm sogar. Zwar hatte er ihr immer noch nichts über seine Beziehung berichtet, doch sie spürte, dass der Haussegen schief hing. Harry wollte den Moment des Nach-Hause-Gehens in seine Schlafkoje hinausschieben.

Sie ging nach oben in Richtung Ferienwohnung, die frische Luft half ihr, den ekelhaften Geruch aus dem Keller zu vergessen. Kurz vor der Wohnung kam ihr ein Gedanke. Sie hatten zwei Personen komplett außen vor gelassen. Diese Jana vom Inselmarketing hatte engen Kontakt mit Dorst gehabt. Und die Hotelchefin interessierte sich auffällig für die Tatorte. Harry hatte bislang vor allem die Hand über die junge Frau vom Marketing gehalten. Er hatte es nicht ausgesprochen, doch sie war sich sicher. Sie hatten eine Liaison, steckten aber in der Krise. Sie würde direkt weiter zu dem Haus gehen und die junge Frau vernehmen.

Harry musste Mutlu zurückbringen, dadurch hatte Rike freie Bahn. »Jetzt oder nie«, sagte sie sich.

Das Haus bildete die Ecke einer ganzen Häuserreihe, die vor dem Leuchtturm gebaut wurden. »Blechbüchsen« nannten die Helgoländer die Neubauten wegen ihrer Fassadengestaltung mit Metall. Nach Hamburg hätte diese Architektur gepasst, für die Insel bildete dieser Stil einen harten Kontrast zu den Bauhausgebäuden aus den 50er-Jahren. Sie sah, dass ein Fenster erleuchtet war. Vor dem Haus stand ein Haufen Kartons, Koffern und einem Plattenspieler. Ein Stapel Schallplatten war umgefallen. Waren das Harrys Sachen?

Sie klingelte, und die junge Frau öffnete, prallte dann zurück: »Schickt er Sie?«

»Wen meinen Sie?«, fragte Rike.

»Harry. Seit Sie auf der Insel sind, verhält er sich anders. Aber ich habe sowieso genug gehabt von dieser Beziehung.« Ihr Ausdruck war wütend und entschlossen.

»Nein, er schickt mich nicht, und ich komme nicht privat, sondern dienstlich. Übrigens sind Harry und ich Kollegen, vielleicht sogar Freunde, mehr aber nicht! Darf ich hereinkommen?«

»Wie gesagt, mich interessiert das nicht. Das Kapitel ist abgeschlossen.« Falke öffnete die Tür komplett und ließ Friederike von Menkendorf in die Wohnung. Hinter dem Flur, in dem die Jacken hingen, schloss sich ein geräumiger Wohn-Essbereich an. Dahinter bot sich ein herrlicher Blick über die Weiden des Oberlandes, auf denen die Esel und Pferde, die neulich ausgebüxt waren, grasten sowie eine Schafherde mit Jungen. In der Ferne glitzerte die Nordsee.

»Schön haben Sie es hier«, lobte sie, um die Spannung aufzulösen.

»Danke, möchten Sie etwas trinken?« Die junge Frau blieb höflich, aber auf der Hut.

Rike dachte einen Moment lang an den Tee, den sie im Verdacht hatte, die beiden Männer umgebracht zu haben, und bedankte sich.

»Sie wissen, dass André Adomat tot ist?«, fragte sie die junge Frau.

Diese nickte. »Leider. Er war so stolz, dass er die Passwörter von Dorst geknackt hatte. Er kam an alles heran, sogar an die Unterlagen für dessen Nummernkonto. Aber mich haben die Aufnahmen aus Helgoland interessiert.«

Rike verstand nicht, warum das so wichtig war. Das klang nicht nach einem Sensationsfilm. »Was war denn daran so entscheidend?«

»Da steckt enormer Aufwand drin – und Dorst war ein Könner. Wir hatten eigens einen Hubschrauber für ihn, ein kleines U-Boot für die Unterwasserwelt und eine Jacht, und haben lange nach den besten Lichtverhältnissen für jede Szene gesucht. Wir hatten außergewöhnliches Wetter. Das kommt nicht so häufig alles zusammen.«

Rike nickte: »Aber der Mann selbst war eine Zumutung. Ich habe mitbekommen, wie er Sie belästigt hat. Wie war das mit Adomat?«

Janas Gesicht wurde weich, als sie seinen Namen hörte: »André war ein Goldstück, so ein liebenswürdiger Mensch.

Ich werde ihn vermissen. Bei Dorst ist das eine andere Sache.«

Sie beobachtete die junge Frau genau. Ihre Aussage klang glaubwürdig. Dennoch musste sie den Todeszeitraum abfragen: »Wo waren Sie gestern zwischen 19 und 23 Uhr?«

Jana brauchte nicht lange zu überlegen. »Im Maleratelier. Es war der erste Abend nach der Trennung von Harry.« Sie deutete aus dem Fenster auf die Sachen. »Ich habe den Kram vor die Tür gestellt, nach einem heftigen Streit. Ich wollte auf keinen Fall zu Hause sein, wenn er seine Sachen holt.« Sie gab Rike die Adresse des Ateliers.

»Wann sind Sie zurückgekommen?«

»Wir trinken immer ein Glas, unterhalten uns, das war so um Mitternacht.« Sie drehte sich in Richtung Raum und zeigte auf die Wände, die von abstrakten Werken bedeckt waren. »Das sind meine Bilder. Falls Sie ein Souvenir mitnehmen wollen, können Sie gerne eins erwerben.« Rike warf einen Blick auf die Malerei. Es waren meist Farbkompositionen mit kräftigen, fast schreienden Farben und wilder Formgebung. Ursprünglich und leidenschaftlich. So hatte sie diese Frau eingeschätzt. Eigentlich schienen Harry und sie zusammenzupassen. Aber so war das Leben. Ihr Alibi passte auffällig genau auf den Zeitpunkt des Todes, wenn es bestätigt wurde, hatten sie keine Anhaltspunkte für eine Tatbeteiligung der jungen Frau.

»Darauf komme ich zurück. Ihre Arbeiten gefallen mir«, lobte sie. Irgendetwas von der Aussage hatte sie überrascht, sie dachte einen Moment lang nach, bevor es ihr einfiel. Jana hatte sich an den Küchentresen gesetzt und spielte mit einer Gabel, die dort lag.

»Was war das mit dem Nummernkonto, das Adomat gefunden hatte?«

Die Gabel machte ein unangenehmes Geräusch, als sie auf die Marmorplatte fiel.

»Das waren irgendwelche Schwarzgeldkonten in der Karibik. So genau habe ich da nicht nachgefragt, nicht meine Baustelle«, sagte Jana. Rike beobachtete sie – die junge Frau schien die Wahrheit zu sagen.

Sie verabschiedete sich.

»Richten Sie Harry aus, das mit dem Ohrring tut mir leid«, gab ihr die junge Frau mit auf den Weg.

Rike nickte. »Sage ich ihm.« Sie hatte eine Ahnung, was das bedeuten sollte, aber das schien ihr nicht für die Tat relevant zu sein. Das Alibi würde sie prüfen, doch Jana hatte nach ihrem bisherigen Wissenstand keinen Grund, André Adomat umzubringen. Theoretisch wären zwei Täter möglich, aber das schien ihr unwahrscheinlich.

KAPITEL 50

Harry sah sie voller Entsetzen an. »Du hast was?« Rike stand mit Prinz vor der *Mariannic'k* und hatte von ihrem abendlichen Besuch berichtet. Beinah wäre ihm sein Mokka über die Bordwand gefallen. Sie hatte Jana aufgesucht, ohne ihm ein Wörtchen davon mitzuteilen. Er hatte sich gewundert, dass Rike es bei der gerichtsmedizinischen Untersuchung so eilig hatte. Sie hatte ihm bewusst nichts gesagt und seine Freundin befragt. Oder eher seine Ex-Lebensgefährtin. Zu all der Ungewissheit über die Zukunft seiner Beziehung kam dieser Verrat. Rike, die einen besonderen Platz in seinem Herzen einnahm, fiel ihm in den Rücken. Sie hatte sich auf den Bordrand gesetzt, er reichte ihr missmutig den Mokka, den er gebraut hatte.

»Ehrlich, das hättest du absprechen können«, brummte er. Er fühlte sich übergangen, andererseits hatte er sie nie über seine Beziehung zu Jana ins Bild gesetzt.

Rike nippte an dem dampfenden Gebräu und verzog keine Miene. Doch er kannte sie, sie wusste genau, was sie tat. Sie hatte eine Ahnung gehabt, dass ihn mit Jana mehr verband.

»Ich soll dir sagen, es tut ihr leid wegen des Ohrrings. Was immer das bedeutet.«

»Das ist eher privat«, wiegelte er ab. Er fing einen langen Blick mit hochgezogener Augenbraue auf und sah schnell weg.

»Aha. Da stehen so ein paar Gegenstände vor dem Haus. Ist zwar privat, aber besser werden die nicht«, bemerkte sie spitz.

Es war an der Zeit, ihr reinen Wein einzuschenken. »Rike, ich habe lange versucht, dir das zu sagen. Jetzt ist es eh schon vorbei. Jana und ich waren zusammen, jedenfalls bis vor zwei Tagen.«

Sie nickte. »Ich habe so etwas vermutet. Wer weiß, ob ihr euch nicht wieder versöhnt. Ich wollte dir einen Interessenskonflikt ersparen, entspann dich.«

Da er einmal seine Gefühlswelt geöffnet hatte, flossen die Worte fast ohne sein Zutun. Denn es gab etwas, was ihn zutiefst verletzt hatte.

»Rike, der Brief, den ich dir geschrieben habe. Du hast mir nicht geantwortet. Kannst du dir vorstellen, wie ich mich gefühlt habe? Wie ich gewartet und gehofft habe? War ich dir keine Antwort wert?« Lange hatte er diese Verletztheit verborgen, nicht zuletzt vor sich selbst. Doch jetzt sprudelten die Worte heraus.

Rike seufzte. »Ich habe mir immer wieder vorgenommen zu antworten, das war eine schreckliche Zeit für mich. Erinnerst du dich an den Fall in Finstermoor?«

Er nickte. Sie war völlig fertig und hatte ihn angerufen. »Meine frühere große Liebe war darin verwickelt und hat sich aus dem Leben verabschiedet. Ich habe hinter die Fassade geblickt. Er war nicht der edle Mensch, den ich in ihm sah. Für mich brach eine Welt zusammen, das half andererseits dabei, endlich loszulassen.«

Harry begriff nicht, was das mit seinem Brief zu tun hatte. Er hatte seine ganze Liebe in das Schreiben gelegt.

»Ich war damals im Kopf nicht frei, es hat seine Zeit gebraucht. Erst später habe ich verstanden, wie sehr ich dich mag. Es war mir aber peinlich, so verzögert zu reagieren.«

Für Rike war das schon fast eine Liebeserklärung, sie sprach nie über Gefühle. Das war vermutlich der Grund. Sie hatte einmal angedeutet, dass ihr Ex sie mit der eigenen Schwester betrogen hatte. Es hatte sie zutiefst verletzt.

Momentan war er sich selbst nicht klar, ob die Beziehung zu Jana zu retten war. Rikes nicht vorhandene Reaktion hatte geschmerzt. Seinen Empfindungen hatte das keinen Abbruch getan. Jeder Raum wurde für ihn heller, wenn sie eintrat. Ihre Stimme löste Herzklopfen aus. Er hatte das Gefühl, in ihrer Nähe würde alles gut werden.

»Warum muss die Liebe so kompliziert sein«, seufzte Harry. »Aber lass uns zum Fall zurückkehren.«

Rike nickte ein wenig zu schnell. Sie hatte ihre Tasse geleert, schüttete den Kaffeesatz über Bord. »Wir sollten mal akribisch die Alibis durchgehen. Wer kam für beide Morde infrage, wer hatte welche möglichen Motive?«, schlug sie in sachlichem Ton vor. »Irgendetwas muss es geben, was wir noch nicht in Betracht gezogen haben. Denn Adomat ist tot und Finja Kowalski nicht auf der Insel.«

Harry hätte gerne mehr Einblick in ihre Gefühlswelt bekommen, aber der Moment der Öffnung schien vorüber. Rike war wieder zum nüchternen Ermittlerton zurückgekehrt.

Er nickte. »Gute Idee. Ich möchte zuerst diesem Hoteldrachen auf den Zahn fühlen. Erst bricht sie das Siegel nach dem Tod von Dorst, jetzt war sie vor unserem Eintreffen im Zimmer von Adomat. Das kann extreme Neugier sein, aber wir sollten dem nachgehen.«

Rike nickte. »Ein Aspekt sind die fehlenden Dokumente und Filme. Wer wollte und konnte sie entwenden? Wegen des zweiten Mordes haben wir leider noch immer keinen Zugang zum Speicher mit den Sicherheitskopien. Adomat hatte den Code geknackt und die Informationen.«

»Der war ja nicht kooperativ. Glaubst du, der hätte uns das weitergegeben?« Harry hatte seine Zweifel.

Rike zuckte mit den Schultern. »Laut Jana hatte er das vor. Sie wollte, dass wir die Dateien bekommen. Es gab noch Kontendaten in einem Steuerparadies. Da weiß sie aber nicht mehr darüber. Lag das Motiv in diesen Daten?«

KAPITEL 51

Die Rezeptionistin schüttelte entschieden den Kopf. »Die Chefin ist nicht zu sprechen!«

Harry lehnte sich über den Tresen und zeigte seine Marke vor. »Für uns schon, wir ermitteln in zwei Mordfällen, die hier stattgefunden haben. Sie scheinen sich ja nicht für die Aufklärung zu interessieren.«

Die Frau sortierte unbewegt Papiere auf dem Tresen. Rike und Harry gingen an ihr vorbei zum Hinterzimmer.

»Leer« sagte er, nachdem er hineingegangen und überall nachgesehen hatte. »Es gab übrigens keine fremden Fingerabdrücke, alle Spuren sind dem Personal zuzuordnen«, teilte er Rike mit. »Der Einbrecher kann natürlich Handschuhe getragen haben«, wandte sie ein. Die Mitarbeiterin stand in der Tür und sah ihnen misstrauisch zu.

»Am besten, Sie sagen uns, wo wir Frau Berger finden. Oder wollen Sie wegen Behinderung der Polizeiarbeit Probleme bekommen?«, bat Rike in versöhnlichem Ton.

Die junge Frau bekam rote Flecken im Gesicht und wedelte verneinend mit einem Zeigefinger. »Die Chefin will nicht gestört werden, sonst erwarten mich wesentlich schlimmere Probleme!«

Harry langte zu seinen Handschellen und ließ sie auffällig baumeln, sodass sie laut klapperten. »Das kann bis zur Beugehaft gehen …«

Die Rezeptionistin sah sich die Handfesseln an und

wurde bleich. Ihre Augen richteten sich auf die rückwärtige Tür der Hotelhalle, sie nickte in diese Richtung. Harry und Rike wechselten kurz einen Blick, gingen in die Richtung und öffneten den Zugang. Dahinter verbarg sich ein Abstellraum voller Rechen, Schaufeln und weiterer Gartengeräte. Alles stand akribisch in Reih und Glied. Gegenüber befand sich eine zweite Tür, die nach draußen führte. Harry sah hinaus und entdeckte den Gemüsegarten. Er machte eine Handbewegung zu Rike, ihm zu folgen.

In Reih und Glied standen Salatköpfe und weitere Pflanzen, in einem Bereich wuchsen Kräuter, und hinten vor dem Zaun wuchsen Rosen und andere Blumen. Ein Hinterteil reckte sich dort nach oben. Die Person war mit einer Hacke beschäftigt und rupfte energisch Pflanzen heraus, die mit Schwung in einer Schubkarre landeten. Die schwarze Kugel neben ihr entpuppte sich beim Näherkommen als Kater Wladimir. Dieser bemerkte sie zuerst, machte einen Buckel und fauchte. Dann sprang die Gärtnerin auf. Es war die Berger persönlich. Die Hoteldirektorin widmete sich dem Anbau. Sie klopfte sich den Dreck von den Gartenhandschuhen und sah sie empört an. »Kommen Sie jetzt täglich und verfolgen mich auf Schritt und Tritt? Wer ersetzt mir die Kosten für die versiegelten Räume – und den Vandalismus«, zeterte sie grußlos.

»Ebenfalls einen guten Tag«, sagte Harry.

»Wir müssen mit Ihnen sprechen. Passt es hier, oder ziehen sie einen diskreteren Ort vor?«, fragte Rike. Irgendwie hatten sie die Rollen getauscht. Harry hatte einen kurzen Geduldsfaden, sie beschwichtigte.

»Was denn nun schon wieder?« Der Tonfall war missmutig, sie stand auf ihre Hacke gestützt und bewegte sich keinen Millimeter.

»In Ihrem Haus sind zwei Morde geschehen, und Sie hatten einen engen Kontakt zu den Opfern. Wir müssen Sie vernehmen, wenn nicht hier, dann auf der Wache.« Harry war laut geworden.

Die Hotelchefin sah sich um und senkte die Stimme. »Ich schlage vor, wir unterhalten uns im Konferenzraum.« Sie zog ihre Handschuhe aus, ebenso die Gartenschürze. Beides legte sie auf dem Weg zum Abstellraum ab und ging voraus durch die Lobby zu einer Tür neben dem Fahrstuhl.

Sie setzte sich dort an die Stirnseite des Tischs und bat sie, Platz zu nehmen. Sie überkreuzte ihre Beine, wippte mit dem Oberkörper vor und zurück, starrte auf die Uhr.

»Sie haben das Siegel am Zimmer von Dorst aufgerissen und waren ebenfalls beim Leichnam von Adomat, bevor wir eintrafen. Was hatten Sie an den Tatorten zu tun?«

Sie trommelte mit den Fingern auf die Tischplatte. »Ich muss doch in meinem Haus nach dem Rechten sehen.«

Rike schüttelte den Kopf: »Aber nicht die Polizei-arbeit stören und Ermittlungen behindern. Haben Sie dabei Material entnommen, Frau Berger? Es ist besser, Sie sagen uns jetzt die Wahrheit. Sonst wird das Konsequen-zen haben!« Rike fixierte die Direktorin, bis sie wegsah.

»Natürlich nicht. Ich bin kein Dummchen, was denken Sie von mir. Wir sind für solche Fälle geschult.« Sie nahm wieder ihren üblichen arroganten Ton an.

Rike hatte den Eindruck, dass die Frau log. Sie über-legte, ob irgendetwas von den Aufnahmen für Berger von Bedeutung sein konnte.

»Wir haben jetzt mehrfach von einem Bericht über die Nazizeit gehört, den Dorst drehen wollte. Sie haben dazu eine Pressekonferenz veranstaltet. Worum ging es da?«, hakte Rike nach.

Die Berger stand auf. »Moment, ich hole Ihnen die Informationen.« Nach kurzer Zeit kam sie mit einer Mappe wieder. »Es ging um meinen Großvater, der ein Held war. Er hat die Menschen von Helgoland evakuieren lassen und Tausende gerettet.«

»Das ist ja Jahrzehnte her, warum war das Thema denn jetzt aktuell?« Rike erschien das unwahrscheinlich.

Die Hotelchefin deutete auf ihre Mappen. »Es gibt neue Erkenntnisse eines Historikers, die Dorst spannend fand. Er wollte einen Film machen.«

Das klang nicht danach, als hätte sie dem Journalisten Übles gewollt, fand Rike. Aber ob das die Wahrheit war?

»Er war Reisejournalist, warum hat er ein solches Thema gewählt?«, wandte sie ein.

»Ich verfolge seine Sendungen schon lange, früher hat er ein Nachrichtenjournal moderiert. Da er bei uns logierte, habe ich ihn auf das Thema angesprochen, und er fand es bemerkenswert.«

»Haben Sie das Material schon gesehen? Wissen Sie, wo seine Kamera, sein Computer und sein Mobiltelefon sein könnten?«, fragte Rike. Vielleicht wurde in dem Film etwas aufgedeckt, was nicht bekannt werden sollte.

»Keine Ahnung, in meinem Hotel lege ich für alle Mitarbeiter die Hände ins Feuer. Die Aufnahmen habe ich leider nicht erhalten.« Die Antwort kam wie aus der Pistole geschossen. An einen Diebstahl der Geräte hatten sie nicht gedacht, das war eine Möglichkeit. Aber dafür würde niemand morden. Wahrscheinlicher schien, dass jemand an bestimmten Inhalten interessiert war. Inwiefern diese ein Motiv darstellten, war nicht ersichtlich.

»An den Abenden, als Dorst und Adomat starben, waren Sie im Hotel, oder?«, fragte Harry.

Die Berger lachte höhnisch auf. »Da ich dieses Haus leiten darf, war ich hier. An der Rezeption, und dafür gibt es viele Zeugen. Sind wir Hotelchefs jetzt für alles verantwortlich, was in den Zimmern passiert?«

Rike wechselte einen Blick mit Harry. Sie hatten nichts gegen die unsympathische Frau in der Hand, zuerst mussten sie die Aussagen prüfen. »Vielen Dank. Wir kommen wieder. Und falls Sie in der Zwischenzeit weitere Angaben machen wollen – bitte.«

Rike sah Harry an. Er reichte Berger eine Visitenkarte, die sie auf den Tresen legte.

Dann traten sie den Rückweg auf die Wache an. Als er das Auto eingeparkt hatte, blieb er sitzen.

»Was meinst du?«, fragte er Rike. Ihr Blick war ratlos. »Ich traue der Frau fast jede Schweinerei zu. Aber wo liegt das Motiv?«

»Da sehe ich keins, sie wollte unbedingt diesen Film, und die beiden Toten hätten ihr dabei helfen können, als sie noch am Leben waren. Das ist eine falsche Piste«, bedauerte Harry. »Vielleicht sind die beiden Kollegen von der Streife zurück, ein Brainstorming könnte nicht schaden«, schlug er vor. Rike nickte. »Und ein Cappuccino wäre auch nicht zu verachten.«

KAPITEL 52

Harry fuhr den Computer herunter, er hatte die letzten Erkenntnisse in sein Protokoll getippt und sah aus dem Fenster in Richtung Hafen. Noch immer war für ihn bei diesem Fall kein Land in Sicht, seine privaten Turbulenzen kamen hinzu. Unablässig fragte er sich, ob er auf Janas Entschuldigung eingehen sollte. Sie hatte ihn angerufen und eine reuige Nachricht hinterlassen. Das klang nach einem Friedensangebot, doch er fühlte sich hintergangen und war sich nicht schlüssig, ob er ihr eine zweite Chance einräumen sollte.

Rike sah zur Tür herein, sie wollte prüfen, wo sich Finja Kowalski aufgehalten hatte.

»Leider nichts. Sie war in Berlin in einem Schneideraum. Es gibt Dutzende Zeugen. Die können wir streichen«, informierte sie.

Er seufzte. Wo war der Ansatzpunkt? »Eine Runde laufen?«, fragte er.

Sie war einverstanden. So wie Harry liebte sie die Bewegung, um ihre Gedanken zu ordnen. Die Ereignisse blieben ein Buch mit sieben Siegeln. Sie wussten nicht, was der Grund für die Morde war – und waren bei den Tatverdächtigen keinen Schritt weiter.

»Ich fahre dich hoch, meine Sachen sind im Auto«. Sie fuhren zu Rikes Ferienwohnung, Harry brummte der Schädel. Unablässig ging er die Ereignisse und ihre

Schlussfolgerungen durch. Irgendetwas mussten sie übersehen haben. Aber ihm fiel es nicht ein.

»Fertig.« Rike stand in ihrer Laufkleidung vor ihm, Prinz sprang aufgeregt bellend um sie herum.

»Sorry, ich mache schon.« Im Badezimmer zog er sich schnell um, dann liefen sie die Runde am Klippenrandweg. Die Abendsonne tauchte die Felsenlandschaft in ein goldgelbes Licht, Basstölpel, die über ihnen flogen, leuchteten golden.

»Man kann hier jeden Tag entlangkommen, es sieht immer anders aus«, schwärmte Rike. Ein leichtes Lüftchen strich angenehm über die Haut. Harry liebte genau das an Helgoland. Diese Luft, das Licht, die Landschaft. Und das Wissen, dass hier seine Wurzeln lagen. Dass seine Familie seit Generationen allen gesellschaftlichen und politischen Veränderungen standgehalten hatte. Schweigend legten sie ihre Strecke zurück, jeder in seinen Gedanken. Als sie an den Schrebergärtchen vorbeigelaufen waren, rief jemand.

»Hallo! Sie da, junger Mann.«

Harry stoppte und drehte sich um. Eine alte Dame in blauer Schürze winkte mit einer Gartenschere. Er ging die paar Schritte zurück. »Ja, was haben Sie auf dem Herzen?« Sie tippte ihm auf die Brust. »Ich kenne Sie doch, Sie sind der Enkel von Jasper Kruss und bei der Polizei! Sie sehen genauso aus wie Ihr Großvater.«

»Dankeschön für das Kompliment.« Harry lächelte. Es kam selten vor, dass sich jemand an seinen Opa erinnerte, die alten Helgoländer wurden immer weniger. »Ich habe da eine Frage: Dieser Journalist war bei mir zu Gast, der Moderator. Stimmt es, dass er ermordet wurde?« Harry nickte. »Wir ermitteln. Er ist leider verstorben.«

Rike hatte sich zu ihnen gesellt. »Eine hübsche Freundin haben Sie da«, sagte die alte Frau.

»Meine Kollegin, Kriminalhauptkommissarin Friederike von Menkendorf.«

»Oh, eine Polizistin. Umso besser. Haben Sie einen Moment?« Harry nickte. »Für Sie doch immer.« Die alte Frau lud sie in ihre Laube ein, die Terrasse bot den spektakulärsten Ausblick der ganzen Insel. Die Nordsee leuchtete im Licht der untergehenden Sonne wie ein Flammenmeer. Sie konnten den Südstrand und die Düne überblicken. Sie stellte einen Krug vor die beiden. »Selbstgemachter Kräutertee, das ist die beruhigende Mischung. Für ein bisschen Entspannung.«

»Nein danke«, antworteten sie unisono. Er sah, wie Rikes Blicke über die Pflanzen schweiften. »Haben Sie Blauen Eisenhut hier im Garten?«, wollte sie wissen.

»Ich habe Kinder hier zu Besuch. Das ist doch extrem giftig«, protestierte ihre Gastgeberin empört.

»Haben Sie die Pflanze schon mal auf der Insel gesehen?«, hakte Rike nach. Die Dame überlegte. »Ja, mir scheint, das gab es auf Helgoland. Ich muss überlegen, wo das war.«

»Worüber haben Sie denn mit dem Herrn Dorst gesprochen?«, fragte Harry. Mühsam erhob sich die Alte und ging ins Innere der kleinen Holzhütte. Sie brachte eine abgegriffene rote Kladde mit sich. »Das ist das Tagebuch meiner Großmutter, das hat sie während des Zweiten Weltkrieges geschrieben. Es geht darin um die Widerstandskämpfer auf Helgoland.

Meine Eltern wurden damals verraten und hingerichtet, ich war ein Kind und wuchs mit meinem Bruder bei Oma auf«, sagte die alte Dame.

»Das war ein schreckliches Schicksal. Und Herr Dorst wollte darüber berichten?«, fragte Rike.

Die Dame nickte. »In dem Buch habe ich gelesen, wer der Verräter war. Meine Großmutter hat es nach dem Krieg erfahren. Der Berger, selbst ein Insulaner, hat die Gruppe denunziert. Der war zwar ein Nazi, aber es ging ihm vor allem darum, seinen Besitz zu mehren.«

»Hatte er etwas mit den Bergers vom *Hotel Prinzessin Alexandra* zu tun?«, fragte Rike.

»Die Hoteldirektorin ist seine Enkelin«, bestätigte die alte Dame.

»Sie hat einen Text über die Heldentaten ihres Großvaters verfasst, da behauptet sie genau das Gegenteil«, wandte Harry ein.

»Ich weiß Bescheid, meine Zieh-Enkelin hat in dem Hotel ihr Praktikum gemacht und für mich recherchiert. Der Dorst hat das alles überprüft – und die Lügen aufgedeckt. Der war ganz aufgedreht über dieses Skandalthema.«

»Haben Sie eine Kopie von seinem Film?«, wollte Rike wissen. Die alte Frau schüttelte den Kopf. »Er hat mir zwar gesagt, wie der heißen sollte. Moment.« Behände sprang sie auf und kramte auf der Anrichte, dann kam sie mit einem Zettel wieder. »Hier. ›Lügen im Luxushotel – wie ein Nazi reingewaschen wird.‹ Leider kam er nicht vorbei, um mir den fertigen Film zu zeigen«, sagte sie traurig.

»Darf ich das mitnehmen?«, bat Harry. Ängstlich überreichte sie ihm den Zettel und das Buch. »Sie bekommen es wieder«, versprach er. »Haben Sie im Hotel eingebrochen?«, wollte er wissen.

Die Dame lächelte ihn unschuldig an. »Ich, in meinem Alter? Junge, du traust mir ja einiges zu.«

334

Harry nickte, er sah ein, dass sie körperlich nicht dazu in der Lage war. »Hat jemand für Sie nachgesehen im Hotel?«, ergänzte Rike.

Sie kicherte leise vor sich hin. »Ach wissen Sie, das Gedächtnis …« Das schien so etwas wie ein Geständnis des Einbruchs zu sein.

Sie wechselten einen kurzen Blick, Harry lächelte und schüttelte nur den Kopf. Sie würden es dabei bewenden lassen. »Bitte passen Sie auf sich auf. Ich glaube, das Thema ist von höchster Brisanz«, bat Rike. Die alte Frau nickte.

Sie kehrten um, gingen hinab zum Fahrstuhl, den sie ausnahmsweise nutzten, und liefen zurück zum Büro. Harry fühlte neuen Elan für eine Nachtschicht. Endlich gab es einen Ansatzpunkt.

Außer Atem trafen sie in der Wache ein. Rike hatte sich auf sein Sofa fallen lassen, er nahm neben ihr Platz.

»Was hältst du davon? Sagt sie die Wahrheit?«, wollte er von Rike wissen.

Sie überlegte. »Das scheint mir so. Wenn es anders wäre, hätte sie keinen Grund gehabt, uns anzusprechen.«

Er nickte. Er fühlte sich völlig durchgeschwitzt und entschuldigte sich für einen Moment, um zu duschen. Als er nach zehn Minuten wiederkam, war Rike in das rote Buch vertieft.

»Was meinst du, könnte die Berger deshalb die beiden Männer vergiftet haben?«

Sie sah auf. »Ein Mord, um die dunklen Kapitel der Familiengeschichte zu vertuschen? Ist das ein Motiv?« Sie wirkte skeptisch.

»Ich habe den Eindruck, der Ruf der Familie nimmt bei der Hotelchefin einen hohen Stellenwert ein.«

Seine Kollegin überlegte. »Ein Ehrenmord Helgoländer Art? Möglich ist es.« Sie deutete auf das rote Buch, das aufgeschlagen vor ihr lag.

»Das ist fesselnd und traurig. Erlebte Geschichte und für diese Menschen ein schreckliches Schicksal. Ich denke, wir sollten die Aufzeichnungen lesen und die Fakten prüfen. Wer hat recht, wer lügt. Das würde erklären, warum die Unterlagen fehlen.«

Er nickte. »Diese verschwundenen Daten scheinen für beide brisant gewesen zu sein.«

Rike, die in die Lektüre eingetaucht war, murmelte: »Gut möglich. Genauso könnte es ein Machtkampf um diesen Kanal sein. Nicht nur Adomat hatte daran ein Interesse, auch Finja Kowalski hat Ambitionen als Reporterin.«

Harry fiel ein, dass ihn die junge Frau angerufen hatte. »Das können wir sie selber fragen, sie hat sich gemeldet und ist ab morgen wieder auf Helgoland. Sie wollte etwas besprechen. Tatjana Dorst bleibt in der engeren Wahl. Auch wenn sie so tut, als sei sie die gute Fee. Sie profitiert am meisten vom Tod ihres Noch-Ehemanns.«

»Aber sie hatte keine Probleme mit André Adomat. Wo sollte das Motiv liegen?«, wandte Rike ein.

Harry hob kapitulierend die Hände. »Fragen über Fragen.«

»Ich kümmere mich gerne um das rote Buch«, schlug sie vor. Er bedankte sich, dann fiel ihm etwas ein. »Was hat es mit diesen Geheimkonten auf sich? Woher kam das Geld? Da gab es den Vorwurf, dass er sich für positive Berichte extra bezahlen ließ«, fasste er zusammen. Vielleicht wusste Tatjana Dorst Näheres, doch würde sie das zugeben? Sie erbte das Vermögen und da schien es nicht

in ihrem Interesse, eine zweifelhafte Herkunft aufzude-
cken. Er wollte sie dazu befragen.

KAPITEL 53

Sie steckte ihren Kopf durch das Dachfenster, stieg
auf den Stuhl darunter und setzte einen Fuß nach dem
anderen auf das Fensterbrett. An irgendetwas blieb ihr
Fuß hängen, sie strauchelte und konnte sich im letzten
Moment am Rahmen festhalten. Ein paar Sekunden lang
hielt Finja inne, unter ihr ging es 30 Meter in die Tiefe.
Bastis Studio und sein Schneideraum befanden sich in
einer Dachgeschosswohnung mitten in Kreuzberg. Die
Bergmannstraße war lange für ihre Trödler und alternati-
ven kleinen Läden bekannt, mittlerweile war alles durch-
saniert, chic und teuer. Zum Glück hatte Basti einen alten
Mietvertrag.

In der Pause kletterten sie aus dem Dachfenster nach
oben, um zu rauchen oder einfach den Blick über die
Dachlandschaft schweifen zu lassen. Rote und schwarze
Ziegeldächer verschiedener Formen und Größe bildeten ein unregelmäßiges Muster, dazwischen reckten sich
Bäume aus einem begrünten Hinterhof in die Höhe. Ihr
Blick reichte über die Bürotürme am Potsdamer Platz bis
an den grünen Stadtrand, wo sich der Flughafen Tegel
befunden hatte. Sie liebte es, wenn die Lichter der Hoch-
häuser leuchteten und Muster auf die Fassaden zeichneten.

Nach durchwachten Nächten im Schneideraum war
sie vollkommen übermüdet. Die Feinarbeit war deutlich
aufwendiger als ihre Vorbereitung, die sie auf Helgoland

fertiggestellt hatte. Hinter ihnen lag eine intensive Puzzlearbeit. Alle Zeuginnen sollten im Film von ihren Erlebnissen berichten. Als roter Faden der Handlung dienten die schrecklichen Erfahrungen von Mara mit Dorst, die Chronik dieser Begegnung bis zu ihrem Tod. Ihre geliebte Schwester! Tränen traten Finja in die Augen, sie atmete durch. Eigentlich rauchte sie nicht mehr, doch sie hatte sich eine Zigarette aus der Teeküche genommen und zündete sie an.

Bastis Worte beim Schneiden hatten ihr gut getan.

»Ich bewundere dich für diese Recherche. Unglaublich, was für ein Material du gewonnen hast.« Er hatte über die Aufnahmen ihres Undercover-Einsatzes gestaunt. Doch das war das Mindeste, was sie für ihre geliebte Mara noch tun konnte. Den Vergewaltiger als das zeigen, was er war, und andere junge Frauen warnen.

»Wie bist du bloß mit dem Unmenschen zurechtgekommen?«, wollte er wissen.

»Ich habe dem Mistkerl beim ersten Versuch seinerseits ein paar in die Eier gehauen und das alles gefilmt, dann war Ruhe. Acht Jahre *Krav Maga Training* waren nicht umsonst«, berichtete sie stolz.

»Schade, das Video, das ich ihm geschickt habe, muss auf dieser Cloud liegen. Wenn ich da nur rankäme. Leider ist es mit dem alten Handy verloren gegangen.« Es gab einige Menschen, die gerne diese Dateien haben wollten. Leider hatte André, bevor er starb, nicht mehr den Zugangscode mitteilen können.

Basti wurde hellhörig. »Welche Cloud ist das genau? Hast du eine Mailadresse von dem Kerl?«, fragte er.

Sie suchte diese auf ihrem Mobiltelefon. »Hier ist sie, er hatte zwei Adressen.« Finja kritzelte diese auf einen Zettel und reichte sie ihm. In der kleinen Küche neben dem Studio bereitete sie einen Tee zu, kehrte mit einem Tablett und zwei Tassen zurück.

Er tippte konzentriert auf seinem Laptop und gab mehrere Varianten des möglichen Passworts ein. Sie bewunderte, welche Geduld er dabei hatte.

»Das haben wir gleich, du müsstest mir ein bisschen helfen. Hatte der Heini Kinder, Haustiere, Freundinnen?« Finja stellte ihm eine Teetasse hin und nippte an ihrer. Sie überlegte. »So ein Drecksack mag Tiere nicht, der hätte schon gar keinen Hundenamen als Passwort genommen. Der Name des Kanals, seiner Frau, von der er getrennt war?«

Jedes Mal gab der Computer ein unangenehmes Geräusch von sich. »Das war es nicht«, bedauerte der Kollege.

»Sein Auto, auch wenn das platt wäre?«, fragte er.

»Das war eine typische Potenzverlängerung für Männer in der Midlife-Crisis. Ein Porsche 911«, spottete sie.

Er tippte es ein und jubelte. »Jo, du kannst mir ein Tütchen ausgeben.« Gespannt setzte sie sich neben ihn und schaute auf den Bildschirm, wo die Unterpunkte zu sehen waren.

»Geh mal da rein«, bat sie. Sie fand den Inhalt seines Smartphones, das Video mit ihrem Tritt. Und dann stieß sie auf Aufnahmen von der Insel Helgoland.

Die Kommissare hatten sie nach Material von der Reise gefragt, sie würde sich für ihre frühzeitige Abreise kooperativ zeigen. Ohnehin musste sie wieder auf die Insel.

Die Justiziarin ihrer Organisation *SaveSisters* hatte wegen des Todes von Dorst Bedenken, das Werk zu veröffentlichen. Nur mit der Unterschrift der Ehefrau wollte sie grünes Licht geben. »Du stellst da Behauptungen auf, die seinen Ruf posthum ruinieren werden. Wir können es uns nicht leisten, Millionen Schadenersatz zu bezahlen«, kündigte sie an.

Finja hatte mit Tatjana telefoniert, diese war noch immer auf Helgoland.

»Vor unserem Haus stehen Boulevardjournalisten. Ich warte hier ab, bis sich die Wogen geglättet haben«, erklärte sie.

»Dann komme ich und zeige dir den Film. Du bist die Erste, die ihn zu Gesicht bekommt«, kündigte Finja an. In dem Moment rollte ihr Zigarettenstummel vom Dach und fiel die fünf Etagen nach unten. Sie sah hinterher, kraxelte dann zurück in die Wohnung. In Bastis Gästezimmer suchte sie ihre Sachen zusammen, legte sich auf das Schlafsofa. Wenigstens ein paar Stunden Schlaf wollte sie vor der Reise in den Norden nachholen.

Als der Wecker klingelte, hatte sie im Tiefschlaf gelegen. Basti winkte nur müde, als sie die Schlafzimmertür öffnete und sich verabschieden wollte. Er hatte ihr die Schlüssel seines Wagens auf den Küchentisch gelegt.

Sie hoffte, dass der klapprige Golf die Tour durchhalten würde. Kurz vor 5 Uhr, als die Stadtautobahn fast leer war, startete sie in Richtung Hamburg.

Sechs Stunden danach bog sie auf den Parkplatz am Helgoland-Anleger ein. Dennoch war sie zu spät gekommen, um das Schiff zu erreichen. Die *MS Nordsee* hatte vor Kurzem abgelegt, sie sah, wie das Heck der Fähre mit den Fahnen gen Elbmündung verschwand. Bastis Klapperkarre war zu langsam. Die Ticketverkäuferin reichte ihr eine Karte mit den Kontaktdaten des Wassertaxis. Kurz nach Finjas Anruf legte das Schnellboot an und stieß ein lang gezogenes Hupen aus. Das hatte der Mann wohl gemeint, als er sagte: »Sie hören mich.«

Sie sprang an Deck und begrüßte den Kapitän. »Ich habe es eilig, auf die Insel zu kommen. Die See ist hoffentlich ruhig?«, fragte sie.

»Nehmen Sie sich lieber eine Tüte mit. Und wenn nicht, zielen Sie bitte über Bord. Wir schleichen ja nicht – und das ist kein kleiner Tümpel«, entgegnete der Seebär ungerührt und spuckte eine Ladung Kautabak haarscharf an ihr vorbei in die Nordsee.

Sie rückte etwas von ihm ab, er ging in den Führerstand und startete. Trotz des Windes setzte sie sich auf eine Bank am Heck des Schiffes. Sie sah, wie der Anleger Alte Liebe immer kleiner wurde, die Kugelbake aus der Ferne wie ein winziges Spielzeug wirkte. Je weiter sie ins offene Meer kamen, desto stärker erfassten die Wellen das Schiff, klatschten an den Bug, Wasser spritzte. Im Schiffsinneren wäre es ihr übel geworden. Sie hielt es draußen aus, obwohl ihre Jacke durchnässt war. Im Hotel würde sie sich umziehen.

Nach eineinhalb Stunden entdeckte sie endlich das rotweiße Leuchtfeuer der Düne vor Helgoland und die bunten Hummerbuden der Felseninsel. Sie hatte trotz all der Vorfälle ein Zimmer im *Hotel Prinzessin Alexandra* gebucht, um Tatjana nahe zu sein, und ging schnurstracks dorthin. Sie hatte sich zwar Gedanken über die Morde gemacht, aber wer zwei Macht-Männer ermordete, würde nicht auf die Idee kommen, sie anzugreifen. Vermutlich hatte sich der Täter oder die Täterin an Dorst gerächt. Diese Person hatte ebenfalls Gründe, André zu beseitigen. Seit seiner Ernennung zum Chef hatte er in den Gesprächen, die sie geführt hatten, durchaus Chefallüren erkennen lassen.

»Herzlich willkommen zurück«, begrüßte die Hotelchefin sie. Neben dem Zimmerschlüssel überreichte sie ihr eine Informationsmappe, die würde sie später lesen.

»Sie sind jetzt Moderatorin und Reporterin beim Kanal?«, fragte die Berger.

»So ist es geplant«, bestätigte sie. Noch war ihre Position nicht genau geklärt, doch das würde sie der Dame nicht auf die Nase binden. Sie wollte gleich den Termin bei dem Inselpolizisten abmachen und rief ihn direkt aus der Lobby an. »Herr Kruss, ich habe das Material von Dorst und zeige es Ihnen gerne. Ich komme in ein bis zwei Stunden zur Wache.«

Er war einverstanden, dann konnten sie das abhaken und die junge Frau hoffentlich von der Liste der Verdächtigen streichen. Doch nun war sie gespannt auf die Reaktion von Tati Dorst. Sie würde ihre nassen Sachen auf ihrem Zimmer wechseln und dann ihr Werk zeigen. Ihren ersten eigenen Film. Sie war stolz darauf und hatte ihrer geliebten Schwester diese Dokumentation gewidmet, doch gleichzeitig war der Anlass so traurig.

Mara war in den Anfangsszenen zu sehen. Sie hatte es mit einer Schauspielerin nachgestellt, die ihr ähnelte wie ein Zwilling. Sie hatte sich Filmaufnahmen angesehen und damit Maras Mimik so gut imitiert, dass sie in manchen Momenten dachte, ihre Schwester säße dort vor der Kamera. Die Aufnahmen der jungen Frau beim Moderieren einer Fernsehsendung wirkten täuschend echt. Man sieht ihre Sprechtrainerin, mit der sie geübt hat, dann begibt sie sich zu diesem Termin mit dem Moderator. Die nächste Sequenz war so brutal wie in der Realität. Kaum trat sie ein, als er sie schon überfiel, ihren Kopf an die Wand schlug, sich auf sie stürzte und sie vergewaltigte. Ihr war es schlecht geworden, als sie das sah. Sie hoffte nur, dass sie Tati überzeugen konnte, diesem Teil zuzustimmen. Ihr verstorbener Mann war leider ein Monster. Das öffentlich zu machen, war kein leichter Schritt.

Als sie ihre Sachen ablegte, klopfte es.

»Moment«, rief sie und zog schnell den Hotelbademantel über. Die Hoteldirektorin trug ein Tablett mit einem Kännchen Tee. »Ein schöner heißer Friesentee für einen besonderen Gast. Der wärmt Sie wieder auf. Und wenn Sie möchten, mit Schuss.« Ein Gläschen neben der Kanne enthielt wohl den Alkohol. »Genau das Richtige«, bedankte sie sich herzlich.

Sie zog sich um, goss den Cognac zuerst in die Tasse, dann den Tee und genoss die Wärme, die sich in ihrem Körper ausbreitete. Sie baute ihren Projektor auf, lud die Dateien. Und legte sich die Worte zurecht. Ihre Stimme war auf einmal kratzig, sie musste husten, hatte das Gefühl, keine Luft mehr zu bekommen. Sie ging zum Fenster, öffnete es weit, doch ihre Brust verkrampfte, ihr war schlecht. Mein Handy, dachte sie, sank mitten im Raum in sich zusammen, bewegungsunfähig. Dann wurde alles schwarz.

KAPITEL 54

Rike schreckte von ihrem Lesesessel in der Ferienwohnung hoch, als Prinz an ihrem Hausschuh zerrte. Flugs hatte er den Schuh geschnappt und rannte zur Tür. Wie viele Stunden hatte sie so dagesessen? Die Aufzeichnungen hatten sie komplett in den Bann geschlagen, während des Lesens hatte sie alles um sich herum vergessen.

Zuerst hatte Rike es durchgeblättert und dann beschlossen, von vorne nach hinten zu lesen. Es war eine höchst dramatische Lebensgeschichte der Familie eines Widerstandskämpfers. Es begann im Krieg und beschrieb die Veränderung der Insel. Tausende Soldaten wurden auf dem Felsen stationiert, überall ließ die Wehrmacht betonieren, Tunnel graben, Bunker für Zivilisten, Militärs und sogar für U-Boote ausbauen. »Hochseefestung Helgoland« hieß die Insel in den Plänen der Nationalsozialisten. Im »Projekt Hummerschere« sollte der größte deutsche Kriegshafen ausgebaut werden. Sie war fast am Ende der Aufzeichnungen angekommen, legte ein Lesezeichen in das rote Buch.

»Ich komme ja schon«, rief sie ihrem Hund zu und ging mit ihm vor die Tür.

Sie drehten eine kurze Runde den Falm hinauf bis zur Skulptur des Berliner Bären und kehrten nach einer Viertelstunde um. Prinz trottete mit hängendem Kopf zurück, da der Spaziergang so knapp ausfiel. Sie würde ihn mit auf

die Wache nehmen. Rike war ungeduldig, ihre Erkenntnisse mit dem Kollegen zu teilen. Doch zuvor wollte sie
wissen, wie die Geschichte weiterging und schlug die Aufzeichnungen wieder auf.

Die Schreiberin schien das neue Regime anfangs nicht
zu verteufeln, einige Einträge klangen für heutige Zeiten sehr nationalistisch. Doch sie lehnte die Verfolgung
der deutschen Juden vehement ab, hatte jüdische Freunde.
Daraus entwickelte sich ihre ablehnende Haltung gegen
die Nationalsozialisten. Ihr Schwiegersohn machte als
Maurer gute Geschäfte mit der Wehrmacht, doch seine
Zweifel am Regime wuchsen. 1944 ahnten die Menschen,
dass der Krieg nicht mehr zu gewinnen war, und fürchte-
ten die Gegenangriffe auf diese hochgerüstete Seefestung.
Eines Tages hatte ihn der Gastwirt im Friesenhaus, Erich
Friedrichs, beiseitegenommen und auf die gefährliche Entwicklung angesprochen. Offenbar wollte er ihn politisch
abklopfen – und lud ihn zu einem geheimen Treffen ein.
Später kam er mit dem Dachdecker Georg Braun in Kontakt, der ebenfalls mit Gleichgesinnten überlegte, wie dem
Wahnsinn ein Ende gesetzt werden konnte. Insulaner und
Soldaten kamen zu konspirativen Abenden zusammen, um
über die politische und militärische Lage zu beraten. Sie
waren keine ausgesprochenen Regimegegner, doch sahen
sie die Ereignisse kritisch. Im letzten Kriegsjahr kippte in
der Gruppe die Stimmung, die Teilnehmer wurden mili-
tanter gegen den Nationalsozialismus und den Krieg und
entschlossen sich, aktiv zu werden. Vor allem wollten sie
zerstörerische Sprengungen verhindern, die Helgolands
Inselkommandant für den Fall einer britischen Besetzung
geplant hatte. Sie entwickelten einen Plan für eine friedliche Übergabe der Insel an die Briten.

Bei den Treffen hörten die Männer *BBC*. Sie hatten ein eigenes Funkgerät gebaut und einen Kontakt in Großbritannien. Der Sender war im Ofen versteckt, fast jede Nacht sprachen sie mit ihren Kontaktleuten. Ihr Plan war es, die Offiziere auf der Insel gefangen zu nehmen und dann für die britische Luftwaffe gut sichtbar weiße Fahnen zu hissen. Sie brauchten Verbündete und warben Soldaten an, die Gruppen wuchsen stetig. Leider war mindestens ein Verräter in den Reihen. Dieser lieferte sie der Militärführung aus. Die Mitglieder des engen Kerns wurden knapp drei Wochen vor dem Ende des Zweiten Weltkriegs erschossen.

Was für ein sinnloser Tod, dachte Rike.

Sie brauchte eine Pause von dem emotional aufwühlenden Stoff und wollte mit Harry den aktuellen Stand besprechen. Sie wählte seine Nummer.

»Moin, Rike!«, keuchte er in den Hörer.

»Störe ich dich bei irgendetwas? Verfolgung von Eseln oder so?«

Er lachte. »Bei einem Lauf zu mir selbst, ich musste eine Runde drehen, um alles zu verdauen. Ich bin fast zurück, kommst du vorbei?«

Sie nahm Prinz an die Leine, damit ihr Hund wenigstens etwas Auslauf bekam, und machte sich an den Abstieg. Harry stand an der Kaffeemaschine. Er sah zerstrubbelt und unrasiert aus.

»Magst du einen Cappuccino?«

»Oh ja, den kann ich gebrauchen.« Sie konnte es kaum erwarten, aus dem Buch zu berichten. Sie setzten sich nebeneinander, und Rike berichtete, was sie gelesen hatte.

Er nickte. »Ich habe die Unterlagen von der Berger durchgelesen und das mit den Fakten verglichen. Unser Archivar hat mir eine Zusammenfassung geschickt.« Rike hatte das Buch abgelegt und kuschelte sich auf das Sofa. Prinz lag neben ihr. Als sie ihre Tasse ausgetrunken hatte, nahm sie das Buch wieder zur Hand.

»Ich bin mit den Kriegsjahren fast durch und lese, was in der Zeit nach 1945 geschah. Die Familie hat keine Anerkennung für den Mut der Widerständler erfahren und lebte in bitterer Armut«, sagte sie. Dann mussten sie diesen Berger, den Verräter, sogar auf der Insel wiedertreffen. Und er zeigte kein bisschen Reue.

Harry hörte ihr aufmerksam zu. Dann sah er auf die Uhr und sprang auf. »Finja Kowalski hat mich vor zwei Stunden angerufen. Sie ist auf die Insel gekommen und wollte uns Material übergeben. Ich habe ein ungutes Gefühl, sie müsste längst hier sein.«

Sie rannten zum Auto, er raste direkt an den Eingang des *Hotel Prinzessin Alexandra*, sie stürmten durch die Tür.

Die Direktorin stand im Empfang, ihr Gesichtsausdruck verdüsterte sich, als sie eintrafen.

»Wo ist das Zimmer von Finja Kowalski«, fragte er die Hotelchefin. Sie zeigte ihnen den Weg, sie standen vor der verschlossenen Tür und klopften.

»Aufmachen«, verlangte Harry. Die Berger widersprach und haderte, bis er sie anschrie. Als das Zimmer offen war, fanden sie die junge Frau. Sie lag in ihrem Bett, vor ihrem Mund lag eine Lache Erbrochenes. Harry fluchte.

»Vor zwei Stunden haben wir telefoniert. Ich hätte es wissen müssen.«

Rike schob die Hotelchefin aus dem Raum. »Hast du den Puls gefühlt?«

Er nahm das Handgelenk und drehte sich zu ihr um. »Er ist da, wenn kaum feststellbar. Sie atmet.«

348

Rike rief den Rettungsdienst an. Sie setzte Finja Kowalski auf und wischte ihre Stirn mit kaltem Wasser, sie redete beruhigend auf sie ein.

»Wir sollen das Erbrochene für eine Analyse sichern. Und schau mal da auf dem Tablett: Kanne, Tasse und Schnapsglas, das müssen wir auf Rückstände untersuchen«, bat sie. Harry sammelte die Gegenstände ein, nach nicht einmal fünf Minuten kamen die Sanitäter in den Raum.

»Ich fahre mit. Kümmerst du dich um die Berger und die Dorst? Aus meiner Sicht haben beide ein Motiv. Ein solcher Enthüllungsfilm über den eigenen Mann als Vergewaltiger stellte ja auch die Ehefrau infrage. Und die Berger war um den Ruf ihrer Vorfahren besorgt«, sagte Rike.

»In Ordnung, ich nehme mir beide vor. Ich hoffe so, dass sie überlebt. Dieser Fehler ist unverzeihlich, warum habe ich keinen Polizeischutz angeordnet«, sagte Harry.

Sie fuhr mit ins Inselkrankenhaus und blieb vor dem Zimmer auf der Intensivstation sitzen.

»Ich kann nichts sagen. Die Chancen, dass sie durchkommt, stehen 50 zu 50«, erklärte ein Arzt, der nach einigen Minuten aus dem Zimmer kam.

Sie schrieb Harry eine kurze Nachricht, dass die junge Frau am Leben war und weiter kämpfte. »Tatjana Dorst ist auf der Wache, Berger verschwunden«, antwortete er.

Rike nahm das rote Tagebuch aus der Tasche. Im letzten Teil des Lebensberichtes ging es um die Rückkehr auf die Insel. Die Felseninsel war nach den zahlreichen Bombenabwürfen komplett verwüstet. Die Schreiberin hatte den *Big Bang* von Cuxhaven aus mitbekommen, die Erde hatte sogar am Festland gebebt. Danach diente die Felseninsel noch jahrelang als Bombenabwurfplatz. Trotz der Zerstörung waren die Helgoländer glücklich, als sie endlich wieder heimatlichen Boden betreten konnten. Bis die Tagebuchschreiberin der Familie des Denunzianten begegnete. Dieser hatte nicht nur aus Überzeugung gehandelt, sondern materiellen Nutzen aus seiner Tat gezogen. »Unglaublich«, rief Rike aus.

»Ich habe noch gar nichts gesagt«, erklärte der Arzt, der neben sie getreten war. »Sie haben die junge Frau rechtzeitig gefunden. Wir haben ihren Magen ausgepumpt und den Kreislauf stabilisiert.« Rike sprang auf. »Das heißt, sie wird durchkommen? Kann ich sie sehen?«

»Sie wird es schaffen«, bestätigte der Mediziner. »Bitte reden Sie nur kurz mit ihr, sie ist geschwächt und braucht Ruhe.«

Rike bedankte sich überschwänglich und folgte dem Arzt in das Krankenzimmer. Finja Kowalski öffnete kurz die Augen einen Spalt und sagte dann etwas, dass sich wie »Omol« anhörte.«

Rike konnte es nicht deuten. »War das die Person, die Sie vergiftet hat?«

Die junge Frau nickte. Doch der Arzt trat zu ihnen. »Bitte, das ist jetzt zu anstrengend für die Patientin. Sie ist dem Tod von der Schippe gesprungen.« Rike strich ihr über die Hand und beschwichtigte: »Keine Sorge, wir bekommen die Person.«

Sie überlegte fieberhaft, was das bedeuten sollte. Ob das etwas mit Yoga zu tun hatte? Ein Name?

Zuerst musste sie Harry Bescheid sagen. Sie blieb vor dem Zimmer stehen und rief ihn an.

»Wir kamen rechtzeitig. Finja lebt, sie ist aber sehr schwach.«

»Ich könnte dich küssen«, jubelte er.

»Keine falschen Versprechen, lieber Kollege.«

Er lachte in den Hörer. »Wir sollten sie bewachen lassen. Ich habe die Filmaufnahmen von Dorst erhalten. Seine Ex-Frau ist hier bei mir und möchte Finja besuchen.«

»Ausgeschlossen, sie ist nicht stabil. Der Arzt hat mich hinausbefördert, und ich sehe ein, dass sie ihre Kräfte schonen muss. Außerdem ist Frau Dorst nicht als Täterin auszuschließen. Finja hat etwas Unverständliches gemurmelt«, protestierte Rike. Sie würde sich nicht von dem Zimmer wegbewegen, bis die Ablösung kam, und diese durfte niemanden zu der jungen Frau lassen. Sie stocherten immer noch im Nebel und hatten kein Muster hinter diesen drei Taten erkennen können.

Harry räusperte sich:

»Auch ich habe Neuigkeiten. Tatjana Dorst ist meiner Meinung nach unschuldig, wir haben offen gesprochen.« Er wollte die Kollegin bringen und sie abholen kommen. »Ich berichte alles, wir haben einen Hausbesuch vor uns«, sagte Harry kryptisch.

Rotes Tagebuch

Sieben Jahre sollte es dauern, bis wir endlich die geliebte Insel wiedersahen. Am 1. März 1952 wurde Helgoland von den Engländern freigegeben. Über all die Jahre hatten wir Briefe geschrieben mit Freunden und Nachbarn. Einige lebten in Cuxhaven, andere in Schleswig-Holstein. Es zog uns auf die Heimatinsel. Die Kinder waren Halbwüchsige. Sie hatten nie aufgehört, nach ihren Eltern und dem alten Haus zu fragen. Mit gemischten Gefühlen stiegen wir auf das Schiff, was würde uns drüben erwarten? Wir waren auf einen furchtbaren

Anblick vorbereitet, hatten die große Explosion sogar auf dem Festland gesehen und das Beben unter unseren Füßen gespürt. Doch das Ausmaß der Verwüstung mit eigenen Augen zu sehen, war schockierend.

Wenn ich an die Heimat gedacht hatte, geträumt hatte, dann war ich durch die Gassen mit den windschiefen Katen gewandert. Hatte hier und dort einen Nachbarn gegrüßt. Die schöne alte Welt. Dabei hatte ich die Zerstörung verdrängt, die wir noch selbst vor der Evakuierung gesehen hatten. Nichts stand mehr, nicht einmal Mauern oder ausgebrannte Gerippe. Die Bombenabwürfe und die große Sprengung hatten jede Erinnerung an eine Zivilisation zunichtegemacht, eine Mondlandschaft mit Kratern erwartete uns. Ich konnte die Tränen nicht zurückhalten. Denn die Verwüstung war so groß, dass ich fürchtete, nie wieder auf meinem geliebten Felsen leben zu können.

Gleichzeitig blieb dieser Geruch nach Salzwasser und Teer, der Wind, die Farben der Nordsee. Für uns gab es nur einen Ort, wo wir leben wollten: auf unserer Insel. Vorerst ging es wieder zurück nach Cuxhaven mit der Zusage, wiederaufbauen zu können.

Es war das größte Glück, das nach all den Schicksalsschlägen zu erleben. Wir bekamen unser Häuschen ungefähr dort, wo sich das alte befunden hatte. Die Gemeinschaft ist nicht mehr so harmonisch wie früher. Die Widerständler galten lange als Verräter, nicht als Helden. Weil den anderen der Spiegel vorgehalten wird. Sie hätten mutig sein können. Doch am schlimmsten war es, als ich eines Tages dem Berger gegenüberstand. Scheinheilig grüßte er mich.

»Wie geht es denn?« Das war der Moment, in dem ich nicht mehr an mich halten konnte. Ich habe ihm ins Gesicht gespuckt.

»Wie soll es gehen, nachdem du uns verraten hast, du Nazischwein! Du Denunziant hast meine Kinder ans Messer geliefert.«

Die Umstehenden zogen mich von ihm fort, ich war derart in Rage, dass ich ihm den Zorn an den Kopf warf. Anzeige hat er nie erstattet, er wusste ja, was er getan hatte. Doch bereut hat er nie. Er sprach sogar öffentlich davon, dass die Hingerichteten Hochverräter waren und den Tod verdient hatten.

Nachdem mein Schwiegersohn verhaftet wurde, bekam der Berger ein Grundstück unserer Familie überschrieben, dort hatte sich die Maurerwerkstatt befunden. Als Dank für seine widerliche Tat. Nach dem Krieg hat er einen Garten für sein Hotel angelegt. Mein Antrag auf Rückgabe wurde abgelehnt. Im Rathaus haben sie mich weggeschickt. »Sie haben doch Ihr Haus, seien Sie froh«, sagten sie mir. Das Unrecht wurde niemals gutgemacht. Ich habe gelernt, damit umzugehen. Man kann nicht sein Leben voller Hass beenden. Ich freue mich an dem Guten, daran, dass wir zurück auf der Insel sind und die Kinder hier groß werden können. Mein größter Wunsch ist es, sie lange auf ihrem Weg zu begleiten.

KAPITEL 55

Harry wartete im Polizeiwagen vor dem Krankenhaus, er hatte eine Kollegin als Ablösung gebracht. Er sah Rike im Eilschritt kommen und gab schon Gas, als sie noch nicht einmal die Tür geschlossen hatte. Prinz, den er mitgebracht hatte, bellte freudig von der Rückbank, bis er das Martinshorn anschaltete. Mit quietschenden Reifen fuhr er am *Hotel Prinzessin Alexandra* vor. »Was waren wir blind«, schimpfte er beim Aussteigen.

Er war wütend auf sich selbst, dass sie die Wahrheit nicht früher gesehen hatten. Rike sah ihn fragend an und folgte ihm in Richtung Eingang. »Du bleibst hier«, sagte sie zu Prinz, der ihr einen beleidigten Blick schenkte.

Harry hielt kurz inne und gab eine schnelle Zusammenfassung. Sie hatten endlich Zugriff auf die Cloud bekommen und die Aufnahmen Dorsts von der Insel Helgoland durchgesehen. Der rote Felsen aus allen Perspektiven, Vögel, die Düne, Schiffsromantik und Wellen. Dann gab es die Interviews zu geschichtlichen Themen. Den Beitrag hatte er fertig, zumindest in der Textversion.

»Lügen im Luxushotel. Der Nazi, der keiner mehr sein sollte«, war der Titel. In seiner üblichen hämischen Art, mit der er Flops verkündete, hatte der Moderator die Aussagen von Inge Berger in einen Beitrag hineingeschnitten, dagegen die historischen Fakten gestellt.

Der Höhepunkt war aber die Erklärung der Rosenzüchterin über den Verräter der Helgoländer Widerständler. »Er kannte die Gruppe und hat sie an die Nazis ausgeliefert, hat seine Landsleute an die Schlächter verraten. Und dafür ein Grundstück kassiert, das die Familie des Täters noch immer nutzt.« Die Kamera fuhr über die Immobilien der Bergers und verweilte auf dem besagten Terrain.

»Nazi-Unrecht, das nicht gutgemacht wurde«, donnerte die Stimme des Journalisten. »Wird Helgoland bald den Nazi reinwaschen oder gar ehren?« Der Blick ging auf die Stolpersteine, alle Namen wurden verlesen.

»Das waren sie, die Helden der Insel. Sie hatten versucht, die Zerstörung aufzuhalten. Verraten von Männern aus ihren Reihen.« Er war beeindruckt. So sehr er diesen Herrn verabscheut hatte, er verstand sein Handwerk. Und diesen Bericht wollte die Mörderin auf keinen Fall in der Öffentlichkeit sehen.

Sie stürmten in die Halle des Hotels. »Wo ist sie?«, fragte er eine Angestellte der Rezeption.

»Keine Ahnung, vielleicht in der Privatwohnung.« Die junge Frau schien verdattert. Die Berger wohnte in einem Mehrfamilienhaus nebenan, in dem sich unten ein Laden befand. Der Name stand an einer Tür in der oberen Etage. Die Haustür war geöffnet, sie rannten die Treppe hinauf zur Wohnungstür. Harry klingelte mehrmals hintereinander, doch nichts regte sich. Er wartete einen Moment und lauschte an der Tür. Von innen war kein Geräusch wahrzunehmen. Er wummerte mit beiden Fäusten dagegen. In der Etage darunter öffnete sich eine Tür, eine ältere Nachbarin sah ins Treppenhaus. »Was ist denn hier los?«, fragte sie.

»Haben Sie Frau Berger gesehen?«, wollte Rike wissen. »Schon seit Tagen nicht – und ich kann darauf gut verzichten«, sagte die Dame.

»Gehen Sie bitte wieder in die Wohnung, das ist ein Polizeieinsatz«, rief Harry und die Nachbarin schloss folgsam ihre Tür von innen.

»Gefahr in Verzug?«, fragte er, als er die Tür mit einem Einbrecherbesteck öffnete.

»Unbedingt«, sagte Rike. Es war eine altmodisch gestaltete Vierzimmerwohnung. Das Wohnzimmer hatte einen Balkon mit Dünenblick, es gab ein Schlafzimmer und zwei weitere Räume. »Ist das dieser Großvater?« Rike deutete auf Porträts, einige davon mit Hakenkreuzen. Im Regal entdeckte sie eine Ausgabe von *Mein Kampf* mit einer Widmung Hitlers.

»Was sagt uns das, wenn man sich so etwas in die Vitrine stellt?«, wunderte sich Harry.

»Man hält es für wertvoll. Eine Nazigegnerin ist das in keinem Fall«, schlussfolgerte Rike.

»Nicht da. Und nun?« Harry sah auf die Uhr. »Das Schiff fährt in einer Stunde, wir müssen die Passagiere überprüfen.« Sie schlossen die Tür und rasten in den Hafen. Die ersten Fahrgäste waren eingestiegen, Harry ging auf die Brücke.

»Wir müssen alle kontrollieren. Könnt ihr bitte den Einstieg stoppen. Wir nehmen uns diejenigen vor, die an Bord sind, dann die Schlange am Eingang«, schlug er vor.

»Haben Sie einen Durchsuchungsbeschluss?«, wollte die Kapitänin wissen.

»Es ist keine Zeit für Spielchen, jemand hat zwei Menschen umgebracht und das bei einem dritten versucht. Möchten Sie diese Passagierin befördern? Haben Sie aus dem Drama vor zwei Jahren nichts gelernt?«

»In Ordnung, so wie Sie vorgesehen hatten«, gab die Kapitänin genervt nach. Sie sahen sich die Ausweise der

Fahrgäste an Bord an, dann stellten sie sich an den Eingang. »Schau mal, dort fährt jemand mit dem Rad weg. Sieht aus wie die Berger«, rief Rike. Er ließ sich den Feldstecher der Kapitänin geben.

»Das ist sie. Und sie hat auch noch unser Polizeifahrrad geklaut«, fluchte er. Verständnislos sah Rike ihn an. »Ich dachte, Fahrräder sind in der Saison auf der Insel verboten, oder habe ich da etwas nicht mitbekommen?« Er nickte: »Wir haben eine Ausnahmeregelung für das Dienstfahrrad. Das hatte eine Kollegin genutzt, um zum Schiff zu fahren. Vermutlich hatte sie es nicht angeschlossen.«

Sie rannten von Bord zum Wagen und nahmen die Verfolgung auf. Die Radlerin raste durch die Menschenmenge, legte einen Slalom ein, sodass sie nicht schnell genug folgen konnten, ohne jemanden zu gefährden. Bei den Hummerbuden war sie ihnen etwa 200 Meter voraus, am Südstrand holte Harry auf, so dass sie den Abstand stark verringert hatten, als er auf den Lung Wai einbog Die Hauptstraße war jedoch voller Menschen. »Zu Fuß bin ich schneller«, rief Rike und sprang aus dem Wagen, Sie öffnete die hintere Tür und konnte Prinz im letzten Moment an der Leine schnappen und hielt ihn neben sich. Sie hatte die Flüchtende fast eingeholt, diese war am Kassenhäuschen des Fahrstuhls ins Oberland vorbeigefahren. Vielleicht konnte sie sie noch rechtzeitig abfangen. Doch in dem Moment war die Kabine von oben gekommen, die Frau war mit dem Fahrrad hineingefahren und die Türen schlossen sich. »Können sie den Fahrstuhl anhalten und die Kabine von außen öffnen?«, bat sie den Herren im Kassenhäuschen und zeigte ihren Ausweis.

»Zu spät, sie ist schon fast oben angekommen«, bedauerte dieser. »Sie können nur warten, bis die zweite Kabine abfährt«, erklärte er.

Rike und Prinz warteten, doch nichts geschah. Der Kassierer kam zu ihnen und murmelte etwas, das wie ein Fluch klang. »Die Kabinen hängen fest, ich muss den Wartungsdienst schicken«, erklärte er. Rike rannte die Treppe zum Oberland hinauf und ging zum Fahrstuhl. Die Kabine war oben angekommen und leer, sie schien dort blockiert zu sein. Vor dem Eingang fragte sie atemlos Passanten, ob sie die Frau mit dem Fahrrad gesehen hatten. Die Betreiberin des kleinen Eckladens, die gerade mit einem Kaffee vor dem Laden saß, schimpfte auf die Rowdyradlerin. »Die kam in einem Affenzahn hier vorbei, hat beinah meine Kundschaft umgefahren. Sie ist dort vorne um die Ecke gebogen, fährt die Kirchstraße hinauf«, sagte sie. Prinz zog an der Leine, in dem Moment klingelte ihr Telefon. »Wo steckt ihr?«, wollte Harry wissen.

»Wir rennen die Kirchstraße nach oben«, japste sie. »Jetzt sehe ich sie, in Höhe der *Moccastuben*.«

»Da ist der Eingang in die Bunkeranlagen, vielleicht will sie sich da verstecken. Wartet auf mich, du kennst dich da nicht aus. Wir Helgoländer haben als Kinder da gespielt, wir kennen die Gänge«, bat er.

In dem Moment zerrte Prinz so stark an der Leine, dass sie das Gleichgewicht verlor und strauchelte. Hätte sie das Ende nicht losgelassen, wäre sie gefallen.

Er raste gegenüber dem Lokal ein paar Treppenstufen hinab und dann durch eine Metalltür. »Prinz ist ausgebüchst, ich folge ihm«. Vor dem Eingang lag das Polizeifahrrad auf den Boden, das hatte die Verdächtige offenbar in Eile einfach weggeschmissen.

»Harry, sie ist höchstwahrscheinlich in diesen Bunker geflohen. Prinz ist auch dort drin. Wo ist der Ausgang?« Sie konnte nicht auf Harry warten, denn Prinz war in Gefahr.

Er fluchte. »Da gibt es einige.« Dann schwieg er, er schien zu überlegen.

Nach einer Weile meldete er sich wieder. »Vielleicht versucht sie, zum alten Versorgungstunnel ins Unterland zu kommen. Den gibt es seit den 50er-Jahren, der hat einen Ausgang direkt hinter dem Hotel Insulaner. Neulich war dort eine Streetart-Ausstellung drin. Es besteht noch eine Verbindung dazwischen.«

»Das Schiff ist ja dann weg – wo will sie hin?«, überlegte Rike.

»Sich verstecken und mit irgendeinem Boot von der Insel kommen, sie ist ja fast am Hafen«, vermutete er und bat: »Warte auf mich. Oder sei wenigstens vorsichtig.«

»Ich bin dann mal abgetaucht«, kündigte Rike an.

Sie hatte die Tür geöffnet und sah in die Dunkelheit. Ein wenig beklommen ging sie hinein, fand einen Lichtschalter, der funktionierte.

»Ich versuche, sie einzuholen, und du sicherst diesen Ausgang!« Sie rannte eine Treppe hinab, die sehr weit in den Felsen führte, und blickte auf einen langen Gang. Vor sich hörte sie Prinz bellen und rief ihn, doch natürlich hörte er nicht. Sie zählte Hundert Schritte, dann knickte der Gang um 90 Grad ab und wurde deutlich enger, das Licht war schummrig, es tropfte von der Decke. In weiter Entfernung hörte sie Schritte. Sie kam an einigen Bildern vorbei und mehreren Räumen mit Schrifttafeln, die bei den Führungen zur Illustration dienten. Am Ende machte der Tunnel wieder einen Knick, es ging in eine noch schmalere Röhre, die komplett dunkel war. Zum Glück litt sie nicht unter Platzangst, dennoch war es ein mulmiges Gefühl in einen dunklen schmalen Stollen viele Meter unter der Erde zu laufen. Irgendwo vor ihr hörte sie Schritte und ein Hecheln. Sie leuchtete den Weg mit ihrem Handy aus und ging voran, so schnell sie konnte. Der Gang machte mehrere Biegungen, sie hatte keinerlei Orientierung und konnte nicht einschätzen, wie weit sie sich vom Eingang entfernt hatten. Nachdem sie nur diffuse Geräusche gehört hatte, schrillte ein Schrei. »Du Mistvieh, hau ab, lass mich los«, vernahm sie unverkennbar die Stimme der Verdächtigen.

Prinz hatte die Flüchtige eingeholt und schien sie festzuhalten. Rike pochte das Herz wie ein Presslufthammer, ihr geliebter Vierbeiner befand sich in Gefahr, und sie versuchte verzweifelt, die Richtung festzustellen.

»Wo bist du, Prinz?«, schrie sie an einer Gabelung. Er bellte kurz, und sie rannte weiter in seine Richtung, so schnell das im Dunkeln ging. Die Geräusche entfernten sich nicht mehr, sie kam also Prinz und der Verdächtigen näher. Schließlich entdeckte sie die beiden im Licht ihres Handys, die Frau lag auf dem Bauch am Boden. Sie hatte einen Rucksack mit Sichtfenster umgeschnallt, darin der schwarze Kater.

Prinz begann zu knurren, sobald die Frau sich bewegte. »Hände auf den Rücken«, sagte Rike. »Ich nehme sie fest wegen des Verdachts, Casimir Dorst und André Adomat ermordet zu haben, ebenso wegen des versuchten Mordes an Finja Kowalski.«

»Was erlauben Sie sich? Vollkommen absurd«, japste die Verdächtige, die außer Atmen war.

Leider hatte Rike keine Handschellen dabei. Diese Person war so gefährlich, dass sie fixiert werden musste. Kurzerhand nahm sie Prinz die Leine ab, band so die Arme der mutmaßlichen Täterin auf dem Rücken. »Danke dir, du bist einfach der beste Polizeihund, den man sich nur wünschen kann«, sie drückte ihrem Vierbeiner ein Küsschen auf den Kopf. Er stupste sie an, in Erwartung einer Belohnung. »Das Leckerli gibt es zu Hause.«

Die Verdächtige beschimpfte sie unterdessen weiter. »Was soll der Unfug, das ist Freiheitsberaubung.«

»Das klären wir gleich auf der Wache. Nach ihnen.« Sie leuchtete weiter den Weg aus und ließ die Frau vor sich gehen. Sie folgten dem Tunnel, hoffentlich würden sie an dem Ausgang herauskommen, an dem der Kollege stand. Sie hatte keinerlei Empfang auf ihrem Smartphone. Der Weg ging nun steil bergab, Schienen führten nach unten. Endlich sah sie einen Lichtschimmer, auf den sie zuliefen. Prinz bellte in einem freudigen Ton, und Harry kam ihnen entgegen. »Gott sei Dank«, er war sichtlich erleichtert und legte der Verdächtigen Handschellen an. Den Rucksack mit dem fauchenden Kater nahm er an sich und trug ihn zum Wagen. Sie fuhren in die Wache, begleiteten diese in den Konferenzraum.

»Ich brauche etwas zu trinken. Könnte ich einen Tee haben?«, verlangte sie. Rike ging kurz aus dem Raum und bat eine Kollegin, das Getränk zuzubereiten. Einige Minuten später hörten sie Stimmen und ein Scheppern. Vor der Tür standen die Kollegin und Jana betreten vor den Scherben der Tasse und der Teelache, die in die Auslegware sickerte.

»Tut mir so leid, dass ich aus Versehen die Tasse vom Tablett gefegt habe. Ich mache einen neuen Tee«, entschuldigte sich Jana. »Ich bin durch Zufall auf die Geräte von Dorst gestoßen, die wollte ich zur Polizei bringen«, erklärte sie.

Erst jetzt sah Rike die schwarze Reisetasche mit dem

Aufdruck ›Roadtrip. Top oder Flop‹. Rike war überrascht. »Bitte übergeben Sie Harry den Fund«, bat sie und kehrte in den Raum zurück.

Ein paar Minuten später brachte die Kollegin den Tee. Rike hielt Ausschau nach Harry, um mit der Vernehmung zu beginnen.

»Mein Kater, bitte versorgen Sie ihn gut, bis ich zurückkomme«, bat die Verdächtige. »Und jetzt möchte ich meinen Anwalt konsultieren, sonst sage ich nichts. Allein, es gilt doch das Anwaltsgeheimnis«, forderte sie vehement.

Rike schob ihr das Telefon hin und ging nach draußen. Sie ließ die Tür einen Spalt offen und schloss sie, als das Gespräch begann.

Als sie wieder eintrat, schüttelte die Festgenommene nur den Kopf: »Ich sage nichts, bis mein Anwalt hier ist.«

Nicht einmal ihren Namen bestätigte sie.

»Ich schlage vor, Sie genießen jetzt mal unsere staatliche Unterbringung, wenn Sie mit uns sprechen wollen, einfach an die Tür klopfen.«

»Schau mal. Habe ich noch in der Wohnung der Berger entdeckt und eingesteckt«, sagte Harry. Er zeigte ihr ein Bild von einem Garten. Eine Pflanze war weiß eingekreist. »Das ist doch der Blaue Eisenhut. Eindeutig.« Rike fragte sich, wo das war und warum sie das nicht gesehen hatte. »Der befand sich im Hotelgarten, als wir dort waren, hatte sie ihn allerdings entfernt.« Harry zeigte noch eine Aufnahme, wo das Hotel im Hintergrund zu sehen war, und ein drittes Foto, auf dem Lavendel an der Stelle wuchs. Er schüttelte den Kopf. »Sie hat den Eisenhut selbst angebaut. Homegrown. Das sagt man doch so?«

Rike staunte. Dass jemand seine Mordwaffe anbaute, hatte sie noch nicht erlebt.

»Kaffee oder Sekt?«, fragte ihr Kollege.

Rike streckte sich, um ihren verspannten Rücken zu ent-krampfen. Ihre Beine fühlten sich schwer an von der Verfol-gungsjagd. Sie deutete auf ihren Hund. »Der da bekommt ein Leckerli, und ich könnte etwas zu essen vertragen.«

Sie gingen die Straße hinab in Richtung des *Café Sailor*, als ein Kollege hinter ihnen herrief.

»Harry, der geht es nicht gut.«

Sie rannten zurück in die Wache, die Frau lag auf dem Boden ihrer Zelle, Erbrochenes vor dem Mund. Die Kol-legin hatte Puls und Atmung geprüft und schüttelte den Kopf. »Ich habe den Rettungswagen angerufen, aber ich denke, es ist zu spät.«

»Wer zum Teufel war das?«, fluchte Harry. »Ich dachte, wir haben den Fall aufgeklärt!«

Rike überlegte, doch niemand außer ihnen hatte Zugang zur Verdächtigen. Vielleicht hatte sie Gift gebunkert.

»Erinnerst du dich, sie hat ein Getränk verlangt und mit dem Anwalt telefoniert. Ich denke, sie hat es selber einge-nommen, eine große Dosis.«

»Wir hätten sie kontrollieren müssen.« Er hieb wütend an die Zellentür.

»Haben wir, aber erst vor dem Einschluss, da haben wir nichts gefunden. Vermutlich hatte sie das Gift in der Tasche und hat es während des Telefonats mit dem Anwalt ein-genommen«, sagte Rike. Das war ein Fehler, jedoch nicht mehr zu ändern. »Da war allerdings auch Jana in der Wache«, überlegte Rike. »Und sie hat den Tee zubereitet.«

Harry schnitt ihr sofort das Wort ab: »Das kannst du ausschließen. Dank Jana haben wir endlich das Filmmate-rial und damit wichtige Beweisstücke. Ihr Großvater hatte sie auf einen alten Schießstand von Bergers Vater hingewiesen, wo die Geräte gefunden wurden. Daraus werde ich ihr garantiert keinen Strick drehen.«

Der Notarzt kam aus der Zelle, er schüttelte den Kopf. Es war zu spät. Sie würde in den Keller des Krankenhauses geschafft und von der Gerichtsmedizin obduziert, ebenso würden sie die Teetasse und die Kleidung untersuchen. »Was ist mit dem Kater?«

Sie rannte in den Konferenzraum, wo die schwarze Katze am Boden lag, neben sich ein Haufen Erbrochenes. Harry trat zu ihr. »Den wollte sie mitnehmen, aber schau mal.«

Das Tier hatte die Augen geöffnet und atmete. »Vielleicht hat er Glück, der Tierarzt ist auf der Insel.« Harry rief den Veterinärmediziner an, der versprach, umgehend zu ihnen zu kommen. Rike streichelte das Tier, bis dieser eintraf. »Vielleicht hat er das Gift bereits erbrochen«, erklärte der Tiermediziner. Er würde eine Infusion geben und den Vierbeiner zur Beobachtung mitnehmen. »Was passiert denn dann mit dem Tier?« Er sah sie fragend an. In dem Moment ging die Tür auf, Clara kam in den Raum.

»Wladi, mein Schatz«, rief sie. Der Kater hob leicht den Kopf und miaute. »Na, da haben sich zwei gefunden«, stellte der Tierarzt fest. »Er ist noch schwach, aber ich denke, das ist ein Kämpfer.« Clara setzte sich neben den Patienten und streichelte sanft seinen Kopf.

In Richtung von Rike und Harry sagte sie zaghaft: »Ich habe noch nicht alles gesagt.« Dann senkte sie ihren Blick wieder auf das schwarze Fellbündel.

»Ich denke, wir wissen Bescheid, wer dem Hotelbüro einen nicht ganz legalen Besuch abgestattet hat«, bemerkte Rike.

»Sie senkte den Kopf. »Oti, meine Oma, war so traurig. Ich wollte diesen Film für sie retten, habe ihn aber nicht gefunden. Komme ich jetzt ins Gefängnis?«, fragte das Mädchen angstvoll. Doch Rike strich ihr liebevoll über den Kopf. »Kümmere dich um den Großen hier …«

Dann verabschiedete sie sich. »Ich würde gerne nach Finja Kowalski sehen und ihr die Neuigkeit mitteilen«, sagte Rike. Sie fuhren in das Krankenhaus. Die Patientin lag nicht länger auf der Intensivstation, sondern auf der Station Inneres. Zaghaft klopfte Rike an der Zimmertür, da hörte sie Stimmen im Zimmer und öffnete die Tür. Finja Kowalski hatte Kissen unter dem Rücken und saß in ihrem Bett, Tatjana Dorst hatte vor ihr auf einem Stuhl Platz genommen, beide unterhielten sich angeregt. Rike war erleichtert, dass es der Patientin sichtlich besser ging. Sie war wohl noch einmal mit dem Schrecken davongekommen. Rike berichtete von der Verhaftung und dem Tod von Frau Berger. Die Frauen sahen überrascht aus. »Was ist passiert?«, wollte Finja Kowalski wissen.

»Wir haben sie verhaftet, sie hat selbst eine giftige Substanz eingenommen«, erklärte Harry. »Alle Beweise sprechen dafür, dass sie die Täterin war. Wir lassen noch die Rückstände aus ihrer Jackentasche untersuchen, aber die Rückstände sehen exakt aus wie die Substanz, die sie vorher schon verwendet hat. Danke für Ihre Mithilfe – und es tut mir leid, was Ihnen passiert ist.«

»Sie war es, die mir das Gift gebracht hat. Das habe ich vorhin sagen wollen,« bestätigte Finja. Dann bedauerte sie: »Ich hätte kooperativ sein sollen, es ist nicht Ihre Schuld.«

»Werden Sie denn den Film über die Nazizeit von Dorst zeigen?«, wollte Rike wissen.

»Das muss die Chefin entscheiden«, bemerkte Finja und sah Tatjana Dorst an. »Auch als Erbin des Kanals – ich bin und bleibe Künstlerin und Yogini. Ich werde keine aktive Rolle übernehmen«, kündigte diese an.

»Es gibt jemanden auf der Insel, den das glücklich machen würde, wenn sie den Film zeigen. Ich stelle gerne den Kontakt her«, bot Rike an. »Es geht um alte Wunden, die es zu heilen gilt. Die mutigen Widerständler von Helgoland – sie sollten gewürdigt werden.«

Harry sprang ihr bei: »Unsere Insel wäre niemals so verwüstet worden, wenn diese Männer ihre weißen Fahnen gehisst hätten. Sie wollten uns ein schlimmes Schicksal ersparen.«

Tatjana Dorst hörte ihm aufmerksam zu und wandte sich an Finja. »Wir werden diesen Film zeigen – gut, dass Casimir einmal in seinem Leben auf der richtigen Seite stand. Den Bericht über seine Abgründe bringen wir auch. Ich freue mich schon darauf«, sagte sie entschlossen. Sie verabschiedeten sich von den Frauen.

»Wenigstens kommt etwas Gutes heraus. Endlich werden die Widerstandskämpfer und ihre Familien gewürdigt. Sie hatten ein schwieriges Leben«, sagte Harry draußen vor dem Krankenhaus. Sie nahm Prinz wieder an die Leine. »Gegen ein Gläschen auf der Jacht hätte ich am Ende dieses Tages nichts einzuwenden«, schlug sie Harry vor. Sie sahen die beiden Männer in Schwarz, die den Sarg zum Wagen trugen.

»Danke, Freunde. Uns gehen die Aufträge niemals aus«, bemerkte einer der Herren im Vorbeigehen.

Harry schüttelte den Kopf. »Das war keine Absicht.«

Sie fuhren in den Hafen. Auf der *Mariannic'k* öffnete er eine Flasche Champagner. »Auf die gefährliche Insel«, sagte er. »Prost«, antwortete Rike. Sie hatte es sich auf der Bank bequem gemacht und tätschelte Prinz den Kopf.

»Was machst du jetzt, wo wir den Fall gelöst haben? Ich fahre in zwei Tagen nach Hause«, wollte sie wissen.

Harry sah traurig aus und müde. Er machte ein paar

Schritte, strich über das Holz der Schiffswand, kratzte etwas abgeblätterten Lack weg.

»Erst mal müssen wir unseren Umzug bewältigen, wenn endlich die Zellentür eingetroffen ist. Dann kümmere ich mich um die *Mariannic'k*. Sie braucht dringend einen neuen Anstrich. Und du ermittelst in Cuxhaven?«

»Mal sehen, wo die Reise langfristig hingeht. Und redest du wieder mit Jana?«

Er sah unentschlossen aus. »Ehrlich, Rike, ich muss erst einiges verdauen, gedanklich ordnen, was geschehen ist. Aber diese Beziehung ist zu Ende.«

Er setzte sich neben sie auf die Bank und schenkte ihr noch mal ein. »In Cuxhaven bist du nicht so weit weg von Helgoland. In zwei Wochen habe ich Urlaub und könnte zu Besuch kommen.«

Sie lächelte ihn an und erhob ihr Glas. Er erwiderte ihren Blick, und das löste heftige Gefühle in ihm aus, doch er wollte sie nicht wieder verschrecken. Prinz winselte – und stellte seine Pfoten auf ihre Knie.

»Bist du eifersüchtig?«, scherzte Harry.

Sie angelte ein Leckerli aus der Tasche, nachdem ihr Hund sie mit schräg gelegtem Kopf angesehen und gefiept hatte. »Nee, verfressen. Er freut sich«, lachte sie.

»Du bist bei uns immer willkommen. Ob in Cuxhaven oder Hamburg. Wir müssen los«, verabschiedete sie sich.

Er hielt ihr die Hand hin, um sie auf den Steg zu geleiten. Rikes Fuß rutschte am feuchten Holz ab, sie stolperte seitlich. Harry hechtete in die Richtung und fing sie auf, bellend sprang Prinz um sie beide herum. Er hatte sie an sich gezogen und wie magnetisch hatten sich ihre Lippen angenähert, langsam und vorsichtig tastend begann dieser Kuss, den er ohne die Hilfe des Zufalls nie gewagt hätte.

Ein vertrautes Gefühl, das ihn bis tief ins Innerste erschütterte. Beide hatten sich diese Nähe gewünscht, nun konnten sie nicht mehr voneinander lassen. Nachts wachte er über ihre gleichmäßigen Atemzüge und konnte sein Glück nicht fassen. So lange liebte er sie schon. Hoffentlich bedauerte sie am Morgen nicht, was geschehen war. Sie schlug die Augen auf, als er mit dem Fusselkaffee neben ihr stand, sein Herz klopfte heftig. Würde sie sagen, dass es ihr leidtat?

Sie lächelte ihn an und streckte sich. »Guten Morgen, Harry. Die Koje reicht doch sogar für zwei«, sagte sie und gab ihm einen schnellen Kuss.

»Heißt das, du bleibst länger?«

Sie schüttelte den Kopf. »Ich habe leider den Termin in Hamburg, auch wenn es mir schwerfällt wegzufahren. Ich habe mir das nicht träumen lassen.« Eine Träne lief über ihr Gesicht, die er abwischte. »Und ich erst, wie viele Jahre warte ich darauf. Versprich mir, dass wir uns bald wiedersehen!« Sie hob ihre Finger zum Schwur. »Indianerehrenwort.« Prinz bellte und stupste sie an. Rike sah auf die Uhr und sprang auf. »Ich habe noch nichts gepackt, ich muss los.« Gemeinsam fuhren sie eilig in die Ferienwohnung, um diese aufzuräumen, kurz vor der Abfahrt raste Harry mit dem Golf in den Hafen.

Der Katamaran hatte schon sein Schiffshorn zum Abschied betätigt, doch Harry fuchtelte wild mit den Händen. Der Steg wurde extra für Rike ausgelegt. Sie verabschiedete sich mit einem kurzen Kuss, es zerriss ihm das Herz. Gerade hatten sie sich gefunden, nun musste er schon wieder auf sie verzichten.

KAPITEL 56

Lange weiße Strände und Palmen zogen sich um die Insel, türkis schimmerte die Wasseroberfläche. Sie waren im Sinkflug, die Menschen in der Strandbar schienen greifbar nah. Sie hätte sich nicht träumen lassen, jemals in die Karibik zu fliegen. Das Flugzeug landete und rollte aus. Eine schwüle Hitze schlug ihr nach dem Ausstieg entgegen. Sie nahm ihre Tasche und ging auf die verglaste Halle mit dem weißen Runddach zu. »Owen Roberts international Airport«, stand auf einem Schild. Das Gebäude war übersichtlich, kaum größer als die Abfertigungshalle auf der Düne. Vor 21 Stunden war sie dort gestartet, in nur drei Stunden hatte sie die Rückreise geplant. Nach zwei Tagen war die Aktion erledigt, wenn alles so lief wie vorgesehen.

Die Einreisekontrolle war nicht der Rede wert. Der gelangweilte Beamte warf einen kurzen Blick in den Pass und stempelte, ohne Fragen zu stellen. Sie nahm ein Taxi auf der anderen Seite der Halle, der Fahrer sprach fließend Englisch. Sie sagte die Adresse, er nickte und fuhr los. Allein die zwei Nummern reichten aus, das hatte ihr André von seiner Recherche berichtet. In der Cloud waren diese nicht mehr auffindbar, dafür hatte er gesorgt. Wie wäre das geworden mit dem gemeinsamen neuen Leben? So richtig hatte sie nie daran geglaubt, doch nicht mit einem solchen Ende gerechnet. Sie kannten sich nur wenige Tage, beide hatten sich ineinander verliebt. Dann starb er, und sie war die Einzige, die Zugriff auf die Konten hatte. Wer sein Leben auf dem Gewissen hatte, war ihr nach Sichtung der Filme auf der Cloud klar. Ihr Großvater hatte ihr den Hinweis auf den alten Schießstand im Bunker gegeben, wo sie das Beweismaterial fand. Was es mit der Blechdose mit Blümchendeckel und der Aufschrift ›TEA‹ auf sich hatte, hatte sie erst verstanden, als sie die Tasche übergeben wollte.

Der Wagen ließ das Industriegebiet hinter sich und fuhr in Richtung George Town. Kanariengelbe, knallblaue und rote zweistöckige Häuser säumten die Straßen, auf denen Fußgänger und Autos unterwegs waren. Nirgendwo war ein Stau zu sehen. Vor einem unspektakulären Eckhaus blieb er stehen.

»I wait?«, fragte der Fahrer. Sie nickte, das war sicherer, um das Flugzeug zu erreichen.

An der Rezeption legte sie das Dokument mit der Nummer vor, die Abwicklung war unkompliziert. Zum Glück hatte es auf Helgoland wenige Tage gedauert, einen Verein zu gründen – und für diesen ein Bankkonto zu eröffnen. Sie füllte das Formular aus, schrieb die Daten des *Halunder Glik* ein und gab das Passwort an. Kurz darauf erhielt sie eine Mitteilung über den Eingang der 22,3 Millionen Euro. Beinah wurde ihr schwindlig aufgrund dieser Summe. Niemals im Leben hatte sie mit so viel Geld zu tun. Einen Moment war sie stehen geblieben und zweifelte, ob das so einfach war. Oder kam gleich jemand und nahm sie genau unter die Lupe?

»Wünschen Sie noch etwas, Madame?«, fragte der Banker, da sie weiterhin still vor ihm stand. Sie schüttelte den Kopf und verließ das Etablissement, das mit seiner Diskretion warb und vermutlich die Konten von Steuerhinterziehern, korrupten Politikern und Mafiabossen verwaltete.

Sie war überrascht, dass ein Moderator eine solche Summe verdient hatte, und das war nur ein Teil seines Vermögens. Früher gab es eine Produktionsfirma auf seinen Namen, vielleicht waren die Honorare dafür geflossen? Es wurde gemunkelt, dass er mit seinen Beiträgen doppelt kassiert hatte. Von seinem Arbeitgeber ein großzügiges Gehalt und nebenbei von den Hotels oder Urlaubsorten, über die er berichtet hatte. André hatte so etwas angedeutet. Sie hatte sich erkundigt, was reguläre Anzeigen kosteten – es schien möglich, dass dies die Geldquelle war. Aber sie wusste bei Weitem nicht alles aus der Vorgeschichte.

Das Taxi stand an Ort und Stelle. Der Vorgang hatte keine 30 Minuten gedauert. »Eine kleine Tour?«, fragte der Chauffeur, sie schüttelte den Kopf. Niemand würde etwas erfahren, wenn sie hier im Nirgendwo inmitten der Karibik verschwand. Der Fahrer nahm den Highway zurück zur Abflughalle, sie wartete, bis der Flug angekündigt war.

22 Stunden sollte der Rückflug dauern, so würde niemandem auffallen, dass sie nur zwei Tage wegen Unwohlseins gefehlt hatte. Das Flugzeug holperte wie über eine Schlaglochpiste, sie kämpfte mit ihrem Magen. Der Steward servierte ihr ein Wasser und brachte ein Handtuch. Sie fühlte sich etwas besser und dachte an den Betrag, den sie überwiesen hatte. Davon würde die Gruppe *Halunder Glik* Ideen umsetzen können. Ihr Großvater hatte der Vereinsgründung zugestimmt. Einigen der Senioren würden sie einen altersbedingten Umzug auf das Festland ersparen können.

Jana hatte vor ihrer Abreise einen Selbstverteidigungstrainer für Mädchen und Frauen verpflichtet, der eine

Woche verschiedene Altersgruppen trainieren würde. Niemand sollte wehrlos Monstern wie Dorst gegenüberstehen. Es gab einiges, was den Insulanern zum Glück fehlte. Ein Haus für Senioren, das schien ihr umsetzbar. Ein Hotel im Unterland stand aktuell zum Verkauf, das wäre geeignet.

Nach der Anschubfinanzierung musste es sich dann selbst tragen, aber da war sie optimistisch. In einem Jahr, so hoffte sie, würde sie verschmitzt lächeln, wenn es lange Politikerreden zur Eröffnung zu ertragen galt. Die Lobreden auf den anonymen Spender würden sie amüsieren.

Sie sah auf die Uhr. Zehn Stunden bis zur Rückkehr auf die geliebte Insel. Zurück zu ihrem Großvater, der ihr fehlte. Und da war Harry, kam es ihr in den Sinn. Sie hatten sich noch einmal getroffen und über alles gesprochen. Sie empfand keinen Schmerz mehr, wenn sie mit ihm zusammentraf, eher Vertrautheit. Sie hatten nicht zusammengepasst. Sie hatte sich in den humorvollen Lebemensch verliebt, doch hatte er eine biedere und korrekte Seite. Sonst könnte er kaum diesen Beruf ausüben. Natürlich hatte er recht gehabt, es ging um einen Mordfall. Es hatte sich schnell herumgesprochen, wie die Opfer gestorben waren. Jana hatte nicht glauben können, dass eine normale Gartenpflanze so giftig war. Doch Harry ließ sich die Information nach der zweiten Flasche Wein entlocken. Sie hatte nur geahnt, dass sich die gefährliche Substanz in der Blechdose befand. In gemahlener Form sahen die Pflanzenreste aus wie ein Kräutertee. Die Gelegenheit, André zu rächen, hatte sich rein zufällig ergeben. Ob Harry etwas ahnte? Er war kein Unmensch. Sie waren auf die Aktionen der Gruppe ihres Großvaters zu sprechen gekommen – und Harry sagte: »In meinem Bericht steht, dass Inge Berger die Kunstaktionen veranstaltet hat und somit für die angeblichen Schäden verantwortlich war. Leider lebt sie ja nicht mehr und kann nicht mehr verurteilt werden. Also sind die Ermittlungen abgeschlossen«, und ihr dann zugezwinkert.

Sie selbst war vollkommen überrascht vom Doppelleben ihres Großvaters und seiner Freunde. Sie hatten den Finger in die Wunde gelegt, aufgezeigt, welche Probleme die Inselbevölkerung hatte und wo die Politik versagt hatte. Doch es lagen auch einige Anzeigen wegen Sachbeschädigung vor, auf ihren Großvater wären erhebliche Kosten zugekommen. Sie war erleichtert über Harrys offizielles Ergebnis.

Doch was würde Harry zu ihrer Reise sagen, auch wenn sie der Insel nur Gutes brachte? Das Schöne war, dass der Film über Helgoland gefunden wurde und im Kanal gelaufen war. Dorst hatte wunderbare Bilder aufgenommen, das war ein voller Erfolg. Die Buchungszahlen schossen seither in die Höhe.

Nach dem plötzlichen Tod des Tourismus-Direktors Karsten Tollmann stand Jana kurz vor der Beförderung. Zuletzt hatte er lobende Worte für sie gehabt, als sie sich zum Tee getroffen hatten. Beim Bürgermeister und dem Gemeinderat hatte er ihre Arbeit zuvor mit keinem Wort gewürdigt und den fertiggestellten Inselfilm ausschließlich als seine Leistung dargestellt.

Er wurde tot in seinem Sessel im Büro gefunden, da er schon einmal einen Infarkt gehabt hatte, stellte niemand die Todesursache infrage. Die Blechdose mit dem Blümchendeckel war unerwartet ergiebig. Jana war erleichtert, dass sie künftig alleine für den Inseltourismus zuständig war. Niemals würde sie Mitarbeiter einem Narzissten wie Dorst schutzlos aussetzen. Egal, ob hoher Besuch oder

Prominenz – wer sich danebenbenahm, wurde umstands-
los zur Fähre gebracht.

Sie dachte an den Anfang von Dorsts Aufenthalt. Wie
respektlos er sich gegenüber ihren Traditionen benommen
hatte. Und jetzt schenkte er Helgoland ein klein bisschen
Glück – *Halunder Glik*.

ENDE

NACHWORT

Ein *Hotel Prinzessin Alexandra* gab es bis zur Zerstörung Helgolands, heute existiert es nur zwischen diesen Buchdeckeln, auch die Familien Berger und Michels leben ausschließlich in dieser Handlung. Diese Personen und das Luxushotel sind Erfindungen der Autorin. Ihr Schicksal ist in die wahren historischen Ereignisse auf der Insel Helgoland eingeflochten, soweit sie nach aktuellem Forschungsstand bekannt sind. Demnach wurden am 21.4.1945 in Cuxhaven-Sahlenburg fünf Männer nach einem gerichtlichen Schnellverfahren erschossen: der Dachdecker Georg Braun, der Helgoländer Gastwirt Erich Friedrichs, der Fähnrich Karl Fnouka, der Fähnrich Kurt Pester und der Fähnrich Martin O. Wachtel. Am 18.4. waren sie neben weiteren Personen von der Gestapo verhaftet und in einem militärischen Schnellverfahren verurteilt worden. Die Gerichtsakten wurden nach Kriegsende verbrannt – das *Helgoland Museum* hat unter Federführung der Autorin Astrid Friedrichs die Vorgänge aus Zeitzeugenaussagen rekonstruiert. Demnach stand die Gruppe in Funkkontakt mit Großbritannien und wollte eine friedliche Übergabe der Insel durchführen. An einem bestimmten Tag sollten weiße Fahnen an der Kirche und weiteren markanten Stellen gehisst werden. Die Gruppe plante, die Geschütze des Oberlandes auf die hitlertreuen K-Verbände des Unterlandes zu richten, um diese zur Kapitulation zu zwingen.

Zudem gab es den Plan, die Offiziere beim Mittagessen festzunehmen. Das Vorhaben wurde durch einen Oberfeldwebel, der zur Gruppe gestoßen war, verraten. Erst Jahrzehnte nach dem Krieg wurde der Mut der Widerstandsgruppe auf der Insel anerkannt. 2010 wurden für die Mitglieder fünf Stolpersteine verlegt, ein sechster Gedenkstein ist dem Friseurmeister Heinrich Prüß gewidmet. Der Hitler-Gegner wurde denunziert und 1944 hingerichtet.

DANKSAGUNG

Meine lieben Leserinnen und Leser, mein erster Dank geht an Sie. Nicht nur für den Kauf des Buches, den Besuch meiner Lesungen und die ermutigenden und herzwärmenden Worte des Lobes und Zuspruchs. In diesem Buch habe ich auch einige Ihrer Aufträge ausgeführt, die Sie mir bei den Lesungen diskret übergeben habt.

Danke an den weltbesten Ehemann Andreas Kunert für die Unterstützung als erster Testleser und dass du mir bei den vielen Stunden den Rücken freihältst, damit ich mich auf der Tastatur austoben kann.

Wenn ich den Wald vor Bäumen schon längst nicht mehr sehe, kommt meine Lektorin Claudia Senghaas ins Spiel. Danke für den Feinschliff, der die Texte zum Glänzen bringt. Danke an sie, an den Verleger Armin Gmeiner und das Verlagsteam, die eine Fortsetzung möglich machen.

Polizeihauptkommissar Lars Carstens unterstützte mit Informationen über die Arbeit der Wasserschutzpolizei Helgoland und spannenden wahren Fällen. Ich danke allerherzlichst für den Einblick in die Arbeit der echten Inselpolizisten.

Danke an Herrn Professor Doktor Thomas Daldrup für die Beantwortung meiner Fragen im Bereich der Toxikologie und Rechtsmedizin.

Besonders in Erinnerung bleiben werden mir die Gespräche mit den Zeitzeugen, die als Kinder die Bombardierung im Bunker erlebten, die Jahre der Evakuierung und den Wiederaufbau. Herzlichen Dank für den Bericht von damals an Hanne Siemund-Dähn sowie für die Einblicke in das Helgoland von früher an Harry Singer.

Der ehemalige Inselpfarrer und Historiker Eckhard Wallmann beantwortete meine Fragen zur Inselgeschichte. Seine zahlreichen Büchern über die Historie und Zeitzeugenprotokolle, die er und seine Frau Elisabeth Wallmann verfasst haben, sind wertvolle Quellen der Recherche. Danke dafür.

Der ehemalige Leiter des Helgolandmuseums, Jörg Andres, teilte mit mir sein umfangreiches Wissen über die Inselgeschichte. Ebenso danke ich dem Bunkerexperten Hans-Jürgen Brüser für die eindrucksvollen Touren in den Untergrund sowie wertvolle Ratschläge.

Der ehemalige Polizeichef, Robbenjäger und Hummerfischer Rolf Blädel unterstützte bei der unterirdischen Wegeplanung und vielen weiteren Inselfragen mit seinem unerschöpflichen Wissensschatz.

Inselkennerin Svenja Lunter half mit wertvollen Kontakten und Einblicken. Danke vielmals!

Die Logistik ist auf Helgoland noch etwas komplexer als anderswo. Dabei waren die Gespräche mit dem Börteboot-Kapitän Sven Köhn und dem Flughafenchef Siebo Wessels sehr hilfreich!

Sollte ich Gesprächspartner vergessen haben, bitte ich um Vergebung und danke auch diesen!

Alle Bücher von Susanne Ziegert:

Kommissarin Friederike von Menkendorf ermittelt:

1. Fall: Störtebekers Erben
ISBN 978-3-8392-2266-9

2. Fall: Tod im Leuchtturm
ISBN 978-3-8392-2596-7

3. Fall: Tod vor Helgoland
ISBN 978-3-8392-0202-9

4. Fall: Küstendorf
ISBN 978-3-8392-0368-2

5. Fall: Verrat auf Helgoland
ISBN 978-3-8392-0738-3

weitere:

Der kleine Pferdehof am Deich
ISBN 978-3-8392-0573-0

GMEINER SPANNUNG

WWW.GMEINER-VERLAG.DE
Wir machen's spannend